文春文庫

さまよえる古道具屋の物語

柴田よしき

文藝春秋

目次

本文イラスト　泉雅史
DTP制作　エヴリ・シンク

さまよえる古道具屋の物語

第一話　さかさまの物語

1

「いらっしゃいませ」

そう言った顔には不自然な笑みが貼付いていた。まるで、笑っている仮面のようだ、と秀《しゅう》は思った。どこかでこんな顔を見たことがある。どこだったっけ。

「あの」秀は勇気を出して言ってみた。「見るだけ……でもいいですか？」

「どうぞ」

笑顔仮面は答えてくれたが、その笑顔はかたまったまま、微動だにしなかった。

ああ、わかった。忍者ハットリくん。あれだ。


いつも昼飯を食いに行く定食屋の少し手前に、その古道具屋があることに気づいたのは二、三日前だった。

この町で暮らし始めてもう二年近く、歩き慣れている道だったのに、どうしてなのかそれまでその古道具屋の存在には気づかずにいた。かと言って、数日前に開店しました、という風情でもない。古道具屋なのだから店のつくりも雰囲気も、古びてしなびていたほうがいいのだろうが、それにしたって新規開店ならばちょっとはそれらしい物があってもいい。開店祝いの花だとか、開店を知らせる看板だとか。そうしたものが一切なくて、ただただ、古くてくすんでいるその店が、忽然とそこに姿を現したように秀には思えたのだ。もちろん、そんなことはあるわけがないのだが。

一度気づいてしまうと、どうにも気になる。定食屋にはほぼ毎日通っていたので、その古道具屋の前を通るたびに、中に入りたい衝動を抑えていた。ちらっと店先に並べてある物を見てもさほど高価そうなものはなく、古雑貨というよりはほとんどガラクタばかりのようだったので、敷居が高いということもなかったのだが、何しろ秀には金銭的な余裕というものが一円もない。昨今の物価から考えれば奇跡のように安い二百五十円の昼定食すら、一日の生活予算の半分を占めてしまう。朝は食べずに我慢し、夕飯にはスーパーのタイムサービス見切り品の総菜一種類百二十円と、二個で百円のおにぎりパックで我慢しても、三十円しか残らない。そのわずか三十円をためてためて、せめて十日に一度は風呂屋に行きたいが、それもままならず、流しで頭を洗い、濡らしたタオルでからだをこするだけで精いっぱいの現状。うっかり古道具屋などに入って、それがなくてあまりにも不便をしている生活必需品の一つでも目にとまり、誘惑に勝てずに買ってしまったら。今の秀にとっては、逆立ちしても手が届かない高級品を並べた店よりも、もしかするとポケットの小銭で何か買えてしまうかもしれない古道具屋の方が、危険なのだ。

それでも、中に入ってみたい、という気持ちはどんどん強くなり、今日は遂に、店のいちばん手前に置かれていたワゴンの前から足が動かなくなってしまった。ワゴンには、どれでも一つ五十円、と書かれた紙がぶら下がり、雑多なものが無造作に積まれていた。袋に入ったままのタオル。旅行用の歯ブラシと小さな歯磨き粉のセット。ボールペンが五本入ったビニールのペンケース。石鹸三個セット。

安い。安いが、古い。タオルの入った袋は白く汚れてすり切れていた。歯ブラシのセットもいったい何年前のものなのか、少なくとも付属の歯磨き粉は使わない方が無難だろう。石鹸の箱も歪んでいる。ボールペンは、書けるかどうかかなりあやしい。

それでも五十円なら。

思わず手が伸びかけた時に、店の奥に座っていた人物と目が合った。

不思議な店だった。間口は二間《にけん》ほど、奥行きもそんなにないはずなのに、店の奥がぼんやりと薄暗くて見通せない。いくら目をこらしても、奥がどうなっているのかわからないのだ。その薄ぼんやりとした半闇の中に、二つの大きな目だけがきらきらと輝いていた。

そして、秀があとじさろうとした瞬間に、二つの目の下にあった大きな口が言ったのだ。

「いらっしゃいませ」

＊

しかしこのハットリくん、いったいいくつくらいなんだろう。若いのか年寄りなのか……いや、男なのか女なのかすら、判然としない。最初は瞬間的に女性だと思ったけれど、こうしてつくづく見てみるとどちらなのか自信がなくなって来た。

短く刈られたヘアスタイルは男性的だが、その髪の下から見えている二つの耳は小ぶりで女っぽいと言えなくもない。顔の輪郭も小さめで、鼻はあるのかないのか、小さくて低くてよくわからない。目はすごく大きい。大き過ぎて、人というよりは齧歯類《げっし》、リスの目を思い出した。肌はおそろしくすべすべに見えるが、かと言って、若い人という雰囲気でもないのだ。口は大きいが口角はきゅっと上がっていて、そのせいでますます笑顔が不自然に見えた。座ったままなので背丈はわからないが、上半身の感じではとても小柄な人のようだ。

どうぞ、と言われ、秀は店の中へと踏み込んだ。その途端、軽い眩暈《めまい》をおぼえて、棚の端を摑んだ。幸いすぐに立ち直れたが、ろくなものを食べていないせいで、体力は相当に落ちているようだ。

「おや」ハットリくんが言った。「くらくらしはりますか」

関西弁？

秀はあまり関西に馴染がないので、関西のどのあたりの言葉なのか、大阪なのか京都なのか奈良なのか、見当がつかない。

「少し休んでいかれたらどうです」

ハットリくんは、笑顔のままで店の一角を指さした。そこにはなんと、安楽椅子があった。

「あ、いいえ、大丈夫です」

秀は言ったが、ハットリくんは真っすぐに指を椅子に向けたままだった。まるで命令でもするかのように。

「あ……はい。じゃ、その、少し」

有無を言わせぬ指の迫力に負けて、秀はのろのろと椅子に向かった。腰をおろしてみると、驚くほど心地がいい。座面は広く、ほんの少しだけ奥に向けて傾いていて、背もたれに背中をあずけるようにして座ると、尻も腿《もも》の裏もすうっと座面に吸い込まれるように落ち着いた。背中も、まるで秀の体型に合せてつくった背もたれのように、カーブが絶妙に合って背中を包み込む。丸くすべすべとした肘かけに両腕をのせると、これもまた、腕が吸い付いたかと思うほどしっくりと馴染んだ。

素晴らしい。素晴らしい安楽椅子。

「これは……いい椅子ですね。外国のものですか」

「さあ、どこのものかなんか、わかりまへん。この店にあるもんは全部、どこから来たのかわからへんのどす」

どす、か。では京都の言葉なのだろうか。何となくおかしいのだが。

「ちょっと待っててておくれやす。今、お茶いれますさかい」

やす、に、さかい。

まあなんでもいいか。秀は、その椅子のあまりの座り心地の良さに、半ばうっとりとしていた。

この椅子も売り物なのだろうか。いくらで売ってくれるんだろう。いやもちろん、こんなもの買う金なんかどこにもないんだけど。

「はい、どうぞ」

ハットリくんが盆を差し出してくれた。あまりにも速かったので、えっ、と思ったけれど、盆の上には湯気のたつガラスのティーカップが、ちゃんとソーサー付きで置かれていた。

お茶、って、紅茶か。なんか洒落てるな。……あれ、香りが違う。紅茶じゃない……

「いわゆるひとつの、まあハーブティー、どすえ」

「……はあ」

秀は鼻を近づけてくんくん嗅《か》いでみた。以前に嗅いだことのあるような匂いなのだが、なんの匂いかズバリ言い当てることができない。植物のようでもあり……動物の……ようでもあり……

「ちょっと癖がありまっしゃろ」

ハットリくんは、微動だにしない笑顔のままで言った。

「からだと、こころに効きますえ」

「そうどす。こころに。そやけど、ま、喉の渇きが癒えるゆうのがいちばんの効能どす。

「こころに」

ふはほほほへ」

最後の奇妙な音楽が、ハットリくんの笑い声だ、と気づくのに一秒くらいはかかった。

秀は、息をとめるようにして、あやしいハーブティーをすすった。

へえ。これって、美味じゃん。

秀は、二口目をすすり、一息おいて、今度は残りの茶を一気飲みした。

「あっちちちち」

「おやまあ、若い人はせっかちどすなあ」

ハットリくんが、また、ふほほほへ、と笑った。

「で。あんさん、何を探してますのん？」

「何を」

「何を探しにこの店に入らはったか、言うてますねん」

「いやあの、ただちょっと見せてもらいたくて」

「何を見たかったんです」

「あ」

秀は困って、椅子から立ち上がろうとした。ところがなぜか、尻が座面から離れない。

「え、わ、よっこらしょ」

「何をじたばたしとりますのん。立ち上がれんのやったら座ったままでよろしいがな」

「あ、はい。でもあの、ぼく、ほんとにただなんとなく見せてもらおうとしただけなんで、もう帰ります」

「店に入りたいと思ったんやから、なんか見たいものがあったはずどす」

「いや、でも」

「その若さで、自分が何を見たいのかもわかりまへんのか。あきまへんなあ。まあよろしい。そこに座って店の中をぐるっと見回してみよし。何か目にとまるもんがあるはずどす」

秀はさらに立ち上がろうと努力したが、どうしても椅子から離れることができず、疲れて一度暴れるのをやめた。そして言われた通りに店を見回した。その時、それが目にとまった。

本。

雑然と物が並んでいたはずの棚の一角が、本棚になっている。そして、その中の一冊が光っていた。

いや……光っては、いないのか。でも一冊だけ、背表紙がやけに鮮やかに見えるのだ。まるでその背表紙だけ、特殊な蛍光塗料でも塗ってあるみたいに。

「これどすか」

ハットリくんが、すたすたと本に向かって歩いた。その時になってようやく秀は、ハットリくんの全身を見ることができた。思ったとおり背は高くない。やっぱり女性なのだろうと思う。が、後ろ姿が特に女性らしいというわけでもない。

ハットリくんは、店の薄暗さのせいで何色なのか判然としない着物を着ていた。いや着物というよりは、作務衣のようなものか。下半身を包んでいるものはズボンに似ていて、上半身を包んでいるものはドテラに似ている。

ハットリくんが、背表紙が光って見える本を手にとった。

「ふん。なるほど」

ハットリくんが振り向いた。頑固な笑みは顔に貼付いたままだったが、その大きな両目がなんとなく、異様に光っているように見えた。

「これねえ。ま、よろしおす。これ、お売りしまひょ」

「えっ」

秀は焦った。そんなもの買うつもりはまったくない。

「いや、いりません。いいんです、いらないです」

「まあまあ、遠慮しはらへんと。確かに、あんさんにはこれが必要どすわ。せいぜい勉強させてもらいます。そうやなあ」

ハットリくんは本を持ったままで小首を傾げ、こくん、とうなずいた。

「八百四十円。まあそんなもんやろ」

そんなもの買わない、いらない、と言おうとしたが、なぜか秀は財布をポケットから引っ張り出して中を調べていた。

百円玉が七枚。五十円玉が二枚。十円玉が四枚。ぴったり、八百四十円。

「あ、あの」

「はい」

いつの間にか、和紙の包装紙に包まれた本が目の前に差し出されていた。

「あ、だから、あの」

「八百四十円。大まけにまけてありますえ」

「……はい」

秀は、有り金をすべて、ハットリくんの掌《てのひら》にのせた。その途端、尻が軽くなり、秀は椅子から転がり落ちた。

「おおきに」ハットリくんの笑顔がより一層鮮やかになった気がした。

「またお越しやす」

いったいこれは、なんなんだ。

というか、どうしてこんなものを買うはめになっちゃったんだ？

納得できなかった。自分のしたことが自分で信じられない。あんな店に入らなければ良かった。とことん後悔した。が、秀はもともと気が小さい。こんなもの返品する、と店に戻ってハットリくんに本を叩き返す度胸など、あるわけがない。

溜め息をついて、歩きながら包みをほどいた。

「なんだこれ」

秀は、本を開いてみて驚いた。

文字がさかさまに印字されている！

いや。これ、乱丁とか落丁とかいうやつなのかな。ページがさかさまなのだ。というか、綴じ方が。

あれ？

文字はまともだ。そして、ページを示す数字も。つまり絵だけが本の天と地を逆に印刷されている。

なんなんだ、この本。

工藤真沙美

くどう、まさみ？　この著者も知らないなあ。有名な作家じゃなさそうだ。

これもしかすると、自費出版？

奥付を開いてみると、少なくとも大手ではなさそうな出版社名があった。いちおう定価も付いている。二千円。本の厚みから考えるとかなり高いので、やはり自費出版だろう。いずれにしても、俺はこんな本、欲しくはなかったんだ。

俺は、飯が食いたかった。おかめ食堂の昼定食。おかず一品にご飯と味噌汁だけ、という潔い構成で、たったの二百五十円、飯を大盛りにしても二十円足すだけで済む。今日は木曜日だから、おかずはたぶん焼き魚だ。昼定食はそんなにバリエーションがなくて、月曜はカレー、火曜は煮物、水曜は定休日で木曜が焼き魚か煮魚、金曜は豚のショウガ焼きか鶏の炒めもの、とだいたい決まっている。週末は悲しいことに昼定食がない。そのかわり、ホリデーランチ、というカタカナ名前の定食があって、いつもより高い四百円ながら、おかず二品にプリンが付く。

小銭が少し貯まってくるといつも悩むのだ。風呂屋に行くべきか、それともホリデーランチを食べるべきか、と。

が。そんな涙ぐましい努力も、さかさまに印刷されたおかしな本を買わされたおかげですべて無に帰した。

秀はとぼとぼと肩を落として、自分の部屋へと引き返した。

空前の好景気だとみんなが言っている。土地の値段がどんどん上がり、みんなが金持ちになっていると。だが、本当のことなのかどうか、秀にはまるで判断がつかない。秀の生活は、これまでの人生でもっとも底にある。もうこれ以上削ることが無理、というくらい削った、ぎりぎりの日々だ。

秀が大学を中退してから丸一年が経った。

一九八九年、春。

腹が減った。

仕方なく、買い置きのインスタントラーメンを作った。

敷きっぱなしの布団の上に座り、枕元に置いてある小さな座卓に鍋のまま置いて、直接麺をすすった。座卓の上には、広げた原稿用紙。さかさま印字のおかしな本は、布団の上に放り出した。

そもそも、他人が書いた本なんか読みたい気持ちではないのだ、今は。

小説新人賞公募の締め切りまであと一ヶ月。長編作品なのに、まだ全体の十分の一も書けていない。

麺はあっという間に食べ尽くし、唇をあてるとまだ熱さを感じる鍋から残り汁を全部飲み干して、ようやく空腹感がなくなった。

ただ、希望はある。バイト先でうまくすれば夜食にありつけるし、もっと幸運ならばちょっとしたご馳走が持ち帰れることもあった。バイト先は弁当工場。朝一の納品に間に合わせる為、作業は午前二時に始まって午前六時に終わる。深夜割り増しの時給が出るので、週に五回のバイトでなんとか家賃と生活費が稼げるのだ。秀の仕事は唐揚げを揚げる作業で、毎日毎日、四時間びっちりと唐揚げを揚げ続ける。初めの頃は油の匂いで鼻をやられ、胸が悪くなり、深夜に働いているのに夜食を食べる食欲もわかなかった。働き始めて一年と少し、今では油の匂いなんか屁でもない。

そのバイトに出る前に三時間眠るとして、夜の十時まで時間がある。睡眠が足りない分は帰宅してから午前十時頃まで寝て充分補えるので、夜十時までは時間を無駄にしている暇はない。あと一ヶ月で、原稿用紙四百枚ほどを書かなくては間に合わない。

鍋を流しに片づけて、鉛筆を握った。

が、十分も経たないうちに鉛筆を放り投げ、万年床の布団に仰向けに倒れこんだ。

書けない。書けない書けない。書けない。

冒頭は調子よくいったのに、二十枚くらいのところで止まってしまった。そこから先に進まない。ちゃんと筋書きは練ったし、登場人物のキャラクターも作りこんだつもりだった。今度こそ、傑作が書ける、新人賞をとって推理作家としてデビューできる、自信はあったのだ。あったのに。

第一志望の地元国立大にも第二志望の有名私大にも落ちて、合格できたのはすべりどめに受けた私大だけだった。田舎の両親はそれでも、笑顔で秀を東京に送り出してくれた。

まあ東京でしばらく楽しんでおいで。今は売り手市場だから就職も楽だろう、いいところに就職できたらそのまま東京にいればいいし、だめだったら戻って来て、店を手伝ってくれたらいいよ。

もやもやしたものを抱えて東京に出て、それでも初めの頃は真面目に授業に出ていたのだ。たとえ第三志望の大学でも、学べば何かは身につくと信じていた。そしてそれはたぶん、嘘ではなかったのだろう。あのまま学び続けていれば、何かは身についたに違いない。が、秀は、抱えたもやもやが次第に胸の中で肥大していくことを抑えられず、やがて授業に出なくなった。

自分は、何がしたいんだろう。

何になりたいんだ。

そんな時に、書店でめくっていた文芸誌の中に、新人賞の募集要項を見つけたのだ。そして、たいして深く考えないまま原稿用紙を買い込み、思いつくままに書いて、期待もせずに応募した。でき上がった小説は短編の推理小説のようなものだったが、読み返してみてもさほど面白いとは思わない、そんなものだったのだ。それなのに、その作品が一次選考を通過してしまった。

それが、秀の「どん底」の始まりだった。

2

どんな職業でも、子供の頃の憧れが現実となる過程では、その職業に就《つ》けるか就けないか、ある一定のハードルのようなものはあり、それをどうしても越えられない場合には、そこで諦めというものがつくわけだ。

ピアニストになりたくてもピアノが下手ならばなれないし、プロ野球選手になりたくても野球が下手ならばなれない。そうした「上手い」「下手」は、幼い内は自分の思い込みによって左右される問題でなかなか客観性を帯びないが、次第にレベルの高い集団の中に進むことで、嫌でも客観的になって来る。自分ではどんなに上手いと思い込んでいたところで、どこからどう見ても自分より上手い人間たちが大勢いるのだ、という現実に、いずれは直面するのだ。そして、そうした現実に直面してもなお、自分にその人間たちの仲間入りが可能だ、と信じられるだけの何かを持つ者だけがその先へ進む。が、その先にはまた新しい、もっと高いレベルの壁がそびえたつ。そうして少しずつ高いハードルを越えて進んで行き、いつのまにか憧れていた職業に就けていた人間というのもいて、その逆に、ハードルの高さで限界を知る人間もいる。

野球やピアノほど特殊ではなくても、電車の運転士になりたければ入社試験に合格した上で訓練を受け、技能を身に付けなくてはならないし、タクシーの運転手になりたければ自動車の普通免許をまずとって、その上で二種免許もとらなければなれない。そうやって、何か「なりたいもの」がある人間は、最低限必要な資格を得る為に設定されたハードルをちゃんと跳ぶのだ。跳ばなければ、なれないのだ。

だが。

小説家、という仕事には、客観性のあるハードルが見当たらなかった。

確かに、公募の新人賞、というひとつのハードルはある。それを最後まで跳べばいちおうデビューして小説家にはなれそうだ。が、そのハードルを跳ばずに小説家になってしまう人間というのが、かなりいる。いるということを素人の自分でも知っている。何度新人賞に応募して落ちても、新人賞なんかとらなくてもデビューできるんだ、という「知識」が免罪符となって、諦める、という選択肢を消してしまう。いやそうでなくても、そもそもその新人賞自体、どこまでの客観性があるハードルなのかが曖昧《あいまい》なのだ。大賞を受賞した作品よりも、佳作でようやっとひっかかった作品の方が売れてベストセラーになったという例。新人賞にはことごとく落ちたが、選考にたずさわった編集者の判断でかろうじてデビューできたのに、あっという間に人気作家となってしまった例。そんな「例外」があまりにもたくさんあって、応募した作品が落選した、というひとつの現実をそのまま受けとめられず、自身の能力を客観視する機会を失ってしまう。

万年作家志望者の、罠。

プライドだけが無駄に高くなっていき、何ひとつ現実に手に入れられるものはなく、人生の砂時計はひたすら砂を落としていく。

　秀は、自覚している。最初に遊び半分で応募した作品が一次選考を通ったからといって、才能があると思い込んだのが過ちだった。あれから応募できる新人賞には片っ端から応募しているのに、一次選考を通ったことは数回しかなく、二次選考を通ったことは一度もない。そもそも一次選考というのは、小説の体《てい》をなしている、文章がまともに読めるレベルである、とりあえず始まりと終わりがあって、中にも物語らしきものがある、人物の描き分けが最低限してあって読んである程度理解できる、等々、小説の新人賞に応募する最低水準はクリアしていますよ、という程度のふるい分けでしかないらしい。つまり、才能のあるなしではなく、最低限小説を書く能力が応募レベルに達しているかどうか、ということしか判断していないのだ。一次選考に通ったからと言って才能があるなどと思い込むのは滑稽な思い上がりだった。

　だがそれがわかってしまってもなお、諦める、ということができない。諦めよう、もういい加減にこんな生活からは足を洗って、まともな就職口を探そう、何度もそう決心して書きかけの小説を破り捨てるのに、丸一日とは決心がもたずにゴミ箱から破った原稿用紙を拾い上げ、未練がましく広げてしまうのだ。

　俺はなぜ、こんなに作家になりたいんだろう。

　やっぱり、これは逃避行動なんだろうか。俺はただ、普通に職を探して働くことをできるだけ先延ばしにしたいだけなんじゃないか。

こうして葛藤している間にも一日、一日と時は過ぎ、次の公募締め切り日が近づいている。それなのに、脳味噌を絞る思いをして原稿用紙に向かっても、ろくな文章が出て来ない。

当たり前だ。俺には才能なんてないんだから。


そこまで考えたら泣きそうになった。誰も見ているわけではないひとりのアパートだが、天井に泣き顔を見下ろされるのも悔しくて、秀は起き上がった。

とりあえず、バイトの時間だ。今夜は月に数度の早番だった。いつもより三時間早く出勤し、三時間早くあがる。いつもは鶏肉を揚げるのが主な仕事だが、早番の時は下ごしらえが仕事になる。卵焼き用の卵汁を溶いたり、鶏肉に下味をつけたり、野菜の皮を剝《む》いたりと、面倒だがいつもの揚物よりは体力を消耗しない。秀は、早番の仕事が案外気に入っている。

バイト先の弁当工場までは自転車で通っていた。工場は埼玉県にあり、荒川《あらかわ》の土手沿いにもうけられているサイクリングロードを突っ走れば四十分ほどで到着する。同じ家賃でもバイト先の近所ならばもう少しましな部屋が借りられそうだし、通勤にかかる時間を執筆に充てられることを考えれば引っ越しした方がいいのだが、なにぶんにも敷金だの礼金だのを払う金などどこにもない。それどころか、来年の春には今の安アパートも契約更新の時期になり、家賃一ヶ月分の更新料が必要になる。その分だけはなんとしてでも貯めておかないと、冗談ではなく家無しになってしまう可能性があるのだ。

川風がシャツをふくらませると、裸の背中に風が冷たい。まだあと二ヶ月は、冷房がなくても生活できる。そう思うと少し気が楽になる。

この夏はどうやってやり過ごそう。昨年は、アパートから徒歩圏内にある児童公園の、あまり陽が当たらない一角にあるベンチの上でなんとか暑さをしのいだ。原稿用紙と辞書を抱え、粗大ゴミ置き場で見つけた子供のお絵描き用画板を机のかわりに膝に置いて、午前中と夕方はそこでなんとか過ごせた。いくらかは風もあたるし、日蔭になっているので気温はそれほど上がらなかった。それでも正午から三時過ぎまでの猛暑時間帯はどうにもならず、商店街に出てクーラーの効いている店や銀行などを出たり入ったりしていたのだ。スーパーは買い物カゴを片手に品定めをしている振りをすれば三十分くらいはいられるので助かった。だが何も買わずに出て行くと警備員に目を付けられそうなので、インスタントラーメンや野菜などをほんの少しずつ買っていた。

今年はその児童公園が改修工事に入っている。日蔭で暑さをしのげたあの一角に、子供たちの絵を飾るスペースを作る計画らしい。完成は九月という話だから、夏にはもう、あのベンチは消えてなくなっているだろう。

この夏をどうやってしのいだらいいか、これから二ヶ月の間に答えを見つけないと。いっそ、昼間もバイトを探そうか。時給なんていくらでもいいから、クーラーが効いたところで仕事させてもらえるバイト。ああでも、それをすると寝る時間がなくなる。小説を書く時間も。深夜の弁当工場でのバイトを辞めるつもりはない。なんといっても時給が高いので、このバイトだけで生活費の捻出がなんとか可能なのだ。他にこんなに条件のいいバイトなんて、あるとは思えない。

いや……

あるかも、な。

空前の好景気、人手不足で仕事はいくらでもあるらしい。探してみれば、もっと楽でもっと稼げて、睡眠時間もたっぷりとれて、小説を書く時間も確保できる、そんなバイトだってあるのかも。

でもな……

秀の脳裏に、ひとつの顔が浮かんだ。

ふっくらとした少し下膨れの頬。大きくて丸い目。その丸い目によくつり合った、先が丸くなったかわいらしい鼻。

嶋岡《しまおか》さん。嶋岡……咲子《さきこ》さん。

咲子、さん。

嶋岡咲子は、弁当工場の同僚だ。秀のような時間給のアルバイトではなく、嘱託《しょくたく》社員としてもう五年も勤めている先輩だった。たぶん五歳くらい年上。根掘り葉掘り彼女の身上を問い質《ただ》すなんてことはできないが、彼女が時折話してくれることや、他の同僚たちからの情報を繋ぎ合わせて、おおよそどんな女性なのかは知っている。高校を出てアパレル会社に就職し、職場恋愛で二十歳で結婚。すぐに息子を産んだ。だが息子が三歳の時に離婚。原因は夫の浮気と暴力だったらしいのだが、それは噂でしか知らない。咲子本人はどうして離婚したかなど口にしない。その息子が五歳になるはずだから、彼女はたぶん二十六か七。これも同僚の噂だが、別れた夫は養育費も踏み倒して支払わず、連絡もとれないらしい。嶋岡咲子は、弁当工場での仕事だけで幼い息子を育てている、シングルマザーなのだ。

秀は、自分が咲子に惹かれている、という事実をできるだけ考えないようにしていた。五歳も年上の一児の母からみたら、自分などはお気楽なガキにしか見えないだろう。実際、咲子が自分に対して話しかけてくれる時は、たいてい、心配してくれている時なのだ。油ハネで軽い火傷《やけど》をした時には、何もしなくても大丈夫、と言い張る秀の言葉を無視して水道の蛇口まで引っ張っていかれた。すぐに冷やさないと水膨れになるのよ、と、叱るような口調で言われたっけ。夕飯はほとんど毎日インスタントラーメンだと正直に言ってしまって、本気で怒られたこともある。昼はちゃんと定食を食べるようにしているからと言い訳したが、食事というのは三度三度、それぞれが大切なのだとこんこんと諭された。あれから時々、不意打ちのように食生活について問われることがあって、上手く嘘が吐けるかどうかそのたびにドキドキする。

そんな咲子が口うるさい説教魔などではないことは、自分以外の同僚と楽しそうに世間話をしているのを見ればわかる。どうして彼女は、自分にも、他の同僚達と同じように接してくれないのだろう。彼女の目から見ると、自分と他の同僚とはそれほど違うのだろうか。

彼女には、俺は本当に子供に見えているのだ。

秀はペダルを漕ぐ足に力を入れた。全身が熱くなって汗が滲むのが心地よい。

サイクリングロードを照らす街灯の中、四十分みっちりとペダルを漕いで、弁当工場に着いた。白衣に白帽、マスクを着け、消毒薬を使って手を洗い、その手に調理用の薄いゴム手袋をはめて調理場に入ると、早番の人たちがもう働いている。ホワイトボードに書かれた作業工程表に自分の名前を探した。今夜はまず野菜の下ごしらえか。人参とじゃがいもが積み上げられている台の前に立ち、じゃがいもの芽をくりぬく彫刻刀のような小さなナイフを手にした。向かい側では、佐藤という名のバイト学生がすでに作業を始めていて、秀を見てにっこりとした。マスクで口元は隠れているが、目尻が笑っている。

「おはようございます」

そろそろ夜も十一時を過ぎようとしているのに、おはよう、というのもおかしな挨拶だが、この工場ではこれが当たり前だった。

「おはようございます」

　秀も返して、ナイフを動かし始めた。秀は月に数度しか早番にならないので、この佐藤という男とはあまり会う機会がない。仕送りももらわずに公立大学に通っている勤労学生で、ものすごく真面目な青年だというのは噂で聞いている。そんな境遇を知っただけでも、秀の心にコンプレックスが生じる。咲子はきっと、この佐藤くんのことは子供扱いしないに違いない。

「仙崎《せんざき》さん、今朝ここに泥棒入ったって知ってます？」

　佐藤が唐突に言った。秀は驚いてナイフを止めた。

「え、まじで？」

「俺、同じ町内だから」

　佐藤は徒歩通勤者で、工場から歩いて五分ほどのアパートで暮らしている、というのは確かに聞いたおぼえがあった。

「バイト終わって部屋に戻ってすぐ寝たんですけど、パトカーのサイレンで目が覚めたんですよ。朝の九時くらいかな。なんか腹減っちゃって、起きたついでだからコンビニでパンでも買おうと出かけたんです。そしたら二台目のパトカーが来たんで、なんとなく野馬でついてったら、この工場で。びっくりしました」

「でもここに入る時、守衛さんに何も言われなかったよ」

「被害がなかったんで、操業には問題ないって、さっき工場長さんが言ってました。休憩時間にでも説明あるんじゃないスか」

秀はまたナイフを動かしながら言った。

「朝の九時ってことは、ここが閉まってからでしょ。八時には出荷終わって、半には清掃も完了してるもんな。それ見計らったってことは、その泥棒、この工場のことよく知ってるんじゃ」

「そうでしょうね。今朝は八時四十五分に夜勤担当の井上副工場長が戸締まり確認して、セキュリティシステムをスイッチオンして最後にここを出たらしいです」

「それでも守衛さんはいたでしょう、交替で二十四時間」

「正門から入らなければ守衛室の前は通りませんよね。塀を乗り越えたらどっからでも入れます。でもそんなことまでして入る理由がわからないですよね。現金だのなんだの置いてあるのは事務所でしょ、事務所は守衛室の真ん前で、監視カメラもいっぱい付いてるし。工場の方は守衛に見つからずに近づくことはできるけど、盗めるようなものは何もないし。生ゴミとか業務用の刃物とか調理器具なんかじゃ、泥棒したって金になんないですよね」

「肉とかは？　冷凍の肉なら金になる。他にも未使用の冷凍食品なんかは横流ししたらいくらかの金になるかも」

「そんなにたくさんないですよ。ここの弁当は、冷凍食品を使わないで手作りするのがウリだから。それに冷凍室は井上さんが施錠して帰ってましたから、中には入れなかったはずです。まあ、単に情報不足で、何か金目のものがあるだろうと入ってみたけど結局何もなかった、ってことかもしれないですけどね」

「セキュリティシステムのおかげで発覚したのかな」

「どうですか、詳しいことは知らないです」

「変な話だね」

「そうですよね。まあ、いくら好景気と言ったって食い詰めてる奴はいるんだろうから、行き当たりばったりに侵入したのかも。もしかしたら、弁当の余りか何かあるかも、なんて思ったのかな」

　まさか弁当の残りを狙ったとは思えなかったが、確かに、塀を乗り越えれば敷地内に入れる小さな弁当工場は、食い詰めて魔がさした者が深く考えずに侵入するにはおあつらえ向きなのかもしれない。この工場が朝の九時頃から夕方まで無人になることは、近所に住む者なら知っていてもおかしくはないし。もっとも、事務所は昼間でも人がいることはよくある。週に二度は経理担当者が昼間から出勤しているし、弁当材料の納入は昼になることも多い。秀のようなアルバイトはその必要がないのだが、嘱託社員や正社員は、日勤の当番もちゃんとある。いずれにしても、捕まる危険が大きい割には、これといった金目のものがひとつもないわけで、泥棒も無駄なことをしたものだ。

　じゃがいもの芽をくり抜き終わり、ナイフをピーラーに持ち替えて皮をむく。このじゃがいもは、ここの弁当自慢のコロッケになる。マッシュポテトのフレークを使わず、ちゃんと芋から作るここのコロッケは、確かに美味しい。もらって帰れるほどの余りが出ることはまずないが、時には揚げている最中にパンクしたり、詰め作業の時に割れてしまったりしたものが夜食にまわって来る。この工場でバイトを始めて、コロッケの作り方を初めて知った。実家にいた頃、母親が作るコロッケを、どうやって作るのだろうなどと考えたこともなくバクバクと食べていたのを思い出す。芋の皮をむき、蒸し器でふかし、潰し、炒めたひき肉とあわせ、味付けし、冷やしてから型を決めて、小麦粉、卵、パン粉。そしてやっと揚げる。コロッケなんてありふれた食べ物だと思っていたのに、なんと手間がかかることか。

コロッケだけではない。鶏の唐揚げだって、野菜の煮物だって、卵焼きだって。料理というのはおそろしく手間のかかるものだったのだ。その料理を、母親は毎日毎日作り続けていた。

「おはようございます」

顔を上げると、咲子がいた。マスクをして、目だけで微笑みかけていた。

「あ、お、おはようございます。嶋岡さん、早番ですか」

「ええ、そう。仙崎くんも早番？」

「はい」

咲子はうなずいて、人参の山に手を伸ばした。秀は、思わずその手に見とれてピーラーを動かすのをやめてしまった。それに気づいた咲子が、軽く睨《にら》むようにして顎を動かした。

サボってちゃだめよ、バイトくん。そんな感じ。

秀は慌てて手を動かす。

心臓がドキドキと鳴るのが聞こえる。

「皆さん、おはようございます」

秀の背後で大声がして、咲子のことで高鳴っていた心臓が停《と》まりそうになった。

井上副工場長が、秀の肩にとんと手を置いた。

3

井上さんの声は普段からよく通る。学生時代は合唱部に在籍、現在の趣味は詩吟《しぎん》だというからさもありなん。その肺活量で勝負できる大声が、秀の鼓膜をびりびりと震わせた。

「仙崎くんは今日は早番ですか」

「あ、はい」

「頑張ってくださいねー。えー、ではまず、今日の責任分担の確認と、調理の注意点、食材の扱いの注意点など、今週のチームリーダー、嶋岡さんから説明していただきまーす。

嶋岡さん、どうぞ」

咲子はマスクをはずして井上の横に移動し、工程表をめくりながらてきぱきと注意事項を読み上げた。

「……ということで、行政通達があり、特にサルモネラ菌中毒には注意するようにとのことです。調理用手袋を常に着用すること、指先などに怪我をしている場合は生食用の野菜を扱ったり盛りつけなどの作業は絶対にしないでください。グループごとに、作業の前とあとに衛生点検をお願いいたします。以上です」

思わずパチパチと手を叩きそうになったのを自重し、ただ賛意のこもった眼差しだけを咲子におくって秀は満足した。爽やかで温かみのある声ながらも、きりっとしていて歯切れがいい。咲子の聡明さがよく表れているスピーチだった。だがそんな熱い感動をおぼえているのはどうやら秀ひとりらしく、他の人たちはみな、いつもの注意が終わるとさっさと作業に戻ってしまった。

「えー、あともう一つだけ」

井上がまた声を張り上げたが、秀もピーラーを手にじゃがいもの相手に戻った。

「すでにお耳に入っているかと思いますがあ、実は、今朝この工場に不審者が侵入したとの通報が、警備会社より当方と警察に同時にありましてぇ」

「何を盗まれたんですか」

誰かが即座に訊いた。井上は、まあまあ、というような仕草をした。

「幸いなことに、被害は今のところ何も確認されておりません」

「何も盗まれなかったってことですか」

「はあ、倉庫在庫のすべてを確認するにはまだ少し時間がかかりますが、今まで調べたところでは、食材や調味料の盗難はないようです。もちろん事務所も無事で、金銭も一切盗まれていないと経理部から報告を受けております。引き続き、本日は、わたしと食材管理課の田町《たまち》課長他数名で、急ぎ残りの食材在庫と在庫データとの照合を進めます。国産高級牛肉や輸入食品、高級食材の缶詰等、価格の張るものについてはすでに照合が終了いたしましてぇ、被害はない、と判明しておりまーす」

「何しに入ったんですか、泥棒」

「さあ、そこのところは侵入者が逮捕されればおのずと判明するかと思いますがぁ、とにかく皆さんは、噂などに惑わされることなく、安心して作業にいそしんでください。また、作業中に、何か少しでも異常なこと、昨日と異なっている点を発見しましたら、すみやかにわたしに報告を、ひとつその、お願いいたします」

ピーラーでじゃがいもの皮をひたすら剝いている秀に、佐藤が話しかける。マスク越しなのでもごもごと聞き取りにくい。

「やっぱなんにも盗られてないんですね。いったい何のつもりで侵入したんですかね、泥棒」

「ほんとに泥棒だったのかな。野良猫か何かが入り込んで、警報装置にひっかかっちゃったとか、そういうんじゃないのかな」

「だって監視カメラに人間が映ってたから、侵入者だって断定してるんでしょ、警備会社。

向こうもプロだし、毎月高い警備料とってんですから、野良猫と泥棒を間違えました、なんてマヌケなことはないんじゃないすか。ちゃんと確認とってますよ。しかも真夜中じゃなくて今朝の話ですよ、カメラにはっきりとは映ってなくても、人間と猫間違えたりしないでしょう。あ、そうだ、もしかして、予行演習ってことはないですかね」

「予行演習？」

「本番の泥棒の前に、警備態勢とかなんやかや確認する為に、ちょっと侵入してみたんじゃないかと。だから何も盗まずに逃げた」

「いやでも、警備会社が到着するのが数分早かったら捕まってたでしょう。事前に下見するくらいのことはあるだろうけど、予行演習なんて危険過ぎないかな。それで捕まっちゃったら本番はできなくなるし」

「でも実際、捕まらなかったわけでしょ」

「これから警察が徹底的に捜査したら、逮捕されるんじゃないかなあ」

「徹底的に捜査なんかしないと思いますね」

「なんで？」

「だって、何も盗まれてなくて、何も壊されてない、つまり被害なしでしょ。徹底的に捜査して逮捕したとしても、せいぜい不法侵入しか罪は問えないし、盗むつもりで入りました、って白状させたとしたって窃盗未遂です。初犯だったら実刑にもならないし、警察としてはそんなちっちゃい犯罪に人手や時間は割けないですよ。いちおうの捜査はするだろうけど、あとは、同じ犯人がもう一度事件を起したら捕まえよう、くらいのもんじゃないかなあ」

「じゃ、もう一度あるってことかな、侵入事件」

「うーん、どうでしょう。とりあえず捕まりはしなかったけど警備会社には侵入を気づかれましたからね、警察も出て来ちゃったし、犯人としては、お、この工場はけっこうガード堅いじゃん、別のとこにしよーかな、と思ったかも。第一、無理して侵入しても盗む物がないし」

「そこなんだ」

秀は言った。

「そこがわからないんだ。仮に、予行演習だったのならプロだろ。こんな弁当工場に忍び込んでも金目のものなんかない、くらいのことも調べられなかったんだろうか。このあたりには他にもいくつか工場があって、家電なんか作ってるとこもあるじゃない、どう考えてもあっちの方が、金になるものがありそうだよ。なのにどうしてわざわざここなんかに」

「家電なんか作ってる工場はでかいじゃないですか。当然セキュリティも厳しいってわかります。逆にここなんかは、もしかしたら、警備会社と契約もしてないんじゃないかと思われても不思議じゃないです。断然入りやすいです」

「いくら入りやすくても盗む物がないんじゃ」

「肉ですよ、やっぱ肉」

「肉って、だけどうちは松阪牛の肉なんか使わないよ」

「国産牛は使うじゃないですか。そんな高級な肉じゃないけど、それでも大量に盗めばそこそこの儲けにはなりますよ」

「まあそれはそうなんだろうけど……しかし狙うなら、売りさばく手間のかかる肉よりまず現金じゃないかなあ。どうして事務所の方に予行演習かけなかったのか」

「事務所はさすがにセキュリティの問題が」

「あの、ちょっと」

背後から声がかかって、秀と佐藤は同時にビクッと背筋を伸ばした。

「楽しく働くのはいいことだけど、おふたりさん、さっきからおしゃべりに夢中で手が止まってますよー」

振り返ると咲子がにこにこしていた。マスクで口元は隠れているが、目尻が優しく笑っている。

「あ、す、すみません！」

「真面目にやります！」

「お願いしまーす。さっきの作業確認でも説明したように、今日はいつもよりコロッケ弁当の注文が多く入っているんです。なので、じゃがいもの準備を十五分早く進めたいんです。おふたりに頑張ってもらわないと、ふかす作業に入れませんから、よろしく」

ぽん、と軽く背中を叩かれて、秀の心臓はドクンとはねた。咲子の側からしたら別に何の意味もない軽いスキンシップなのだとわかっているけれど、なかなかさらっとは受け止められない。

秀は声を出したらきっと裏返る、と思ったので、黙ったままうなずいて、あとは必死で手を動かした。いつもより三割ましのじゃがいもの皮を、いつもより十五分早く剝き終えないと次の作業の担当者が迷惑するのだ、確かに、結論の出ない無駄なおしゃべりをしている場合ではなかった。

懸命に皮を剝きまくり、なんとか予定時刻に間に合って次の作業に移る。きんぴらごぼう用のごぼう切りだ。土がついたままのごぼうをごしごし洗い、ささがき用のピーラーを手に、しゅっ、しゅっ、と削っていく。初めの頃はなかなか上手にささがきが作れなかったが、最近は難なくできるようになった。博識というか、雑多な知識をどこからともなく仕入れている佐藤の話では、ごぼうをセットしてスイッチを入れるだけであっという間にささがきができる業務用のスライサーもあるらしい。もちろんこんな小さな工場では、そうした最新機器はなかなか導入してもらえない。

そうか。秀は作業場の中を見回した。業務用の機械なら、そこそこのお金になる……のかな？

しかし、あらためて見てみると、この工場にはそうした機械もごくわずかしかなかった。いちばん高額そうなのは、揚物を大量に揚げる為の業務用大型フライヤーだが、あんなものどうやっても盗めそうにないし。他に調理器具と言えば、ほとんどが、ピーラーや包丁の類いだ。そんなものいくら盗んだって、買ってくれる故買屋があるのかどうか。

やっぱりわからない。何の下調べもせずに、とりあえずここなら中に入れそうだから、という理由でここを選んだのだろうか、泥棒は。しかし……朝まで終夜稼働している工場では、侵入できるのは朝になってから、それも午前九時をまわってからだ。午前九時といえば、普通の生活をしている人たちはだいたい起きている。朝から稼働する工場の始業時刻はもっと早いかもしれないが、オフィスなら九時始業がごく当たり前だろう。この工場の近隣にも、いくつかオフィスビルはある。まだ畑が点々と残り、渋谷や丸の内あたりとは比較にならないくらい人口が少ないとは言っても、駅からこのあたりのオフィスに通勤して来る会社員はけっこういるのだ。侵入に手間取って目撃される危険性はかなり高い。そんなリスクを負ってまでここに入ろうとしたからには、この工場に何か価値のあるものがあった、あるいは、犯人が、あるという情報を持っていたはずだ。

つらつら考えながら、それでも手だけは休まずに動かして最初の休憩時間になった。

食材に覆いをかけ、調理台から離れた休憩テーブルに集まって適当に座る。手袋とマスクをはずすとなんとなくホッとする。手袋はぴったりと肌に貼付く薄いもので、はめていても指先を動かすのに支障はないのだが、手の甲がちょっと痒《かゆ》くてもかけないし、なんとなく毛穴が塞がれているようで妙な不快感がある。マスクも、慣れたとは言っても作業中ずっとつけたままだから、息苦しい。

当番というのはなかったが、なんとなくその日の気分で誰かが茶をいれてくれる。もちろん秀も、一日おきくらいでその役をかって出るのだが、たいていは、いいからいいから、と先輩たちに制されてやり損ねてしまう。何しろ自分の母親くらいの年齢の女性たちが大多数なのだ。不慣れな手つきでこぼしこぼし茶をいれる様子など見ているより、自分たちでやった方が早いし気が楽なのだろう。

湯呑み茶碗が並びはじめると、どこからともなくお菓子が次から次へと出て来てテーブルの上に並ぶのもいつもの光景だ。

煎餅、かりんとう、自家製クッキー、それになぜかサキイカまであって、バリバリくちゃくちゃ、食べるのも喋るのもみんな忙しい。話題はやはり、今朝の不法侵入についてだったが、結局どの意見も、秀と佐藤の無駄話と大差ない。結論も出なければ、おお、それは斬新だ、という見方もなかった。休憩は十五分間だが、十分を過ぎたあたりで話題が途切れ、微妙な沈黙が訪れた。そのまま五分間黙ってお菓子を食べていたって困ることはなかったのだが、なんとなく秀が口を開いた。

「あの、今日、僕、変なもの買っちゃったんです」

「変なもの？」

「何よ、アダルトグッズかなにか？」

「わあ、嫌だ。嫌らしい」

「若い子だもん、仕方ないじゃない」

「でもさあ、ねえあんた、カノジョいないの？」

話がおかしな方向に流れそうだったので、秀は慌てて言った。

「あ、本です、本！」

「ま、アダルト本！」

「違います、えっと、普通の童話みたいな」

「普通の童話がどうして変なものなのよ」

「まさかあんた、ロリコン？」

「いやそうじゃなくて。古道具屋さんができたんですよ。いや前からあったのかな、でも二、三日前まで気づかなくて。僕のアパートの近くに」

「古本屋さんの間違いでしょ」

「古道具屋さんなんです。本屋さんじゃないんです。でも本を売ってて、なんとなく成り行きで買うことになっちゃって」

「いやだ、ぼったくられたの？」

「いえ、古書の価格とかよく知らないんで、でもけっこう僕にとっては高かったんですけど、それはいいとしてその本、とっても変なんです」

「どう変なのよ」

「それが、あ、そうだ。持って来ちゃってたんだ」

秀はロッカーまで本を取りに行こうと立ち上がったが、その途端に休憩時間終了を知らせる音楽がスピーカーから流れた。

もともと秀が口にした話題になどたいした興味もなかったのか、みなさっさとテーブルを離れてしまった。秀は、ま、いいか、と自分を納得させてマスクをつけた。その時、そばを咲子が通った。

「あとでその本、見せてね」

咲子の声が、確かに聞こえたのだ。秀は、は、はいっ、と大声で答えてしまった。

それからの作業は自分でも驚くほどはかどった。無駄口もほとんどきかず、ひたすら手を動かした。というよりも手の方が勝手に動いた。分担している野菜の下ごしらえが終わってしまい、余った時間でコロッケのパン粉づけを手伝って、それでもまだ時間が余ったので、煮物の火の番まで買って出た。早番は深夜三時には終わる。咲子も同じ時間に終わるはずなので、できるだけ早く身支度を済ませ、例の本を胸に抱えて工場の従業員出入り口で待機した。咲子は幼い子供をアパートに残して仕事に来ている。もちろん、長く引き留めるつもりはなかった。咲子は軽自動車を運転して通っていた。駐車場まで歩くほんの一分間だけでも、話ができればそれで満足だ。

「あ、それがさっき言ってた本？」

「は、はい。あの」

「わ、見せて見せて」

咲子は他の同僚たちに手を振ってから、秀のそばに寄って来て本を手にとった。

「これ？　見た目は別に変じゃないわね」

「開くとわかると思います」

咲子はぱらぱらとページをめくっていたが、すぐにはピンと来ないようだった。

「別に……変なとこないと思うんだけど」

「良かったら、貸します。それ中身は童話みたいなんです。なので、その、あの、お子さんにどうかなって」

「いいの？　だってこれ、今日買ったものなんでしょ」

「別に欲しくて買ったわけじゃないんです。その、なんて言えばいいのか……はずみというか。うっかりそれが目についちゃって」

「衝動買い？」

「みたいなもんです。ぱらぱら読んでみたんですが、子供向けの話ですから、もし良かったら」

「だけど……変な本、なんでしょ？」

「読むのに支障はないと思います。いや、ちょっと読みにくいかな、でも」

「わかった。どこが変なのかも知りたいし、じゃ、貸してくれる？」

「よ、喜んで」

秀の返事に咲子はころころと笑った。

「なんだか堅いわねえ、若いんだから、もうちょっと弾けた感じがあってもいいと思うな。秀くん、大学生なんでしょ？」

秀くん。

今、確かにそう呼んだよな、俺のこと！

秀は耳の付け根あたりが妙に熱く痛く感じられるのに戸惑い、咲子を待ち始めてからずっとズキンズキンと音をたてていた心臓を落ち着かせるため、下を向いて小さく深呼吸した。

「あら、どうしたの？　大丈夫？」

「だ、だだ、大丈夫です。ぜんぜん大丈夫。あ、はい、いえ、あの、大学はその」

正直に言う必要なんかない。それはわかっていた。バイトを始めた時点では、すでに授業にはあまり出ていなかったとはいえまだ大学に籍はあったのだ。履歴書には一切、嘘なんか書いていない。その後中退して大学生ではなくなったからといって、それをいちいち会社や同僚に報告する義務はないはずだ。いや……あるのかな？　あったとしたって……別に誰にも迷惑をかけているわけじゃないんだし、あえて嘘をつき続けているわけでもない。ただ誰も気にしないから、中退しました、と自分からは言っていないだけだ。

「それにしても、なんか世の中、バタバタしているよね」

秀の葛藤をよそに、咲子はあっさり話題を変えた。社交辞令で訊《たず》ねただけで、秀が大学生かどうかなどに興味はないのだ。しかもどんどん歩いて行く。そのまま背中に、さようなら、と言って自転車にまたがるべきだというのはわかっていたが、せっかく咲子と親しく(?)口をきくことができたのだから、せめてあと一分、と思う気持ちが咲子のあとを追わせていた。

工場の従業員用駐車場は、私道を横断した向こう側にある。どちらも工場の敷地だったが、使い勝手を考えて真ん中に私道を設け、駐車場からすぐに国道に出られるようにしたらしい。

私道なので、従業員が一斉に帰る時刻以外には滅多に車は通らず、徒歩で横断しても別段危険なことはない。早番組はほとんどが地元の主婦で、みな自転車通勤なのだ。

「バタバタ、ですか」

「うん、バタバタ。昨日ね、あたしと子供が暮らしてるアパートの大家さんに言われたの。三ヶ月猶予期間おくから、引っ越して欲しい、って」

「ええっ、何かあったんですか」

「ううん、あたしたちは何もしてないよ。他の住人も、なーんにもしてない。ただ、大家さんがアパートごと土地を売ることにしちゃったのよ。もう歳でアパートの管理が体力的にきついから、土地を売って等価交換でマンションの部屋をいくつかもらって、楽に暮らしたいんですって」

「……等価交換」

「大手のデベロッパーに土地を売って、その代金のかわりに、デベロッパーが建設した分譲マンションの部屋をいくつかもらうわけ。いくら土地が値上がりしてるからって、その土地担保にお金借りても、分譲の高級マンションなんか自力じゃぜったい建てられないものね。等価交換なら現金よりずっと割高に算定してくれるらしいのよ。つまり、お得なんですって。借金なしで、自分たちが住む高級マンション一室の他に、いくつか部屋をもらえるらしいの。それを売ってもいいし、賃貸にして家賃とってもいいわけ。高級マンションなら賃貸にしても管理は管理組合が雇った業者がやるから、アパート経営みたいに何から何まで大家さんがやらなくてもいいもんね。家賃の回収とかも、ちゃんと専門の業者がやってくれて、踏み倒された場合でも業者が補償してくれるとか。なんか、夢みたいにいいことずくめらしいわ」

「……本当にそんなにいいことばかりなんですかね」

「さあね。ただ、夫婦揃って七十過ぎた人たちが、もう、ボロアパートの雨漏《あまも》りを修繕したり階段の手すりを磨いたり、家賃踏み倒して夜逃げしちゃった人の荷物をどうしたらいいかとウロウロしたり、そういうのに疲れました、って言うのはすごくよくわかる。土地の値段が面白いように上がってる今だからこそ、いい条件で老後の安泰が買えるんだものね。わかりました、三ヶ月でなんとかします、って答える以外にないじゃない」

「だけど新しい部屋を探して引っ越すのって大変じゃないですか」

「すごく大変よ。二年も待ってやっと入れた公立保育園を出なくて済む為には、そんなに遠くには引っ越せないものね、でも近いところで今のところみたいに家賃が安いアパートなんて、あるかどうか。木造の安いアパートがどんどん取り壊されてるし。あっても、学生専用ですとか、独身者だけとか。小さい子供がいると敬遠されるのよ。……この工場だって、この先どうなるのかなあ」

「……え？」

「こっちの駐車場のある土地、売ってくれって言われてるらしいわよ。それどころか、全部売ってくれって業者まで来てるって。ショッピングセンターを作る計画があるらしいのよね、どうやら。スーパーとか専門店がたくさん入ってて、レストランやフードコートみたいなのもあって、大きな駐車場がついてる、あれ」

「そんなものをこんなところに作っても……お客が来るのかな」

「今はどうかわからない。でも、駅からこのあたりにかけては近いうちにマンションばかりの町になるって、みんな言ってるわ。駅から徒歩二十分以内の土地は、今よりもっともっと値上がりして大変なことになるらしい。ねえ知ってる？　大阪のほうで、どっか繁華街の話だけど、ワンルームマンション一つが億を超えた価格で取引されてるって、週刊誌に書いてあった。ワンルームよ。一人しか住めないのよ。そんなちっぽけな、それもマンションの一室が億、よ。いつのまにこんなにバタバタした世の中になっちゃったんだろう。……なんか気持ち悪くない？」

いつのまにか、咲子は自分の赤い小さな軽自動車のドアを開けていた。

「ね、おくってあげようか」

「いえあの、自転車が」

「いいじゃない、明日までおいとけば。鍵はかけてあるんでしょ。明日は電車で来れば？　秀くんのとこ、川沿いの道路をずーっと行けばいいんでしょ」

「いやあの、けっこう遠いですよ」

「構わないわよ、どうせ車だし」

咲子は車に乗り込むと、助手席のドアを内側から開けた。

「ね、乗りなさいよ」

4

なんだか半分、夢みたいだ。

秀は、運転席でハンドルを握る咲子に気づかれないように、自分の頰をそっとつねってみた。あれ、痛くない。ちょっと待て、これほんとにただの夢？

もう一度、強くつねると痛みで涙が出た。ううっ、と呻《うめ》いてしまって、それを誤魔化すために咳なんかしてみる。

「仙崎くん、大丈夫？　風邪ひいたんじゃない」

「い、いいえ大丈夫です。ちょっとその、喉が」

「よかったら、これ飲んで」

信号待ちの間に、咲子が後部座席に手を伸ばして自分のトートバッグを摑み、そのサイドポケットに入っている小ぶりのステンレス水筒を取り出した。

「中身、お砂糖の入ってない紅茶なの。夜の運転用の眠気覚ましよ。まだ少しあったかいと思う」

蓋が二重になっていて、内側の小さな蓋はコップの代用品だった。しかしこれ、どう見ても咲子専用、一人分の水筒だよな。てことは、彼女もこのコップで飲んでるわけで、それでたぶん、飲むたびにいちいちコップ洗ったりしないと思うわけで……

「ん？　どうかした？　紅茶嫌い？」

「い、いえいえいえ！　いただきます！」

コップ間接キスの妄想を気取られたかもしれない、というやましさと恥ずかしさで、秀は焦って紅茶を注ぎ、一気に飲み干した。すでにほぼ冷めてはいたが、それでもほんのりとした温かさで喉に流れた砂糖抜きの紅茶は、苦くて清々しくて、不思議な飲み物だった。

「でも、大変ですね。小さいお子さんがいるのに夜勤なんて」

「昼間の仕事よりお給料がだんぜんいいし、子供と一緒にいられる時間もこっちの方が長いのよ。まだうちの子は五歳だから、夜が早いでしょ、八時には寝ちゃう。昼の勤めだと五時まで働いたとしても保育園に迎えに行けるのは五時半、子供が寝つくまで二時間半しか一緒にいられない。四時や三時に終わるパート勤めじゃ、母と子二人食べていかれないし。朝だって眠たいの我慢して子供と一緒に起きれば、九時までに園に連れて行けばいいからゆっくりできるじゃない。昼間の常勤だと九時には会社に着いてないといけないから、その前に子供を園に預けるとなると八時にはお別れ。一日たった二時間の差でも、子供と一緒に過ごせる時間が多いのはあたしにとって魅力なの。でも正直、体力的にはちょっときついわよね。子供を園に預けてから買い物して帰宅して、洗濯だのなんだの済ませたらもうお昼、運良く昼寝できる日はいいけど、なんだかんだと用事があるとそれもできないままお迎えの時間になっちゃう」

「睡眠時間、どれくらいですか」

「うーん、お昼寝できない時は、長くて三、四時間かな。工場から戻ってすぐ寝つければいいんだけど、目が冴えちゃって眠れないこともあるし」

「からだ、大丈夫ですか」

「さあ」

　咲子は笑った。

「今は自分のからだを心配してる時じゃない、って割り切ってるから。人生には、自分を可愛がれる時期と、自分のことなんかかまっていられない時期があると思うのよね。今のあたしにとっては、息子にちゃんと食べさせて眠らせて遊ばせて、人間としてやっていかれる大きさまで育てることの方が、自分のことより大切なの。別に母の愛がどうとか、自分を犠牲にしてどうとか言いたいんじゃないのよ。自分で納得して子供産んじゃって、自分で納得して離婚した以上は自分でなんとかするしかないから、今はそうしようって決めてるだけ。何もこんなこと一生続けるつもりはない、子供が小学生になったらもう少し楽のできる状態にしたいとは思ってる。でもね、あと二年は今の生活続けるのが、結局自分にとっていちばん正解だ、って思うのよ」

「……そうですか。でも」

「わかってる。言わないで」

咲子は強い口調で遮《さえぎ》った。

「幼い子供をひとり置いて働きに出るなんて無責任だ、何かあったらどうするんだ。もう聞き飽きたわ。だったらどうしろって言うのよ。貯金もない、頼れる身寄りも親戚もない、息子と二人でどうしろって言うの？　あたしのこと非難する人はいっぱいいるけど、だからって手助けしてくれる人なんか一人もいない。あたしだって怖いわ。息子を一人で寝かせて部屋を出るのは怖いのよ、そんなことしたくないのよ！　したくないけど、仕方ないの。他にいい方法が今は見つからないんだもの。助けてくれない人に文句なんか言って欲しくない。それで何かあって息子がもし……もし……死んじゃったら……あたしも死ぬつもりだから。そうするから。だからほっといて」

「そんなこと」

秀は、水筒を両手で抱くように握ったままで言った。

「言わないでください。そんな……ほっとけとか」

「……ごめんなさい。仙崎くんを責めるつもりなんかなかった。ただちょっと……あたし、神経質になってるの。このことではいつも、みんなに責められて……母親失格だって言われてるから。昼間の仕事で母と子と楽に食べて行かれるなら、何も好きこのんで夜勤なんかしない。でも、あたしみたいに何の資格もなくて子持ちで離婚歴がある女に、そんな条件のいい仕事なんかないんだもの。母子家庭手当は息子の教育資金に貯めてるし。あーあ、いったい世の中、どうなっちゃってるんだろう。土地がどんどん値上がりして、ワンルームに一億円払う人がいて、六本木とかでは学生みたいな年齢の子が高級ブランドの服着て踊り暮らして、外車を乗り回したりしてるのに、どうしてあたしと息子には、なんにもないんだろう」

秀には、応えてあげられる言葉が何もなかった。秀自身、いつも咲子と同じことを思って暮らしている気がする。世の中は好景気に浮かれ、人々はみな裕福で幸福そうなのに、どうして自分は日々の食費にもこと欠きながら、先の見えない人生をぐだぐだとおくっているのか。どうして自分には、他の人々がその手に摑んでいる「幸運」が訪れないのか。

子育ての大変さなどは自分にはわからないけれど、咲子が、ほっといて、と言い捨てる気持ちはよくわかった。秀も、今の生活について誰かに説教されたり、正論で否定されたりすれば即座に怒鳴ってしまうだろう。

ほっといてくれ！

もっと正しい選択があるのかもしれない。咲子にしても自分にしても、もっと要領よく効率よく幸福を手に入れる方法は、他にあるのかも。だが見つけられない。わからないのだ。今はこれしかできない。これでいい、と自分に言い聞かせるしかない。

ふと、咲子に渡してしまったあの本のことを考えた。文と挿絵とが違った上下で印刷された、あの本。

自分や咲子のような人間は、この時代、今この世界で、さかさまに印刷された絵を眺めているのかもしれない。他の人々にはその絵が正しい上下に見えているのに、自分たちには見えないのだ。せっかく文章に合せて描かれた挿絵なのに、よそよそしく天地が逆になっていて、少しも文章を支えてくれない。それがどんなに素晴らしい絵で、どんなに美しい色で描かれていたとしても、意味がないのだ。だから無視するしかない。そんな挿絵は最初からついていないよ、俺たちは気にしてなんかいないさ、と、無視する振りをしていなければ。

関係ない。きらびやかな街の輝きも、派手なテレビのコマーシャルも、どこかで一部屋しかないマンションが一億円しているなんて話も、自分と同じくらいの若造が高級外車を乗り回し、本物の宝石を指にはめた女とフランス料理を食べていることも。

すべて、無視して生きていかなければ。

だけど……だけどそんな本、誰が読むんだろう。

そんな人生に、何の意味があるんだろう……


「……子供を育てるなんてこと、僕には何もわからないけど」

秀は、小さな声で言った。

「何かできることはないんですか」

「……え？」

「僕でも……何か、咲子さんを助けてあげられないのかな、と」

咲子はフロントガラスの方を向いたままで言った。

「無理ね。君にはお金もないし、力もないし、子守だって経験ないんでしょ」

「ないですけど、だけどほんとに何もできないのかな」

「何かしたいの？」咲子は、ちらっと横を見た。「あたしたち母子の為に、何かしたいの？」

「はい」

秀は言った。多くの言葉は持たなくても、その一言だけははっきりと口にできた。

「何かしたいです」

「なぜ？」

「なぜって」

秀は、小さな深呼吸をしてから答えた。

「なぜかと言うと……咲子さんのことが……好きだからです」

言ってしまった。

なんだか半分、言わされた、って雰囲気ではあるけれど、とにもかくにも言ってしまったのだ。今さら取り消しはできないし、取り消すつもりもない。

秀は目を閉じて覚悟した。もうすぐ咲子の笑い声が耳に刺さるだろう。

痛い、痛い笑いが。

が、笑い声は聞こえて来なかった。代わりに、細く頼りない溜め息が、すう、と車内の空気を震わせた。

「知ってた」咲子は言った。「だからおくって行くって、誘ったの」

「あ……はい」

「あたしね……何か楽しいことがしたかった」

「楽しいこと、ですか」

「息子の笑い顔を見るのは楽しいことよ。それがあるから子育てなんて辛くてもなんとかやっていける。だけど、そういうんじゃなくて……別のね、何の責任もない、ただ楽しいだけ、そういう時間が欲しかったの。もっと露骨に言えば、男の人と楽しいことがしたかったのよ。……わかる？」

「あの」

「抱かれたかったの。……あたしまだそんなおばさんじゃないって自分では思ってるのに、もうずっと……離婚してから一度も、そういうの、ないの。あたし……したかったの。だけど、変な人として、嫌な思いすることになったらと思うと……仙崎くんなら……真面目だし、いい子だし……いいかな、って」

言葉が出なかった。顔が火照り、喉がからからに渇く。

国道沿いにラブホテルのけばけばしい灯りが見えている。

ぼ、僕で良ければ、ぜひ。

そう答えることができたら、咲子はハンドルを切ってあのホテルの中へと車を進めてしまうだろうか。

「でもね」

秀がありったけの勇気を振り絞って、僕で良ければ、と言う寸前に、咲子が言った。

「やめとくわ。仙崎くんは……そういう相手じゃないんだって、わかったから」

いやそれは。そういう相手でもこのさい構わないんですが。

「もしこのまま仙崎くんとそういう関係になったら、本当に助けて欲しい時にもう助けてもらえない、そんな気がするの」

「いや、助けますよ。僕にできることなら助けます」

「ありがとう。でも……男と女のことは、たぶんあたしの方がほんの少しだけ良く知ってる。失敗体験があるもんね、あたし。ごめんなさい、仙崎くん。くだらないこと言って」

「く、くだらないなんてそんなことはぜんぜん」

「ねえ、今度うちに夕飯食べに来ない？　工場が休みの日曜日の夜にでも。お金がないからご馳走は作れないけど、簡単なもので良ければ用意させて。息子と二人だけだと、どうしても子供向けのメニューばかり作っちゃうから、たまには大人の食べる料理も作りたいの」

　秀は、咲子の変わり身の早さというか、思い切りのよさにしばし呆然としていたが、それでも、夕飯に誘われているのだ、という事実に気づいて何度も首を縦に振った。ある意味、いきなりラブホに連れ込まれるよりは手料理の夕飯に招かれた方が気も楽だし、二人のその先にも僅かながら期待が持てる。咲子の口振りからしたら、今夜秀を誘惑しようとしたのは、秀に魅力のかけらを感じたからではなく、ただ真面目で気が弱そうな男なので肉体関係を持ってもそれで脅迫されるとかつきまとわれるとかの危険が少ない、と判断したから。要するに、一回セックスをして、それでうさ晴らしができたらあとはもう用無し、たぶん口もきいてくれなくなってしまったのだろう。そうなった時の絶望感を想像すると背中に汗が流れた。一度でも咲子を抱いて、それで二度と振り向いてもらえなくなるなんて、あまりにも辛過ぎる。そんな仕打ちをされたらおそらく何年も立ち直れないに違いない。

咲子の判断は正しい、というか、ありがたいことなのだ。咲子は、自分を認めてくれた。ただ一度、からだだけ重ねてそれで終わりにしてしまうのではなく、友情というか何というか、とにかく一緒に手料理を食べてもいい相手だと認識してくれたのだ。

「た、楽しみです。僕、食生活ほんと悲惨だから」

「自炊はしてるの？」

「いや、えっと、一人だと材料とか買い込んでも結局使い切れなくて無駄にするし」

「そうね、上手にやらないと、無計画な自炊って経済的にはかえってマイナスなこともあるわね。でも工場のバイトしてると、少しは料理もできるようになるでしょ」

「野菜を切るのはうまくなりました。それと揚物も。唐揚げ担当ですが、トンカツも揚げられるようになりました。食中毒が怖いから揚物もしっかり中まで火を通さないと、でも通し過ぎると堅くてまずいんで、いろいろコツが……あ」

「どうしたの？」

秀は、叫んだ。

「わかった！」

「な、何が？」

「咲子さん、引き返しましょう」

「……引き返すって」

「工場です。今何時ですか！」

目の前のカーラジオの上にデジタル時計が光っている。午前三時半になるところ。

「今ならまだ、遅番の人たちがいますね」

「それはいるでしょうけど」

「だったら間に合う。引き返してください。いや、公衆電話だ。あそこに公衆電話のボックスありますよね、ほらあそこ！　あそこで停めてください！」

「仙崎くん、どうしたのよ」

「わかったんですよ。泥棒が、というか侵入者の目的が！　急がないと、朝までに見つけ出さないと」

「見つけるって何を……」

秀は、車が停止すると同時に外に転がり出て、電話ボックスに飛び込んだ。

＊

「本当にありがとう、仙崎くん」

工場長の筒井《つつい》さんの横に座って一緒に頭を下げてくれているのが、今まで一度しか顔を見たことがない社長の木村さんだ、ということに、秀は感激していた。自分のようなバイト青年に、社長がこうして礼を尽くしてくれたんだ。

「君からの連絡がなければ、あのまま弁当を出荷して大変なことになっていた。操業停止で済めばまだしも、下手をしたら会社が潰れていたところだったよ」

「いやでも、ただの思いつきでしたから……それにしても、随分悪質な嫌がらせでしたね」

「ただの嫌がらせじゃない」

筒井さんは頭を振った。

「裏にはたぶん、地上げ屋が絡んでる」

「地上げ……屋？」

「聞いたことがないかね。奴等が狙っているのはこの工場の土地だ」

「実はね、ここを売らないかという話がいくつか来ていてね」

社長は大きく溜め息をついた。

「君も噂くらいは聞いているでしょう。このあたり一帯が再開発されて、巨大なショッピングモールが作られる計画がある。いや、この工場のある場所はそのモールの計画地じゃないんだがね、モールの予定地はすでに買収も済んで何も問題ないらしい。だがそういうものができると、周辺の土地も黙って見逃してはもらえないわけだ。大きなショッピングモールの近くならば生活するには便利だし、このあたりは駅からも徒歩十五分圏内だ、マンションを建てたら大人気になる。だが見ての通り、このあたりはまだ農地が多くて、農地は税金の問題があるから簡単には売り買いできない。かといって、ぽつんぽつんと建っている民家を買収したところで大きなマンションが建てられるようなまとまった土地は確保できない。必然的に、うちの工場のような、敷地面積が広くて農地ではない土地が狙われるんだ」

「それじゃ、今度のことは」

「たぶんね。しかし警察が果たして侵入犯を逮捕できるのか、できたとしても背後にいる奴等まで捕まえてくれるのか。正直、あまり期待はできないんじゃないかと思う。これからもきっと、この手の嫌がらせは続くだろうな。まったく頭が痛い。それに、嫌がらせがなくても、この工場はいずれ移転せざるを得なくなるだろうなあ」

「どうしてですか」

「再開発されて人口が増え、商業的な価値も上がれば、土地の価格が上昇する。路線価に実際の地価上昇が反映されるにはタイムラグがあるだろうが、それでも値上がりするのは間違いない。すると固定資産税も値上がりして、経営的に痛手になる。知っての通り、うちは今だって採算すれすれ、この上固定資産税が大幅に値上がりなんかしたら、続けて行かれないんだよ。しかしもっと郊外に移転すれば、ここを売却した金でもっと広い土地が買える。工場を広くしてもう少し設備を良くし、生産性を上げることもできるようになる」

「でも、社長！　あ、すみません……」

「いいよ、構わない。言いたいことがあれば言いなさい」

「すみません、ありがとうございます。でもあの、工場を移転しちゃったら通えなくなる人もいるんじゃないですか？　今の仕事が好きで、会社が好きで、楽しく働いている人たちが通えなくなってしまうのは」

「うん」

木村社長は、おだやかな顔でうなずいた。

「だからこそ、今まで、早急な立ち退き話は突っぱねて来た。今度の災難、いや、君のおかげで未然に防げたが、この悪質な嫌がらせも、そうして突っぱねて来たから起ったことだしね。わたしもね、今、うちで働いてくれている従業員がみんな大切なんだ。うちはできる限り手作りのおかずとご飯を健康的な味付けで弁当にする、それが自慢だ。添加物も可能な限り使わずに、鮮度のいい材料だけで作っている。だがそうしたことを可能にしているのは、働いているみんなの意識の高さなんだよ。保存料を使わずに安全な弁当を提供する為には、ひとりひとりの衛生管理が大事だ。みんなが、手を洗うとか、髪の毛が落ちないように気をつけるとか、自分の健康管理をしっかりするとか、そうした意識を持っていてくれなければならない。わたしは、今うちで働いてくれている従業員をわたしの宝だと本気で思っているよ。たとえ一人でも、移転することで通えなくなって辞めていく人が出てもらっては困る。まだこのことは伏せていて欲しいんだが、今、総務に命じて、全員が続けて勤務することが可能な移転地を探している。できれば電車なら同じ線の沿線、車でもここから遠すぎないところで、今後も立ち退き騒動に巻き込まれる心配が低いところでね。それでも今よりは都市部から離れるだろうし、不便はかけると思う。だからその代わりに、従業員寮や社員食堂を作ることで埋め合わせできないかと考えている」

この人は誠実な人だ。秀は、五十代で禿げあがっている社長のツヤツヤとした額を見つめながら思った。

こんないい人の下で、バイトとはいえ働けるのは幸せなことだ。でも。

この人は……この会社は、果たして生き延びられるのだろうか。

こんなおかしな、変な時代を。

たかが土地。土地が欲しい、そんなことの為に、もしかしたら誰かが死んでしまったかもしれないような恐ろしいことをするような、時代を。


不法侵入者は、何も盗んではいなかった。そいつは何かを工場から盗む為に侵入したのではなかったのだ。そいつは、あるもの、をひそかに工場に残して行った。そして残されていたものはひとつではなかった。

まず、細工された冷凍肉。冷凍庫に保管されていた肉のうち、昨日調理に使う予定でチルドルームに移されていた牛肉の塊が、巧妙に細工されていたのだ。ドリルのようなもので穴が穿《うが》たれ、その穴の中に、腐敗した肉が詰められていた。未使用の肉塊が三つ残っていたので細工が判ったが、すでにその日のコロッケ用に肉塊は二つ調理されてしまっていた。もちろんコロッケなので加熱調理されるから、結果として大事には至らなかっただろうが、秀が工場に電話するのが数時間遅れていたら、腐った肉は調理され、弁当のおかずになっていた。

そして漬物の樽も蓋の閉め方がいつもの通りではなかった。この漬物は樽ごと保健所に持ち込まれ、検査の結果、下剤が検出された。漬物は樽から出したあと切っただけで弁当に詰められてしまう。ひとつの弁当に使われる量は少なく、漬物を残す人も多いだろうから、被害が出ていたかどうかはわからないが、運が悪ければ食べた人はひどい下痢に見舞われて大変な目に遭っていたかもしれない。

さらに、調理者が必ず使用するゴム手袋の箱にも、中身をいじった痕跡が残されていた。こちらの検査結果はまだ出ていないが、手袋の外側に何かが塗り付けられていたらしい。何らかの毒物なのか、培養した細菌の類いなのかはまだわからないが、おそらくは不穏な物質だろう。

敵は巧妙だ。即座に致命的な結果をもたらすような毒は使用せず、弁当を食べた人たちが下痢や嘔吐などの体調不良を訴える程度におさえ、食中毒が疑われて工場が検査された時に、チルドルームに残っていた肉塊から腐敗菌が検出されるように仕組んだのだ。

何事も起らない可能性もあった。が、食中毒事件となって操業停止にされ、マスコミに会社名が流れて経営破綻する可能性もあった。もし何事も起っていなかったら、敵の側が行動を起していたかもしれない。保健所に電話して、弁当を食べたら下痢をしたと密告し、検査が行われていたということもあり得る。

いずれにしても、危機一髪、だったのだ。

社長と工場長にさらに礼を言われながら事務所をあとにしたが、危機一髪のところを救えた、という晴れやかな気持ちには到底なれなかった。結局のところ、社長は工場を移転するのもやむなし、と考えている。今度のことは結果として、その決意を固めさせる役には立ってしまったのだ。犯人が逮捕され背後関係がはっきりすればまだしも、それがうやむやになってしまったら、社長はそうと知らずに、こんな卑劣な手を使った連中にこの土地を売り渡してしまうことになるかもしれない。どんな有名なデベロッパーだからって信用なんかできるもんか。この時代はたぶん、そういう時代なのだ。一流企業でございます、と、こざっぱりした身なりでいい暮らしをしているホワイトカラー達がその裏で、地上げなんかするような奴等と繋がっている、時代なのだから。

「仙崎くん！」

咲子の声に、秀はいくらか気持ちが晴れた。

「仙崎くん、英雄よ。みんなすごく感謝してる」

「いや……ただの偶然です。思いつきです」

「それだってすごいわよ、まさかそんなひどいことする連中がいるなんて、あたしたちじゃ想像もできなかったもの」

それって、俺だけが悪意の存在に敏感、つまり暗い奴だ、ということなんだろうか。なんとなく咲子の言い方には引っかかる。引っかかるけれど、きっとそういうことなんだろう、とも思う。

　この、みんなが浮かれているように思える「今」の中で、自分はたぶん、さかさまに印刷された絵のように、役立たずにいじけているのだ。だから感じ取ったのだ。邪悪なものの意図を。

「何よ、なんか浮かない顔してるね」

「あ、いえ」

「ねえ仙崎くん、さっそくなんだけど、今度の日曜日、うちに来ない？」

「え」

「ゆうべ約束したじゃない。ね、何が食べたい？　どんなものが好き？」

「ぼ、僕はなんでも。好き嫌いとかないんで」

「ほんと？　なら考えるね。予算は少ないけど、お腹いっぱいになれて、楽しく食べられるもの。そうだ、お好み焼きなんかいいかも。うちね、ホットプレートはあるのよ。息子もホットプレートなら料理のお手伝いできるでしょ、焼きそばとか混ぜたり炒めたり。そういうの、楽しいよね」

「楽しいです！」

　秀は大声で言った。

「すごく楽しみです」

「そう？　良かった。あ、それと、あの本、もう少し借りててもいい？」

「構いませんけど。いや、差し上げてもいいんですけど、でも、気づきました？　あれ、ひどい印刷ミスが」

「そうなのよ。驚いたわ、挿絵がみんなさかさまなんだもの！　でもあれ、きっと印刷ミスじゃないわよ」

「……え」

「わざとああして印刷してあるのよ。だってあれ、自費出版か何かでしょう、作者は女性の名前になっていて、出版社は自費出版専門のところよ」

「……そうなんですか。そこまで調べてなくて」

「あれ、すごくいいアイデアだと思う」

「アイデアって」

「ああ、仙崎くんには想像つかないわよね。あれね、うちみたいにたった二間しかないアパートで、お布団敷いて寝てるみたいな生活だとわかるんだけど。あの本ね、とっても便利なのよ。息子はまだひとりじゃちゃんと本が読めないでしょ、でもひとつの本を同じ方向から覗き込むのって、ちょっと窮屈じゃない？　お布団の上に腹ばいになって、ひとつの本を上からと下から、こう、頭をくっつけるみたいにして見ると、息子は絵を楽しめるしあたしは文字を読めるから、絵がさかさまになってるのってすごく楽なの。そういう姿勢だと、息子が喜んでる顔を見ながら読み聞かせできるし。あの本作った人って、センスあると思うわ。さかさまに印刷するなんて、ちょっと思いつかないものね、普通なら」

＊　＊　＊

「閉店って」

　秀は思わず声に出して驚いた。

　数日前、あのさかさまの本を無理やり買わされた時には確かにそこにあったはずの古道具屋が、今はシャッターで閉ざされ、空き店舗、と書かれた白い板がべたっと貼付けられている。

　スーパーの花屋で、見切り品処分で安くなっていた一束百五十円のかすみ草の束を手にしたまま、秀はしばらく古ぼけたシャッターを見つめていたが、やがて歩き出した。

　変な店だったな。変な店主だった。

　なんだかすごく唐突で、奇妙だった。

　けれど、もうなくなっちゃったんだから、仕方がない。そう言えばあの店の名前って、何だったんだろう。どこかに書いてあったのかもしれないが、本を買った時には気づかなかった。

　あの時は、高くて無意味な買い物だと思ったけれど、どうやらあの本も役に立ったらしい。これから咲子母子の部屋へと向かい、このかすみ草をお土産に渡して、そしてホットプレートでお好み焼きを焼いて食べるのだ。そのあと、あの本を息子に読んでやってほしい、と言われている。

結局のところ、さかさまに印刷された挿絵だって、その絵がまともに見える側から見ているならば、どうってことはないのだ。文字とさかさま、だと思うから変なのであって、文字なんか気にしなければ少しも変じゃない。

自分は自分。

自分が見たい方から見て、読みたい方から読めばいい。

焦ったって、しょうがない。

ただ。

いつかは、文字が読める側から本に向かう日が来るんだろう。咲子の息子も。永遠に文字を無視して、片側からだけ眺めてはいられない。いつかは。

俺も。

第二話　金色の豚

1

香奈《かな》は、疲れていた。

もうくたくただった。何もしたくない、ただ自分の部屋に戻ってベッドに身を投げ出し、朝が来るまで眠りたい。

夕飯は食べたっけ。思い出せない。ああ、そうだ。後輩の山本君が見るに見かねてコンビニで買って来てくれたんだっけ。ウーロン茶とおにぎりと肉まんを、ほとんど手探りで袋から取り出し、見もしないで口に詰め込んだ。味なんかもちろん憶えていない。あれがわたしの、今夜のディナー。

情けなくて、ほんとに涙が目尻に溜まってしまう。

それなのに、坂道なのだ。バス停から徒歩二十分、そのほとんどすべての道のりが坂道。朝は坂を転がり落ちるように走って下るからあっという間なのに、帰りはこれを上らないとマンションに辿り着けない。

わたしはバカだ。なんだってあの時、不動産屋の策略が見抜けなかったんだろう。

朝から四、五件の物件を連れ回され、どれも今ひとつピンと来なかった。家賃や広さ、設備やバス停からの距離などはそこそこ希望に近い物件ばかりだったのだが、どの部屋も眺望がひどかった。せっかく京都に住むことになったのに、ベランダの向かい側がビルの壁だったり、粗大ゴミ置き場だったり、西日が強く照りつけてカーテンなどはすぐに褪色してしまいそうだったり。東京のごみごみとした町中で育って、大学を出て就職しても実家から通勤していたので、転勤で一人暮らしが決まった時は年がいもなくわくわくした。そして、京都と言えばとにかく美しい街並みが見られる、比叡山《ひえいざん》や北山《きたやま》の緑、東寺《とうじ》の塔が夕日の中にシルエットで浮かび上がったり、鴨川《かもがわ》の土手に咲き誇る桜を自分の部屋から愛《め》でられたり、そんな生活ができる、と信じて疑わなかったのだ。

もう少しその、景色のいい部屋はありませんか。

それは、わたしにとって譲れない一線だった。あの時、案内していた不動産屋の禿頭のオヤジさんが、ニヤッ、と笑った気がしたのは錯覚だったのだろうか。

オヤジさんが自信満々で案内してくれた部屋、それが、今わたしが暮らしているこの坂の上のマンションだった。

あの時、なぜもう少ししっかり考えなかったのか、あれからほとんど毎日、帰宅のたびに後悔している。不動産屋の資料ではバス停から徒歩十五分、になっていたが、終バスで帰って来て、重くむくんだ足を引きずりながら長い上り坂をてくてく、十五分で着くわけがない。しかも、マンションが視界に入ってから坂は急になり、まるで登山でもしているような気分にさせてくれる。

それでも朝の通勤時は、一気に坂を駆け降りれば済むので、どんなにしんどい思いをして後悔を抱えて眠りについても、朝になれば、この部屋もまんざらじゃないよね、などと思ってしまう。

生まれついての楽天家なのだからしかたがない。そして引っ越しするだけの気力もない。

息切れしながらようやくマンションにたどり着き、さらに外階段を四階まで昇るので息切れが激しくなった。四階建てなのにエレベーターなし。つくづく、わたしはバカだ。

それでも、東京で、通勤時間三十分以内のところに１ＬＤＫ四十平米のマンションを借りたら、きっと家賃が倍はするだろう。京都は決して家賃が安い町ではない、むしろ高い方だろうと思うのだが、それでも、都心の家賃相場を考えれば、ずっとまともだ。

朝の通勤ラッシュから解放されたのも、東京時代とは大きく違う点だった。実家は都内にあって、通勤は地下鉄乗換え一回四十分、という恵まれた状況ではあったのだが、それでも毎朝毎朝、文庫本を目の前に広げるスペースも確保できず、見知らぬ人の背中にほとんど顔を埋めるような姿勢のままでじっと耐え忍ぶ四十分は辛い。今はバスで乗換えなし、座席に座れない日もたまにはあるが、呼吸もままならないほど混んだりはせず、短編小説一本読み終わる頃には会社近くのバス停に到着する。

結局、いいこともあれば悪いこともある。人生はすべて、そんなもんだ。

誰もいない部屋に入り灯りを点け、暖房のスイッチを入れてからトイレに入り、スーツを脱いで下着姿になってソファに転がった。そのままの姿勢でテレビをつけ、ニュース番組のエンディングをぼーっと眺めている間に少しだけ気力が戻った。起き上がり、スウェットを着て冷蔵庫から缶ビールをつかみ出し、ベランダに出た。

グイ、とビールを飲み、十二月の冷たい風にぶるっと震える。

ああ、綺麗だ。

やっぱりわたし、バカじゃないや。この部屋を借りて良かった。

毎晩、このひと時で救われるのだ。

眼下に広がるのは、箱庭のように小さくて美しい、京都の夜景。

とにかく跳望だけは抜群の部屋だった。不動産屋と共にこのベランダに立った時、右手に妙法《みょうほう》、遠く左大文字《ひだりだいもんじ》がくっきりと見えているのに気づいた途端に、ここを借りる決心がついたのだ。あの時は夕暮れ時で、西山《にしやま》の空が茜に染まっていたのも美しいと思った。吉田山《よしだやま》や京都大学、鴨川と、長く憧れていた京都の町が一望のもと。だが本当にこの部屋を借りて良かったと思ったのは、引っ越しが済んだ最初の夜だった。引っ越し業者が帰り、一人で段ボール箱を開ける作業に飽きてベランダに出てみた香奈は、目の前に広がっていたきらきらと輝く光景にぽかんと口を開けてみとれてしまった。

それは、香奈が知っていた東京の夜景とは違う、とても慎ましやかで好ましいコンパクトさで、まるで両の掌《てのひら》でそっくり包み込めてしまいそうな、なぜか温かさを感じる夜景だったのだ。

条例だかなんだか、建物に高さ制限のある京都の町には、視界を遮《さえぎ》る建造物がほとんどない。このマンションの部屋程度の高さ、つまり東山《ひがしやま》の中腹より少し下くらいから眺めれば、市内のほとんどが一目で見渡せてしまう。

これ全部。

その時、香奈は思った。

この美しいものすべて、わたしのものなんだ。

＊

バブルだった。世の中は、あとになってからバブル経済期、と呼ばれた好景気で浮かれていた。それが六年前、香奈が転職した時の状況だった。そのほんの数年前までは、景気は決して良くはなかったのだ。香奈が大学を卒業した時も、就職氷河期だった。香奈がなんとか就職に漕ぎ着けられたのは、たぶん、親と同居していて実家から通勤する、という点がアドバンテージになったからだろう。買い手市場の就職戦線では、一人暮らしの女性を差別するといった理不尽な仕打ちが平然とまかり通っていたのだ。香奈の同級生たちもみんな苦労していた。卒業式の日にもまだ就職が決まっていない者もいたし、諦めてわざと留年する者もいた。そんな状況だったから、香奈にしたところで第一志望だった商社には、十数社志願して一社にも採用してもらえなかった。それでもなんとか総合職での就職をと頑張って、ようやく入社できたのは食品の輸入会社だった。商品管理業務に就き、安いスーツを作業服代わりに倉庫で埃《ほこり》にまみれて六年、肩書きにようやく「主任」の二文字がついた年に、転職の誘いが来た。

その頃は、転職が流行のようになっていた。いつのまにか就職戦線は超のつく売り手市場に変わり、偏差値がさほど高くない大学卒でもほとんどが希望の会社に潜り込め、そしてちょっとでも想像と違っていれば、さっさと転職する。雇ってくれる会社はいくらでもあり、そんなに優秀だとは思えない社員にも転職の誘いがあちらこちらからかかった。香奈にも、大学の先輩を通じて話が持ち込まれた。まるで畑違いの衣料品関係、それも営業職。が、本社が京都にあった。その一点が、香奈を惹きつけた。だが本社が京都にあっても、会社の中心はやはり東京にあって、香奈の新しい職場も以前の職場とそう離れていない都心だった。

転職そのものを後悔はしていない。前の会社にいた時よりも給料は良くなったし、職場の雰囲気も悪くはなかった。ただ、以前はごく常識的な範囲だった残業がほとんど毎日になり、終電以外の電車で帰れることが珍しいような状態になっていた。実家で暮らしているのに両親と会話できる時間はほとんどなく、週末はとにかく睡眠不足を補うためにほとんど寝ている有り様。それまで通っていたジムにもイタリア語講座にも行く暇などなくなって、友人たちとの飲み会やカラオケにも行けなくなってしまった。世の中は好景気に沸き立ち、楽しそうなことがたくさん町に溢れていたのに、どれひとつ楽しめないままに仕事に埋没し、はっ、と気づいた時にはいきなりバブルが崩壊してしまっていた。

突然の不景気。それも、一気にどん底。

一九九一年を境に、日本全体がそれまでとはまったく違った世界に放り出されたのだ。

それなのに、仕事は減らなかった。売上は落ち、利益はどんどん減っているのに、仕事量だけは増え続ける。いったいどうなっているのだろう、と疑問に思っている暇さえなかった。しかもそれまでとは違って、働いても働いても朗報はもたらされない。賃上げは止まり、ボーナスは減った。リストラ、という名の粛清が、音をたてずこっそりと進み、見回すと仲の良かった同僚や尊敬していた先輩達の姿も消えていた。社内の雰囲気は悪化し、笑い声は小さくなり、誰もが自分の保身しか考えなくなった。

もう限界かな。

三十歳の大台にのった時、香奈は退社を考えていた。いつのまにか独身のままで迎えてしまった三十代。独身主義者だったわけではなく、いい相手があればいつでも結婚する気満々だったのに。いくつか恋愛のようなものは体験したけれど、最後はいつもうやむや、自然消滅してしまった。それだけ自分に熱がなかったのだろう。そして相手にも、熱はなかったのだ。

ぼんやりとした八方ふさがり感の中で、どこかに逃げたいな、という思いが芽生えていた。幸い実家暮らしだったので貯金だけはそこそこある。会社を辞めて、いっそ外国へでも行ってみようか。中途半端なままで放り出したイタリア語を勉強し直して、イタリア留学なんてどうかしら。

あの頃はただ、目の前の現実から逃げたいというだけで、自分の将来についてそんなに真剣に考えていたわけではなかった。そう、自分は不真面目だったんだ、と、冷たい缶ビールで冷えたからだをさすりながら、香奈は自戒する。人生に対して不真面目だったから、あんな目に遭った。

ベランダから自室に戻り、シャワーを浴びてベッドに潜り込むと、すぐに睡魔が襲って来た。

眠りに落ちながら、夢の中にあの女がまた、現れた。

あの女。

相変わらず美しかった。夢の中でまで、彼女は女王様のように尊大に微笑んでいた。

あれ？
こんなところに古道具屋なんてあったかしら。

2

京都の町では古道具屋は特に珍しいものではない。統計数字などは知らないが、たぶん、日本の他の町よりも古道具屋の数は多いのではないだろうか。骨董品を扱う高級な店、美術品専門の店などもたくさんあるが、数十円からせいぜい数万円までの雑多なガラクタを山積みにしているような店も多い。北野天満宮《きたのてんまんぐう》と東寺では、毎月決まった日に骨董品や生活雑貨、食料品などの市がたつが、それらの市にも古道具屋は複数出店している。

香奈は北野天満宮の骨董市、通称天神市《てんじんいち》が好きで、たまたま日曜日に当たった時には必ず行くことにしていた。骨董市、とは言っても、古いものばかりではなく、地元京都の若い陶芸家や工芸作家などが作品を売っていたりするので、自分好みの手ごろなコーヒーカップや皿などを毎回ひとつか二つ買うのが楽しみだったのだ。

だが、今朝、いつものバス停に向かって坂を小走りに下りていた時に見つけたその店には、どうやらそんな洒落た品物はなさそうだった。

とにかく外観がみすぼらしい。古い、というだけならば、京都の町に古い建物はむしろしっくりと馴染むのだが、その店はただ古いのではなくて、古ぼけて落ちぶれている感じがする。早く言えば、ボロ家。

だがこの道は、ここ一年九ヶ月、毎日歩いている道なのだ。こんなボロ家があればこれまでに気がついていたはずなんだけど……変ね。

しかもこんなに朝早く、まだ八時前から営業している店なのに、開店する時に何も宣伝をしていなかった？　何しろ昨日まではここに店があることに気づかなかったのだ、もしいくらかでも開店の宣伝をしていたのならば、絶対に気づいていたはずなのに。

それとも、まだ開店していないのかしら。店先に品物は並んでいるけれど、開店準備中なのかもしれない。

それにしても、おかしな場所に店を開いたものだ。バス停に近いことは近いけれど、坂道の途中、そして住宅地の真ん中である。京都には至るところに観光地があるが、さすがにこのあたりには観光客が立寄りそうな店も建物も歴史的建造物も史跡も、何もない。坂の上からの眺望は素晴らしいけれど、マンションに入り込んで屋上にあがるか、見知らぬ家の屋根にこっそり上らなければその景色も見えない。坂はまっすぐではなく少し湾曲しているので、坂道の途中で振り返っても屋根や庭木に邪魔されて視界が開けないのだ。こんなところに、住民以外の人がわざわざ上って来るなんて考えられない。いくら京都の人が古道具や骨董好きでも、住宅地の住民相手だけでこの手の店が商売できるとは思えないのだが。

それとも、商売の中心は店売りではなく得意客への直売りなのだろうか。高価な骨董品や美術品ならばそれもありえるけれど……

わっ。

誰もいないと思っていた店の中に人がいたことに気づいて、香奈は思わず後ずさった。

……変な顔。

えっと……何かに似ているんだけど、いったい何だったかしら。

大きくぎょろっとした目、口角が吊り上がって見える口、あるかないかわからないくらい低い鼻。もしかして、この口元って、笑っているの？

……商売用の笑顔にしては、不気味過ぎる。だってこの笑い顔、まるでプラスチックで固めたみたいなんだもの。

いや、でも、他人の顔のことであれこれ悪く思うのはやめよう。浅ましい。自分だってたいした顔じゃない、お世辞にも美人じゃないことは重々承知しているんだし。

それよりもこの人、えっと、おじさんなのかしら、それともおばさん？

やだ、ほんとにわからない。背がとっても小さいからたぶん女の人なんだろうけれど

……

「どうぞ」

プラスチックの笑顔仮面が、突然口を開いた。

「どうぞ中へ」

「あ、え、あ、でもバスの時間が」

「いいから、まあどうぞ」

笑顔仮面はくるっと背を向けて、さっさと店の奥に入ってしまった。

また来ます、と言い残して店先を去るつもりだったのだ、本当に。古道具は好きだけれど、どうせ見るならゆっくりと見たい。すでにバス到着時刻まであと数分と迫っている。今ごろはもうバス停に列ができているだろう。そんなに混むバスではないけれど、座れるものなら座席に座って行きたいのだ。急がないと。

あれ。何やってるのわたし。

香奈は自分の足が店の中へと踏み出したのに自分で驚き、慌てて引き返そうとした。したつもりだった。だが思いと反対に、からだはどんどん店の奥に向かって進んで行く。

何よ、何してるのわたし。好奇心?

そう、十分だけ。十分くらいなら次のバスに間に合うんだから問題ない。

ちょっと見るだけだしね。買わないから。うん、絶対買わないもの。見るだけ見るだけ……

わっ。

何かに躓《つまず》いた香奈は、前に倒れそうになった拍子に手が触れたものにつかまった。そのままからだを支えようとしたのに、はずみでからだが反転してお尻から落下した。が、そのお尻を受け止めてくれたものがある。

何これ。ああ、椅子か。わあ、座り心地いいなあこの椅子。これって、安楽椅子ってやつ？　座面が広くて背もたれも大きくて、ひじ掛けがついていて。

あ、いけないこれ、商品よね？

「ごめんなさい」

香奈は慌てて立ち上がろうとしたが、その目の前に、小さな盆に載った茶碗が突き出され、また座り直してしまった。

「あ、あの」

「まあどうぞ。まあまあどうぞ。まあひとつ」

……節がついてる。笑顔仮面の性別不詳、いや年齢もよくわからないその人は、歌うように茶をすすめる。

「あの」

「お番茶どすえ」

どすえ？　地元の人なのか。でもなんか、ちょっと違う気がするんだけど、イントネーションが。

「す、すみません。ありがとうございます」

熱くいれられた京番茶は、苦くて素朴な味がした。このお茶にもだいぶ馴れてしまったけれど、まだ、美味しい、と思うほどには好きではない。でもこんな寒い朝にいただくのは、なかなかいいものだな、と香奈は思った。

「このお店、いつ開店されたんですか。近所に住んでいるのにちっとも気づかなかったです」

だが店主らしきその人は、香奈の質問にまったく答える気がないようだった。香奈が茶を飲み終わるのをじっと黙って、笑みを顔に貼付けたままで待っている。香奈が茶碗を盆に返すと、それでいいのだ、というようにうなずいて盆を持って店の奥へと消えてしまった。

少し待ってみたが、笑顔仮面が戻って来る気配がない。そうだ、もう時間がない、またあとで来ることにして会社に行かないと。香奈は立ち上がろうとしたが、腰のあたりに力がうまく伝わらず、安楽椅子から立ち上がることができなかった。

なんだこれ。座り方が悪かったのかしら。

何度か立ち上がろうと悪戦苦闘したあげく、香奈は溜め息をついてひと休みした。背もたれに背中を預けて見回すと、店内がなんとなく見渡せる。

それにしても座り心地のいい椅子。

これ、いくらなんだろう。ちょっと欲しくなっちゃった。

贅沢のできる身分でないことは重々承知しているけれど、京都に来て以来、本当に慎ましく生活して来た。昼食はできるだけお弁当を持って行くし、お弁当が作れなかったらコンビニでおにぎり、と決めている。夕食は残業ばかりで、コンビニで買った簡単なものか出前をとるかだし。仕事が忙しいから飲み会やカラオケの誘いもほとんどない。洋服は東京の実家から持って来たものだけでほとんどまかない、こちらに来てから買ったのは冬の寒さに耐えかねてダウンジャケット一着だけ。そうやって、返済だけはなんとか遅れずに済ませている。借金を背負っていることは会社にも実家にも内緒だから、返済が遅れて督《とく》促《そく》状などがあちこちに届くような事態だけは、どうしても避けないとならない。それでも倹約生活のおかげで、借金返済にあてた残りが、わずかずつだけれど通帳に貯まり始めていた。もしこの椅子が、そんなに高価なものではないのならば、思い切って買ってしまえるくらいには……

いや。いやいやいやいや。だめ。絶対だめ。

買わない。買いません。

天神市でカップやお皿を買うだけでも、数時間悩んで吟味して、本当に欲しいものだけに絞っているのだ。なのに、こんな椅子を衝動買いだなんて有りえない。第一、これってけっこう大きいんじゃない？　わたしの部屋のどこにこれを置けばいいのよ。

罠よ。これは罠だわ。こんなに座り心地のいい椅子に座らせてお茶までご馳走して。あの人、たいした商売人よ。

早くこの店を出よう。出なくちゃ。いやん、なんで立ち上がれないの？

「どうどす？　どれか欲しいもん、ありましたか」

笑顔仮面が店の奥から出て来た。香奈は必死にもがきながら言った。

「あの、すみません、この椅子なんかおかしいんです。立ち上がれないんですけど」

「は？　立ち上がれないて、別にどうもなってませんえ」

「あのでも、ほんとに立ち上がれないんです。もしかしたらわたし、腰が抜けちゃったのかも。あの、お願いです、引っ張ってもらえませんか」

香奈は必死で手を伸ばした。すると指先が、前の棚にあったものに触れて、それが落ちた。

「おや」笑顔仮面がそれを拾って、貼付いた笑顔でうなずいた。「これどすか。これはえもんどすえ。お目が高い」

「えっ、いえそれ買いたいわけじゃ」

「そうどすなあ、とびきりおまけして、五千円」

「ご、ごせん」

「今包みますえ。ちょっと待っとっておくれやす」

「いえ違うんです、違います。買いません。五千円なんてとんでもないです。そんなものいりません！」

香奈は叫んでさらに手を伸ばした。だがどうしても腰が持ち上がらない。泣きそうになって身をよじっていると、茶色の地味な包み紙にくるまれた物が、ひょいと香奈の鼻先に突き出された。

反射だった。本当はそれをはねのけようとしたのだ。が、うっかり、摑んでしまった。その途端、腰が持ち上がり、勢い余って香奈は前に飛び出した。そのまま笑顔仮面の胸めがけて飛び込んでしまった。

「五千円どす」

完璧にわざとらしい笑顔を香奈の顔にくっつけて、その人は宣言した。

3

災難だった。災難としか言いようがない。

香奈は掌に載せたそれを眺め、また溜め息をついた。

いったい何なのよ、これ。貯金箱？　まあ貯金箱なんだろうけど。でもどこからお金を入れたらいいのよ。

それは小さな金色の豚だった。こういう豚の貯金箱は前にも見たことがある。韓国かどこかのお土産じゃなかったかしら。縁起のいい文字が金色のお腹に書かれていたりするのだ。

でも香奈の掌に載っている豚は、ただ金色なだけで文字の類いは書かれていない。それはいいとして、問題は、豚の背中だ。通常、豚の貯金箱はこの背中の部分に切れ込みが入れられていて、そこから硬貨を落として貯金するわけである。なのに、この豚の背中には切れ込みがないのだ。

ひっくり返してみると、お腹の下には丸く和紙が貼られた部分がちゃんとある。ここに穴が空いていて、この和紙を破ると貯めた小銭が取り出せるのだ。つまり、貯めたお金を出す出口はあるのに、お金を貯める入り口がない。これでは貯金なんかできやしない。それとも、これは貯金箱じゃないのかしら。貯金箱に似せた置物、とか。そんな置物を作る意味がまるでわからないけれど。

しかし不良品の貯金箱にしても豚の置物にしても、五千円、はない。非常識だ。高過ぎる。こういうのって犯罪なんじゃないの？

そりゃまあ、あの変な顔の古道具屋が妙な迫力でごせんえんと言い張るのに負けて、つい自分から財布を開けたのだ、強盗に奪われたわけでもないし詐欺にあったわけでもない。が、しかし、こんなものに五千円という値段は不当に高い。こんな商売、ゆるされるんだろうか。

それとも。

香奈はまた、豚をひっくり返して隅々まで見つめた。

これ、百年くらい前の本物の骨董品、だったりしない……かしら。しないよね、やっぱ。

「さっきから食事もしないで何眺めてんの」

背後から明るい声がして、香奈同様に休日出勤中の伊藤千種《いとうちぐさ》が近づいて来た。

「あ、豚の貯金箱だ。すごい色ねえ。金色ってお金が貯まる色なのかな」

「豚の貯金箱、よね、これ」

「え、違うの？」

香奈は千種に豚を手渡した。

「よく見てみて」

「えー、どれどれ。……なにこれ、お金どこから入れるのよ」

「それをわたしも今、考えてたとこ」

「てゆーかこれ、不良品じゃない？　穴空けるの忘れられたとか」

「他に合理的な説明はできないわよね、やっぱり」

「合理的な、って、でもこれ見たらわかるよね。売る方も売る方だけど買う方も買う方な品物だねえ。まさか香奈ちゃん、これ買っちゃったんじゃ」

「そのまさか」

「えー、ケチ、じゃなくって節約家の香奈ちゃんがどうしてそんなおばかな浪費を。とりあえずこれじゃ使えないんだから、返品してくれれば」

「返品できるかな」

「そりゃできるでしょ、だってこれじゃ使い道ないもん」

「その使い道、があったら？」

「あったら、って」

「それ、古道具屋で買ったのよ。つまり中古品なの。新品なら何かのはずみで不良品であることを見逃されて売られた、ってこともあるけど、中古で人から人に手渡されたのにその間誰も不良品だと気づかなかった、なんてことは有り得ないと思うの。てことは、それ、何か貯金箱以外の使い道があるのかもしれない」

「そんなこと言われても……文鎮にしては軽いし、置物にしてはそのなんてゆーかセンスがいまいちだし」

「どっちにしても、返品は受付けてもらえないと思う。それ、貯金箱です、って売られていたわけじゃないの。店の人も貯金箱だとは言わなかった。だから背中にお金入れる穴がないって文句言っても、貯金箱じゃありませんからって言われておしまいだろうな」

「そんな悪そうな古道具屋なの。偽物の美術品とか扱いそうな？」

「美術品なんて扱ってないと思う。見たとこガラクタばっかりだった。だから余計やっかいなのよ、それだって立派なガラクタだけど、役に立たない物だからってお金を出す価値がないとは限らないもんね。ガラクタを売るってそういうことでしょう」

「なんか物わかりいいのね。いつもなら一円の無駄づかいにも神経質なのに」

「自分の馬鹿さ加減に呆れて怒る気になれない、って感じ。こつこつ節約して切り詰めて、それでこんなもんに五千円払ったかと思うと」

「ごせんえん！」

千種は金色の豚を香奈に放った。

「ちょっと気をつけてよ、これ、割れ物なんだから」

「だってこんな出来損ないに五千円って、香奈、大丈夫？　ストレス溜まってどうかなっちゃったんじゃ」

「言い訳する気になれないから言わないけど、とにかくね、気がついたらお金払ってたの。しかもそれでバスに間に合わなくて、結局会社までタクシー。タクシー代二千円もプラスの出費」

「香奈……」

「わかってる。わたしが馬鹿でした。だからこれ、ここに飾っとくことにするの。これ見るたびにムカムカして悔しくて、もう金輪際無駄づかいなんかするものか、って決意をあらたにできるでしょ。これのおかげで発奮して、今月あと一万円節約できたとしたら元はとったことになるし」

香奈は机の引き出しから家計簿を取り出した。会社に家計簿を持ち込んでいるのはおそらく香奈だけだろう。

「先月は飲み会に二回出て、二次会までつきあったから外食費で一万円以上かかってるのよ、それに天神さんで一輪挿し一個千二百円で買ってるし、あんたにつきあって映画一回、前売りも買わずにまんま千八百円払ってる。それに靴一足、バーゲンだったけど七千八百円。ほら、二万八百円も無駄づかいしちゃってるの。これを引き締めれば一万円くらい浮くわ」

「無駄づかいって、あのね香奈、靴は前に履いてた通勤用のパンプスに穴が二ヶ所もあいちゃっててもう限界だったから買ったんでしょ、映画だって香奈が前から封切り楽しみにしてたやつじゃない。一輪挿しだって、値段の割にあれ、とってもいい、香奈の部屋に似あってるし、あのくらいのゆとりはないと生活が楽しくないでしょう。飲み会に月に二回ぐらいつきあうのも、ＯＬやってたら当たり前だよ。そういうの何もかもなしにしちゃったら、ただ寝て起きて会社で働いて食べて寝る、それだけの生活になっちゃうじゃないの。そんな生活してて、精神状態まともに保てると思う？　香奈、香奈が実家に一円でも多く仕送りしたいって思ってることはすごく立派なことだと思う、一人暮らしって言っても家賃払ってないでのほほんとしてるあたしには真似できないよ、尊敬する。だけど、そればっかりじゃ香奈の心がもたないんじゃない？　それが心配なのよ」

香奈は小さく溜め息をひとつつき、それからそっと手招きした。

「千種、ねえ、これ絶対内緒にしてもらわないと困るんだけど」

「うん？」

顔を寄せて来た千種の耳に、香奈は囁いた。

「わたしね、借金あるのよ。実家に仕送りしてるなんて嘘なの。ほんとはね、毎月借金の返済に四苦八苦してるの」

「えっ」

千種は驚いた顔で一瞬身をひいたが、次の瞬間にはそばにあった椅子を引き寄せて香奈のごく近くに座り、身を寄せて来た。

「どうして、何の借金？　まさか男に貢いじゃったとかそういうんじゃ」

「違うって。男になんかぜったい貢がない。でも……まあ似たようなもんか、結局」

「似たようなもんって……誰かに貢いだってこと？」

「貢いだというか……騙されたというか。わたしに人を見る目がなかった、ってこと」

「お金騙しとられたんなら、そんな借金返すことないよ、警察に相談しなくちゃ」

「そういうのでもないのよ。騙されたのは確かなんだけど、お金を騙しとられた、っていうのとは少し違うの。うーんとね……賭ける馬を間違えたというか、投資する価値のない人に投資しちゃった、ってところかな。いずれにしても、わたしが愚かだったの。借金自体は合法的なものだから、返さないわけにはいかないのよ。なんとか返せない額でもないしね。つまりそういうことだから、節約しないわけにはいかないの」

「あの、聞いてもいい？　借金の総額っていくらくらいなの」

「それはちょっと言えない。でも毎月十万で元金が減るくらい」

「十万……」

手取り二十三万と少し、そこから家賃五万、借金十万をひくと残り八万で一切合切。光熱費と食費を合わせたら少なくとも五万は必要だから、雑費と小遣いすべて合わせて、いくらかでも自由になるのは三万円ぽっきり。それが今の香奈の生活なのだ。家財道具、少し値の張る物、各種保険料の掛け金、将来に備えてわずかばかりの貯金等々は、ボーナスだけが頼みの綱だ。

そうした計算を頭の中でしたのだろう、千種が特大の溜め息をひとつ、香奈の代わりについてくれた。

「無理だよ」

千種は頭を振った。

「無理。十万はきついよ」

「きついけど、自己破産するほど切羽詰まってもいないしね。バブルが弾けて以来、親が失業して弟や妹の学費を出してやってる、なんて人はいくらでもいるもの、わたしよりもっときつい生活してる人なんていっぱいいよ。このくらいでめげてはいられないの」

「じゃ、これやっぱり返品しようよ。あたしつきあって行ってあげる」

千種は金色の豚を指さした。

「いいの」

香奈は、豚の鼻面をピンと指で弾いた。

「これには浪費の戒めであると同時に、そうね、節約の守り神になってもらうから。こいつの使い道、何かあるはずなのよ。あったから、古道具屋なんかに置かれてたんでしょう? ただの不良品ならとっくに壊されてる。その使い道をゆっくり考えてみる」

千種にはそう言ったものの、午後の業務に入ってからも香奈のあたまの中では金色の豚の使い道について、ぐるぐると思考がまわっていたが、仕事を終えて帰る頃になっても結論などは出なかった。

香奈は会社近くのコンビニに寄った。

店内を一周して、夕食用に安い弁当を一つ、それと新聞。

「桑島《くわしま》さん?」

いきなり名字で呼ばれて、香奈はビクッとした。残業仲間はみんなファーストネームで香奈と呼ぶ。こんなところでこんな時間に、上司がいるとも思えないし……

あ。

「近藤《こんどう》くん! どうして京都に」

近藤真人《まさと》は、好奇心いっぱいの目で香奈が持っているレジかごを覗き込んだ。

「その弁当、野菜、あまり入ってないじゃない。ジュースだけじゃだめでしょう」

「わかってるけど、でもあれこれ料理してる余裕ないのよ。うちに帰ってからも持ち帰りの仕事あるし……」

「相変わらずだなあ、桑島さん。どうして桑島さんって、そんなにバタバタと急いで生きちゃってるんだろ」

　昔と変わらないあどけない顔で、近藤真人はけらけらと笑った。

　近藤真人。香奈が最初に持った「部下」。以前に勤めていた会社での後輩。そして。

　そして……

「ば、バタバタ生きてるって……悪いけど、あなたに言われたくない気がする」

「そりゃどうも失礼。でも俺はそんなにバタバタしてないでしょ？」

「バタバタはしてないけど、ぜんぜん落ち着いてないじゃない。あなた、うちの会社辞めてから移ったとこもすぐ辞めちゃったって聞いたわよ」

　ちっ、ちっ、ちっ、と近藤が芝居がかった仕草で指を振った。

「うちの会社。そんな言い方してると前に進めませんよ、先輩。桑島さんだって前の会社なんかとっくに辞めちゃったんでしょ」

「それはまあ、そうだけど……」

「でも都内で転職したんじゃありませんでした？　なんで京都なんかにいるんですか」

「転勤になったのよ。京都が本社なの」

「あ、なーるほど」

「で、あなたはどうして京都に？」

「友達のとこに遊びに来ました」

「遊び……一月に休みなんかとれるんだ」

「て言うか、俺、今プーなんで。仕事辞めちゃったんですよ、先週」

近藤は、あはは、と笑った。

「やっぱ俺、バタバタしてますかね。自分ではのんびり生きてるつもりでいるんだけどな」

「そんなにめまぐるしく会社替えて、それでのんびり生きてるとは言わないんじゃないの」

「そうかなあ。でもね、自分に合った仕事をのんびりやりたいから、合わないな、と思ったら辞める。それってのんびりしてるってことじゃないですかね」

「のんびりって言うより……暢気《のんき》だな、とは思うけど」

「あ、桑島さん、どうせなら今から飯でもどうですか。その弁当は明日の朝飯にすればいい。俺が泊めてもらってる友達の家、このすぐ近くなんです」

「今夜は……」

仮にも元部下で、自分を先輩と呼ぶ人間と久しぶりに逢って食事をして、支払いが割り勘、では格好がつかない。かと言って、居酒屋で飲み食いしても一人二千円はかかってしまう。

香奈は内心とてもがっかりしながら、首を振った。

「ごめんなさい、今夜は持ち帰りの仕事が多くて」

「だったら明日。あさってでもいいですよ。俺、しばらく友達のとこにいて京都を堪能する予定なんで、いつでも」

「あ、あの」

給料日まであと一週間。いくらなんでも近藤は京都を出てしまっているだろう。

「それが……今、仕事がとにかく忙しくて。毎日終バスまで残業状態なの。あと一週間くらいは無理だと思う」

「一週間。それなら、来週連絡します」

近藤はあっさりと言って笑った。

「ほんとは来週、神戸の友達のとこに転がりこむつもりだったんだけど、それなら先に明日から神戸に行って、来週また京都に戻って来ればいいや」

「そんな、そんなにころころ予定変えたらお友達が迷惑じゃ」

「ぜんぜん大丈夫です。みんな適当な奴らだし、一人モンばっかだし。じゃ、連絡先教えてください。あ、俺まだ携帯電話って持ってないんですよね、あれけっこう高いから。だからこっちから電話するんで、どこでも連絡つくとこを教えてください」

香奈は名刺を取り出し、手渡そうとしてちょっと躊躇《ためら》ってから、名刺の裏に自分の携帯電話番号を書きつけた。

「わ、やっぱ携帯持ってるんですね。さすが」

「仕事では使ってないから、会社では電源切ってるの。だからあまり繋がらないと思うけど」

「了解です。できるだけ昼間、会社にかけます。じゃ、来週楽しみにしてます」

香奈は、近藤が消えたコンビニのドアをしばらく見つめていた。


近藤真人。

誰にも打ち明けていない、心の秘密。

香奈は近藤のことが好きだったのだ。近藤が香奈の部下として働いていたのはわずか三ヶ月のことだった。新人研修期間だけ。研修が終わって近藤は香奈とは違う部署に正式配属され、それから一年も経たずに会社を辞めてしまった。

近藤は大学を一年浪人して、卒業も何回か留年したあげくの新卒入社だったから、年下とは言ってもさほど離れていたわけではない。最初の一目で、香奈は近藤の容姿に惹かれ、笑顔に惹かれた。長身痩軀《そうく》、切れ長の目と涼やかな顔立ち。目立っていい男だったのだ。香奈はそれまで自分を面食いだと思ったことがなかったのだが、近藤真人の中身についてかけらも知らない内から自分の胸が高鳴り、頬が熱くなったことで、自分が相当な面食い女だったのだ、という事実に気づいた。

そして、そんな近藤は、瞬く間に社内の女性たちの注目を集めた。香奈が最後まで素直になれなかったのは、近藤に熱い視線をおくる女性社員たちがみな、自分より若くて美しいように思えたからだった。

香奈は、自分の気持ちについては一言も口にしなかった。誰にも。

そして近藤に、その気持ちに気づかれるのも怖れていた。だから近藤に対しては、他の新人に対してよりもきつく当たってしまうことが多かった。一度優しく接したら歯止めが利かなくなりそうで、そんなみっともない自分自身を見ることが余りにもおそろしくて、近藤の存在そのものが、苦痛に感じられていたのだった。

それなのに、近藤真人は、つまるところ、天然だったのだ。

いくら香奈がつっけんどんにしたところで、しょげたり気にしたり、というふうがみじんも見られなかった。いじけたり反抗したり、不愉快そうな顔になったことすら、ない。いつも同じように笑顔で、飄々《ひょうひょう》としていて、香奈が自己嫌悪に陥るくらいに自然体で、香奈の半ばヒステリックな態度を受け止めていた。

今思い返してみても、近藤はどうしてあんなにおおらかに自分を受け止めてくれたのか、香奈には不思議なのだ。もし立場が逆だったら、最低の上司、鼻持ちならない奴、と軽蔑していたに違いない。自分でも自分の態度がみっともない、という自覚はあった。あったけれど、どうにもコントロールができなかった。

そのくらい、香奈は、近藤真人に惹かれていた。

近藤が寝不足な顔をしてあくびのひとつもすれば、前夜は女性と一緒だったのだろう、と想像してひとり、気をもみ、嫉妬し、苦しんだ。いつもは人一倍食べるのに少しでも食べ物を残すのを見れば、体調が悪いのではないか、病気なのではないか、と心配になった。有休の届けがあれば、何の為に休みをとるのだろう、と気になって申請書の事由を盗み見た。

だがそうした細々とした不安や猜疑心《さいぎ》も、目の前で見せつけられるモテ男振りから被《こうむ》る心の痛手に比べたら、むしろ喜びに近いものだったろう。

近藤真人は、本当にモテた。

見栄えがよく、おおらかで朗らかで、意地の悪い女上司から冷たくされても少しも悪びれないのだから、社内の女性たちの目に輝いて映っていたのも当たり前だ。香奈はまるで罠にはめられたかのように、近藤真人を引き立て、女性たちの注目を集める役回りになってしまっていた。そしてそれに気づいても、焦るばかり、悔しさややるせなさに負けてしまうばかりで、益々近藤にきつく当たってしまい、そのことでさらに追いつめられていじいじと苦しむ毎日だったのだ。

あれは恋愛ではなかった。香奈は、自分の恋愛遍歴から近藤真人の存在は抹消している。あれは、たちの悪い風邪をひいたようなものだった。

香奈はただひたすら、研修期間が終わって近藤が目の前から消えてくれる日を待っていた。近藤がいなくなれば、自分はまた落ち着いて仕事ができるようになる、いつもの冷静で淡々とした自分に戻れる、それだけが救いのように思っていた。そして三ヶ月は瞬く間に過ぎ去り、思惑通りに近藤は目の前から消えてくれた。だが思惑通りにいかなかったのは、香奈自身の心だった。

三ヶ月、週に五回はほぼ毎朝顔を見ていた近藤がいない。気にすまい、と思っていても、気になって自分の仕事に集中できない。近藤の噂がどこからか聞こえて来ないかと、それまで無視しているだけだった年下の同僚女性社員たちの会話に、ついつい耳を傾けてしまう。近藤が配属された先の部署が気になって気になって、用もないのにその部署があるフロアまで行ってみたり、なんとか仕事で繋がりは持てないかとつい考えてしまったり。最悪だった。うっかりとつまらないミスをすることも重なり、集中力を欠いているのでは、と部長に遠回しに指摘された。このままでは、自分のキャリアに傷がついてしまう。どうしたらいい、どうしたらいいの？

たちの悪い風邪は、ほうっておけば肺炎になり、やがては命を脅かす災いとなる。

香奈は、決心した。

とにかく決着をつけよう。この気持ちにすっぱりと区切りをつけるのだ。その為には、望みはないのだ、と絶望するのが手っ取り早い。

今にして思えば、なんとも自虐的な決意だった。あの時の香奈には、近藤に「女として見られていない」という点に頑なな確信があり、それが耐えられないほどのコンプレックスの元凶になっていた。もちろん自業自得だったのだ。見栄えのいい年下の部下、しかも新入社員にのぼせあがっていると周囲に知られたくないという身勝手なプライドを振り回して、近藤に対して理不尽な態度をとり、女として最悪な姿を印象づけてしまったのは、身から出たサビ以外の何ものでもない。近藤には一分《いちぶ》の非もなかった。それはわかっていたけれど、香奈は近藤の存在そのものに恨みに近いものを抱き始めていたのだ。そして、そんな自分の不穏な心を封印してしまうことが、どうしても必要だった。

後ろ向きなくせに攻撃的な失恋。

切羽詰まったあの夜。

香奈は、近藤の暮らすアパートへと向かっていた。そんなことをして何になるのか、という疑問すら頭の中でどこかに追い払われてしまったほど、何かをしないと、どうにかしないと、という思いで一杯だった。何でも良かったのだ。たとえば近藤の部屋から若い女が出て来るところを目撃する、それで良かった。近藤に恋人がいるとはっきり判れば、きっと心に区切りがつくだろう。あるいは、何か「見たくないもの」を見てしまえば。具体的にその「見たくないもの」が何なのか、香奈自身よくわかっていなかったのだけれど。

地下鉄の駅で地図を確認し、近藤が住むアパートの住所からだいたいの位置をつかみ、息を切らせて階段をあがった。

小雨がやわらかく降っていた。

住宅地の入り組んだ道を歩いたけれど、不思議と迷わずに目指すアパートをすぐに見つけた。新入社員の給与で一人暮らしとなればこのくらいのところが妥当だろう、と思うような、何の変哲もない、ただそさほど古くはない建物だった。二階建ての木造。

傘を傾け、近藤の部屋の窓を見つめた。二〇三号室は、二階の左から三番目だ。

窓にはカーテンがかかっているが、遮光カーテンではないのだろう、中の灯が透けて漏れている。そこに人の影が二つ現れたら。その二つが寄り添い、あるいは、顔と顔とを近づけて……そんな影絵を今ここで見ることができたら。

そうしたら……思い切れる。

すっぱりと忘れて、明日からまた以前の自分に戻れる。

きっと戻れる。


だが、そんなテレビドラマのような展開になるはずもなかった。小雨が降りしきる中、小一時間ばかりもそこに立って窓を見つめていたけれど、人の影など現れない。

香奈は思い切ってアパートの玄関口に立った。郵便受けが並んでいる。二〇三号室の仕切りには、きちんと、近藤、と書かれたプレートが入っている。

共同玄関口にドアはない。そのまま中に入ると、コンクリートの階段が見える。階段の奥には一階の部屋部屋に続く廊下があった。

一瞬の躊躇《ためら》いののち、香奈は階段をのぼった。二階の廊下に足を踏み入れた時に、それは起った。

左から三番目のドアが突然、開いたのだ。そしてそこから、男が一人出て来た。

トレンチコートを着た男だった。がっしりとした肩幅と、太い首。白髪の混じった髪。

なぜか男は香奈の顔をまじまじと見ていた。そして、ゆっくりと歩いて来た。

擦れ違う時、プンと酒の匂いがした。

男が香奈を残して階段に消えようとした時、二〇三号室のドアがまた開き、もう一人の男が走り出て来た。

近藤真人だった。が、声を出す間もなく、近藤は香奈のことなどまるで目に入らないかのように無視して走り過ぎ、階段の上から叫んだのだ。

「人でなし！　大嘘つき！　あんたなんか、死んじまえ！」

まるで似つかわしくない言葉だった。近藤がそんな感情的な暴言を吐くところなど一度も見たことはなかったし、言葉以上にその口調には、いつもの近藤からはほど遠い、あからさまで赤裸々で、滑稽で、もの悲しい「何か」が詰っていた。

香奈にはわかった。その叫びだけで、何もかもわかった、と思った。

階段から引き返して来た近藤は、ようやく香奈に気づいて少し驚いた顔になった。が、すぐにつくったようないつもの笑みが顔に広がり、何か言おうとしてその口が開いた。

その時、近藤真人が必死に縋っていた何か、守っていた何か、が、壊れた。

突然に溢れてしまった涙が、止めようもなく近藤の頬をびしょ濡れにした。彼自身、そのことにひどく狼狽したのだろう、香奈に向かって言いかけた言葉は途絶え、そのままどこかに消えてしまった。

彼はただ、立ったまま、馬鹿のように香奈の顔を見て、そして泣いていた。

香奈は、頭を横に振った。そして何も言わずに近藤を残し、アパートを出た。

＊

ゲイだったのよ。

香奈は、甦った記憶にひとりで苦笑いしつつ、わびしい食事を口に運んでいた。

つまりは、そういうこと。だから近藤真人は、女の上司に少々八つ当たりされたくらいで怒ったりしなかったのだ。彼はもっと理不尽な偏見に晒《さら》されたり、自分の意に沿わないことに我慢したりしながら生きていたのだ。きっと。

近藤にとって、なんだか知らないが一人でヒステリーを起している妙に焦った女など、最初から眼中になかったのだし、だから気にもならなかったのだろう。そして、社内の女性たちにいくらモテてもそれを鼻にかけたりのぼせあがったりすることもなかったのは、そうした女性たちのこともまた、彼の目にはただの「日常の景色」にしか見えていなかったからなのだ。

そうとわかってしまうと、自分のとった態度があまりにも子供じみて恥ずかしくて、いたたまれなくなった。そして、憑《つ》き物が落ちたように、近藤に対する暗く身勝手な恋慕の情は、散り散りになってどこかに消えていった。あとに残ったのはただ純粋に、近藤真人、という人間に対する興味だけだった。

香奈は、すとん、と素直になってしまった心で、彼の涙の理由をいつか知りたい、と思った。

その思いはまだ、消えてはいない。あれから社内で近藤の噂を耳にしても、あまり動じなくなっていた。ただあの美しく暗い涙を流した青年が、会社の中では成功してほしい、と願っていただけだ。しかしそうした香奈のひそかな願いは彼には届かず、一年もしないうちに退職したと聞いた。それから後、近藤と同期の者からちらちらと消息は耳にしていたが、何度も会社を替わり仕事も替わり、腰の落ち着かない生活をおくっている、という話が心にひっかかっていた。

もしかしたらあの夜の涙が、近藤の人生を変えてしまったのではないのか。

あの時、自分がその涙の「理由」に向かって一歩踏み込んで、近藤の心にあった苦しみや悲しみをいくらかでも引き受け、背負ってあげていたとしたら、彼は転々と職を替えるような生活を選んでいなかったのでは。

そうした後悔が、噂が耳をかすめるたびに香奈の心をちくちくと刺していたのだ。

そしていまだに近藤は、三十も過ぎているだろうに気ままな生活をしているらしい。羨《うらや》ましいような気もするが、やはり何か間違っている、と思う。

だがそれならば、自分はどうなのだろう。

これが正しい生き方ですよ、と、自慢げに言えるような日々をおくっているのだろうか。


香奈は、机の上の金色の豚を見つめた。

あれは、やっぱり雨の日だった。濡れた紫陽花《あじさい》が絵葉書のように美しい、とある寺の境内で、香奈はその、美しいひと、に出逢ったのだ……

4

だいたい、紫陽花が盛りの日曜日に鎌倉散歩、というのが無謀だったのだ。朝から小雨が降っていて六月にしては肌寒いくらいだったので、これなら観光客も少ないだろうと都合のいい予想をたてたのが失敗だった。北鎌倉の駅を出た時点であまりにも女性の姿が多いのに驚き、この人たちがまさかみんな？　という疑念はそのまま当たっていた。

その日は、遅くまで眠っていた。吹っ切れた、と思ってはいても、まだたまに近藤のことを考えて眠れない夜を過ごすこともあった。ただそれは、未練とか執着とかいう類いの感情とは少しずれた、もっと複雑な気持ちだった。近藤の部屋から出て来た中年男のどこかふてぶてしい様と、その背中に罵声を浴びせた近藤のあまりにも悲しい顔とが交互に脳裏に現れて、なぜか胸が締めつけられた。近藤のことが心配だったのだ。

そしてようやくうつらうつらしたのが明け方。そのまま眠りに落ちたので昼近くなってようやく目覚めた。カーテンを通して遠く雨音が聞こえたので、梅雨時らしい天気なのだとわかった。

紫陽花でも観に行こうか。

ベッドの中で、そう思った。

紫陽花といえば明月院《めいげついん》。それしか知らなかった。あの朝のけだるい感傷が自分の人生を明らかに変えたのだ、と思うと、香奈はいまだに後悔する。鎌倉になど行かないで、もっと別のことにあの日をつかっていたのなら。なんでもいい、映画を観ても良かったし、書店めぐりをしてから居心地のいいカフェで読書しても良かった。画廊や博物館でも一日は潰せただろう。そうした楽しいことがいくらでもできたのに、なぜ、紫陽花を見たいなどと凡庸な観光欲に引きずられて、雨の鎌倉になど行ってしまったのだろう。

とりあえず、北鎌倉の駅から傘をさして歩き始めたが、前後左右に自分と同類らしい女性達がびっしりと歩いていて、すぐに嫌気がさしてしまった。盛りの紫陽花が小雨にうたれる様は確かに美しいだろうし、明月院は紫陽花がなくてもそれなりに品のいい、素敵な場所だ。けれど、隣りに立つ人の傘と自分の傘がぶつかるような状態では、落ち着いて花を眺めることもできない。

香奈は途中で決心し、東慶寺《とうけいじ》へと向かった。東慶寺も女性に人気のある寺だからそこそこ混んではいるかもしれないが、紫陽花寺ほどではないだろう。

東慶寺。またの名を、鎌倉の縁切り寺。縁切り寺というのは日本各地にあるらしいが、東慶寺は江戸時代からの駆け込み寺で、女性の社会的立場が弱かった時代に夫の暴力や婚家での虐待から逃れる女性を匿《かくま》って来た、という確固たる歴史を持っている。そのせいか、香奈の認識では「縁切り寺」の中でも格が高いというか、遊び半分な気持ちで縁切りを願ってはいけない場所、である。その時、香奈には特に縁を切りたいと思っている人間はいなかった。近藤との恋愛は失意のうちに終わったが、それは近藤のせいではない。彼を恨む理由も憎む気持ちも、まるっきり、ない。積極的に近藤と逢いたいとはもう思わなかったし、そうすればまた苦しむことになるとわかってはいたけれど、縁のすべてを切ってしまう必要は感じない。

小雨の中を歩きながら、それならどうして今、東慶寺に行くの？　と自問自答していたが、混雑を避けたい、という以外に理由はみつからなかった。もちろん東慶寺は縁切りだけ願うお寺ではないんだし。すべての女性の幸せを祈願したっていいんだ。香奈はそう思い直し、東慶寺への階段をのぼり始めた。

その人は、傘をさしていなかった。

一瞬、何かのまぼろしを見ているのかと思った。そのくらい、美しかったのだ。薄紫の着物に身を包んだその姿は、紫陽花の化身のようだった。霧のように細かな雨が降り注ぐ中で、可愛らしく小首をかしげ、少し眉を寄せている。戸惑った顔で、手にしているものを見つめていた。

折畳みの傘。どうやら、うまく開かないらしい。

香奈は思わず早足で階段をのぼりきり、その女性に傘をさしかけていた。「あの、よかったら」

「あら」

女性は、形のいい目を大きく一度見開いてから、にっこりと微笑んだ。

「ご親切に、ありがとうございます。傘が壊れてしまったようで」

それが、新城《しんじょう》紫《むらさき》との出逢いだった。

なぜ自分は、あんな女に夢中になってしまったのだろう。近藤がゲイだと知った反動？それではあまりに、あまりに子供っぽいけれど。ただ、紫に対して抱いたものは決して、恋愛感情ではなかった。香奈は、無意識にうなずいていた。そう、わたしにはそっちの趣味はないもの。でも。

やっぱり何か、あの時の自分は変だった、と思う。紫はそれまで自分が知っていたどの女性とも違っていた。ただ美人だ、というだけではなかった。その声はとてもやわらかく親しげで、いたずらっぽい響きをおび、聴いているだけで耳もとがくすぐったいような不思議な楽しさを感じた。その立ち居振る舞いはとてもとても優雅で、そして軽かった。ふわふわと、紫はまるで漂っているかのように歩き、白い指先はいつもひらひらと、小魚が清流を泳ぐように揺れていた。

しかも、彼女は知的だった。決してでしゃばった口のきき方はしないのだが、どんな話題にも博識さと、ひとつひとつの物事に対して鋭く深い洞察力を見せた。

縁切り寺で出逢った日、北鎌倉駅近くの感じのいい喫茶店に二人で入り、自己紹介めいたことをした。新城紫は、特に仕事はしていない、と言った。着ていた着物は香奈のように着物にはさほど詳しくない者にも高価なものだろうと見当がついたし、物腰のやわらかさ、言葉の上品さは際立っていたので、よほどいい家のお嬢様で、いわゆる家事手伝い、つまりは花嫁修業中の身なのだろう、とその時は思ったのだ。お華だのお茶だの、テーブルセッティングだの習い事をしながら、時々良家のお坊ちゃまとお見合いして。ただ、紫はすでに二十代後半より上に見えた。つるんとした美しい肌には皺《しわ》ひとつなかったし、体型にも崩れたところは見当たらなかったが、表情やちょっとした仕草などでそれを感じたのだ。上流家庭のお嬢様の適齢期など知らないけれど、おそらくは二十代前半にはだいたい結婚してしまうのではないだろうか。それからすると、紫は少し、言葉は悪いが「行き遅れ」てしまったのかな、などともつい考えた。よほど選択基準が厳しいのか、あるいは、婿養子をとる必要がある家なのかも。

だが紫はあまり自分のことについて詳しくは語らず、もっぱら、最近読んだ本や観た映画のことなど話していたように記憶している。それもあとで考えたら当然のことで、紫が自分のことなど積極的に話すはずがなかったのだ。それをあの時香奈は、紫の奥ゆかしさなのだと受け取っていた。聞き上手な紫の相槌《あいづち》に乗せられて、自分のことはべらべらと喋ってしまったのだったが、その自覚も薄かった。近藤のことで落ち込みがちだったあの頃の香奈には、突然天から舞い降りたような美しい「ともだち」が目の前に座っているだけで、舞い上がってしまうには充分だったのだ。

互いの連絡先を交換し、十日ほどして今度は横浜で落ちあい、休日のランチを一緒にとった。

そして、まるで急流をボートでくだるように、紫にのめり込んで行ったのだ。ボートが転覆して冷たい水に投げ出されるまで、自分が騙されているのだ、ということに気づかずに。

騙された?

紫に騙すつもりがあったのかどうか、香奈には未だにわからない。少なくとも法律的に紫を罰することはできないらしい、ということだけは、電話帳で適当に選んだ弁護士事務所に相談に行って理解できた。だがその弁護士は、民事訴訟を起せば勝てるかもしれない、とも言った。どうして法的に罰することはできないのに訴訟に勝てる見込みがあるのか、そこのところがよくわからなかった。ただ、罰することはできない、とわかった時点で、香奈は諦めたのだ。つまり紫は「悪いこと」をしたわけではない。だとしたら、紫が手にしたものを後から返せと要求するのは理不尽だという気がした。まるで、女の子の気をひこうとしてブランド物のバッグやアクセサリーを貢いだ馬鹿男が、相手にされていなかったと知って激怒して、プレゼントを返せと喚《わめ》いているみたいだもの。そんなみっともないこと、できるわけない。

借金を自分一人で返しきることが、香奈の最後のプライドだったのだ。

香奈はわびしい食事を終え、コンビニで買った新聞を開いた。

女占い師、詐欺で逮捕

社会面の見出しに、香奈の呼吸が一瞬、止まった。

我にかえるまで数秒を要し、香奈は震える手で新聞を顔に近づけた。

『十四日午後一時二十分、警視庁世田谷署は、芸能事務所S-HOUSE代表・工藤麻美(36 世田谷区経堂二丁目)を詐欺容疑で逮捕した。工藤はテレビタレント十数名が所属する芸能事務所を経営するかたわら、新城紫、と名乗って自らも占い師として活動、雑誌の占いコーナーを担当したり、テレビ番組で占いを実演したりしており、人気占い師として定期的に世田谷区三軒茶屋の占い店「黒猫の城」でも占いを行っていた。しかし占いで勧められて高価な装飾品を買わされたが効果がなかった、との苦情が消費者センターや警察に多数寄せられており、不当に高額な装飾品を売りつける行為が詐欺にあたるとして、世田谷署が捜査していた。逮捕について工藤の弁護士は「装飾品の価格は不当というほどではなく、購入者の大多数が購入して良かったと言っている。購入も強制したことは一切なく、苦情は主に、購入者が勝手に借金などしてその返済に窮したなど工藤とは無関係な事柄によるものと聞いている。逮捕は事実の誤認であり、速やかに釈放されることを期待する」と談話を発表した。なお逮捕を受けて、S-HOUSE専務・酒田氏は明日記者会見すると発表。今後の所属芸能人の動向が注目される』

香奈はあわてて携帯電話を充電器からはずした。

「もしもし、角《かど》さん!」

『香奈ちゃん。かかって来るだろうなと思ってた。ニュース見たの?』

「新聞です! どうして連絡してくれなかったんですか!」

『だって仕事中は携帯切ってるでしょう、どうせ』

角陽子は、疲れたような声で言った。

『わかってる。ごめんね、すぐ連絡しなくて。だけど、こっちも大変だったのよ。今も外はマスコミでいっぱい。これじゃうちにも帰れない』

「明日記者会見だって」

『うん、会見しないと追い出されるわ、このビル。今もビルの管理会社から、他の店子が迷惑してるからマスコミをなんとかどかせって怒られた。どうやったらあのハイエナみたいな連中をどかすことができるのかしらね。知ってるなら教えて欲しいもんだわ』

「どうなるんですか、S-HOUSE」

『さあ』

角は、力なく笑った。

『別に事務所自体が悪いことしたわけじゃないし、経営に問題があるわけでもないからねえ。でもイメージダウンを嫌ってみんな逃げちゃうでしょうね。タレントがいなくなっちゃえば、どうあがいたって潰れるしかない。ま、香奈ちゃんは少し溜飲下げられるんじゃない？　新城がしょげてる顔、見られるんだし』

「わたし……こんな結末、嫌です」

香奈は涙を堪えた。

「こんなふうに終わるんだったら……なんの為に今まで……」

『ものは考えようよ。これで新城のボロが出て、過去に遡《さかのぼ》っていろいろ警察にほじくられることになれば、香奈ちゃんのお金だって戻って来るかもしれない』

「無理です。だって、被害届出してないですから」

『取引するのよ、新城の弁護士と。お金を返してくれるなら過去のことは黙っているけど、そうでないなら今から被害届出す、マスコミに暴露するって。まだ時効にはなってないでしょ？』

「だから！」

香奈はつい、大きな声を出した。

「お金なんか返してもらわなくていいんです！　お金のことはもう納得してます、諦めてます。借金は自分でちゃんと返してます。どんなことがあってもちゃんと返済して、自分の力で綺麗な身になるって、そう決めたんです。それより、そんなことより」

『謝ってほしい？』

「……そうです。あの人はわたしの……わたしとの友情を利用した。わたしの気持ちを手玉にとったんです。あの人への憧れとか同情とか、わたしが抱いていたきれいなもの、美しい思いをお金に変えた。わたしが返して欲しいものはお金じゃない」

『無理よ。新城はぜったいに謝らない。だって彼女、自分が悪いことしたなんてこれっぽっちも思ってないもの。新城の頭の中ではね、香奈ちゃん、あなたは自発的に自分のお金を新城に貢いだ、そうなってるのよ。実際、新城は香奈ちゃんのこと脅迫したわけじゃない。香奈ちゃんは自分の意志で新城にお金を渡した。今度の逮捕だって、新城にしてみたら言いがかりもいいとこだ、ってことになる。新城は自分に未来を見通す力があるって真面目に思い込んでるから、ただの安物の半貴石のブレスレットに何十万って値段つけることが不当だなんて思ってない。だって新城の未来を見通す力をその石ころに宿して売ってるんだものね。その点に関しては、裁判で徹底的に争うって弁護士が息巻いてるわ。新城は買った客に何も約束なんかしてない。ただ新城の力を分け与えているだけ。その力をうまく使えないのは新城の責任じゃない。ちゃんと使って幸運をつかんでいる人もたくさんいる。壺を買えば病気が治ります、みたいなインチキ霊感商法と一緒にしないでほしい、って』

「そんなの詭弁《きべん》です」

『もちろん。だけど詭弁でもそれで裁判に負けなければいいわけ。新城はその点、自信あると思うわよ。だけど、裁判で無罪になろうとどうしようと、判決が出るまでの間は新城は詐欺師よ。世間ってのは判決が出てから判断するんじゃない。逮捕されちゃったらおしまい。S-HOUSEに一人でもタレントが残るんなら、そのタレントの為に事務所を潰すわけにはいかない。酒田は、できるだけ早く新城に代表取締役を辞任してもらって、事務所が新城と手を切ったって印象を強めたいみたい』

「角さんはどうされるんですか」

『事務所が存続する限り、あたしも残る。給与はもらえなくなっちゃうでしょうけどね、少なくともしばらくの間は。でもこの事務所は新城のものじゃない。酒田とあたしのものよ。新城なんかのせいで事務所が潰れるなんて、我慢できない。ねえ香奈ちゃん、こうなったら前から言っていたことをもう一度言わせてもらうけどさ、お金を返してもらう気がないんだったら、うちの事務所の役員にならない？　新城がどう考えていようと、あなたが出したお金は結果的にこの事務所の開設資金の一部に化けたんだから、あなたにはその資格があるのよ。ここを借りる時、改装する時、新城が出したお金のほとんどは、あなたやあなたと同じ新城ファンが貢いだお金なんだもの』

「そんなこと言ったら、わたしの他にもたくさん役員にしないといけませんよね」

『五百万も出したのはあなただけよ』

角は小さく笑った。

『新城があなたに語った夢は、ある意味、この事務所に引き継がれてる。そうじゃない？　芸能事務所って、タレントを売り出して管理してお金稼いでるわけだけど、そのタレントたちってテレビや映画に出て、たくさんの人たちに娯楽を提供してるんだもの。娯楽ってさ、どんなものでもそれ自体、幸せのひとつのかたち、だと思わない？　だから結局、大勢の人を幸せにしたい、ってあなたの想いは、ちゃんとこの事務所が守ってることになるのよ。まあ当分は給与も払えないことだし、今の会社で働きながら名前だけ連ねてくれたらいいけど、あたしは負けないから。ぜったいにこの危機を乗り越えて、事務所を存続させてみせるから。いつかは香奈ちゃんに役員報酬支払えるようにするから、そしたらこっちの仕事に専念してくれればいいし』

「今は……まだ考えられないです。あたまが整理できなくて」

『わかってる。ごめん、無駄話しちゃって。だけどせめて将来について楽天的な話でもしないと、今はやってらんない気分なのよ。とにかく、状況が変わったら必ず連絡するわ。信じて』

電話をしまった。

香奈は、しばらくただぼんやりと、開いたままの新聞を見つめていた。

わたしには夢があるの、と紫がはにかみながら言ったあの時、香奈は胸がドキリとして、自分が紫に「恋している」ことを自覚した。

性欲は伴わない、だから自分はレズじゃない。そんなことを焦りながら考え、紫の口元から視線が外せなくて苦労していた。紫が何を喋っているのか、しばらく意味がまるでとれなかった。

知らず、頬から首のあたりまで熱くほてっていた。

「わたしには夢があるの。ちょっと恥ずかしい夢なんだけど、聞いてくれる?」

ようやっと、うなずくことだけができた。

「わたしね、大きな家が欲しいの。ううん、自分だけで住む家じゃないのよ、もちろん。

どこか空気が綺麗で、緑がたくさんあって、夏は涼しい風が気持ち良くて、冬は少し雪が降るけれど小春日和のぽかぽかした日もちょっとある、そんな場所に、木で造ったおうち。リビングがとっても広くて、小さなお部屋がたくさんある、そんな家。そこに誰でも好きな時に来て泊ってもらって、リビングでいろんな話をしたい。ほら、暴力をふるう旦那さんから逃げたいけれどどこに行けばいいのかわからない人とか、悩みを抱えて死にたいなんて思ってる人、そんな人たちに逃げ込んで来てもらえるような、家が欲しいのよ。わたしはそこで、いつでも来てくれる人たちを迎えてあげて、話し相手、話を聞いてあげる人、をやりたいの。わたしって何も取り柄はないけれど、子供の頃から人の話を聞くのだけは上手だねって言われてた。わたしにできることって、そういうことだけのような気がするの」

あの言葉を。あの言葉の底に流れていた紫の優しさを、自分は信じたのだ。

だから、裏切られたとは思いたくない。新城紫の心の中には今でも、その優しさだけは残されているのだと信じていたい。

でも。

香奈が紫に手渡した金は、夢の家の建設にはつかわれなかった。紙袋に入れた現金。五百万という大金を現金で持ったことなど、生まれて初めてだった。定期預金二つを解約し、証券会社に勤めていた大学の同期に勧められるままに買った株も、すべて売却して。その上、退職金の前借り、サラ金二社とカードローン。あたまがおかしくなっていたとしか、思えない。

香奈は、オフコンの画面に向かって笑い出した。

けれどあの時は本気だったのだ。本気で、紫がつくる「夢の家」で一緒に暮らすつもりだった。自分も紫と共に、虐《しいた》げられ絶望している女性たちの心の支えになるのだと。だいたい、冷静に考えてみたらそんな理想郷のような夢の家を、どうやって維持していくつもりだったのだろう。最低限の衣食をまかなうだけの収入がなければ、どんな善意の行動だって続けられはしない。しかし紫はそうしたことを、まるでとても簡単な算数の足し算をしろと言われた時のような顔で片づけたのだ。大丈夫よ、皆さんが必ず助けてくださるわ。

趣旨に賛同してくれる人は大勢いるだろう。だから寄付は充分に集まるはずだ。それが紫の考えだった。そして香奈は、そんな適当な話をまったく不安も抱かずに丸ごと受け入れてしまったのだ。なぜなら、現実に自分が大金を紫に預けようとしていたから。世界中の誰もが、自分と同じように紫を愛するに違いないと、思っていたから。

お金はすぐに集まると思うけれど、他に準備しないといけないことがたくさんあるから、その準備はわたしに任せてね。土地を選ぶ時や、建物の設計の相談には必ず声をおかけするわ。それまで楽しみに待っていてくださいな。

楽しみに待っていた。どのみちローン会社からの借金はボーナスで返済しようと考えていたので、あと一年半、ボーナス三回分は会社を辞められないな、という胸算用もあった。

紫からの電話が金を渡してからめっきりと減り、こちらが電話をかけても留守番電話が応答するだけになっていても、香奈はのんびりと待ち続けた。紫は準備で忙しいのだ、と信じて。

思えば、そんなところもまるで「恋愛」だった。というか、都合のいい女としか思われていないのに、愛されていると勘違いしてただ尽くしている馬鹿な女の「恋愛ごっこ」。

数ヶ月が過ぎ、紫にかけた電話が繋がらなかった時、やっと不安になった。留守番電話ではなく、繋がらない。番号変更の案内もない。何度か遊びに行ったことのある紫の住まい、湘南の明るい陽射しが輝く海辺の借家には、すでに別の住人が住んでいた。不動産屋を訪ねたが、紫の引っ越し先はわからなかった。

何があったのだろう。紫にいったい何が。

その時になっても、自分が騙されたとは思っていなかった。紫に何か異変が起り、やむをえずに黙って引っ越したのだ、と考えていた。

だが、どんなに夢中になった恋でも、時間がその隙間に入り込めば少しずつ冷めていく。香奈は次第に冷静さを取り戻し、紫が自分から金を騙し取って逃げたのかもしれない、という可能性に気づいた。

香奈は紫を捜した。そして、見つけた。

雑誌の占いコーナー。名前を変えてすらいなかった。新城紫、そのままだった。編集部に電話して紫の連絡先を教えてほしいと頼んだが、もちろん断られた。紫が週に一度「出演」するという占いの館にも出かけた。待合室に監視カメラでもあったのだろう、香奈の順番になると紫の出番は終わってしまった。何度出向いても紫とは会えず、抗議すると警察を呼ぶと脅された。のぞむところだ、と思ったので、自分から警察に出向いて事情を話した。話は丁寧に聞いてくれたが、刑事事件にするのは難しいと言われた。恐喝されたわけではないし、紫が確かなものを何か約束したわけでもない。夢の実現には時間がかかるのだ、と言われればそれ以上の追及は難しい。弁護士に相談した方がいいだろう。

弁護士と共に占いの館を訪れた時に、角と出会った。角は、新城紫の個人秘書をしていると名乗った。

角は示談をほのめかし、弁護士も受け入れた方がいいと言った。だが、香奈はそれらの提案を蹴った。弁護士との契約も打ち切った。そして、金のことは諦める覚悟を決めたのだ。

理由は、角が言った一言だった。

「新城はそんな夢の家の話など、まったく知らない、と申しています。新城は一年ほど前に芸能事務所をたちあげました。預かった五百万円は、その事務所設立に際しての出資金だと考えていたと申しています。いつか配当金をお支払いするつもりであったと。何か行き違いがあったとしか思えませんが、お望みでしたら新たに借用証を書いてもいいと申しておりますので、五百万円を出資金と認めていただくか、借用証を受け取っていただくかどちらかにしていただきたいのですが。借用証でよろしいということでしたら、元金と利息を合せた返済予定表をお作りします。出資金にしていただけるということでしたら、株券を発行させていただきます」

夢の家、はどこにもなかった。口からの出まかせに過ぎなかった。その場で泣き崩れた香奈のことが心配だったのか、数日後に角が電話をくれた。それ以来、角とは電話でやり取りを交わすようになった。そして驚いたことには、角自身も、紫に騙された被害者だった。角は経営していたブティックを売却して、二千万円を紫に託した。暴力をふるう夫から命からがら逃げ、数年にわたる泥沼の離婚裁判を経てようやく自由の身になった、という苦い過去を持つ角にとって、夢の家、の話はどれほど甘く素晴らしいものだっただろうか。それでも、角は香奈よりずっと強い女だった。騙されたと知った時、角は私立探偵をつかって紫を捜し出し、自分が渡した二千万を、紫が設立を準備していた芸能事務所への出資金と認めさせたのだ。そして「紫が逃げてしまわないように」紫の個人秘書におさまった。

角は、自分と同じように騙された香奈を目の前にして、新城紫が「夢の家」の話など聞いたこともないと言いました、と告げた時の苦悩を香奈に語った。五百万は事務所が利益を出したら優先的にあなたに返すようにする、とも言ってくれた。だが香奈は、その金を受け取る気持ちにどうしてもなれなかった。香奈の心のどこかでは、まだ、いつか「夢の家」がこの世に誕生するのだ、という希望が必死で生き残ろうとあがいていたのだ。

5

自分はいったい、何を望んでいるのだろう。

みみっちい節約生活を続けてこつこつと借金を返しているのは、何の為なのか。詐欺の被害者なのだと開き直って、借金など返さずにもっと人生を、毎日を楽しもうと思えばできるのに、どうしてそれをしないのだろう。そう、今ならば、新城紫の犯罪は暴かれ、被害者には多少なりとも救済措置がとられるだろう。

ふと、近藤真人のことを考えた。

近藤は明日から神戸に行くと言っていた。神戸か。行きたいなあ。神戸は大好きだ。北野異人館や六甲山も素敵だけれど、元町の老祥記《ろうしょうき》で食べる豚まんや、三宮のバラライカのボルシチも魅力的だ。こちらに越して来て、会社の同僚と何度か遊びに行ったけれど、行くたびに好きになる町。

そう言えば、有給休暇がだいぶたまっている。仕事は山積みなのに、会社は、有休を消化しないのは個人の責任だと言って責める。一日休めばその分の仕事がたまって他の日がきつくなるのに。もういっそのこと、明日から有休とります、と勝手に宣言して休んでしまおうか。そして近藤と一緒に神戸へ……

そこまで考えて、思わず笑いそうになった。

今さら、近藤と一緒に旅行していったい何がどうなると言うんだろう。彼はゲイなのだ。そして今もたぶん、男の子の部屋に転がりこんでいる。


香奈は、あの金色の豚を手に取った。

そうよ、こんな物にムダなお金をつかう身分じゃない。新城が逮捕されても、借金は残ったままだ。やっぱり返品させてもらおう。

香奈はコートを羽織って外に出た。

古道具屋の前まで行ってみると、こんな時間だから当然閉まっていると思っていたのに、店はまだ開いていた。そしてあの、若いのか年寄りなのか男か女かもわからない奇妙な店主が、店の真ん前に立っていた。

「あの」

香奈は思い切ってその店主に近づいた。

「返品は受付けないよ」

香奈が切り出すより前に、店主はにべもなく言い放った。

「でも、あの貯金箱、穴がないんですよ。不良品です」

「穴？　何の」

「だからお金を入れる穴です」

「そんなもの自分で空けたらいいだろ」

店主はあっさりとそう言ったが、香奈のことは無視するようにあさっての方向を向いたままだった。

「自分で、って、あれ陶器ですよ。素人が穴なんか空けたら割れちゃうじゃないですか」

「そんなことは知らない。穴が必要だと思ったら自分で空けるしかないだろ」

「でも」

「だいたい、あんたが買ったものが貯金箱だなんて、どこに書いてある」

「どこにって、だってあんな形の豚なんて」

「置物かもしれない」

「置物って、そんな」

「文鎮かもしれない」

「ぶ……だって軽いです。重しにならないわ」

「ペットかもしれない」

「ぺ、ちょっといい加減にしてください。あんなものがどうしてペット」

「ペットにしてはいけない、とどこに書いてある」

「もういいわ、そんな屁理屈。とにかくあれが貯金箱でないならわたしには使い道がないんです。返品させてください」

「返品は受付けないよ」

これでは堂々巡りだ。

「もういいわ。最低。この京都にはたくさん古道具屋さんがあるんですよ。それに京都の人は骨董に詳しいのよ。あんないい加減な商売してたら、こんな店、すぐ潰れるわよ」

「あんたに心配してもらう必要はない」

「それはどうも、おせっかいして悪かったですね。だけど、あなたのしたことは詐欺みたいなものよ。こんなこと、ぜったい長続きしない。今に罰が当たるから」

「それもあんたに心配してもらう必要はない。だが」

店主はやっと、顔を傾けて香奈と視線を合わせた。

「せっかく心配してもらったんだから、そのお返しをしよう。今夜は北向きに寝なさい」

「……え？」

「北向きに寝るのだ」

「だって北枕は縁起が」

「そんなことは知らないね。わたしゃお返ししてあげたまでだ。まあ好きにしたらいいさ。じゃ、おやすみ」

言うなり、店主はくるりと背中を向けて店の中へと入ってしまった。その途端、店の灯りが消え、まるでどこかに消えてしまったかのように、店は闇の中に溶けて見えなくなった。

な、なんなのよ、いったい。まるでわけがわからない。

部屋にたどり着いて思わずベッドを眺める。ベッドは南にヘッドボードが来るように置かれている。つまり南に枕がある。北向きに寝ろって、それじゃ反対になっちゃうじゃないの。うん、もう。くだらない。

そう思いはしたものの、シャワーを浴びて寝支度を整え、いざベッドに入ると、なんとも落ち着かない気分になった。枕元の本棚から読みかけの本を取り出してめくってみたものの、北を向いている足先がむずむずする。あの変な古道具屋に暗示をかけられてしまったようだった。一時間近く、居心地悪さに寝返りを打ちごろごろと過ごしてから、香奈は諦めて起き上がり、枕を足下に移動させて北側に頭を置いた。その途端、机の上の充電器に差し込んであった携帯が鳴り出した。

「……もしもし？」

『あ、桑島さんですか？　すみません、こんなに遅くに』

「近藤……くん？」

『そうです。ほんとすみません。実は今、神戸にいるんですけど』

「神戸？　明日行くって言ってなかった？」

『そのつもりだったんですけど、友達が今夜のうちに移動しようって言うんで。明日、海で日の出見ることになったんですよ。特に理由とかなくてただなんとなく、なんですけど』

「海で……なんだか素敵ね」

『俺も友達も勝手気ままだから。あ、で、今友達と飲み屋から出て歩いてたら、星がすごく綺麗で。外見てみませんか、桑島さん』

「……でももうベッドなの」

『ちょっとだけ。部屋の窓から外、見えませんか』

香奈はめんどくさい、と思ったが、ベッドから出てカーテンを開けた。ベランダの向こうに、きらきらと輝く京都の夜景がいつものように見えている。京都の町は夜が早い。もう午前零時になるところで、夜景もだいぶ寂しくなっていた。

夜空を見上げてみたが、星はなかった。

「残念。こっちは曇ってる」

『ほんとですか。それはがっかりだなあ。神戸はとっても綺麗ですよ、星。明日もいい天気になりそう』

「良かったわね。日の出、見られそうね。何時頃？」

『朝七時くらいじゃなかったかな。六時には港に行こうってことになってます』

「じゃあもう、寝ないと」

『そうですね。すみませんでした、電話なんかしちゃって』

「別にいいけど」

『声が聞けて良かったです』

「……え」

『実は、星は口実で。酔っぱらったら桑島さんの声、聞きたくなっちゃったんですよ。ちょうど目の前に公衆電話があったんで』

「な、ちょっと近藤くん」

『来週、楽しみにしてますから。京都で飲みましょう。じゃ、お休みなさい』

唐突に電話が切れた。

香奈は携帯を充電器に戻し、ベッドに入った。いつもは足を置いている場所に頭を置いて、瞼《まぶた》を閉じる。

いったい、今のは何だったんだろう。ただの酔っ払い？

こつん。

何かが頰に触れた。……わ、金色の豚。なんでこんなところに。

さっき確かに机の上に置いたと思ったんだけど。無意識にベッドの上に放り投げていたんだろうか。

もう、めんどくさい。このままでいいや。

香奈は豚の貯金箱、お金を貯められない無用の長物を枕の横に置いたままで、もう一度瞼を閉じた。

ペットにはできないけれど、テディベアの代わりなら務まるでしょ、こんなわけのわからない、まるで何の役にも立ちそうにないものだって、いちおうは可愛い動物の顔、してるんだしね。

*

何かが、ずん、と背中を押した。
目が覚めて、闇の中で考えた。
今の、なに？
かすかに、遠い遠いところで、ゴゴゴ、と音が聞こえたような気がした。
次の瞬間。
どん！
からだがベッドの上ではねた。
震動がベッド全体をゆすぶる。
地震！
地震だ、地震！　なにこれ、大きい！

起き上がらずに寝たままで、揺れがおさまるのを待った。長い。大きい。

がつん、と足に何かが当たる。本だ。ヘッドボードの後ろに置いてある本棚から、本が飛び出して足にぶつかっている。

まさか。まさかまさか！

ここは関西よ、まさか大地震なんて、まさか！

恐怖で涙が出そうになったが、耐えた。やがて揺れはおさまり、香奈はこわごわ起き上がった。

足の上に本が三冊。一冊は分厚い事典だった。

今夜は北向きに寝なさい。不意に、奇妙な店主の言葉を思い出す。もしあの人の言葉を無視して南枕で寝ていたら、あの事典が顔を直撃していた……

香奈はベッドから出て、テレビをつけた。とにかくかなり大きい地震だった。震源地はどこだろう。震度は４くらい？

京都　震度５

震度５！

そんな…… えっ!

震源地 淡路島付近

神戸 震度7

震度、7!

臨時ニュースが始まった。

最悪の一日の、始まりだった。

6

一月十七日の夜が過ぎていく。

会社にはとうとう行かれなかった。テレビの前を離れることができず、知人の安否がわからないので、と言い訳して休みをもらった。京都の被害はさほどひどくはなかったが、それでも倒壊した家屋があり、亡くなった人がいた。大阪もほぼ同じだった。なのに、神戸は壊滅した。

どうしたらいいのかまるでわからない。

緊急以外の被災地への電話はできるだけ控えるよう、アナウンサーが繰り返す。近藤は日の出を見に港に行くと言っていたけれど、どこの港だろう。神戸港の被害は甚大らしいが、詳細はまだわからない。大阪までは電車が動いている。とにかく駆けつけたい。が、駆けつけたところでどこをどうやって捜せばいいのか。

テレビ画面に繰り返しあらわれる映像は、何かのジョークにしか思えなかった。模型を踏みつぶしたように倒れてしまった高速道路の橋脚。フェリーニの古い映画だったか、建設途中の高速道路を走る悪夢のような場面を思い出した。阪神高速道路が途中でなくなり、その先端のところにミニカーのように車が引っかかっている。倒壊したビルの映像が時間を追うごとに増え、日が落ちた頃から火事の映像が流れ出した。

悪い夢のような時間が刻々と過ぎる。

神戸は、あの美しい町は、どうなってしまったのだろう。

避難所の様子がニュース番組で報道され始めた。避難所。そうだ、近藤はきっとどこかに避難している。神戸港付近の避難所を訪ねて歩けば、近藤を見つけることができるかもしれない。だが情報はあまりにも少なかった。どのテレビ局もほとんど同じことばかり繰り返している。ただ死者数だけが、なんでもないこと、という淡々とした速度で、画面を見るたびに増えて行った。

やがてテレビの関心は、煙と赤い炎をあげて激しく燃えている建物へと移って行った。長田区のあたりが大規模火災を起しているらしい。

京都から神戸までわずか七十数キロ。百キロにも満たない距離なのに、今は無限に遠い。神戸を襲った大災害などまるで別の世界の出来事のように、ベランダの外にはいつもの夜景が見えている。実家や東京の友人たちからひっきりなしに安否を気づかう電話が入った。そのたびに、こっちは大丈夫、ううん、ちょっと本が本棚から落ちただけ、と答える。電話の向こうで拍子抜けしたような声が起り、それから無事で良かったね、と明るい笑い声に変わる。東京でテレビを見ていると、神戸の惨状からして京都や大阪もさぞかしひどいことに、と思えるのかもしれない。そう、こんなに近いのに、自分には何もできない。

知らずにずっと涙を流していた。泣いている、という自覚すらないまま、こぼれ落ちた涙で部屋着の襟元《えりもと》がぐっしょり濡れていた。朝から水しか飲めなかった。何か食べようと冷蔵庫を開けてはみたものの、吐き気がして食べ物をからだが受付けない。極度の不安、緊張、そして無力感で、突然おかしさが込み上げ、テレビの画面の前で大笑いした。

おかしい。おかしいわよ。こんなの、変。

信じられない。

そうだ、全部嘘なんだ。とんでもない冗談。ほら、オーソン・ウェルズがラジオ番組でやったじゃない、なんだっけ、そう、火星人襲来！

みんなつくりごと。みんな、ドラマだ。現実じゃない。現実であるはずがない。だって信じられる？　なによあの、三宮の駅前。あんなことってぜったい、ない。嘘に決まってる。だってあそこには大好きなロシア料理店のバラライカがあるんだもの。ほんのひと月前にお土産でピロシキをもらったばかりなんだもの。

午後八時になって、香奈は部屋着を脱ぎ、セーターとジーンズに着替えてフリースジャケットを着た。手には、金色の豚を持っている。スニーカーをつっかけ、坂道を走っておりた。あの奇妙な古道具屋は今夜も灯りをつけていて、そしてたぶんそうじゃないかと思った通りに、変な店主が店の前に立っていた。

「返品は受付けないよ。昨日そう言っただろ」

店主は香奈と目を合わせず、どこか遠いところを見たままで言う。

「わかってます」

香奈は言った。

「お礼を言いに来たんです」

「お礼を言われるようなことをした記憶はないね」

「北向きに寝なさいと言ってもらいました。そのおかげで、本棚から落ちた事典が顔に当たらなくて済みました。でもどうしてあなたにはわかったんですか。なぜ、地震が来ることが予知できたんですか！」

「なんのことだかわからないね」

「だって、あなたのおかげで怪我せずに済んだんですよ。あなたが地震を予知したから」

「わたしはナマズじゃないよ」店主はあくびをした。「なんで地震なんか予知せねばならん」

「それじゃいったい、どうして北向きに寝ろとわたしに忠告したんですか？　何の為に」

「それがあんたの為になると思ったからさ」

「だから、なぜ！」

「理由なんかないね。そう思ったから思った。その豚もそうだ。それはとてもいい品物なんだよ。そしてあんたには必要なものだ。そう思ったから売った。あんたはわたしのことを詐欺師呼ばわりしたが、わたしはこれまでただの一度も、客にとって不要なものを売ったことはない。いつも、その人間にとって今、本当に必要なものを売るのさ」

「この豚が、わたしにとって本当に必要なものなんですか」

「そうさ。だからあんたはそうやって、それを持って出かけて来たんだろ」

そうだ。いったい自分はなんで、これを持って外に出たのだろう。

香奈は一瞬戸惑ったが、すぐに首を横に振った。

「これはただ、勢いで持って出ちゃっただけよ。あなたと話をしようと思ったから、あなたのこと考えた時に無意識につかんだ。それだけよ」

店主は香奈から顔をそむけたまま笑った。

「それが、必要、ということなんじゃないのかね」

「どういう意味ですか」

「どういうもこういうもないよ。本当に必要なものは、意識せず考えなくてもいつもそばにあるものだ。たとえば空気、酸素は人間にとって本当に必要なものだろう。しかしいちいち空気のことを考えながら生活している人間なんて、いるのかね。本当に必要なものは、意識なんかしなくても気づいたら手に持っているものだ。その金色の豚のように」

「屁理屈はいいわ！」

香奈はじれて叫んだ。

「そんなことどうでもいい。教えてほしいんです」

「何を」

「あなたは地震を予知した。否定しても無駄よ。地震、とわかっていなくても、わたしに何が起るかあなたにはわかっていた。だから北向きに寝ろと言った。だったらあなたには、これからわたしが何をすべきかもわかる。そうでしょう？　教えてください、わたしどうしたらいいの。わたし、わたし、何ができるの？　あの人は……近藤真人は、どこにいるの？　どうやって捜せばいいの、教えて！」

「やれやれ」

店主が香奈の方を向いた。

「なんという自分勝手な女なんだ。呆れるばかりだ。わたしは厚意でひとつだけあんたに施しをしてやったのだ。品物を買ってくれたささやかなお礼にね。なのにあんたは、もっとくれ、もっと自分の為に何かしろとわたしに要求する。いったい何の権利があって、そんなことをわたしに求めるのだ?」

「お願いしているのよ! 権利なんか関係ない、あなたにはわかるはずだから、わたしを助けてとお願いしているの!」

「人にものを頼むのに、そんなにわめき散らして鬼みたいな顔で迫る奴がいるものか。まあいい、あんたは混乱しているようだから、特別にその無礼な態度はゆるしてやろう。こう見えてもわたしは寛容なのだ。そしてうちの店は、アフターケアが万全なのだよ。近藤なんとかいう男のことは知ったこっちゃないが、これからどうすればいいのか、ひとつだけ教えてやろう。別段難しいことは何もない。あんたがしたいようにすればいい」

店主はニヤリと笑った。

「あんたが本当にしたいことをすればいいのさ。心からそうしたいと思うことをしなさい。他のことはすべて後回しでいい」

「わたしが、本当にしたいこと」

「あるだろう、今、何がしたいか、あんたはわかってるはずだ。さ、もう店じまいするからそこをどいとくれ」

店主は後ろ手にハタキを持っていた。それをパタパタと香奈の顔の前で振る。

「どいたどいた。店じまいだよ。もうここにはあんたに売るものはないんだ。わかったら帰っとくれ」

香奈は店に背を向け、坂をのぼって部屋へと向かった。

＊

自分が本当にしたいこと。

もちろん、わかっている。近藤真人に会いたい。近藤を捜しに、神戸に行きたい。でもどうやったらそれができるの？　わたしには何の力もない。どうしたらいいの……

いつの間にか朝になっていた。テレビをつけると、どの局も神戸や淡路島から中継している。香奈は画面を見つめ、流れるテロップを読んだ。

西宮《にしのみや》北口。

今、ニュースで何と言ってた？　阪急神戸線は、西宮北口から先不通。ということはつまり、梅田から西宮北口までは行かれるってこと？

そうだ、あまりにもひどい映像、ひどい惨状をずっと眺めていて、頭がちゃんと働かなかった。西宮北口までは行かれるのだ、電車に乗って。阪急京都線は問題なく動いているのだから、梅田で乗り換えて西宮北口まで行く。そこから先は歩けばいい。わたしには二本の足がある。三宮まで、西宮北口からはたったの二十キロ足らずじゃないの！

近藤を捜しに行こう。何日かかってもいい、しらみつぶしに避難所をあたって、近藤を見つけるのだ。

わたしが今、本当にしたいことは、それだけだ。それだけなんだ。

7

今日で三日目。震災の朝から丸一週間が過ぎた。

有給休暇を思い切って二週間とったけれど、二週間で近藤を見つけることができるのか。いや、何としてでも見つける。彼は生きている。絶対に生きている。生きていれば、二週間以内にはきっと連絡がとれるはずだ。とれなくてもとれるまで諦めない。諦めるもんか。

会社には、神戸の親戚を捜しに行くと言い訳をした。上司は何か文句を言いたそうだったけれど、こんな時に文句を言えば人でなしだと思われるのは必然なので、苦虫を嚙み潰したような顔をさらに陰鬱に崩して、まるで同情しているかのような声で、頑張ってね、と言ってハンコをくれた。京都でも死者は出たというのに、それでも神戸とはあまりにも隔絶感がある。テレビの画面に毎日映し出される神戸の惨状はまるでつくりもののようだ。

京都はまったくいつものままだった。

だがこの三日間神戸を歩き回って、香奈はもう、数日前の能天気な自分には戻れなくなってしまったように感じている。

＊

神戸に行くと決心した翌朝、震災三日目からは、情報収集に明け暮れた。本当はすぐにでも神戸まで行ってしまいたかったのだが、テレビの報道で被災地に入るには慎重に、と繰り返し流されていて思いとどまったのだ。現地は交通が混乱し、通行できない道路も無数にある。闇雲に歩き回っても現地の人たちの邪魔になるだけだ。避難所のリストアップは、朝からテレビにかじりつき、同時にラジオを流して避難所情報を集めることで、まったく不完全ながらもなんとか形にすることができた。パソコン通信をしている会社の同僚が手伝ってくれたのも役に立った。パソコン通信の「会議室」と呼ばれる書き込みスペースには、真偽はともかくとしてかなりの情報が集まっていた。そしてようやく震災五日目、背中のリュックに食べ物や固形燃料、衣類などをぎゅうぎゅう詰め込み、さらに空のポリタンクをその上にくくりつけて、西宮北口まで通常運転している阪急電車に乗った。車内には香奈と同じように、神戸にいる親戚や友人のもとに物資を届けようとしている人が大勢いた。みんな大荷物で、いつもならば乗客のあからさまな「迷惑」視線にさらされるところだ。が、阪急電車の中は思いやりと連帯感で満ちていた。震災とはほぼ無関係に通勤する人々も、荷物で車内空間が狭められていることに不平など一切漏らさず、電車が揺れるたびに気づかってくれた。そんな人々の優しさに思わずほろっとしつつ、近藤を捜しに行く、という自分の行為に半ば酔って、奇妙な興奮と共に西宮北口に到着し、駅を出て歩き始めた途端、香奈の興奮や高揚感は瞬間冷凍されたように固まった。

それどころじゃない。

香奈が最初に心に思い浮かべたのは、その言葉だった。

それどころじゃ、なかった。香奈が心に抱いていた想像など遥かに超えていた。テレビ画面で見て少しは慣れていたはずの光景なのに、目にした途端、下腹から何かがせりあがって来て吐きそうになった。

電柱がねじれていた。根元でくるりと一回転ねじれ、さらに上のほうでもう一度ねじれていた。

電柱が。飴じゃないのに。くるり、と。

ビルの壁がなかった。

道路に面した壁が全部はがれ落ち、六階建てのすべてのフロアがドールハウスのようにさらけ出されていた。なぜなのか、そのフロアには、椅子と机が整然と並んでいる。どうして椅子も机も外に飛び出さなかったのか、理解できない。まるでジョークだ。誰かのいたずらだ。

通り過ぎようとした時に、右側のマンションの様子がおかしいことに気づく。何が変なんだろう。何が……

ない。一階が……ない。地面の上に、直接二階のベランダが並んでいる。一階はどこ？ はずれて飛び出してしまったのだろうか。いや……

しん、と音がなくなる。耳に何も聞こえなくなった。一階は、二階のベランダの下に……数十センチの厚みに潰れて……

一階にあった部屋はどうなったの？

路地のつきあたりでは、二つの家が「おでこをごっつんこ」するように傾いて互いに支え合っている。ああでも……でも……あの間に挟《はさ》まっている瓦礫《がれき》はなに……あの間にはもう一軒家が……

膝に力が入らなくなる。それでも必死に歩き続けた。捜さなければ。たどり着かなければ。

吐き気が消えず、やがてぼろぼろと涙が流れて出た。

どのくらい歩いただろう。時間の感覚がなくなって、持っていた地図を見ても方向がよくわからない。歩道は数歩ごとに亀裂を飛び越え、曲がったガードレールをよけて歩いた。道が大きく陥没していてぐるっと迂回しなければ進めないところもあった。やがて川が近づいて来たところで、自衛隊の隊員が何か合図をしていた。

「ここから先通行できません。通行できません！」

呆然とする。この先に進めなかったら神戸まで行き着けない。

どうしてこんなところで、呆然としているのか、そのことに情けなくなる。

「どこまで行くの？」

見知らぬ男性が話しかけて来た。心配そうに香奈の顔を覗き込んでいる。

「あ、あの……通行止めって」

「昨日は渡れたんだけどね、橋。たぶん安全が確認できないから通行止めにしたんだろう」

「橋が……だめなんですか」

「JRの鉄橋が落ちてると聞いたけどどうだろうか。一昨日、知り合いが通った時はまだどの橋も渡れたらしいが、今はもう、安全が確認できないとこは通行止めになってる。南の方がやられてるらしい。国道は通行できるけど、緊急車両以外通行禁止になってる。歩けばなんとかなるけど、でも南に向かうのはやめといた方がいい」

「被害、ひどいんですか」

「全容はまるでわからないが、ＪＲ線より南の方が被害がひどいようだ。阪急より北側はかなりましだって噂がある。とにかくニュース見てても現地の細かい様子はまるでわからないから、行ってみるしかないんだが。大丈夫、ちょっと遠いけど、北へまわれば徒歩なら橋、渡れるから、一緒に行こう」

「……あの」

「行くんでしょ、この先へ。どこまで？　御影《みかげ》？　芦屋《あしや》？」

「……神戸まで」

「ちょっと大変だな。でもいいさ、俺もなんとか三宮まで行きたいんだ。あ、俺は小林と言います。荷物重いの？　少し手伝おうか」

「大丈夫です」

香奈は背筋を伸ばした。こんなところでめそめそして同情されていたのでは、何しに来たのかわからない。三宮まで行くという男性も、背中に香奈ひとりくらい入れそうな特大のリュックを背負っている。

香奈は涙を袖でぬぐって、男と並んで歩き始めた。言葉少なに自己紹介をする。小林は、香奈が捜そうとしている「友達」について、詳しくは訊《たず》ねなかった。

「ポリタン、よく見つかったね。俺も探したんだけど大阪でも売り切れで」

「……京都で買って来ました」

「そうか、京都にはあるのか。俺も明日、京都まで行ってみるか。とにかくポリタンがないと、給水受けるのも大変だからな」

「給水は順調なんでしょうか」

「自衛隊は頑張ってくれてるけど、まだ車が入れないとこの方が多いからな」

「避難所では食べ物とか、足りているんでしょうか」

「まちまちだろうね……心配なのは、飢えより寒さだな」

小林は溜め息をつく。今はそれ以上訊いても意味がない。香奈は黙って歩いた。

小林は関東から来たらしい。妹の嫁ぎ先が三宮で飲食店を経営しているのだが、震災の朝から連絡がとれていないという。妹夫婦にその両親、それにまだやっと二つになったばかりの甥っ子。家族五人で定食屋を営み、店の二階で暮らしていた。それだけのことをゆっくりゆっくり話し、あとは黙った。頭を離れない嫌な想像を無理に振り払うようにして、小林は何度も首を振る。

「わたしの友人は」

香奈は、男の悲しげな横顔を見るのが辛くて前を向いたまま口を開いた。

「旅行で神戸に泊っていたんです」

「ホテルに連絡してみた？　大きいとこは被害も少なくて、宿泊客はそのままホテルにとどまってる人が多いらしいけど」

「……ホテルに泊っていたのかどうかも、わからないんです。友人のところに泊ると言ってたんですけど、確認はとれません。その友人の家もどこなのかわかりません。でも、無事です。無事だと信じてます」

「そうだよな。俺も……信じてる。信じてなかったら、こんなところまで来てないよ」

小林は大阪に宿をとり、昨日から被災地に入った。職場の同僚で芦屋に実家がある人がいて、その人と二人で昨日は芦屋まで歩いたらしい。同僚の実家はものの見事に潰れていた。が、幸いなことに、家族は無事で避難所で見つかった。

「みんな二階で寝てたのが良かった。近所の家数軒もまとめて潰れていたけど、一階で寝ていた人は助からなかったそうだよ。芦屋は古い家が多くてね、そういう古い家は屋根に本瓦をのせていたんだ。それが災いしたみたいだね。だけど、本当に道路一本で明暗が分かれるんだよなあ。道路の片側はどの家も全壊か半壊なのに、反対側の家は大きな被害が出ていないように見えたり。ああいうのを見ちゃうと、結局人間、運なのかな、なんてね……ちょっとすねた気分になって来る。いくら努力したって真面目に頑張ったって、道路のこっち側に家があったかあっち側に家があったかで、何もかも決まってしまうんだなあ、なんて」

小林は地面を見ながら歩いていた。

「テレビで被災地の映像を見ていた時は、妹一家のことが心配で他のことは何も考えられなかった。でもこっちに向かって行動を起した時は、なんていうのかな、もっとその……

興奮していたんだ。ぜったいに俺が助けてやる、そう意気込んで。妹だけじゃない、被災地の他の人たちのことも俺が助けてやるんだ、くらいの気持ちがあったかもしれない。大惨事に立ち向かう自分、みたいなものに酔ってたような。けど……昨日初めてこの現実の中を歩いて、少しずつ自分が、絶望にとりつかれていくのを感じてるんだ。テレビを見ているだけだったら理解できなかった、この表現しようのない気持ち……弱気になるとかそういうのとは違う。もっと何か、もっと深くて濃い闇の在処《ありか》に気づいてしまった、そんな感じだ。自分があまりにも無力なことを思い知らされた、ってことかな」

「わたしたちは……無力なんですね」

「いや、そうじゃない。何もできないわけじゃない。ただ、たとえばこの地震を防ぐことは、人間にはできない。その意味での無力さ、と言えばいいかな。通りのどっち側で暮らすか、それによって生死が分かれてしまうような時、あらかじめ何もかも予測して正しい答えを選んでおくことなんか、できない。わかるかな……だけど」

小林は、歩道の亀裂を飛び越して言った。

「それでももし、偶然に生き延びることができたら。そこから先は、できることがたくさんあるし、しなくてはいけないんだ。偶然、死んでしまった人たちの為に、ね。そう思う気持ちに嘘はない。だけど、そこに興奮とか高揚とかはもう、生まれて来ない」

小林が何を言おうとしているのか、香奈は考えながら歩いていた。この人の心を支配している絶望感と使命感。その矛盾した二つの感情で、かろうじて、この人は、次の一歩を踏み出している。そんな気がする。

何時間歩き続けただろう。ようやく芦屋にたどり着くと、小林は職場の同僚という人と落ちあうから、と、香奈を避難所に寄るよう誘った。避難所は小学校の校舎にあった。食糧や毛布などは足りているようだったが、トイレの問題が深刻になっていた。自衛隊と避難した人たちが協力して、仮設トイレを増設していた。貼り出されている避難者名簿を何度も読み返した。病院に転送された人の氏名もチェックする。近藤が芦屋にいた可能性など低いだろうが、それでもひとつでも見逃すものか、と思った。

「車で神戸まで連れてってもらえそうだよ」

小林が笑顔で言って、横に立っていた男を紹介してくれた。

「N新聞神戸支局の山本さん。これから神戸の支局まで戻るんで、乗せてくれるって。俺も途中でおろしてもらうから」

正直、涙が出るほど嬉しかった。西宮北口から芦屋川まで、阪急電車の営業距離ならばわずか五、六キロというところだろうが、北をまわって遠回りしたので実際に歩いた距離は八キロ程度か。たったそれだけで、もう香奈の足はズキズキと痛んでいる。背中の荷物はずっしりと肩に食い込み、歩道に散乱する瓦礫やはがれたアスファルトに足をとられて転びそうになったことも幾度となくあった。自分のやわさが本当に情けない。香奈は礼を言い、ありがたく便乗させてもらうことにした。

「芦屋もけっこう被害出てますね」

山本は運転しながら言った。車道は車で溢れ、のろのろとしか進まない。

「特に海に近いほうはひどいみたいです」

「三宮や神戸はどうですか」

「ひどいですよ」

山本は憂鬱そうに頭を振った。

「海のほうも、港がことごとくやられてしまった。船が着けられないので緊急物資も海から運べないんです。わたしは関東の人間で、一般的な関西の人よりは地震に対する危機意識が強いと自負していたんですが、それでもまさか、海が使えなくなるとは思っていなかった。港湾施設の被害状況を知るまでは、道路が駄目になっても物資や人を海から運べるから大丈夫だろう、と思っていたんです」

「やはり、液状化ですか」

山本はうなずいた。

「理屈では知っていたんですが、まさかあそこまですごいことになるとは思っていませんでした。アスファルトだろうとコンクリートだろうと、割れるとか壊れるというより溶けたように崩れてしまうんです。地面がずぶずぶの泥沼に変化しちゃったんですよ」

「道路一本隔てて被害状況に差があったりしますね」

「断層が関係してるんじゃないかと思いますが、そうした分析も、もう少し落ち着いてからでないとできないでしょうね。三宮も駅前のビルが倒壊して、かなりの被害が出てます。小林さん、三宮のどのあたりですか、妹さんのお宅は」

「駅のすぐ北側です。……駄目でしょうか、あのあたり……」

山本は答えに躊躇したが、無理につくったような明るい声で言った。

「火事は出てないし、希望はあります。妹さんご一家も、すでに避難しているんじゃないかな」

小林は、そうですね、と明るい声で答えたが、そのあとは黙ったままだった。

小林に携帯電話の番号を教え、三ノ宮駅の手前で別れた。道路の陥没がひどく、通行止めの箇所も多くて駅には近づけない。三宮の現状がどうなっているのかはわからなかった。山本はそのまま車を神戸地区に向けて進めた。どこも渋滞がひどい。県外ナンバーがちらちらと混ざっているのが気になったが、そう思う自分も「県外」の存在なのだ、と思い直す。被災地の邪魔になる存在なのだ。だがどれだけ非難されても、近藤を捜したいと思った。

N新聞神戸支局の建物の前で、香奈は車を降りた。

「今日中にお友達が見つからなかったら京都に戻りますか」

「そうせざるを得ないと思いますけど、明日も来ます」

「しかし京都からここまで来るのが大変だ。最低限の生活必需品を持参していただけるのでしたら、明日からわたしのところに泊っていただけますよ。女房と子供の三人暮しですが、社宅として借り上げてもらっているマンションなんで部屋はあります」

「でも……」

「遠慮はいりません。幸いマンションはさほど大きな被害を受けていませんから。もちろん水道、電気、ガスはありませんが、食糧は大阪支局のほうで調達してくれています」

「本当にありがたいお申し出ですけれど、ご迷惑では」

「女房はざっくばらんな女です。それにうちにはいつも、誰かしら居候《いそうろう》がいるんですよ。東京から出張で来た以前の同僚なんかが、ホテル代浮かすために泊ってたりしますから。ですからほんとに遠慮は不要です。ただ、その代わり、ひとつお願いがあります」

「お願い？」

「ええ。お友達を捜す過程を取材させてもらいたいんです。被災地の様子を記事にするにしても、何かストーリーがあった方が読者に共感を得てもらいやすいし、外から被災地に入った人の視点も欲しい。もちろんプライバシーには配慮します。お名前は仮名で構いません。年齢もご希望でしたら出しません。もし今日中にお友達が見つからなかったら、ここに電話してください」

山本は名刺を香奈に手渡した。

「明日、西宮北口の駅までお迎えにあがります」

＊

山本の申し出を受けてしまったのは、十数キロの道のりを明日からも毎日徒歩で通う、ということの辛さに耐えられないと思ったからだ。たとえ仮名で写真も後ろ姿だけにしてもらうとしても、新聞記事にされること自体は抵抗を感じた。だがその日、神戸駅から地図を手に、避難所を数箇所まわっても何の手がかりも得られなかった時、香奈は決心した。山本の家に泊めてもらわなければ、近藤を捜し出すことなどとても無理だ。

日が暮れてあたりが真っ暗になるまで歩きまわり、疲れて座り込んだ歩道の縁石。目の前に、乗客を満載したバスが通りかかった。

バスが通っている！

そう言えば、国道二号線の通行ができるようになったと今朝のニュースで言っていた。西宮北口から神戸まで、代行バスが走るようになったのだ。だがバスは、それこそはちきれるほどの乗客を詰め込んでいた。無理をして京都からここまで通うよりも、今は山本の提案にのった方がいい。

そう、近藤にもう一度逢う為ならば、何だってする。

携帯電話を取り出し、名刺の番号にかけた。繋がるかどうか不安だったが、電話は繋がった。

それまでは自分の意地を通す為にだけ持っていた携帯電話が、初めて自分にとって「本当に役立った」と感じた。山本は再び香奈を車で西宮までおくってくれ、背負った荷物もあらかた預かってくれた。

翌日、着替えや日用品の他に京都の菓子や保存の利く食べ物などもぎっしりと、山本の妻への土産にリュックに詰め込んだ。持てるだけの荷物をからだにくくりつけ、阪急電車に乗った。

あれから丸二日。毎日、その日歩いたルートや立寄った場所について山本に報告し、山本の質問に答える。山本から預かったカメラで、目にとまったものを手当たり次第撮った。まるで自分自身が新聞記者になったかのようだった。近藤を捜す、ということが、もしかしたら自分だけの問題ではないのかもしれない、と感じ始めていた。山本はどんな記事を書くつもりだろう。そしてその記事で、何を、誰に、訴えようとしているのか。

「お疲れさまでした」

夕飯の食卓に呼ばれて席につくと、山本がコップに炭酸飲料を注いでくれた。

震災から九日、道路の復旧が少しずつ進んでいることもあって、物資は確実に増えて来ている。給水車も定期的に来てくれるようになり、生活用水に若干の余裕もできて来た。

山木の妻も、近くのスーパーが営業を再開したと嬉しそうに話してくれた。

「これ、今日入った情報で、避難所の名簿です。そろそろどの避難所も避難している人の名簿が揃って来ましたね」

香奈は山本から名簿を受け取った。開いて見るのが怖い。そこにも名前がなかったら、あとはどうしたらいいのだろう。

「そろそろ、方針を見直した方がいいとは思いませんか」

山本が遠慮がちな声で言った。

香奈は、うなずいた。


近藤が無事に避難所に避難していれば、神戸・三宮一帯の避難所に必ず名前があるはずだった。それがないとなると、避難所にはいない、と考えるしかない。

「お友達は旅行者ですよね。だとしたら、震災直後に神戸を脱出してしまった、という可能性もあるんじゃないかな」

山本の言葉に、香奈は唇を噛む。

そのはずはないのだ。そのはずは。

近藤が神戸を脱出してすでに安全な場所にいるのであれば、ぜったいに電話をくれるだろう。携帯に。いや……近藤自身は携帯電話を持っていなかった。もし香奈が渡した名刺をなくしてしまっていたら？

それでも、名刺を見ているのだから会社名は知っている。調べれば会社の電話番号はすぐにわかるだろうし、会社にかければ携帯番号を教えてもらえる。同じフロアの同僚たちには、近藤から連絡があったら携帯に電話してくれと伝えてもらうよう頼んである。

なぜ近藤は、電話をくれないのだろう。

なぜ……そう、その理由は一つしかないのだ。近藤は今、電話がかけられない状況にいる。

それしかもう、有り得ない。

8

「電話が」香奈はやっと言った。「かかって来ないんです。わたしの携帯に。無事に神戸を脱出できたのならもうかかって来ているはずなんです。わたしが心配していることぐらい……わかっていると思うので」

「そうですか……わたしは携帯は持ってませんが、持っている者の話では固定電話回線より早く連絡がついたケースもあったようですね」

山本は目を閉じて何か考えていた。

「そんな顔をしないで」

唇を噛んだままの香奈に山本が微笑みかけた。

「諦めたり悪いことを考えたら負けですよ。希望はそれを信じる者にだけもたらされる。人は所詮、運命には逆らえないかもしれない。でもその運命に立ち向かう気持ちしか、人を絶望から救いあげることはできないんです」

山本は、パン、とひとつ手を打った。

「方針を変えようと言ったのは、考えがあるからです。病院に絞ってみませんか」

「病院……。でも、入院しているとしても電話ぐらい」

「こんな状況です、さまざまなことが考えられる。第一に、病院の電話回線が回復していないことも有り得ます。患者さんが使用できる公衆電話の回線が復活していないと、あなたに連絡をとりたくてもとれない。第二に、ベッドから動けないでいることも。命にかかわるような怪我ではなくても、歩くことができないとか、からだを固定されているとかしていれば電話をかけることができません。それでなくても神戸中の病院が大変な状況に置かれています。患者さんだってワガママなんか言えない状況ですよ。誰かに電話したくても、一人で動きまわれなければ看護婦さんに頼むしかないですが、そんなことを頼めないほど病院自体が混乱していることも考えられます。そう、なんだって起り得るんですよ、とにかく異常な状態なんですから、神戸中が。とにかくやれることはやってみましょう」

「はい」香奈はうなずいた。「でも、山本さんもお忙しいのにこれ以上のご迷惑は」

「人一人の無事を確認することが、何の迷惑なんですか？　もちろん僕には職務がありま す。それを優先させていただくことについては、了解していただくしかありません。ですが、せっかく神戸に旅行にいらしてくださった方が行方不明のままであることは、神戸を愛する僕にとってすごく悲しいことなんです。なんとしてでもあなたのお友達を見つけ出して、いつか神戸が復興して、美しい町になった時、ぜひまた旅行に来てくださいね、って言いたいんですよ、僕は」

山本の口調は真剣だった。香奈は溢れて来た涙を手の甲でぬぐった。

負傷者と彼らが運びこまれた病院のリストは山本がコピーしてくれたが、それはあくまで、地震発生直後に運ばれた怪我人のリストだ。その後、怪我が軽くてすぐに退院した人もいるし、逆に手術などが必要で、より設備のいい病院に転院した人もいる。電話などかけても人手の足りない病院に迷惑をかけるだけだし、同様に家族や友人を捜す人々で大混乱しているのはわかっていたので、とにかく一箇所ずつあたってみるしかない。地図上の病院をマークして徒歩圏内ごとにブロック分けし、山本が業務の合間に香奈を毎日そのブロック付近まで運んでくれることになった。あとは一人で一日かけて歩き回るしかない。ブロック内であれば、リストにない病院にも寄ってみることにした。

新しい戦いだった。

避難所をまわっていた時は、貼り出されている避難者氏名をチェックすれば良かったが、病院では毎日退院や転院が繰り返されるのでそう簡単にはいかない。近藤の写真を持っているわけではないので、氏名不詳のまま入院している患者は一人ずつ確かめるしかない。

震災発生から十日、病院に勤務している人たちも家を失ったり家族と離ればなれのままだったりしているはずなのに、どこでもみな懸命に働いていた。黙々と、自分が背負った使命を果たしている。香奈は、近藤を捜す日々を続けていく中で、自分の心の奥で何かが大きく変化した、と感じていた。

あえて表現するなら、魂が透き通っていく感覚。濁ったものが薄れていく印象。

今になって、自分がなぜ新城紫にあれほど簡単に騙されてしまったのか、その理由がわかる気がした。自分は「欲張り」だったのだ。虐げられた女性の為に何かできること、夢の家を作る、という新城の語った「夢」を、お金で買おうとした。自分の夢や願いを築く手間や時を出し惜しみ、お金で簡単に夢にひたろうとしていた。もし自分でも何かをしたい、夢の為に自分でからだを動かし、時間をつかい、何かを積み上げる労力を提供しようと思っていたら、紫の嘘などすぐに見抜けていただろう。いくら口のうまい詐欺師でも、いや、口のうまい詐欺師だからこそ、彼女は「何もしていなかった」はずなのだ。

「そう言えば、震災の前にわたし、変なものを買ったんです」

その日も近藤には逢えず、疲れて痛む足を引きずりながら山本の車を待ち、冬の短い日がすっかり落ちてとっぷりと暗くなった道路の大渋滞の中で、香奈はなぜなのか突然、山本に話したくなった。切れ目のない、小銭が入れられない金色の豚のことを。

「穴がないの？」山本は笑った。「それは不良品だろうね。穴を開けそこなった」

「ええ、そう思います。でも古道具屋さんは、返品は受付けないよ、の一点張りで」

「変な古道具屋ですね。京都にはそういう骨董屋さんや古道具屋さん、多いですよね」

「ええ、多いと思います。ものすごく高そうなものばかり置いているお店には入れませんけど、見るだけでも楽しいですね、古道具や骨董品って」

「僕はそういうの、あまり詳しくはないけど……そう言えば、ちょっと悲しい話もあるんです」

「悲しい話……」

「まあね……この震災で、悲しい話なんてのはそれこそ被災した人の数だけ生まれてしまった。だからそんな中では、たいしたことじゃないのかもしれないけど。実は、震災の前、僕は生活文化部にいたんです。今は臨時で震災取材班に所属してますが。で、一人暮らしのお年寄りの生活をレポートする連載を担当してました。近くに頼れる親戚や友人がいないので、高齢になっても一人で生活せざるを得ない人たち、ですね。そういった人たちのお宅にお邪魔して、生活の不便はないか、困っていることがないか話を聞いて、行政や地域で取り組める課題はないか、問題提起する記事です。そうしたお年寄りの中には、昔から住んでいた古い家に暮らし続けている人も多いんです。伊藤《いとう》さん、という八十七歳になるおばあちゃんも、僕が取材していた一人でした。お子さんがいらっしゃらないご夫妻だったそうで、ご主人が数年前に亡くなってからお一人で暮らしていらっしゃいました。からだはなんとか日常生活ができる程度には健康で、一人で生活するのにさほどの不便はなかったようなんですが、庭仕事ができなくなったとおっしゃって」

「庭仕事というと、お花の世話ですか」

「ええ。かなり広い敷地のお宅で、お住まいそのものは平屋のごくこぢんまりしたものだったんですが、お庭が広かったわけです。そのお庭に、おばあちゃんが丹精込めて育てたお花が四季ごとに咲き乱れていました。僕が初めてそのお宅に伺ったのは春でしたが、木戸をくぐって庭に足を踏み入れた時の感動は今でも忘れません。本当に色とりどりの花が咲いていたんです。目を閉じると、瞼にあの時の光景が浮かんで来ます。そのくらい印象的でした。ですが、さすがに八十七ともなると、体力は衰えます。その庭には給水の設備がなかったので、おばあちゃんは毎日バケツに水を汲《く》んで、柄杓《ひしゃく》で庭中の花々に水やりをしていたんです。一回の水やりで、バケツに水を汲んで庭まで運ぶ作業が五、六回必要だった。その他にも、庭仕事ってけっこう大変なんだそうですね。季節によって花を植え替えたり、庭の土も耕して肥料を入れて」

「わたしも植木鉢の花をたまに買うんですけど、すぐ枯らしてしまいます。植物って手間がかかるものみたいですね」

「ええ。で、彼女も肉体的に辛くなっていた。でも庭の花々は彼女にとって、子供のようなものです。庭仕事ができなくなったから全部引っこ抜いてしまえばいい、というものではありません。しかし人を雇えるほど彼女は裕福ではなかった。生活費は年金に頼っていて、貯金は自分のお葬式代だから使えないとおっしゃっていて。僕が書いた記事もきっかけになって、最終的には市内のボランティアグループに助けてもらうことになったんです。大学生が中心でやっているグループで、週に三回、花の水やりを手伝いに通ってもらえることになりました。それが昨年の九月のことです。でも夏場はそれでは足りませんよね。今年の夏はどうしようか、そのことを何度か相談されていたんです。調べてみると、夏の水やり回数を減らせる園芸用品がいくつか市販されていたので、そうしたものを使ってみることもおすすめしました。でも、その夏はもう来ません」

「……じゃ、そのおばあちゃまは」

「亡くなりました。震災で倒壊した古い家の下敷きになって。東京で暮らしていらっしゃるご主人の妹さんとは連絡が取れたのですが、その方も八十五歳で神戸まで来るのは無理だということで、来月になったらその方の息子さん、つまりおばあちゃんにとっては甥っ子ですね、その人がいらっしゃるそうです。その土地は売却されます。おばあちゃんは簡単な遺言を残していらしたんですが、土地はすべてその妹さんに遺されました。でも神戸の市街地でけっこうな面積があるので、今度の震災で地価がどう変わるのかはわかりませんが、震災前の路線価算定だと相続税がそこそこな金額になってしまうんです。売却しなければ妹さんには相続税が払えないそうです。おばあちゃんが愛した花の庭は、たぶんすべて壊され、植物も処分されてしまうでしょう。更地にしないと売却は難しいでしょうから」

「残念ですね」

「ええ、とても残念です。それで甥御さんに許可をいただいて、何かひとつだけでも記念に花をいただけないかと思って、昨日、行ってみたんです」

山本は、ハンドルを握ったまま溜め息をついた。

「……想像以上に、ひどい有り様でした。小さいけれど居心地の良かったあの家が……瓦礫の山に変わっていました。ご遺体はとっくに運び出されていましたが、それでもその瓦礫の下にまだ伊藤さんがいるような気がして……。ただ、庭は不思議なほど何も変わっていなかったんです。本当に……不思議だった。地割れもなく、重ねられた植木鉢も倒れていないんです。まるでその庭だけは、あの地震の時にどこか別の世界に行っていたみたいで。この季節ですから花は少ないですが、それでも山茶花《さざんか》が咲いていましたよ。おばあちゃんが大好きだった花です。甥御さんは、どの花でも持って帰ってくださいと言ってくれていたのですが、うちはマンションですから、さすがに山茶花は持ち帰れません。ベランダも狭いので、植木鉢を置くとしても一つかせいぜい二つ。しばらく冬枯れの庭を眺めていて、片隅に水仙《すいせん》の葉が瑞々しい緑色を見せているのに気づきました。毎年、早春に鮮やかな黄色の花をつけていた水仙です。数株ならば持参した植木鉢に入ります。これにしよう。そう思って、スコップで株を掘上げようとしたんです。その時、これに気づきました」

山本は、信号待ちの間に上着のポケットから何かを取り出した。

「……鍵、ですか」

「ええ。鍵です」

「古い形みたいですね」

「何の鍵なのか、すぐわかりました。これ、蔵の鍵なんです」

「蔵？」

「その庭の片隅に蔵があるんです。一度、あの蔵には何が入っているんですかと訊ねたことがあるんです。そうしたら、もう忘れてしまった、と。実は蔵の鍵がどこかに消えてしまって、開けられないのだ、と」

「じゃ、そのなくなった鍵が出て来たんですね」

「そういうことになると思います。地震の影響をまったく受けていないように見えたその庭のたった一箇所、水仙の根元のあたりだけが、地盤沈下したようにえぐれていたんです。この鍵はその中に埋まっていました。いったいいつからそこに埋まっていたのか、まったくわかりません。おばあちゃんは、もう何十年も前に蔵の鍵がなくなった、でも蔵など使う必要もないし、中には昔使っていた家財道具が入っているだけだから、そのうち鍵を壊して開けようと思っているうちに忘れてしまった、と言っていたんです。家財道具もいったい何を入れていたのか忘れたと。甥御さんに電話したら、中を開けてみて欲しいと頼まれました」

「開けてご覧になったんですね」

山本はうなずいた。

「はい。おばあちゃんのおっしゃっていた通り、古い家具や食器が積まれていました。骨董品としての価値がどのくらいあるかはわかりませんが、少なくとも古道具屋さんなら喜んで引き取ってくれるでしょう。残念なことに、食器の類いは箱ごとひっくりかえってかなり壊れてしまっていましたけれど。ただその中に……アルバムがあったんです。もとは箱にしまわれていたようなんですが、地震でその箱がひっくりかえり……アルバムが飛び出していました。……昔はよく見かけた、赤い布張りのアルバムです。表紙に仔犬の刺繍がついていました。……赤ちゃんが生まれるとそうしたアルバムを用意して、成長の記録などおさめた」

「……どなたの赤ちゃんだったのでしょう」

「五十年は経っていたでしょうね」

山本は、静かに言った。

「それでもすぐにわかりました。古い古いモノクロの写真の中で、赤ん坊を抱いて微笑んでいたのは、伊藤さん自身でしたよ。伊藤さんは、出産されたことがあったんですね。でもそのアルバムには、ほんの数枚の写真しか貼られていませんでした。甥御さんに電話で報告すると、詳しいことを知ってそうな親類に訊いてみるとおっしゃってくださって。今朝、甥御さんから電話がありました。やはり伊藤さんは出産されたのだそうです。しかし、生まれた赤ちゃんは、一歳にならないうちに病死してしまった。三十五歳を過ぎてからの初産だったそうです」

香奈は何も言えなかった。

水仙の根元にあった鍵は、なくなったのではなく、埋められたのではないだろうか。そう思ったけれど、言葉にできなかった。

「あの蔵は、開けられるべきではなかったのかもしれない。でも、いつかは開けられる日が来ることは避けられなかった。だとしたら、伊藤さんが亡くなったあとで開けられたことは、良かった、と言えるのかも。いずれにしても、蔵の中にしまわれた物、というのは、多かれ少なかれみなそうしたものなんだろうな、と考えていました。日常の中で使われる物は蔵にしまわれたりしません。蔵に入れられるのは、普段は使わない物、滅多に使わない物、そして、もう決して使うことはない物、です。そうやって誰かの日常から切り取られた物たちが蔵にしまわれ、眠りにつく。その蔵が開けられ、それらの物が明るい日の光の中に取り出された時にはもう、それを仕舞った人の日常はどこにもないかもしれない。そうなった時、物たちはこの世界に取り残されるんですね」

「物が、取り残される……」

「ええ。どんなにたくさんの物を所有している人であっても、棺桶に一緒に入れてもらえる分しかそれらを所有したままで死ぬことはできないんです。そして所有者がいなくなった物たちは、この世界に取り残される。骨董や古道具というのはそうした個人の抱えた人生、さまざまな事情を、その古さの中に閉じこめたまま、途方に暮れている気の毒な迷子なのかもしれません。だから古道具屋さんは、その迷子たちに新しい所有者を探してあげる。長い年月迷子のままこの世界をさ迷った果てに、大切に所有してくれる人と出逢った時、物たちはきっと、ホッと安堵の溜め息を吐くんじゃないか。僕は……とても差し出がましいことなのですが、あの赤いアルバムを僕にいただくことはできないか、甥御さんにお願いしてみるつもりです。もちろん、貼られている写真は、そのページごとお渡しします。僕が欲しいのは、写真の貼られていない、空白のままで蔵に閉じこめられていた部分なんです。実はね、僕の妻は今、妊娠三ヶ月なんですよ」

山本がはにかむように笑った。

「いや、このことは妻にも内緒です。妻はもちろん、生まれて来る赤ん坊には綺麗な新しいアルバムを用意するでしょうから。ただ僕は、あのアルバムをアルバムとして使ってやりたいんです。せっかくアルバムとして作られて、幸せな気持ちと一緒に買われていったのに、不幸な運命で何も貼られないまま閉じこめられていたページに、写真を貼ってやりたい。この震災で、僕の愛する神戸では無数の物たちが所有者を失って迷子になりました。そうした物たちの中には、誰かにまた所有してもらいたいと願っている物もたくさんあるに違いない。あの鍵を僕が見つけてしまったのは、あの赤いアルバムの黄ばんだ空白のページが僕に呼びかけたからじゃないか、そんな気がしたんです。いや、わかっているんです。こんなのただの感傷ですよね。毎日気張ってはいるけれど、僕の精神もこの震災で相当なダメージを受けています。なんでもいいから、心が癒されるようなことがしてみたい。

ただそれだけです。そうわかってはいるんです」

山本は、ハンドルをとんとん、と叩いた。

「で、ふと思ったんですよ。さっきの貯金箱のこと」

「……はい？」

「もしかしたら、その貯金箱にも……あの赤いアルバムみたいな過去が閉じこめられているんじゃないのかな、って。アルバムとして生まれたのに使われないまま蔵に仕舞われてしまった、そんな過去が」

「でも……アルバムは使えないから使われなかったんじゃありませんよね。あの貯金箱は、使えないから……あ」

香奈は、思わず運転席の山本を見た。

「つまり、あの貯金箱の背中の穴は、誰かがあとで埋めてしまった、ってことですか。アルバムを蔵に仕舞ったように、誰かがもう、その中にお金を入れたくなくて貯金箱としては使えないようにしてしまったと」

「わかりません、実物を見ていませんから。でもお帰りになったらぜひ、もう一度調べてみてください。もしかすると、その金色の豚の背中には、かつては小銭を落とせる穴が開いていた痕跡があるかも」

リリリ・リリリ・リリリ・リリリ

突然、耳慣れない電子音が響いた。

香奈は慌てて携帯電話を取り出した。この電話を買って以来、どこかから電話がかかって来たことは数回しかない。発信者番号は……固定電話だ。

「も、もしもし！　もしもし！」

『あ』

遠くで、かすれた声がした。

『あのう……桑島さん？』

「近藤くん！　近藤くんなの！」

『あ、はい』

「どこにいるの！　どこにいるのよ、無事なの？　怪我してないの？　どうして連絡してくれなかったのよ！」

耳の奥で、あはは、と近藤の笑い声がした。

『怪我、しちゃったんです。それで昨日まで入院してたんだけど、今日やっと退院して。僕の持ち物、全部友達んちに置きっぱなしだったから桑島さんの電話番号わかんなくて。それで、あの、今僕、姫路《ひめじ》にいるんです』

「姫路……」

堪えていたものが一気に溢れ出し、香奈はそのまま号泣した。

9

香奈は今、やっぱり幸せなんだ、と思っている。

姫路の病院から退院した近藤を半日かけて京都まで連れて来て、自分の部屋に泊らせて三日。その間に、近藤が震災の朝をどこで迎えたか、どんなふうに怪我をしたか、なぜ香奈に連絡できなかったかなどを説明してもらったけれど、なぜなのかそうしたことすべてが、もはやどうでもいいことに思えていた。大切なことは、近藤が「生きて自分のそばにいる」、ただそれだけ。

「でもね」

香奈はまだ右腕を肩から吊って、頭に包帯を巻いたままの近藤の為に、りんごの皮を剝《む》きながら言った。

「酔っぱらって電車で寝過ごして姫路まで行っちゃって、神戸に戻る電車がもうなかったからそのまま姫路で夜通し飲んでた、なんて、悪運が強いというかなんというか。わたしが渡した名刺は友達のとこに置きっぱなしなんて、ドジ過ぎるし。怪我で済んでほんとに良かったけど、あなたのこと心配して必死に歩き回ってたわたしの気持ちが、なんか中途半端になっちゃった気がしてる」

「すみません、本当に」

近藤は頭を下げたが、そのまま口を開けてりんごを待っている。香奈は思わず笑って、りんごを近藤の口に押し込んだ。

「こういうの、わたしほんとは大嫌いなんだからね。男を甘やかす女にだけはなりたくない、ずっとそう思って来たんだから」

「さらにすみません」

近藤はりんごをしょりしょり噛んだ。

「まあ今はまだ怪我人ってことでひとつ」

「何言ってるのよ、図々しい。それにしても、名刺を忘れたっていうのはゆるせない。電話くれるって約束したくせに」

「だって神戸からまた京都に戻るつもりだったでしょう、桑島さんに逢うために。だから余計な荷物は持って行きたくなくて、ほとんど友達のとこに置いてっちゃったんだ。その中に名刺も入れっぱなしだったのは痛恨のきわみ」

「でも姫路もかなり揺れたのね。怪我、その程度で済んで良かった」

「うん、何しろ飲み屋の天井が半分崩れちゃったから。築数十年のすごいボロ店で、落ちて来た電灯が頭に当たって、崩れた天井板で腕が折れたけど、他に客がいなくてカウンターにいたおっちゃんも怪我はたいしたことなかったし、やっぱり運が良かったよね、俺」

近藤はあっけらかんとした顔でりんごを食べている。その無邪気な笑顔が、今ここにあって、彼が生きているという事実に、香奈は泣きそうになる。

テレビではまだ連日、犠牲者の名前がテロップで流され続けている。最終的な死者・行方不明者の総数は、五千人を超えるだろうと言われている。

五千人を超える命。その人たちひとりひとりに、近藤を捜し回った時の自分のように、その無事を願い、祈り、信じていた人々がいたのだ。けれど、願いは届かなかった。

どれほどせつなる願いであっても、天に届かないこともある。そして、その願いが叶った人と叶わなかった人との差なんて、ほんのわずかの偶然でしかないのだ。もし震災の前の晩、近藤が電車で寝過ごして姫路まで行ってしまったりしなければ、近藤は「あの朝」を神戸のどこかで迎えていた。そしてそれはもしかしたら、近藤の一生の終わりを意味していたのかもしれない。だが近藤は寝過ごした。酔っぱらって車内で熟睡し、姫路まで連れて行かれてしまった。近藤をあの夜、神戸から救い出して姫路へと導いた「運命の線路」は、誰に対しても敷かれていたわけではない。近藤が生きているのは「たまたま」なのだ。誰のおかげでも誰の手柄でもなく、ただただ、それは偶然の賜物。

だからこそ、愛しい。

香奈は、もうひとかけりんごの皮を剝きながら、素直にそう思う。

明日は何が起るかわからない。明日が今日の続きである保証などはない。一瞬の後にはもう、自分の命も消えてしまっているのかもしれない。

大事なものは、そんなにたくさんはない。今目の前にいる人を、やっぱり好きだと思う気持ち。生きていてくれてありがとう、と思うこの気持ちより大切なものなんて、たぶんこの世界には、ない。

「わたしね、会社、辞めるつもり」

香奈は近藤にではなく、自分自身に言い聞かせるように言った。

「仕事の引き継ぎはしないと迷惑かけちゃうから、それを済ませてからにするけど」

「辞めて、何するの」

「神戸に行く。わたしにできることが何かあるのかどうかわからないけど、しばらく神戸で働いてみたいの。あの瓦礫の町が以前のような美しい町へと戻る手伝いを、何かしたいの。もちろん、地元の人の仕事を奪うことはできないから、ボランティアになると思う。あなたのこと捜している間に知り合った人たちがいるから、その人たちに聞いて、迷惑にならないように手伝いたい。あなたを捜して歩き回っている間ずっと、自分がものすごく無力で無能な存在に思えてしかたなかった。これまでそこそこ仕事ができて、一人で生活して、とりあえず人並みに社会で生きているんだって自負して来たけれど、ほんとはわたしなんか何もできないつまらない人間だった。今ね、わたし、自分が本当は何ができるのか、それを知りたいの。それを知る為にまず、あの瓦礫の町にもう一度戻って、汗を流したい」

「気持ちはわかる気がする。でも、桑島さん、こんなこと僕が言わなくてもわかっていると思いますけど、たぶん神戸では、あなたの本当の居場所は見つからない」

「うん」香奈はうなずいた。「それも、わかってる。でも、それでもまずはあそこで汗を流したい」

「じゃ、僕も行こう」

近藤は笑顔で言った。

「桑島さんがしばらく神戸でボランティアするなら、僕もします」

「だってあなた、実家に帰らなくていいの？　ご両親、すごく心配してるんじゃない？」

「実は、まだ言ってないんですよ、怪我したことも入院していたことも。最近ずっと放浪生活みたいなことしてて、たまにしか実家には連絡しないから」

「あきれた。いい歳して、何やってるんだか」

軽口で返しながらも、近藤がどんな思いを抱いて順調だったサラリーマン生活をドロップアウトし、根無し草となってしまったのか、それを想像すると胸が痛んだ。

「でも近藤くん、友達が多いのね。この京都にもいるなんて」

「パソコン通信のおかげです。東京で居候させてもらってる人のとこにパソコンがあって、NIFTYに繋がるんですよ。最近やっと、パソコン通信に便利なフリーウエアがいろいろ出て来たんで、設定が簡単になりましたよ。でも今僕が興味あるのは、インターネットなんですけど」

「世界中のパソコン同士を相互接続するってやつ？　あれって日本でもアクセスできるの？」

「できますよ。まだWindows3.1だといろいろ不便なことも多いですが、Macならもう少し簡単かな。噂ですけど、今年中にはWindowsとMS-DOSを統合させた、Macみたいな使い勝手のOSも出るとか。そうなるとインターネットがパソコン通信にとってかわって、爆発的に普及するんじゃないかと思うんです。僕は、パソコン通信に救われたんです。あ、お茶もっと飲みます？」

「わたし、するわ」

「いいです、僕やります。僕、お茶いれるの得意なんです」

近藤は、保温ポットから茶碗に湯を入れた。

「桑島さん、知ってますよね。僕がゲイだってこと」

香奈は、ただうなずいた。あの日近藤のアパートで見た光景について、何か言葉にすることはできないと思った。

「そのこと自体は、恥ずかしいとか嫌だとか思ったことはない。大学時代から友人にはカムアウトしてましたし、会社でも特に宣伝するようなことじゃないけど、隠し通すつもりもなかったんです。差別を受けたことがない、という意味じゃないですよ、さんざ嫌な思いはして来ました。でもそのこともなんていうか、恨みに思ったことはなかった。僕だって自分に理解できないものに対しては、差別的な感情を抱きます。その差別を表に出すかどうかの違いはあるにしても、心の中で軽蔑したり侮蔑したり、そういうことはあります。そんな自分の駄目さをなんとか克服したいとは思うけど、生理的な嫌悪感って理由がありませんからね、払拭するのは難しいと思う。だからできるだけ、ゲイを理解できない、ゲイに嫌悪感を抱く人とは接触しないようにして、自分を守る術は身に付けて来ました。だからなんとかやっていけると思っていたんです……この社会でも、自分はうまくやっていける、って。なのに、簡単に躓きました。とっても簡単に」

近藤がいれてくれた茶は、確かにひと味違って感じられた。どうしてなのだろう、味がやわらかく、甘い。

「要するに失恋しただけなんです。最初から無理だってわかってる恋だったのに。奥さんのいる人を好きになった。単身赴任で一人暮らししてる人だったけど、奥さんと別れる気なんかないのは知ってました。知っていたのに、いざ赴任を終えて大阪に戻ると言われた時、僕は逆上してしまった。頭ではちゃんと整理して理解していたことだったのに、気持ちが勝手に暴走したんですよ。自分という人間がこんなにも自制できない弱い性格だったのかと、自分で呆れました。あの時冷静に受け止めて、なんでもない顔をしていたら、彼はきっと僕と別れなかったでしょう。東京出張のたびに逢うこともできたと思う。でも僕が騒いであがいたせいで、彼は冷めた。僕は自分で自分の恋を葬ってしまった」

「だけど」香奈は思わず言った。「どっちにしても未来のない関係だったのなら……続いていたとしてもむなしかったんじゃ」

「そうですね、その通りです。あのまま続いていたとしても、僕と彼の間には何も生まれなかった。遅かれ早かれ、破局は来たでしょう。ただ、あの時僕は、自分の未熟さに愕然としてしまったんです。僕は自分がこの社会に適応なんかしていないことに気づいた。ただ適応したふりをして、なんとかうまくすり抜けてやろうと姑息に動いていたに過ぎなかった。彼に去られて、朝起きることすら辛くなってしまいました。仕事にも集中できなくなり、食事すらまともにとれなくなった。鬱病の診断が出て休職したんですが、そのうちに自分が会社に復帰したいとすら思っていないことを認識して、退職しました。そして部屋にひきこもってしまったんです。なんだかこうやって説明すると、典型的過ぎて恥ずかしいっすね」

近藤は笑って自分も茶をすすった。

「近藤くんがいれてくれたお茶、美味しいね。同じお茶っ葉なのに、どうして味が違うのかな」

「お湯の温度じゃないかな」

「温度？」

「この湯沸かし保温ポット、温度設定がないですよね。少し冷めたら沸騰させてそのまま保存する方式です。てことは、まあだいたい九十度超くらいですよね、これに入れてあるお湯って。煎茶の二煎目には八十度くらいがいいんです。この急須のお茶、二回目でしょ、いれるの。なので先に茶碗に湯を入れて、それを急須に注いだんです。一回茶碗に湯を移すとだいたい十度くらい下がるから。これが一番茶なら、もっと低い温度がいい。一度茶碗に入れた湯を他の茶碗にもう一度移してから急須に入れるとだいたい七十度。三煎目なら九十度でいいんで、このポットのお湯をそのまま急須に注いで大丈夫です」

「温度だけで、そんなに味が違うの」

「違いますよ。温度だけ、他はすべて同じでも味は違って来ます。こういう知識も、パソコン通信で仕入れました。家にひきこもるようになってから、パソコン通信にのめり込んだ。知らない人と毎日話し合い、知識を交換しました。そして、ゲイのパソコン通信コミュニケーションにハマりました。僕たちゲイにとって、通信でのコミュニケーションはすごく大切なんです。マイノリティが情報を交換できる場は少ないですから。通信をとおして友人が増え、そのうちにその友人たちに誘われて旅をするようになりました。この二年くらい、ずっとそうやって気ままに旅を続けていました。もう退職金はほとんどなくなっちゃったんで、そろそろ仕事を探さないといけないなと思っていた矢先なんですよ、震災で怪我をしたのは」

「温度の違いだけで、こんなに甘くなるのね、お茶」

香奈は残りの茶を飲み干した。

「そしてそういうこと、パソコン通信で知ることができるんだ。……わたし、考えたこともなかったな、そういう世界。会社にパソコンはあるけど、オフコンがあるのにどうしてパソコンが別に必要なのかもよくわかってなかったし。わかろうとしなかったのかも。自分は仕事ができるって自惚《うぬぼ》れていたし、結果がちゃんと出ているんだからそれ以上どうこう工夫しようって発想もなかった。お茶の味がいまいちなのは安いお茶の葉を使っているからだと信じ込んで、お金さえ出せば美味しいお茶は飲める、だけど今の自分にそれはもったいないから安いのを買う、それでいいんだって、それ以上のことは求めたことがなかった」

「誰だってそうですよ。真面目に働いてそこそこ結果が出ていれば、自分が正しいと信じ込みます。でも、心のどこかではちゃんとわかっているのかもしれない。何か違う、何か足りない、そういう焦燥感みたいなものが、きっと誰の心の底にもあるんです」

「焦燥感」

香奈は言葉を嚙みしめた。

「その通りね。……あれは、焦りだった。わたしね、詐欺師に騙されて五百万円も貢いじゃったのよ。馬鹿みたいでしょ」

近藤は驚いた顔になった。

「ほんとですか。桑島さんみたいな人が……」

「あなたを指導してる時、すごく偉そうなことたくさん言ってたのにね、恥ずかしい話よね。でも……あなたにもちょっぴりだけど……責任はあるのよ」

「……僕に？」

「えぇ」

香奈は微笑んだ。

「もちろん自覚なかったでしょうし、責められたってあなたに何ができたわけでもない、こっちの身勝手なんだけど。ねえ近藤くん、あなたどうしてコンビニでわたしに声かけたの？」

「どうしてって、そりゃ、懐かしかったから」

「でも神戸から戻ったら連絡くれるって約束してくれたわよね。それもただ、懐かしかったから？」

「あ……いや、えっと」近藤は照れたように下を向いた。「それは、その」

「わかってる。あなた、気づいていたのよね。わたしの気持ち」

「……いや、気づいてた、とまでは」

「でもなんとなく察していた。だけどあなたは優しい人だし、その上正直だったから、どう対処していいか困ったでしょ。あなたはそのこと、ほんのちょっぴり負い目に感じていてくれたのよね。だからわたしを見かけて、少し過剰なくらいフレンドリーになっちゃった」

「過剰、ってことはないですよ。会社員時代の知り合いに会うことなんて滅多にないし、それが思いもかけず京都のコンビニでだったから、ほんとに嬉しかったんです。それに」

近藤は視線を上げた。

「あの夜のこと……いつか謝らないと、って思ってたし」

「あなたが謝るようなこと……何もないじゃない。謝るのはわたしの方よ。ストーカーみたいな真似しちゃって……気持ち悪かったでしょう」

「そんなことないです。あの時、桑島さんの顔を見たから自分を抑えることができた。今でもそう思ってます。あの夜の僕は本当に自分を見失ってました。あのままだと、何をしていたか……桑島さんは気づいていなかったと思いますけど、僕あの時、手に包丁握ってたんですよ」

近藤は笑った。香奈はごくりと唾を呑み込んだ。

「本気で刺そうと思ったのかどうか、今考えてみてもはっきりしないんですけどね。もしかすると彼の前で自分の胸でも刺して死ぬつもりだったのかもしれない。それも死にたかったからじゃなく、ただ、彼をとことん困らせたかったから。馬鹿ですよ。ただの馬鹿。でも思いがけず廊下に桑島さんがいてくれて、あたまにのぼった血がすっと下がった。桑島さんを追いかけて何か言い訳しないと、と一瞬思ったんですが、できませんでした。興奮し過ぎてたし、だいたい、言い訳なんて思いつける精神状態でもなかった。でもあなたがあそこにいてくれたから、僕の握っていた包丁は何事もなくキッチンに戻されたんです。それは確かです。あれからずっと、いつかちゃんと桑島さんに会って、謝って、お礼も言いたいと思ってました」

「そう……なんだ」

香奈は小声で言って、膝を抱えた。

「あんな恥ずかしいことしちゃって、わたしの方が死にたくなったくらいなのに……あなたを助けたことになっていたなんて、思ってもみなかった。でも良かった。あなたが包丁で、自分であれ他人であれ傷つけたりしなくて」

「詐欺に遭ったたっていうのは、あの夜のことが原因なんですか」

「……わからない。というか、それだけが原因じゃないってことは、今はわかってる。確かに、失恋は大ショックだった。それも……もう決して望みがないってわかってしまった結末だったし。でもね、失恋したってだけだったら、あんなに簡単に騙されたりはしなかったと思うの。わたしを騙した人は、とても魅力的な女性だったのよ。わたし、その人の言葉を丸ごと信じて、本気で思ったの。その人が計画している、虐待や貧困で死を考えるまで追いつめられている女性たちの為のサンクチュアリを作りたいって。きっとあの時のわたしは、誰かの役に立っている自分と出逢いたかったのね。自信がなかった。自分が本当に、この世界で何かの役に立っているのか、存在価値があるのか、その自信がなかった。真面目に働いて貯めたお金をそっくり注ぎ込むことで、安心したかったんだと思う。自分は役に立っている。自分は、この世界に、生まれて来て良かった存在なんだ、って」

香奈はふう、と息を吐いた。

「でもあなたを捜して地震でめちゃくちゃになった神戸の町を彷徨《さまよ》ってみて、思ったの。この世界には最初から、生まれて来て良かった存在も、生まれて来なければ良かった存在もないんだ、って。人は、ただ生まれて来る。なぜ生まれたか、どうして生まれたか、そんなことはどうでもいいこと。生まれて来たことそれ自体が大事なんだ、って。生まれて来たから、そこに人生が始まって、その人生にかかわったたくさんの人々の人生も影響を受けた。それ以上は何もなくていいのよ。生まれて来たことそれだけが重要なの。震災で家が崩れて、火事になって、何千人もの人が亡くなった。その何千人は、誰かに、何かによって選別されたわけじゃない。無数の偶然が重なり合う中で、たまたまそうなってしまった。誰ひとり、何か悪いことをしたから地震で亡くなったんじゃないんだもの。あなたみたいに酔っぱらって電車を乗り過ごしたおかげで無事だった人もいる。でもあなたが、亡くなった人より重要だったから、偉かったから助かったわけじゃない。命を失うか失わないか、それすら、その人の人生が何かの役に立っていたかとか、その人がどの程度社会に貢献していたかなんてこととは無関係なの。だとしたら」

香奈は、近藤の目を見つめて言った。

「生まれて来たら、あとはひたすら生きるしかない。人生はそれですべてなんだ。そう思った」

「他人にどう評価されるかじゃなくて、自分が生きているっていう実感を求める。それでいい、ってことですね」

近藤は、にっこりした。

「僕も神戸に行きます。僕も、自分が生きていることをもう一度確認したい。現地の人の邪魔にならず少しでも役に立つこと、できるかな」

「向こうで知り合った新聞社の人に相談してみる。被災地でもまだ自衛隊でないと活動できないところもあるみたいだけど、幸い自宅が倒壊せずまだ住める状態なのに、中の家具が倒れて重なっていたり、食器類が壊れてガラスや陶器の破片だらけだったりして中に入れないから避難所にいる人も多いみたいなの。お年寄り夫婦だけとか一人暮らしだと、片づけたくてもできない。人手が足りない。そういうところでならば、素人のわたしたちにも出番はあると思う」

「で、気が済むまで働いて汗を流したら、そのあとはどうします？」

「そのあと？」

「会社、辞めるんでしょ。そのあと、何か計画は」

「そうね……東京に戻るつもり。実はね、詐欺でとられちゃったお金が別の形で生かせそうな話、もらっているの。そっち方面はまったく何も知らないから、自分にできるのかどうかわからないけど。でも自分の愚かさの後始末をつけるって意味では、やってみるのも面白いかな、って。あなたはどうするの」

「僕も出直します。現実逃避の時間はそろそろ終わりにしないと。いくら生まれて来ただけでもうけものとは言え、さすがに親も心配してますからね。そう言えば、桑島さん、これ何ですか」

近藤が手にしていたのは、金色の豚だった。

「これ、貯金箱ですよね。韓国とかで売られている。でもお金入れるとこが見当たらないんですが」

「そうなの。穴がないのよ。たぶん大量生産品で、何かのミスで穴をあけ損なった不良品」

「そんな不良品なら、製品チェックではじかれるでしょう」

「それがはじかれずに、なんと古道具屋さんの店先に並べられていてね、そしてなんとなんと、お金を出してそんなもの買った人がいるのよ」

「誰ですか」

「わたし」

香奈は肩をすくめた。

「詐欺師に騙されるより腹立つわ。そんなもの押し付けられて断れずにお金出したかと思うと」

近藤は金色の豚を観察していた。ひっくり返し、目を近づけ、指で撫でた。そして言った。

「あの、何か尖《とが》ったものないですか」

「尖ったもの？」

「目打ちみたいなものならちょうどいいけど、ハサミの先っぽでもなんとかなりそうです」

「どうしたの？」

「ここ、ちょっと材質が違うんですよ、中のほう」

近藤は豚の背中を指で押している。

「ここのとこ、何かで埋めてあるみたいなんです」

香奈が手渡したハサミの先を、近藤は豚の背に押し当てた。

「あ、やっぱり。ここだけちょっとやわらかい。紙粘土かな」

「陶器じゃないの⁉」

「この背中に一部、陶器じゃない部分があるんです。これ、あとから紙粘土か何か詰めて、固まってから塗装し直してますよ。あ、ほら、穴があく」

ハサミの先が豚の背中に突き刺さった。そのまま近藤はハサミを動かす。やがて姿を現したのは、貯金箱の「口」だった。

「ちゃんとあったんじゃない、お金を入れるとこ」

「ありましたね。この貯金箱、不良品じゃなかったんです。誰かがわざわざコインを入れる部分をふさいで、小銭を中に貯めこめなくしてしまった。貯金箱でなくしちゃったんですね」

「どうしてそんなことしたのかしら」

「さあ」

近藤は、豚の貯金箱を顔の前に掲げ、にらめっこをするように正面から見た。

「わかりません。でも、この豚、ちょっと可愛いと思いませんか」

「可愛い？」

「ほら、見て。この顔、とっても愛嬌がある。可愛いですよ」

香奈は貯金箱を受け取り、自分もその豚の顔を目の前に掲げてみた。

「……ほんとだ。これ、可愛い。今まで気づかなかったわ。不良品だとばかり思っていたから……こんなものどうやって使えばいいの、ってそれしか考えてなかった」

「こんなに可愛いんですから、別に何にも使い道がなくてもいいですよ。陶器の人形だと思えばいい。変な言い方だけど、豚の人形です。丸っこい陶器だからちょっと扱いづらいけど」

「そうね」香奈は笑った。「ものは考えようね。だけどそれなら、背中に穴があいてるのってちょっと可哀想かも。もう一度、埋めてあげないと」

「それだ！」

「え、なに」

「それですよ。この背中の穴を誰かがふさいでしまった理由です。可哀想だから、ですよ。これの持ち主が、この豚の背中に穴があいているのは可哀想だと思ったんです。つまりその人は、こいつを貯金箱として見ていたんじゃなくて、豚を象《かたど》った愛玩品と考えたんです。きっとそうだ。だから背中の穴を埋めた」

「……そんなことするかしら、ふつう」

「してはいけませんか？　貯金箱としての利用価値よりも、ただ愛らしいからそばに置いておきたい、という気持ちを優先する人がいたとしても、別におかしくはないでしょう。そう、たぶん子供ですね、そういう考え方をするとしたら、小銭を貯めこむことよりもこの豚を撫でたり抱きしめたりする方が好きな、子供でしょう。もちろんこれを最初に店から買ったのは大人で、その人はこれを貯金箱として使ってもらうつもりだった。でもそれをプレゼントされた子供、あるいはプレゼントされた人の子供だったかもしれませんが、その子が言ったんですよ。背中に穴があいてたんじゃ可哀想。ちゃんと治してあげて、って。それでその母親だか父親だかが、丁寧に豚の背中を治療した。紙粘土か何か詰めて、上から色も塗り直してあげたんです」

香奈は、金色の豚をその腕にそっと、抱いてみた。

どこの誰なのかはわからないけれど、その豚の背中がちゃんと「治って」喜んでいる人の笑顔が、ふと目の前に見えた気がした。

貯められなかった小銭はどこに行ったのだろう。別の貯金箱の中に入れられたのだろうか。それとも、小銭は消えてしまったのだろうか。だがそんなことは、この豚を抱きしめた誰かにとって、もはやどうでもいいことだったのだ。この豚はもう、貯金箱ではなかった。愛らしい「友人」だった。

香奈は、そっと豚の背中を、自分の頬に押し当てた。ひんやりと冷たくて、なぜか上気している肌にとても気持ち良く、嬉しかった。

＊

「都合により閉店いたします、って書いてありますね」

近藤は古道具屋のシャッターに貼られた紙を指さした。

「潰れちゃいましたね、貯金箱売った古道具屋さん」

「震災の日には確かにやっていたのよ。その時、閉店するなんて言ってなかったのに」

「あれから二週間経ってますから」

「やっぱり経営難しかったのかしら。京都は古道具屋さんが多いし、お客も目利きがたくさんいるし」

「残念だったな。その変な面白い店主に会ってみたかったんだけど」

「ちょっと不気味な人だったわよ。あの豚だって、欲しいって言ってないのにわたしが買うのが当然だ、みたいな感じで押し付けて来て」

「まあ結果として、買って損したとは思ってないでしょ、桑島さん」

近藤がからかうように笑う。香奈は否定しなかった。

そう、結局自分は、もう「損をした」とは思っていない。紫に注ぎ込んだ五百万円も、そのために背負った借金も、裏切られたと知った時の涙すら、もしかしたら新しい人生への布石になるかも、と考えている。


生きているだけで、上出来なのだ。

生まれて来ただけで、勝ったも同然なのだ。


自然と繋いだ手を近藤と振りながら、いつもの坂道をバス停へと向かう。

小銭を入れられない貯金箱を愛して友としたように、自分の気持ちを受け入れてはもらえない男を愛して友とするのもまた、ちょっと楽しいじゃない、と考える。多分に負け惜しみだけど。

ポケットの中で携帯が鳴った。角《かど》からだろう。新城紫が自白を始めたと今朝のテレビは報じている。

「もしもし」

歩きながら電話に出た。横で近藤が、ふざけて耳を近づけた。その頭を笑いながら押しのけた時、冷たい真冬の空気の中に、かすかに山茶花の香りが漂った。

第三話　底のないポケット

1

晴耕雨読。その言葉に憧れて早期退職募集に応じ、この片田舎に小さな家を借りて二年。

信也《のぶや》は本を閉じ、窓を叩く水滴を見つめて盛大に溜め息をついた。

本が面白くないわけではない。が、読むこと自体に飽きてしまった。雨読期間が長過ぎるのだ。今日で四日、太陽の光を感じていない。まあ梅雨だから、と言ってしまえばそれまでなのだが。

結局のところ、飽きてしまったのは読書ではなくて、この生活自体なのかもしれないな、と信也は何度となく思ったことをまた思い返す。

後悔、とは違う。その点だけは、負け惜しみではなく断言できる。俺は、後悔はしていない。

自覚はあった。あの頃、俺はもう限界だった。ぎりぎりだった。もしあの時決心していなかったら、俺は今、この世にいないかもしれない。冗談でも誇張でもなく、通勤のたびに地下鉄のホームで自分を抑えるのが大変だった。ただここから飛びこんでしまえば、すごく楽になるのに。毎日それればかり思っていた。医者に行けば鬱と診断されたかもしれない。そしてそのこと自体が恐怖だった。

中学二年の冬、父親が死んだ。

いや、本当に死んだのかどうか、それは未だにわからない。富士樹海の入り口付近で、所持品と遺書が見つかった。が、父が失踪してからすでに一ヶ月が経過した後のことだった。所持品はいつも会社に行く時に提げていたビジネスバッグ一つ、中に入っていた書類の日付は失踪した日の前日のもので、遺書は手帳の一頁を破りとった走り書きだけ。

迷惑かけるけど、子供たちを頼む。

信也の母親に宛てたその一行だけ残して、父親はこの世界から消えてしまった。父親が樹海に入ったとみられる日の夜から雪が激しく降り、所持品は雪に埋もれて一ヶ月以上も発見されなかったのだ。

母親は、地元警察に捜索の意思をたずねられ、これ以上他人に迷惑はかけられないから、と断った。

それでも、樹海で自殺者遺体の捜索、回収が行われるたびに、見つかった白骨や遺品の確認に出かけて行った。彼女は、諦めたかったのだ、と信也は思っている。遺体もない、生死もわからない状況のまま放り出されて、子供たちを頼む、とそれだけでいつまで待ち続けなくてはいけないのか。出口の見えないトンネルを歩き続けることに疲れ果て、別の出口でもいいからそこにないか、と手を伸ばしたくなった彼女の気持ちは、今になってみれば痛いほどわかる。

結局、父の遺体は発見されないまま、母は父の失踪宣告を申し立て、父は法律的に「死亡」した。仮に父の遺体がすぐに発見されていれば、母は半年で自由になって誰とでも再婚できたのだ。だが、母の人生から七年間という時間が無為に奪われ、そのことについては何ひとつの補償もされなかった。母は黙っていたけれど、心の中で父を恨んでいたことは想像にかたくない。

信也が大学を出た春に、母は再婚した。四歳年上の姉はとうに自立していたし、信也も家を出て暮らしていたので、母の再婚には何の支障もなかった。だが、母の友人とごく僅かな親族だけで開いたささやかな結婚披露パーティの席で母が口にした言葉に、信也は強い衝撃を受けた。

「今度は幸せになれると思います。心が健やかな人を選びましたから」

自分に限界が近づいていると感じた時、信也は迷わなかった。父のようにだけはなりたくない。何を失っても、父のようにだけは。

妻の由紀子《ゆきこ》はＩＴ企業に勤めていて、弱小出版社勤務の信也よりも高収入だったし、二人の間に子供もいなかった。

「試しに別々に暮らしてみないか、マンションのローンは退職金で完済するよ。君は今のまま暮らせばいい。俺は田舎に小さな家を借りる。そしてできれば、週末には逢いたいな」

信也の提案を由紀子は受け入れた。信也は、もとより由紀子のことは今でも好きだ。若い時ほどではないにしても相変わらずいい女だし、考え方もさっぱりとしていてつき合いやすく、何より知的だ。週末だけ逢って食事をしたり酒を飲んだり、ベッドを共にするとしたら、由紀子ほど理想的な女はいない、と思う。だが、彼女が自分の「妻」なのだ、という実感は、正直、乏しい。まさかひと昔前の男尊主義者のように、女は家庭を守るもの、などという馬鹿げた考えを持っていたわけではないが、せっかく女性とひとつ屋根の下で暮らすのだから、男同士にはない安らぎとか、ゆったりとした幸福感のようなものを、結婚生活にうっすらと期待していた。由紀子の徹底した合理主義、何もかも折半する考え方に対しては、次第に、だったらなんで結婚したんだ、と文句を言いたくなることも多くなっていた。

だから、渡りに船、だったのだ。会社の業績不振、リストラ策の発表、早期退職希望者の募集。小さな会社だからたいした金額が出るわけではないが、それでも規定退職金の五割増し、という条件は魅力的だった。共同名義にして半分ずつローン返済しているマンシコンの残債を綺麗にした上、節約すれば男ひとり、二、三年は無収入でも食べていけるくらいの金は余る。とりあえず三年間、田舎で暮らそう。晴耕雨読の生活を体験し、その間に本を一冊、書こう。まがりなりにも出版業界にいたおかげで、最初の一冊くらいなら出版してもらえそうなコネもある。それが済んだらまた東京に戻ってサラリーマンになればいい。恩を売っておいた人間も幾人かはいるから、再就職もなんとかしてもらえるだろう。

極めて甘い考えなのは、自分でよく承知していた。が、とにかく今逃げなければ、ぎりぎりの崖っぷちから遠ざからなければ、ほど遠くないうちに自分は父親と同じ末路をたどることになる。信也はそう確信していた。

逃げるんだ。逃げろ。心が完全に崩壊するより前に、とにかく逃げろ。

そして、逃げて来た。

田舎暮らし、といっても、週末は由紀子と過ごしたかったので、交通費があまりかかるようなところは選べない。都内から私鉄で一時間、そこからさらにバスで四十分ほど山あいへと入った、神奈川県西部の村に決めた。村、といっても、市町村合併で某市に統合され、すでに村ではない。だが名称はどう変わっても、田舎は田舎だった。庭と小さな自家用の畑がついた一戸建ての借家が、月六万円。部屋数も六部屋あり、一人ではもったいないほどだ。都会暮らしの頃、仕事柄やたらと本が届き、自分でも購入し、読み切れないものが数百冊とあった。マンションの部屋に置くと生活を圧迫するほどだったので、レンタルームを借りて保管していた。それらをすべて持ち込んでも、余裕で入った。

農業経験などまったくなかったが、家庭菜園の本を何冊か編集したことがあったので基礎的な知識はあった。農協に相談に行くと、指導員のような人がちゃんといて、快く苗を選んでくれた。どうせ商売にするわけではない、うまくできたら自分で食べるだけの野菜だ。失敗しても苗の代金を損するだけ。素人の大胆さで、信也はいろいろな野菜の苗を植え、種をまいた。土と戯れる毎日がとても新鮮で、楽しかった。雨が降れば、未読のままでしまいこまれていた本を開き、むさぼるように読んだ。

実感はあった。自分が次第に崖の縁から前へと移動し、踵《かかと》の下にあった奈落が遠ざかっていく実感。助かる。これで助かる。ああ、助かったんだ。田舎暮らしを始めて半年余り、ちらちらと雪が灰色の空を舞う頃には、信也は自分の選択が正しかったことに満足していた。

だから、後悔などするはずがない。

「書けないんだよな」

声に出して独り言を呟く。

「なんでだか、書けないんだ」

書くことはたくさんあったはずなのだ。この生活に入る前、サラリーマンをしていた頃に、自分も書いてみたい、本を出したい、とあれほど思っていたのだ。仕事で作家やライターの原稿を読むたびに、たいしたことない、これなら自分の方が上手く書ける、と何度となく思った。文章力にはそれなりに自信も持っている。実際、ゴーストライターもどきの仕事もやったことがある。芸能人だの各界の著名人だのに好き勝手に喋らせて、テープ起こししつつそれをもとに文章を書いた。それで何冊か、そこそこのベストセラーを作り上げた。

知り合いの元同業者にメールで相談したところ、信也の書いたものなら喜んで読ませてもらう、と返事が来た。業界の裏話をまじえたサラリーマン小説を、そこから離脱した田舎暮らしのエッセイ的なものと交互に並べたらどうだろう。毎日あくせく働いて、精神が疲弊してしまった男の物語だ。回想の形にして、畑の野菜が育つ様子と重ね合わせて描いていくのは？

プロットにはOKが出た。よし、とノートパソコンのキーに指を置いた。出だしはスムーズだった。数枚は何も考えなくても勝手に指が動いた。

が。

数枚で、ぱたり、と指が止まった。そして止まったまま、時だけが過ぎてしまった。

今ではノートパソコンを開くことすら滅多にない。インターネットにはスマートフォンでアクセスし、文章を書くのは人さし指を画面にすべらせる時だけ。

接続が悪いからさ。ネットの接続に使っている地元のプロバイダに不具合ばかり起り、しょっちゅうサーバダウンする。そのせいなんだ、ほら、書けてもすぐ送信できないのは困るだろう？

　何が。

　誰が困る。

　一人で繰り返す言い訳。誰も聞いてくれない言い訳。

　会社にいた頃は、言い訳だって上手にすれば「仕事」だった。だが今、この借家で一人、窓に打ち付ける雨粒を見つめているこの時に、一切の言い訳には意味がない。誰も、俺の言い訳なんかに耳を傾けてくれやしない。

　一冊の本を書いて出す。そのことが、二度と崖の縁に立たずに済む為の唯一の方法なのだと、そう信じているのに。

　電話が鳴った。家を借りた時についていたままの、古めかしいダイヤル電話機だ。それ自体、趣味で収集している人なら欲しがりそうな黒電話。

「はい、串田《くしだ》です」

　信也が言うと、受話器の遠く向こうからくぐもった声がした。電話機が古過ぎて音質がひどく悪いのだが、滅多に電話などかかって来ないから取り換える気もない。だいたい、親しい連中はみな、携帯の方にかけてくるのに。

『あの……串田さんですか』

「ええ、串田ですが」

『創本社《そうほんしゃ》出版の串田さんですよね』

「あ、そうですが、いやもう退職していますが」

『ああ、良かった』

くぐもった声が、大袈裟に溜め息のような音をたてた。

『人違いだったらどうしようかと思ってました』

「あの、もしもし、そちらはどちら様でしょう」

『真崎《まさき》です。真崎、秀《しゅう》です』

真崎秀。あの作家の真崎秀か？

「……真崎先生、でいらっしゃいますか。どうも……ご無沙汰しております」

真崎秀の担当編集者だったのは、もう十五年は前のことだ。当時、デビュー数年目で大きな賞の候補となって、出す作品出す作品、かなりの売上をあげる人気作家になりつつあった。創本社出版のような小さな会社が途中から食い込んでもなかなか原稿がとれる作家ではなかったのに、信也がとにかく食らいつき、何年でも待ちます、と言い続けて真崎の情に訴え、書き下ろし長編をとることに成功した。その作品は期待通りによく売れて、信也も社長賞をもらって鼻高々だった。

だが結局、真崎からとることができた原稿はそれだけ。もう一冊、ぜひ続編を、と畳みかけて、ようやく真崎がその気になってくれた矢先に、人事異動で小説部門からノンフィクション部門へと移ることになってしまった。そして信也のあとをついで真崎の担当になった若い編集者は、熱意が足りなかったのか真崎とはうまが合わなかったのか、そのまま疎遠になってしまったのだ。

そして、出版業界の常識通り、永遠に売れ続ける作家などは存在しない。どれほどの売れっ子作家でもいつか数字が落ちる日は来るし、どれだけ多作していた作家でも、ある日突然書かなくなることはある。順調にベストセラー作家への階段をのぼっていた真崎が、突然ぱたりと本を出さなくなり、雑誌連載もすべて終了、そしていつのまにか消息不明になってしまったと噂に聞いても、信也は特に驚かなかった。そんな話はごまんとあるのだ。特別珍しいことではない。

『ほんとにご無沙汰です。すみません、突然お電話したりして』

「いや、お声が聞けて嬉しいです。そうですね、もう十五年ぶりくらいですか。その節は本当に申し訳ありませんでした。せっかく続編をいただくお約束をしておきながら、異動になってしまい。後任の林《はやし》もご迷惑をおかけしたようで」

『林さんには、何も迷惑なんてかけられてませんよ。残念ながら仕事は一緒にできませんでしたけれど』

「不徳のいたすところです。ですが、先ほど申し上げましたように、実はわたし、会社は退職いたしまして。今は業界とは離れてしまっているんですが、真崎先生、何かございましたか」

『恋まち通信、を見たんですよ』

「は？」

『役所の広報課で出してる、恋まち通信です。先月の通信で、串田さん、お顔が載ってましたでしょう。都会から晴耕雨読の生活を求めて短期移住中、って』

「あ、ああ、はい、あれですか。広報課の井上さんがどうしてもって言うんで……」

『名前も顔も間違いなく串田さんなのに、確信が持てなくて。だって僕が住んでいるこんな片田舎に、串田さんが移住して来るなんてあまりに偶然じゃないですか、ね』

「……真崎先生、今、こちらにお住まいなんですか！」

『ええ、もう何年にもなります』

「しかし……誰も教えてくれなかった。わたしももう二年になるのに、誰も、真崎先生がこちらにお住まいだなんて言っていなかった……」

『僕、作家だってこと言ってないんですよ。本名で暮らしてるんで。ほら、僕、著者近影とか使わなかったでしょう、賞とった時にちょっと新聞には載ったけど、作家の顔なんて世の中の大多数の人は、気にもとめてないですから』

「はあ……そうだったんですか」

『串田さん、会えませんか、今日』

「え、ええ、わたしの方は大丈夫ですが」

『じゃ、そっち行きます。お邪魔してもいいですよね？』

「それは、ええ、でも散らかってますよ」

『そんなこと気にしないですよ、僕。えっと、七時頃でどうですか』

「は、はい。お待ちしております」

『じゃ、七時に。あ、もう忘れちゃったと思いますけど、僕、ここでは本名で暮らしてますんで、本名で呼んでもらえるとありがたいです。本名、仙崎《せんざき》です。仙崎秀、ですんで』

電話が切れた。信也は呆気にとられて受話器を見つめた。

2

「ほんとにいいお住まいですね」

「一人暮らしにはちょっともったいないんですよ。二階にも三部屋あって、全部物置にしてます。本ばかりですが」

真崎はあまり酒を飲まなかった。接待で同行した銀座のバーでも、ひとりウーロン茶をストローで飲んでいた姿をよく憶えている。しかしビールくらいはいいだろう、と、適当なつまみと共にテーブルに出した。コップに注がれたビールに律義に口をつけてから、別に用意したウーロン茶に切り替えて真崎は箸を動かす。酒は飲まないが酒のつまみは好きだ、という真崎の面白い食嗜好も、信也は憶えていた。

「茄子の漬物、いいですね。自家製ですか」

「見様見まねでね。畑でとれた茄子なんです」

「このトマトも？」

「この野菜は全部、作りましたよ。何しろこの集落には八百屋がないでしょう」

真崎は笑った。

「そうでした、そうでした。ないんですよね、八百屋さん。肉屋と魚屋はあるのに。スーパーに行かないと野菜が買えない。引っ越して来た当初は面食らいましたよ、だってスーパーまで車で二十分かかるんだもの。みんな野菜はどうしてるんだろう、全部作ってるのかなと思ってたら、あちこちに無人販売所があって」

「自家消費用と言ってもまともに畑で作ると、同じもんばっかりたくさんとれますからね。わたしも茄子がとれ過ぎて、漬物にしても余るんで往生しました。そしたら近所の人が、交換してあげるって言ってくれて。なるほど、こんなふうに融通し合うもんなんだな、と感心しました」

「でもすごいですね、たった二年で畑仕事をおぼえてしまうなんて。僕なんか初めの三年くらいは、しょっちゅう、植えた苗を全滅させたりして」

「真崎先生も農業してらっしゃるんですか」

「農業、なんてレベルのものじゃないです。園芸ですよ。畑は持ってないんで、自宅の敷地を耕して小さな畑作ってるだけです。串田さんは畑も借りてらっしゃるんですよね。晴耕雨読の生活を体験されるのが目的でここに住まれたと」

　信也は照れ笑いした。

「作家先生の目はごまかせませんよね。お察しの通り、逃げ出して来たんです、あっちの世界から」

「いや、僕はそんなこと」

「いいじゃないですか。久しぶりに再会したんですから、本音で話しましょうよ。いや、話させてくださいよ。担当編集者だった頃には、作家さん相手に本音なんかぜったい吐露できませんでしたからね。それにほら、今の生活だとなかなか、誰かとじっくり話すってこともなくて。我儘だというのはわかってるんです。ある意味、わたしは、人と話すのにうんざりしてここに逃げて来た。知り合いも友達もいないこんな田舎で一人暮らしするってことは、まあそういうことです。なのに実際、そういう生活に入ってしまうと、たまに喋りたくて喋りたくてたまらなくなるんですよ」

「その気持ちは、わかる気がします」

　真崎は蕗《ふき》の佃煮に、うまい、と目を細めてから言った。

「僕も人づき合いってそんなに得意じゃなかった。知ってますよね、串田さん。僕って男はなんて言うか、優柔不断で臆病でした。ほんとは行きたくなくても先輩作家に誘われると、ついふらふらと銀座のバーなんかについて行っちゃってね、たいして酒も飲めないし、綺麗なお姉さん見てても今ひとつ興味わかないし、って別に僕、ゲイじゃないんですけど」

真崎は笑った。

信也も笑ってうなずいた。

「まあ、作家さんには多いですから、社交下手な方というのは。変な言い方ですが、社交上手で如才なく世渡りできるタイプの方が、むしろ少数派かもしれませんよ。しかしそれでいいんじゃないかな。作家は口で雄弁になれないからペンで、キーボード叩いて雄弁になる。だからこそ作家なんですよ。真崎先生の本心がわかっていた、などとおこがましいことは言いませんが、おつきあいが不得手な方なんだ、ということはわかっていたと思います」

「でしょう。だから僕、串田さんとは安心して仕事ができました」

「いい本になりましたよね。あの作品は社にとっても、わたし個人にとっても非常に想い出深いものになりました」

「だけど、お約束していた続きが書けなかった。串田さん、串田さんがここにいらっしゃるとわかって、僕、とにかく一度お会いしてお詫びをしたいと思ったんです」

「いや、お詫びだなんて」

「約束を果たせなかったんだから、謝らないと。しかも、ちゃんとその理由を皆さんにお話しすることもなかった」

「真崎先生、それは確かに、わたしでなくとも知りたいことです。真崎先生の愛読者の人たちも、どうして真崎秀が小説を書かなくなってしまったのか、それを気にかけていると思いますよ」

真崎はソファに背を預け、少し天井を見るように視線を上げた。それからまた元の姿勢に戻った。

「お詫びしようと思った以上は、お話しするつもりです」

＊

仙崎秀《しゅう》は、幸福であった。

妻の咲子《さきこ》と共にその年の春から、都内に建つそこそこ高級なマンションで暮らし始めている。

彼は、文芸雑誌の小説新人賞をとり積年の夢を叶えて作家となった。もちろんデビュー当時はそんなに売れず、相変わらずアルバイトを続けていた。咲子もそれまで通り仕事をし、家計を支えていた。咲子は再婚で、息子が一人。秀がバイト先の弁当工場で咲子と出逢った時はまだ、息子の健太郎《けんたろう》は五歳だった。世の中はバブル景気に浮かれ、日本中が根拠の希薄なお祭りムードに騙されて足下を見失っていた時代。わずか数年後にバブル経済が崩壊し、一気にどん底の不景気へと急降下することなど、当時の誰が予想していただろう。そんな浮かれた世相の中で、作家になりたくて大学を中退、バイトをしながら小説の投稿に明け暮れていた貧乏青年の秀にとっては、世の中のすべてが頭上高くを通り過ぎていく綿雲のように非現実的で、自分ひとりが地べたに取り残されているかのような焦燥と僻《ひが》みとを感じる毎日だったのだ。だが咲子の存在が、秀を変えた。

咲子が秀を年下の友人ではなく男として認めてくれた瞬間、咲子のからだを自分の両腕で抱きしめたその時に、秀は大人になった。

作家になる夢は捨てなかったけれど、咲子と健太郎に少しでも楽しい生活をさせてやりたいと思う気持ちのほうが強くなった。どちらから言い出すともなく自然と一緒に暮らすようになり、秀は正社員の口を求めて就職情報誌をめくった。バブル経済は職探しには有利だった。大学中退で特に資格もなかった秀でも、空前の人手不足にのっかってコピー機や業務用ＯＡ機器のレンタル会社にすんなり就職でき、会社もぐんぐん成長して給料も高くなった。

が、一九九一年、すべては崩壊した。

とはいえ、あの時代の狂騒とあまりにも呆気ない祭りの終りについて、秀は未だによく理解出来ていない。そもそも人々が分不相応な贅沢を当たり前のことのように受け入れて馬鹿騒ぎしていた時には、作家志望の極貧青年で日々の食事すらままならない有り様だったから、バブル経済、というものに対してのリアルな感覚というのがまるきりない。ただ、自分みたいなものでも探せば割合に簡単に職にありつけた、そのことだけが「ああ、あの頃はやっぱりバブルだったんだなあ」と思わせてはくれる。しかし、九〇年三月に大蔵省が行った総量規制という行政指導について新聞で読んだ時も何も感想らしい感想は抱かなかったし、結果としてそれが、その以前から崩壊の芽はこっそりと育っていたらしいとはいえ、バブルが弾けるきっかけとなって翌年から一気に日本経済が冬の時代へと突入してしまったことについても、うーんそうだったのか、と理屈として理解しているに過ぎない。ただ、それまで面白いように伸びていた会社の業績が嘘のように突然伸び悩み、まるでそうした時を狙いすましたかのように安価なコピー機、普及型ＯＡ機器といったものが誕生してレンタル業界を震撼させ、あれよあれよという間に周囲の環境が激変していった。リストラ、という流行り言葉がおそろしいほど身近なものとして耳に聞こえて来るようになり、やがて最初の打撃が秀と咲子との生活を直撃する。

秀と暮らすようになっても咲子がずっと勤め続けていた弁当工場が閉鎖されたのだ。もともとは地元の小さな食品会社だったその弁当工場は、バブル経済の波に乗って大手食品会社と資本提携したのだが、崩壊したバブルの大波をくらって一気に業績が悪化、とうとう提携していた大手企業に吸収合併されてしまった。そしてその親会社の経営合理化方針によって、三つあった工場が一つに統合されて山梨県に移転することになった。あの時、社長がおそれていたように、咲子が勤めていた工場が建っていた埼玉県の土地の値段がバブル期の土地価格上昇によって跳ね上がり、固定資産税がそれにつられて一気に上がったことが痛手となった。バブルが崩壊して土地の価格が下落しても、固定資産税の再算定までにはタイムラグがある。しかも、工場の周囲は再開発ですっかり環境が変わり、大規模な新興住宅地の建設も進んでいた。近隣住人に気をつかっていろいろと不自由な思いをしてまでそこで工場を営むよりは、さっさと土地を売り払って代わりに数倍の広さがある田舎の土地を買い、移転した方が得策、というわけだ。

咲子にも山梨への転勤が打診され、断れば自主退社ということになった。秀は、咲子さえそうしたければ山梨に行くのはかまわないと思っていたのだが、咲子は転勤を断り退職した。再就職は数年前までの売り手市場が嘘のように困難になっていて、結局咲子が家計の為に見つけたのは、近所の弁当屋でのパートだった。秀の給料も会社の業績不振を受けて削減され、三人の細《ささ》やかな生活には暗雲がたれこめた。

そんな矢先、コンビニで雑誌を立ち読みしていた秀は、小説新人賞の公募に目を留めたのだ。

作家になりたい、と思う気持ちを忘れていたわけではなかった。諦めたわけでもない。が、正社員として働き始めてからは、小説を書く時間がない、という言い訳にずっと逃げていた。週末は、共働きの夫婦なら誰でもするように、まとめて家事をこなさなければならないし。健太郎も大きくなって、キャッチボールぐらいはしてあげないといけないし。言い訳ならいくらでも思いついた。書く時間がないんだからしょうがない。誰に問われたわけでもないのに、そう自分自身に答えて、作家になりたい、という気持ちごと棚にあげていた。

財布を取り出し、その雑誌を買った。いつもは立ち読みで済ませるのに、そうしなかった。

三人で暮らしている部屋に戻り、あらためて新人賞の公募要項を読んだ。そして、いったいいつ以来なのか自分でもわからないくらい久しぶりに、古びたワープロを机の上に置いた。

それから半年後、秀は、真崎秀、というペンネームで作家デビューした。

あれほど何回応募しても受賞できなかったのに、数年離れていてから書いてみたら自分でも驚いたほどすらすらと書けて、受賞してしまった。雑誌の新人賞で賞金は少ないし、さほど世間に知られている賞でもなかったのだが、とりあえず受賞作は本となって世に出ることができた。

正直、それで秀は満足だった。あれほどなりたかった「作家」という存在にいちおうは自分もなれたんだ。それだけで、もういいか、と思った。もとより小説で食べていけるとは思っていなかったし、給料は横ばい、待遇も次第に悪くなっているとはいえ正社員として働いていて、今のところ生活に困窮もしていない。贅沢さえしなければ家族三人、なんとか暮らしていける。だから、自分の本が本屋の店先に並んでいるのを見た時には感激して写真まで撮ってしまったけれど、受賞後第一作についての打ち合わせを担当編集者とすることになった時でもまだ、秀は、次の小説をそんなに早く書き上げないといけないものなのだ、とは思っていなかったのだ。

「受賞者、でいられるのは一年間だけです」

担当編集者は慇懃な微笑みを顔に貼付けたままで言った。

「来年、新しい受賞者が誕生するまでに受賞後第一作を刊行しておかないと、もうその先は、賞をとったこと自体みんなから忘れられてしまいます」

「ということは、一年以内に次の作品を書かないといけないということですか」

「いえ、一年以内に、ではありません。応募作にもいくつか直しを入れさせていただきましたが、次の作品はもっと大胆に推敲していくことになるかもしれません。ゲラを二回出して著者校正二回、その前に大きな直しを入れる時間も考えますと、初稿をいただいてから刊行まで最低三ヶ月はみたほうがいいでしょうから、遅くとも九ヶ月後、いえ八ヶ月後までには初稿を書き上げていただかないと。できれば半年以内に初稿を読ませてください」


白分は、商業作家になったのだ。秀はようやくそのことの意味に気づいていた。

どんな人間でも生涯に一冊ならば本が書ける。その人の人生を作品にしただけでも、他の人生と引き換えにはできない唯一無二のものだからだ。が、商業作家は次々と本を出さなければならない。たとえ新人賞を受賞した作品であっても、多くの場合そんなには売れない。それ一冊ではほとんど赤字だ。秀のデビュー作も、いちおう重版はしたものの、刷り増しした分は在庫として残ってしまったらしい。つまり赤字だったのだ。出版社は慈善事業ではない。利益を出さなくては倒産してしまう。なんとか出した本が利益を生むまで書き続けることが、商業作家として最低限の「義務」なのだ。しかも、赤字が続けばもう本を出すことすらしてもらえなくなってしまう。

「できるかな」

秀は、咲子に向かって弱音を吐いた。

「僕にできるかな。コンスタントに小説を書き続けるなんてこと、ほんとにできるかな」

その時、咲子が言った言葉は、あまりにも思い掛けないものだった。

「あのね、秀くん。わたしたち、結婚しない？　ちゃんと籍入れて。わたし、秀くんの妻ってものになりたいの。それになって、秀くんが小説を書き続けるの、サポートしていきたい」

二人は入籍した。咲子の田舎は北海道で、子連れで離婚して以来なんとなく気まずくて里帰りもあまりしていなかったが、再婚すると連絡するととても喜んでくれた。秀の田舎は熊本、大学を中退した時からほとんど音信不通だったが、小説の新人賞をとったことと入籍したことを同時に一枚の葉書に書いて知らせたら、母親が慌てて上京して来た。

なんだかんだと双方の実家から細かい注文だの文句だのアドバイスだのとおせっかいはされたものの、二人は名実共に夫婦となり、そして秀は受賞後第一作を書き上げて担当編集者から褒められ、その受賞後第一作が店頭に並んだ日、秀は会社に辞表を出した。

担当編集者からは、退職は早まった決断だとたしなめられた。たった二作本が出たくらいではとてもとても、生活できるだけの収入にはならない。せっかく正社員として働いているのだから、作家として安定的に本が売れるようになるまでは辞めるべきではない。秀もそれは重々理解していたが、それでも、残業が多過ぎて執筆時間が捻出できない現実と戦うのに疲れてしまったのだ。その代わり、辞表を出したその日のうちにアルバイト情報誌を買い、清掃業者の日勤バイトの口を見つけた。勤務時間は一日に四時間、残業なし。収入は激減するが、その分執筆時間がとれる。

夫婦揃ってパートタイマー、それでも不思議と不安は感じなかった。小説で食べていかれるようになる日がそんなに早く来るとも思っていなかったけれど、二人でいれば最後にはすべてうまくいく、そんな気がしていた。

そして、それから四年で、秀はひとまず「売れっ子」の仲間入りをはたしたのだ。

＊

そこまで話して、真崎は芋の煮ころがしを箸で突き刺し、齧りながら、うまいなあ、と言って目を細めた。

「まあ自分がどれだけラッキーだったか、今ではよくわかってます。でもあの頃は、それすら、実感が乏しかったな」

「しかし羨ましい」

信也はしみじみと言った。

「奥様は真崎先生、いやその、仙崎さんの才能を信じていらしたんですね」

3

「才能を信じていた」

真崎、いや、仙崎秀は信也の言葉を繰り返し、それから小さく首を傾げた。

「彼女が……妻が信じていたのは、僕の作家としての才能だったのかな。いや、たぶん違うと思うな」

「……違う」

「そう。確かに彼女は、何かを信じていた。それは僕も同じでした。二人とも、なぜか楽観的だったんです。でもそれは、僕の才能とかそういうもんに対する楽観じゃなかった。もっと何ていうか……漠然とした何かでした。そうだなあ……ふしぎなポケット、って童謡、知ってます？」

「ふしぎなポケット……あ、ポケットを叩いたらどうこう、とかいうやつですか」

「そうです。ポケットの中にビスケットが一枚入ってて、そのポケットを叩くとビスケットが二枚になる。さらに叩くと二枚が三枚にと増えていく。そんな不思議なポケットが欲しい、って歌う。子供の頃、僕はあの歌を聴くたびに変な気持ちになってました」

「変な気持ち、ですか」

「僕はちょっとひねくれた子供だったんですね。ビスケットをポケットに入れて叩いたら、割れちゃうじゃないか、と思ったんです。割れるから一枚が二枚に、二枚が三枚に増えるだけじゃないか、って」

「いや、なるほど」

信也は思わず笑った。

「それは面白い解釈だ。いや案外、あの歌を作詞した人もそういうイメージだったのかもしれませんよ」

「でもね、そんなポケットが欲しいって言うじゃないですか。ビスケットがポケットの中で割れたらやっかいですよ、粉がポケットの内側にたまって洗濯も大変だ。そんなポケットがなんで欲しいんだろう、って、変な気持ちになってたんです」

「お子さんの時代から、真崎先生、いや仙崎さんは物事を深く考える性質《たち》でいらしたんですね。普通の子供はそこまで考えないでしょう」

「つまりひねくれていた」

秀も笑った。

「もちろん僕も、次第にあの歌詞の良さはわかるようになりました。おやつにもらったビスケットを大事に大事に食べて、でもいつかポケットは空になる。ああもっと食べたいな、空にならないポケットがあればいいのに。欲望を飾らずに願望に繋げて、その間に余計なものは何もない。極めてシンプルです。それでいて、誰かにビスケットをねだっているのではない。誰かのビスケットを横取りしようとも思っていない。子供の心を歌っていながらその実、大人の心に問い掛けている。あなたは欲しくないのか、不思議なポケットが欲しくはないのか、と」

信也はうなずいた。

「そうして解説していただくと、ほう、と思います。なるほど、我々大人だって不思議なポケットは欲しいはずだ。でもそう口にすることが恥ずかしいことのように感じている」

「そういうことですね。誰だって本当は不思議なポケットが欲しい。で、さっきの話に戻るのですが、あの頃僕と妻は、なぜなのかその不思議なポケットを持っているような気分でいたんです。ビスケットは食べても食べてもなくならない。ポケットを叩けば増えるから。……わかりにくいですか？　すみません、なんか小説なんか書く人間なのに的確な表現ができなくて」

「いや……イメージとしてはなんとなくわかるんですが。でもそれはやはり、仙崎さんの才能を信じていたから不安がなかった、ということなんではないですか。才能は枯渇することがない、叩けば、つまり何か刺激があればいくらでも湧いて出る、と」

「うーん」秀は苦笑いした。「やっぱり難しいなあ、あの時の僕ら夫婦の精神状態を理解してもらうのって。なんと言えばいいのか……もう少し、その、幼稚な感覚だったと思うんです」

「幼稚、ですか」

「ええ、良く言えば無邪気。僕も、僕より年上で子供もいたのに、妻もそうでした。二人とも、なぜかあの頃はとても無邪気でした。そしてその無邪気さというのが、一冊の本によって支えられていたんです」

「お二人の愛読書があったということですか」

「いえ、息子の本なんです。おかしな古道具屋で買った、というか無理やり買わされた、変な本でした」


仙崎秀は、若き日に不思議な古道具屋で売りつけられた、不思議な本の話をした。

＊

その本は、童話でした。創作童話で、おそらく商業作家ではなく、素人が自費で製作した本だと思います。作者名は工藤真沙美となっていましたが、調べた範囲ではそういうペンネームの童話作家はいなかった。そして本の奥付に出ていた出版社は、自費出版を主に手がけている出版社だったんです。書籍コードも付いていませんでしたから、あの頃から流行り始めた、製作費用の大部分を著者が負担して実質的には自費出版なのに、書籍コードをとって一般書店で販売する形式のものとも違っていたと思います。純粋に、自分の知りあいや友人、親戚などに配ったり、個人的に販売したりするために作る本ですね。僕の想像では、作者の工藤真沙美さんが出産した時に、自分の子供に贈るため、あるいは誕生記念に作った本なのじゃないか、と思います。あるいは、工藤真沙美さんのお孫さんに贈るためのものだったかも。

いずれにしても、作者の愛情がこもった本であることは確かでした。というのもその本、たくさん挿絵が入っていたんですが、それらの絵が全部、さかさまに印刷されていたんです。

そうです、絵だけ、さかさまにです。文字はちゃんとしています。なので印刷ミス、製作ミスではないと思います。すべての絵がさかさまでしたから、絵の挿入ミスでもない。工藤真沙美さんは、わざと挿絵を全部さかさまにつけたんです。

最初は、どうしてそんなことをしたのかさっぱりわかりませんでした。なぜ挿絵だけさかさまなんだろう。

でも、妻、いえその本を手に入れた当時はまだ僕らは結婚していなかったんですが、彼女が発見したんです。彼女と息子とは、アパートの畳に布団を敷いて寝ていたのですが、その布団の上で、一緒に本を読むのが毎晩の習慣でした。息子は本が好きで、それも自分でめくるのが好きだったんです。でも英才教育なんかしていないので、まだ平仮名もろくに読めません。いつもは彼女が息子を抱っこして、息子の前に本を開いて息子にめくらせながら読んでいたらしいんですが、そうするとすごく大変だったみたいなんですね。五歳児を膝に乗せたまま腕だけ前に伸ばして本を持ち、息子の肩越しに文字を読む。僕もやってみましたが、腰も疲れるし読みにくい。で、段々と二人とも布団に寝そべって読むことが多くなった。でも同じ方向に寝そべると二人並んで本を見ないとならないでしょう。頭が並んでしまうと、これもけっこうやっかいなものです。子供はよく動くので頭が顎にぶつかったりしてね。

ところが、絵だけさかさまに印刷された本だとそうした悩みがすべて解消されてしまうんです。

そうなんです、息子と彼女は頭をくっつけるようにしてそれぞれ反対側から本を見ればいい。彼女は字を読み、息子は絵を楽しめます。二人とも布団に腹ばいになり、頬杖をつくみたいにして読めばいい。

絵だけさかさまに印刷された本は、そうやって読む為に作られたのではないか。それが彼女の発見でした。

いや、本当のところはわかりませんよ。工藤真沙美さんがどういう目的で、どんな意味をこめて絵をさかさまに印刷したのか、それはわかりません。工藤さんという方にお会いすることができれば訊《たず》ねてはみたいですが。でも彼女と息子とは、絵がさかさまに印刷されたその本を最大限楽しむ方法を見つけ出したということなんです。

さて、その本というのは不思議な古道具屋で買った、と言いましたよね。

その古道具屋は本当におかしな店でした。というのも、ある日突然消えてしまったんです。

ええ、店じまいです。でもね、その古道具屋があった近所の誰も、その店のことを知らなかったんです。

どうしてか、僕はその店のことがとても気になったんですよ。絵がさかさまに印刷された本、って、なんか僕の常識を覆《くつがえ》してくれた。そしてそのことで、いろんなものが見えて来た気がした。そのお礼を一言、古道具屋の店主に言いたかった。それで捜したんです。どこかに移転して店を続けているのなら、あの店主ともう一度言葉を交わしたい。ところが、古道具屋はどこにもなかった。移転先が見つからないという意味ではありません。

い、いや、もともとなかった、としか思えないんです。

古道具屋があった場所の近所、というか隣りの家でさえも、そこに古道具屋があったことを知らなかった。ずっと前に空家になったきり、今も空家だと言うんです。区役所にまで行って調べましたが、その場所に古道具屋があった形跡は見つかりませんでした。

誰も知らない店。僕以外の誰ひとり、そこにあったことを知らない。

でも、本は確かにあるんです。僕は確かにあの古道具屋に入り、その本を買った。

夢でも見ていたのではないか、と？

そうですよね、夢でも見ていたのかもしれない。でも、だったらあの本はいったい、どこから僕のところにやって来たのでしょうか。当時の僕は一人暮らしで、作家になりたくてアルバイトをしながら投稿を繰り返す貧乏青年でした。バイト先に知りあいはいるけれど、私生活での友人と呼べる存在すらない。僕に本を貸してくれる友達なんか、あの当時はいなかったんですよ。そしてあの本は商業出版物ではないので、そんなに簡単に手に入れることはできなかった。図書館にもおいてなかったと思います。しかし本はあるんです。そして僕は確かに、お金を払ってそれを買ったんです。

不思議でしょう?

そう、不思議なんです。わけがわからない。

しかし、いつまでもこだわっていられるほど暇ではありませんでしたから、そのうちには日々の出来事に追い立てられて、不思議な古道具屋のことは忘れてしまいました。

やがて日が経ち、僕はようやっと新人賞を受賞して作家として世に出ることができました。ご存じのようにそれからは割合に順調でしたが、しかし最初のうちはたいして本が売れず、果たしてこのまま作家として生活していけるのか、不安はあったんです。

そんなある日のことです。僕はまた、あの古道具屋を見つけたんです。

ほんとにおかしな話です。僕はその頃、以前に暮らしていたところとはまったく別の町で暮らしていたんですよ。なのに、昔初めてその店を見つけた時と同じように、唐突に僕は見つけてしまったんです。

毎日歩いていた道のかたわらに、その店は忽然と姿を現しました。つまり前日まではそこにそんな店はなかったのに、ある朝、ふと歩きながら横を見るとそこにあったんです。僕は店に入って行きました。昔と同じように、その店にはちょっと異様な風体の店主がいました。

異様な、ええ、異様なんですが、ちょっとユーモラスでもある……でも怖い気もする、そんな風体なんですよ。

そうですね、いちばん似ているものは……忍者ハットリくん。ご存じですよね、ええ、漫画のあれです。藤子不二雄《ふじこふじお》Ⓐさんの。ぎょろっとした目で、目以外の顔のパーツはこぢんまりとして目立たないんです。でもなんて言うか、目がね、笑っていないというか。そして口がとってつけたような笑みを浮かべたまま、動かない。喋っていても口が動いているように見えないんです。顔の表情が変わらない。そう、忍者ハットリくんのお面をつけている、と言えばぴったりです。

背丈はとても低くて小柄なんですが、時折自分より目線が上にあるような印象も受けます。それに、男か女かがわからないんです。ええ、わからない。どっちだったんでしょうか、未だに知りません。声もね、どっちともとれるような声で。

年齢ですか。それもよくわからないんです。子供ということはありませんが、若いようでもあり、年寄りのようでもあり。

そんな店主です。そしてとても横柄なんですよ。こちらの言うことなんかまるで聞いていない。

僕は、絵がさかさまに印刷された本を買ったことがある、と言いました。しかし店主はにこりともせず、客に何を売ったかなんて、いちいち憶えていやしないよ、と。愛想も何もない。それでも僕は、礼を言いました。理由なんかありませんが、あの本を手に入れてから何もかもうまくいった、そんな気がしていたので。

しかし店主は、ふん、と言ったきり興味なさそうでした。僕はもうすることもなく、帰ろうかと思ったんですが、なんとなく店内を一周してしまったんです。

店は何もかも、記憶にあった昔の店のままでした。というか、昔の映像でも見せられているような感じで。

細々したものの配置とか、本棚に詰め込まれた本の背表紙まで同じに感じられたんです。いや、そんな細かなところまでもちろん憶えていたわけじゃないんですが、そんな印象でした。

その時、僕の目にとまったのが、畳まれたエプロンでした。ほら、首にかけて腰のところをヒモで結ぶ、白いやつ。料理をする時なんかに女の人がつける、エプロンです。

そのエプロンには大きなポケットがついていました。そうなんです、僕はいつのまにかそれを手にとって、広げて見ていたんです。

「三万七千二百三十五円」

店主が言いました。端数まできっちり憶えています。三万七千二百三十五円、です。実はそれが、その時僕が持っていた全財産だったんです。財布を開けてみたら、きっちりそれだけ入っていた。

どうして店主には、僕の財布の残金がわかったんでしょうね？

もちろん、高すぎますよ。古着のエプロンにそんなお金を払う人なんていっこない。有名な女優さんが愛用していたとかいうんなら別でしょうけど。迷うまでもないです、ええ、買うなんて馬鹿げています。

でも。

僕は買ってしまったんです。財布の中身をはたいて、五円玉までさし出して。

なんでしょうね。まるで蛇に睨《にら》まれたカエルですね。

気がつくと僕は、古ぼけた白いエプロンを手にアパートに戻っていました。当時はもう妻や息子と同居していましたから、買ったエプロンを妻に見せました。でもいくらしたのかは打ち明ける勇気がありませんでしたよ。だって財布に入っていた三万円は銀行からおろしたばかり、壊れたワープロを買い替える為のお金だった。そして七千円は大事な大事な生活費でしたから。

しかも、しかもです。

部屋に戻ってから気づいたんですよ。

実はそのエプロンのポケットは、底が抜けていたんです。

そうなんです。底抜け。何も入れられないんですよ、そのポケットには。

妻は笑いました。でも怒りはしませんでした。僕は、いくら払ったのかは適当にごまかして、ただ台所仕事の時にあると便利そうだから買った、と言ったんです。ポケットが底抜けなんて不良品だから返品する、とも言いました。でも妻は笑いながらこう言ったんです。

いいわよ、別にポケットなんか底抜けでも。お料理してる時にポケットって使わないもの。それよりこれ、なんとなく気に入っちゃったからあたしが使ってもいい？

そして妻はエプロンを着けました。それから、ぽん、と叩いた。何気なくやったことだと思います。別に意味なんかなかったと。

その時、電話が鳴りました。僕が出ると、担当編集者からでした。その人の明るい声が聞こえて来ました。

真崎さん、良かったですね。

増刷かかりましたよ。書店さんでの反応がとてもいいみたいですよ、新作。

4

「まさか」

思わず信也は、仙崎の語りに口を挟《はさ》んでしまった。

「まさかその、ポケットを叩くたびに増刷したとかそんなことは」

仙崎は大笑いした。

「いやあ、そんなエプロン持ってたら今ごろ僕、世田谷区の高級住宅地にどかんと豪邸建ててクルーザー乗り回してますよ。船舶の免許持ってないですけど」

「そ、そうですよね」信也は思わず頭をかいた。「そんなことあるわけないですね。すみません、話の腰を折ってしまって」

「いえいえ、どうせそんな真剣に聴いてもらうような話でもないんです。半分、妄想みたいなものですから。まあとにかく、僕の妻はそういう女なんですよ。僕なんかよりずっと肝が据わってて、そしてポジティヴなんです、何事に対しても。でもそのあと、増刷分の印税が振り込まれるまではちょっと大変でしたよ、何しろワープロを買い替えるお金と生活費、古ぼけたエプロンに化けちゃってたんですから」

仙崎は肩をすくめてニヤリとした。

「増刷分の印税を少し早くもらえないでしょうか、って、ほんと身が縮む思いで担当さんに言った時のあの気持ち、一生忘れないな。作家志望のフリーターで食うや食わずの生活している時でも、借金だけはしなかった。する度胸がなかったんです。借りた金を返せなくなったらどうしようと考えると、怖くて借りられない。僕はほんと、気の小さい男でした」

「慎重だということですよ。借金なんて、しなくて済むならしないに越したことはない」

「まあそうですが、命がかかっている場合には話が別でしょう？　僕はたぶん、餓え死にするまで借金を怖がっているタイプの人間ですが、そこまでの慎重さは馬鹿げています。一方、妻は、餓え死にするくらいだったら食い逃げでも万引きでもしちゃうかもしれない。いや、悪い意味じゃなくて、そのくらい生きることに前向きなんです。いずれにしても、増刷は決定していたので印税の前借りができたんですが、少なくとも返すあてのある借金だったのでいくらか気持ちは楽でした。でもね、そのエプロンを妻がつけるようになってから、なんだか僕の周囲がどんどん変化して行ったんです。まずは仕事がちょっとずつ舞い込むようになりました。もっともこれはエプロンとは無関係なんでしょう。デビューして少し経って、僕の小説を気に入ってくれた編集者も少しずつ増えて行った時期と、妻があの底なしポケットエプロンを愛用するようになった時期が重なっただけでしょうね。雑誌に掲載される短編の依頼だとか、他の作家さんの作品と一緒に収録されるアンソロジーへの書き下ろしとか、細かい仕事がちょこちょこ入って来るようになって、やがて新作を出したところそれが、それまでの本より売れ行きが良くて、なんだかんだしてるうちに銀行口座の残高が増えて行った……軌道にのって来たんですね、作家として」

真崎秀という新人作家は、他のあまたの新人作家と比較すればかなり幸運なほうだったと信也は思う。デビューしてすぐにブレイクしたというわけではなかったが、デビュー作もそこそこ評価され増刷になり、その後少しずつ人気も出て、確か五作目あたりで大きな賞の候補になったはずだ。新人作家のデビュー後としては順調過ぎるくらいだろう。

だがそれはもちろん、運もあったろうし、何より真崎秀の作品は面白かった、読者に支持されたから、なのは間違いない。むろん、エプロンのポケットのおかげなどでは断じてない。そんなことはわかっているはずなのに、仙崎はなぜこんな話をするのだろう。

「でも僕のまわりの変化は、仕事のことだけではなかったんです」

仙崎は、ほんの少しだけ表情を曇らせた。

「妻と僕とは、夢を見ているような状態になっていました。妻は底なしポケットのエプロンをいつもつけていて、そして何か少しでも不安なことが起るたびにポケットを叩いた。すると、不安の原因が解消するんですよ、不思議なくらいに。いや……解消したと、思い込めた、というのが正しいのでしょうね。例えばアパートの下の階に住んでいる人から、生活音がうるさいと文句を言われたことがありました。育ち盛りの男の子がいるので、気をつけていてもどうしても足音は出てしまいます。子供はいくら叱っても走り回るものですから。もちろん謝ったんですが、一度気に障ると駄目なんでしょうね、どんなに気をつけているつもりでも、またうるさいと文句を言われて。もう引っ越しするしかないのかな、と思っていた時、妻がエプロンのポケットを叩きながら言ったんですよ。大丈夫大丈夫、なるようになるわよ、って。そしたら数日して、階下の住人が先に引っ越ししてしまったんです。聞いたところによると、急きょ海外赴任が決まったとかで」

しかしそれも偶然でしょう、たまたまでしょう、と信也は言おうとしたが、仙崎の暗い目を見て言葉を呑み込んだ。

「一度だけでしたら、まあただの偶然と思えます。いや、実際、ただの偶然がたまたま重なっただけなんでしょう。でもそういうことが何度も、ええ、何度も起ったんです。当時はいつもぎりぎりの生活費で、たまたま何かの支払いをひとつ忘れてしまっていたりすると、引き落としができません、と電話がかかって来る、そんな感じでした。妻も育児と仕事で毎日バタバタして、僕も作家になったばかりでがむしゃらに原稿を書く毎日、子供の遠足費用だとか町内会のお祭り参加費なんかを払うのをうっかり忘れていて、集金に誰か来た時、財布の現金が足りない、なんてこともあったんです。そんな時でも妻と僕は、なんとなくというか無意識にエプロンに頼るようになってました。とにかく困ったらエプロンを身につけて、大丈夫大丈夫、と呪文のようにとなえてポケットを叩く。すると、解決してしまうんですよ。あ、そうだ、と突然上着のポケットに一万円札一枚、折り畳んで入れておいたことを思い出したり、なにげなく見た冷蔵庫に五千円札がマグネットでとめてあったり。しかも……あとになっても思い出せないんです。どうして一万円札をポケットに入れたのか、五千円札を冷蔵庫にとめたのか」

信也は、仙崎が自分をからかっているのだろうか、と思わず仙崎の顔を凝視する。だが仙崎はにこりともしない。

得体の知れない薄気味悪さがそっと信也の背中を這い登る。

「こんなこともありました。ある日学校から電話で、子供が怪我をした、と知らせて来たんです。階段から落ちて骨折したらしい、とりあえず救急車で近くの病院に運んだからすぐに来てほしい、そういう電話です。その時家にいたのは、原稿書きをしていた僕だけでした。僕はものすごく焦りながら、財布だの健康保険証だのを摑んで家を飛び出そうとした。その時、なぜか玄関に畳んで置いてあったあのエプロンが目にとまり、思わずそれを広げて、ポケットのところを叩いたんです。どうか怪我がたいしたことありませんように、痛い思いをしていませんように、って言いながら。馬鹿げている、と理性ではわかっていましたが、感情的にそうすることをやめられませんでした。気休めにしかならないことはわかっていても、そういう時って気休めが欲しいじゃないですか、何よりも。とにかく僕は病院に駆けつけたわけなんですが……」

仙崎は一瞬だけ、また笑みを取り戻した。その時のことを思い出して、その時に感じた何かを反芻《はんすう》しているように見えた。

「息せききって、息子がいるという緊急処置室に飛び込んでみたら、そこには知らない男の子がいたんです。大腿骨《だいたいこつ》骨折の大怪我で、足を天井から吊られて涙の筋を頰にたくさん残したまま、鎮静剤の注射ですやすやと眠っていました」

「知らない男の子って、つまり、人違いだったんですか！」

「信じられないことに、そうだったんですよ。実はその日、息子の担任の先生が急病で午後から早退し、教頭先生が代わりに息子のクラスをみていたんですね。その教頭先生はその年の春に赴任したばかりで、まだ子供たちの顔と名前を憶えていなかった。一学年二クラス計六十数名、六学年で三百八十人以上の小学生がいたわけですから、着任して二ヶ月も経たないで全員の顔と名前を記憶するのは、まあ無理です。事故が起ったのは授業が終わった清掃の時間で、教頭先生が駆けつけた時に怪我をした子を取り囲んでいた子供たちから、怪我をしたのは何年何組のセンザキくんだ、と教えられた。教頭先生は慌てて救急に電話を入れ、児童の保護者にも連絡するよう、教員室にいた先生に言付け、怪我をした子と一緒に救急車に乗って病院へ行きました。ところが、本当に怪我をしたのは、学年は同じですが隣りのクラスのセンガキ、先の垣根の先垣《せんがき》くんという子だったわけです。教頭先生が聞き間違えたんだと思いますが、もしかすると伝言を頼まれた先生が間違えたのかもしれません。いずれにしてもそれで、うちに電話が来たわけです。まあ、命にかかわる怪我ではありませんでしたし、先垣くんの保護者にもすぐ連絡がついたので我が家としては笑い話で済んだわけですが、やはり僕は、エプロンを叩いたから状況が変化した、本当は怪我をしたのはうちの子だったんだ、という思いに囚われてしまいました」

「それは」信也は乾いてしまった唇を舐《な》めて言った。「当然でしょうね……そんなことがあれば。しかし……しかしやはりその、簡単に信じることは……」

仙崎は笑った。カラカラと響く笑いだった。

「当たり前です。信じるほうがおかしいんです。……そして僕も妻も、いつの間にかおかしくなっていた。息子が他の子と間違えられた、ただそれだけのことなわけです。ぜったいにエプロンのポケットのせいなんかじゃない。なのに僕たち夫婦は、何かの罠にかかったように、古ぼけたエプロンに自分たちの未来を預けてしまった。そう、宗教になっちゃったんです、僕らにとっては。底のないポケットのついたエプロンが、神になった。もはやそれは、楽天的、といって済まされる段階ではありません。しかし僕らは笑いながら狂気の淵に立っていました。そして笑いながらポケットを叩く。それで何もかも、いいほうへと変わると信じて。人生をうまくやっていくには確かに、ポジティヴシンキングは大切です。物事は良いほうへと考え、悪い想像はできるだけしない。悲観せず楽観し、明日を信じる。その考え方は間違いじゃない。でもそれと、ポケットを叩きさえすればビスケットがどんどん増えると本気で信じて、ただポケットを叩いてへらへら笑っているということとは根本的に違う」

信也はうなずいた。仙崎が言わんとしていることはわかる。

「しかし、あの頃、僕と妻とは自分たちで作り出した宗教にハマってしまったんですよ。当然ながら、僕たちに怖いものはなくなりました。実際、それから数年はあまりにも順調で笑いがとまらないくらいでした。僕の創作意欲はまったく衰えを知らず、書いたものは担当編集者を喜ばせ、本にして出せば予想以上に売れてくれた。収入は信じられないくらい増え、妻は仕事を辞めました。そして息子の教育に熱心になり、結果、息子は都内でも難関と言われていた私立中学にも合格しました。僕らは幸せの絶頂にいると信じていました。信じて、そしてへらへらと叩き続けていたんです、あの古道具屋で買った古ぼけたエプロンを。底のないポケットを」

そんなことになっていたとは、あの頃、信也はまったく気づいていなかった。新人デビューから順調に売れ行きを伸ばして、とんとん拍子に大きな賞の候補にまでなった、運のいい新人作家。そんな認識しかなかった。そこそこの速筆、多筆で、人気作家としてやっていく資質は充分にある。人当たりもいいし、常識も備えている。作家という人種には時たま、非常識の塊のような人もいて対処に苦労するのだが、真崎秀という作家は、不遜な言い方をすれば「扱いやすい」人だった。

あのおだやかな、おとなしそうな笑顔の後ろで、彼は狂った瞳を輝かせて底のぬけたポケットを叩いていたのだ。

「しかし」

信也はかすれた声でやっと言った。

「作品に力があったから売れたんですよ……もちろん。ポケットを叩く、という行為に意味があったかどうかはともかく、真崎秀の書いた小説はとても面白く、読者にも支持された。だからこそ、収入も増えたし、ご家庭もうまくまわったんでしょう。そのことについては……問題ないですよ」

お世辞やお追従《ついしょう》ではない。信也は、売れた作品には力があったのだ、ということを信じている。ベストセラーとなった作品が必ずしも傑作ではないのは確かだ。それどころか、いくら読み返しても、この程度でどうしてそんなに売れたのだろう、と不思議に思う本もある。が、たとえそうだとしても、何らかの力を持っていなければ決して売れはしない。小説としての出来がいまいちでも、たとえばタイトル、装幀、そうしたものに人を惹きつける力があれば、売れてもおかしくはない。

真崎秀の小説は、まぐれや何かの間違いで売れたわけではない。ちゃんと面白かったのだ。そのことは、ポケットを叩こうが叩くまいが事実だ。

「そうなのかもしれない」

仙崎は、遠くを見るような目つきのままで言った。

「自分が書いた小説がつまらないとは、僕も思ってないです。そんなこと思ったら買ってくれた読者に失礼ですし。ただ……説明が難しいんですが、僕は……僕と妻は、結局、調子にのっていたんだと思います。僕は何も怖いものがない状態で、ただ書いていました。書いても売れないかもしれないなんて、まったく思わなくなっていた。売れて当然、そんな傲慢《ごうまん》な意識でいたんですよ。それも自分の作品にゆるぎない自信があって傲慢になっていたのではなく、馬鹿馬鹿しいエプロン宗教にハマって、エプロンのポケットが助けてくれるんだから売れるに決まっている、というふうに考えていた。傲慢はまだ、クリエイターにとってはゆるされる罪です。この世界で唯一無二のものを生み出そうともがくのがクリエイターですから、それを生み出すことができたと思えば傲慢にもなります。しかしあの頃の僕は、ただエプロンの奴隷だったんです。いや……エプロンがもたらしてくれたと思い込んでいる、経済的余裕だとか家庭円満だとか、そういった……幻影の奴隷だった、と言えると思います」

幻影の奴隷。

信也の腹の底で、冷たいものがごろっと動いた気がした。

「そして妻も、いつのまにか幻影の奴隷になっていました。もともと妻は、子供の教育にはとてもおおらかだった。学校の成績が少々悪くても怒った顔などしたことはありませんでしたし、私立中学の受験にも興味は示していなかったんです。なのに僕の小説が売れて経済的にゆとりができて来ると、妻の関心はもっぱら教育に向きました。しかもそれまでとは人が変わったように、成績に神経質になっていた。一方の僕はただもう、何か自分でもどうしようもない狂騒の中で書きまくっていて……妻と息子が何をしているのか、いつのまにか意識からはずれてしまっていたんです」

仙崎は、大きな溜め息をついた。

「えっと、話しましたっけ。息子は……健太郎は、僕の本当の子じゃなかったんです。妻の連れ子でした。でも言い訳ではなく、僕はあの子がすごく好きだった。あの子との生活はとても楽しかったし、あの子のことはものすごく、ほんとに大事でした。その気持ちは嘘じゃない。でも……エプロンのポケットを叩きながらガリガリと小説にのめり込み、出した本が売れることに溺れていた僕は、やはり、あの子の父親の資格なんかなかったんでしょうね」

仙崎は、とても寂しそうな笑顔になった。

さっきの暗い、暗い目が、その笑顔の真ん中でひんやりとたたずんでいた。

「僕と、妻と息子。それぞれが互いのしていることに関心をはらわなくなっていた。同じひとつ屋根の下にいるのに、僕たちはばらばらになっていました。それでも僕たちは、幸せなのだと思い込んでいた。本が売れる。お金は入って来る。欲しいものは買え、したいことはできた。息子の成績は面白いようにあがり、私立中学に合格。さらに妻は夢中になって……いつのまにか、あの本も忘れられてしまった。挿絵がさかさまになっている、あの、母と子が仲良く頭をくっつけて読むことができた本です。僕はあの本のことなどとっくに忘れていたし、妻もいつのまにか忘れてしまっていた」

5

この話の行き着く先はどこなのだろう。

信也は、すっかり酔いの醒めた頭で考えていた。もうとっくに気づいている。そう、この物語はハッピーエンドではないのだ。

真崎秀という作家は、地獄に向かって突き進んでいた。それは確かだ。

「あの」

信也はおずおずと言った。

「お酒がもう……いや、かまわないんです、飲みたいわけではありませんから。ただその、コーヒーかお茶でもいれましょうかと」

「そうですね」

仙崎は、次第に熱をこめて夢中で喋り続けていた自分にハッと気づいたように、ふと表情をゆるめた。

「コーヒー、いいですね。お願いできますか」

「もちろん」

信也はホッとして立ち上がる。仙崎は、すみません、と座ったまま頭を下げた。おだやかな目だ。今の今までしていた不思議な、というより、狂った体験談の主とはとても思えない。

台所に立って湯を沸かし、コーヒーカップを取り出す間に、真崎秀という作家の作品について思い出してみた。

新人賞を受賞したデビュー作はミステリーだったはずだ。割合に端正な謎解き系のミステリーで、すっきりとしていて理知的な物語だったように憶えている。ただそのせいか、少し淡泊にも思えた。毎年百人近い作家が何らかの形で商業出版界にデビューするが、そのうちデビュー作以外に二冊、合計三冊の本を出せる作家は、半数ほどかもしれない。本人に二冊目、三冊目を出すだけの根気や能力がなかったケースも多いが、デビュー作の売れ行きがあまりかんばしくなくて、次の仕事の依頼が来ないケースも同じくらいあるだろう。そんな時、出すあてがなくてもこつこつと作品を書き続け、編集部に持ち込みを続けられるだけの根性があるかどうかは重要だ。真崎秀の場合は新人賞受賞デビューなのでいくらかは下駄をはかせてもらえるだろうが、それでも一作目が売れなかったら茨《いばら》の道が待っている。あまりにも理路整然として小綺麗な印象を受けたデビュー作からは、そんな泥臭い根性、何がなんでも売れてやる、という意地のようなものは感じられなかった。それでも大手出版社ならば一冊くらいは本を出してみようと思えただろうが、信也が勤めていた会社の規模では、編集者自身がさほど情熱を感じていない状態で、まだ海のものとも山のものともわからない新人作家に仕事を依頼する余裕は、正直、なかった。簡単に言えば、少し売れ出してリスクが減ってから声をかければいいか、という感じだったのだ。

が、その印象がそれから少しして覆った。あれは……確か、三作目か四作目を読んだ時じゃなかっただろうか。

読み始めてすぐ、驚いたのだ。作風そのものは特に変化したとも思えないのに、なぜか行間までぎっしりと熱のようなものが詰っている、そんな気がした。

なんだか、熱い。そしてかすかに、常識を逸脱しかけているような危うさがある。そう思った。

これは売れる。この作家は、来る。

信也の編集者としての勘がそう叫んだ。

何か普通ではないものが、そこにはあった。それが何なのかわかりやすく説明することはできそうにない。でも、確かにあったのだ。

信也はすぐに真崎秀に接触した。あの頃の真崎秀という作家は、本当にあたりが柔らかな人だった。大手出版社からも次々と声がかかっていた時期だったのに、忙しい時間を割いて信也と会ってくれたし、書き下ろし長編の依頼も快く受けてくれた。だが信也としては、真崎秀の言葉をそのまま受け取って期待するわけにもいかなかった。別に悪気があってのことではなくても、売れ始めた作家というのは自分で考えている以上に仕事の依頼が殺到してしまい、予定通りの執筆などまずできなくなるものなのだ。なので、声をかけてから二、三年以内に本が出せればいい、くらいに考えておくしかない。

が、真崎秀は約束の期限までに書き下ろし長編を書いてくれたのだ。しかも予想していた以上のレベルで面白かった。信也は狂喜して真崎秀の本を作り、出した。たまたまその頃に大きな賞の候補となったことも重なって、出した本は売れた。

あの頃の真崎秀、は、まさに昇り竜の勢いを持っていた。

その裏に。

エプロンがあったというのか。底の抜けたポケットのついた、おかしな古道具屋で売りつけられたエプロンが。

一人用のペーパーフィルタードリッパーで一杯ずつコーヒーをいれ、仙崎の前にカップを置いた。仙崎は嬉しそうに礼を言ってコーヒーをすすった。

「はあ、美味しいなあ。コーヒーいれるのお上手なんですね」

「妻がね」

信也は言ってしまってから、あ、と思ったが、別にいいかと思い直して続けた。

「コーヒー好きで、それで自然とおぼえたんですよ」

仙崎はふうふう吹きながら飲んでいる。

「すみません僕、猫舌で」

「いや、熱すぎましたか」

「いえ大丈夫です。……愛してる、な」

「え？」

「愛が感じられます、このコーヒー。あなたは奥様のこと、愛してる」

なぜか、ひどく胸がずきんとした。相手は作家なのだ、この程度の芝居がかったセリフくらい、口をついて出たとしても不思議じゃない。そう、単なるお世辞の一種だ。そうわかってはいても、心臓がどきどきと速く動き出したのをどうすることもできない。

どうして自分は今、妻と離れてこんなところにいるのだろう。

なぜ、妻と別々に暮らしたいなんて思ったんだろう。

今さら考えてもろくな答えに行き着けない問いが、ぐるぐると頭の中をまわり始めた。

「さて」

ふうふう、吹くのをやめて、仙崎があらためて信也の顔を見た。

「続きを話させてもらってもいいですか」

「あ、ええ、もちろん」

信也の心に、聞きたいという欲求と、聞いてはいけない、聞くな、という警告とが同時にあった。

だが信也は、何でもない、という顔で笑ってみせた。

「僕と妻との失敗が明らかになった時、いろんなことがすでに手遅れでした」

仙崎の言葉は、最初から絶望的だった。

「僕たちは気づいていなかった。息子が……あの子が笑わなくなっていたことに。彼は私立中学に合格したはいいけれど、学校に馴染めなかったんです。有名私立中学で名うての受験校、東大だの京大だのにばんばん現役合格しちゃうような子たちが集まっている学校でした。小学校の時は成績優秀と言われていたあの子も、とびきり優秀な子ばかりが集まっている学校の中では、平均点をとるのがやっと、という感じだった。でもそんなことは、たいしたことではなかった。そう、ちっともたいしたことじゃない。長い人生の中で、学校の成績なんかで悩むのはほんの少しの間だけです。僕だって大学を出ていないんだし、妻だって高卒ですよ。それで何の問題もなく生きて来た。そう、あの子にもそう言ってやればよかった。それだけのことでした。なのに……気づかなかったんですよ、僕たち夫婦は。あの子が悩んでしまっていることを知らなかった。知ろうとしなかった。妻はある意味、無邪気でした。自分の息子がとても優秀だということに何の疑いも持っておらず、信じきっていた。だから成績表を見て驚いてしまった。……ちょっと考えたらわかることでした。優秀な子ばかり集めた中に入れたんですから、目だたなくなるのは当然だった。校内の成績順位なんてどうでもいいことだった。あの学校で真ん中以下でも東大には合格できるんです。そういう学校だったんですから。いや……合格できなくたって、それがどうした、という話です。要するに……ちっとも大事なことじゃなかったんだ。なのにどうして……なぜそう言ってやらなかったのか。妻だけが悪いんじゃない、無関心になっていた僕も同罪です」

不吉な予感で、信也の額にあぶら汗が浮かんだ。

仙崎の口調はまた、少し熱のこもった、それでいてさっきよりさらに暗いものになる。

「それでも、予兆はあったんです。あったんですよ。なのに僕らはそれを無視してしまった。……健太郎の笑顔がほとんど見られなくなった頃から、食欲が落ちていました。ええ、あとで思い出してみたらちゃんと思い当たった。つまり僕は、本当は気づいていたんです。なのに気づかないふりをしていた。最低ですよね。あの子はよく食べる子でした。あの子が幼い時から母子家庭で、経済的には苦しかったのに妻はよく料理をして、あの子には愛情のこもったものを食べさせて育てた。そのせいなのか、あの子は……食いしん坊でね。あいやしい、というんじゃないんです。なんて言うかその、食べることが大好きでした。あの子にとって食事というのは、とても楽しいものだったんですよね。それってすごく幸せなことです。それなのにいつのまにかあの子は、食べることに興味を失ってしまっていた。あれ、育ち盛りなのにあんまり食べないんだな、と思った記憶が確かにあるんです。あの時僕がそれを問題にして、なぜ食べないのかちゃんと追窮していたら……あんなことにはならなかった」

もう聞きたくない。信也は耳をふさぎそうになった。だが仙崎の眼差しが、それをゆるしてくれなかった。

「笑顔、食欲、その次にあの子が失ったものは、穏やかさ、でした。五歳の時から一緒に暮らしていて、あの子は活発でどちらかと言えばやんちゃな子だったんですが、決して乱暴ではなかったんです。むしろとてもおおらかで、ものごとにあまり動じない性格でした。そして、家族や友人に対してはいつも穏やかだった。小学生の頃、担任の先生からも褒められていたんですよ。滅多に喧嘩をしないし、誰かが喧嘩をしていると必ず仲裁に入る、って。子供に対してつかう言葉としては変なんですが、包容力のある子だったんです。それが、中学一年を終える頃にはすっかりトゲトゲしくなって、いつもイライラしているようになった。さすがにそのことは妻も気になったようで、僕に相談して来ました。でも妻は、それが成績のせいだと思い込んでいた。そして僕も、そんなもんか、と思っただけだった。解決策として妻は、家庭教師を雇ったんです。しかし妻は、英数二教科二人の家庭教師を雇い、その人たちに週二回ずつ来させた。つまり週四回です。一週間は七日しかない。なのに、そのうち四日は家庭教師、そしてあと二日は塾ですよ。残った日曜日も、ほとんど毎週模試があった。そのくらいのことは、都会に住んで受験校に通う中学生なら当たり前なのかもしれない。しかし他の子が耐えられるからといって、あの子が耐えられるかどうかは別の問題だ。笑うこと食べることに興味を失い、穏やかさやおおらかさもなくしてしまって、そして……時間まで、あの子から奪ったんですよ、僕ら夫婦は」

仙崎は薄く笑った。

「それなのに、それなのにね。僕は相変わらず、ガシガシと書き続けていた。いやあの頃はすでにパソコンで執筆してましたから、カタカタとキーボードを叩き続けていたんですね。そしてエプロンのポケットを叩き続けて。僕はうすら馬鹿でした。何もわかってはおらず、何も知ってはいなかった」

「でも、しかし」

信也は耐え切れなくなって遂に口を挟んだ。

「我々だって似たようなものですよ。仕事であぶらがのっている時期に家庭を顧みなくなってしまう、それはもう、避けようのない罠のようなものじゃないですか。仙崎さんは、いや、作家・真崎秀はその頃、本当にのりまくっていたんです。作家としてデビューして、家族のこともあたまに入らないくらい執筆に夢中になる、それが悪いことだとはわたしには言えませんよ。だってあなたがあの当時世の中に生み出した小説は、すごくたくさんの人を楽しませた。出版社に大きな利益をもたらし、その利益によっていろんな人が潤った。あなたは、社会に貢献していたんです、小説を書くということを通して。ご家庭が、息子さんがその犠牲になってしまったとしたらそれはとてもお気の毒なことですが、でも、でもですよ、小説を書くというのはそういう魔性と背中合わせのものなんじゃないですか？芸術をやる人、クリエイターは誰でもそうですよ、きっと。みんな同じ罠を足下に置かれながら、綱渡りでやっているんです。そもそもね、そもそも……家庭の幸せと、そうしたクリエイターの情熱とは、相いれないものなんですよ……初めから」

「まさに」

仙崎は、今度は優しい顔で微笑んだ。

「まさにそうです。相いれない。最初から間違っていたんですよ、僕は。僕と妻とは結婚すべきじゃなかった……僕が本気で作家になりたいと思っていたのならば」

「いや、それは」

「さっき、挿絵がさかさまに印刷された本のことを話しましたよね。そしてそれを不思議な古道具屋から買ったことも。買ったというより、無理に買わされたんですが。あの本を手に入れた時点で、あの古道具屋は僕に宣告したんですよ。おまえは作家なんかになっちゃいけない。小説など、書いてはいけないんだ、って」

「そんな馬鹿な。そんなことは関係ないですよ。そんな言い方したら」

「あの本は、妻とあの子と三人で温かい家庭を築く為のアイテムでした」

仙崎は、信也の言葉を無視して続けた。

「しかし僕は作家になることを諦めなかった。それであの古道具屋がまた現れたんです。そして底のないポケットを僕に与えた」

「仙崎さん」

「今度は警告でした。このまま続けたら大変なことになるぞ、という警告です。なのに僕は続けた。続けてしまった」

仙崎は大きく一度、深呼吸した。

深く息をすい、そして吐く。

仙崎は、もう一度座り直し、そしてとても、とても静かな声で言った。

「あの子はある朝、歩道橋の上から大型トラックが頻繁に行き来する通りへと飛び降りました」

何か言おうとしたが、声は出なかった。信也はただ、ぐう、と鳴った自分の喉の音に驚いていた。

「それでもとても幸運だったことに、あの子はトラックにはじき飛ばされただけで済みました……命は助かったんです。ですが、頭を強く打ち、脳内出血して、意識が戻るまでに十日。手術は成功しましたが、広い範囲で脳にダメージを受けていて、後遺症で言語能力が著しく低下、思考力も人並みには戻りませんでした。頭だけではなく、全身も打って脊髄も損傷した為、下半身は動かせなくなりました」

信也はようやく思い出した。真崎秀が突然姿を消す前に、真崎の近親者が事故に遭った、という噂は確かにあった。他社の雑誌に連載していた真崎の新作がどうなるか、そんな話を同僚とした記憶がある。だが事故に遭ったのが誰なのか、詳しくは誰も知らなかった。いや、知っていた者もいたのかもしれない。だが信也の周囲の編集者たちは、それ以上つっこんで知ろうとはしなかったのだ。とりあえず真崎秀その人が元気なのであれば、小説の執筆は続けてくれるだろう。それならば他のことは、俺たちには関係ないし、な。と。

実際、真崎はそれから少しの間、執筆を続けていた。連載は終了して本は出た。そろそろ続編が書き上がる頃だろう……

「あの子が車椅子に乗って自分でなんとか移動できるようになるのに丸一年かかりました。会話も成立しないし、意思表示もうまくできない。感情も表せない。そんな状態でしたが、それでも退院して自宅に連れ戻すことができた時は、本当にホッとしました。あの子が病院にいた間に、僕ら夫婦は話し合って、自分たちが犯してしまったおそろしい罪をなんとか償って生きていくことにしたんです。つまり、今後の人生はただ、ただあの子の為に捧げよう、と。連載を終わらせ、約束していた書き下ろしも書き上げて、中途半端になっていた仕事はできる限り片づけ、整理しました。そして、ここに来た。ここはとても自然が豊かで、空気も水もきれいです。あの子の為にもきっといい。そう信じて引っ越して来ました。妻は地元の雑貨屋でパート勤めをしています。僕は一日中家にいて、畑仕事と家事の担当です。そしてあの子の車椅子を押して毎日歩き回ります。野も山も、行けるとこへはどこへでも。あの子は風を感じるのがとても好きで、太陽の光も好みます。とんぼや蝶を見ると少し微笑み、道端の花をじっと見つめます。そんなあの子と二人で散歩をしている時が、今の僕には何よりも幸せな時間なんです」

何を言えばいいのだろう。何を。

信也は考え、そして言った。

「もう、小説はお書きにならないんですか」

「書いてますよ」

仙崎が屈託のない笑顔で答えたので、信也は少し戸惑った。だが仙崎は、信也の疑問をいなすように、うなずいた。

「ええ、書いています。書かずにいることは無理でした。ここに来た時には、もう書かないつもりだったし、書けるような精神状態でもなかった。でも、ここでの生活を続けているうちに、息子だけでなく僕ら夫婦もリハビリしていたようです。ここ半年くらい、小説が書けるようになりました。でも、毎日少しずつ、ゆっくり書いています。もう二度と、底なしポケットのエプロンには頼りたくないんです」

「……エプロンは、どうされたんですか」

「ああ、まだ持っています。焼き捨ててしまおうかとも思ったんですが……僕ね、どうしてももう一度、あの古道具屋の、忍者ハットリくんみたいな顔をした店主と話がしたいんですよ。それにはあのエプロンを持っていたほうがいいんじゃないか、と思って」

「お店に行ってみられたら」

「どうせ、いませんよ。店もないと思います、もう」

仙崎はぐいと背伸びをした。

「あぁすっかり長居してしまいましたね。今夜はこのくらいでお開きにしましょう。せっかく同じ地域で暮らす縁ができたことですし、また時々寄らせてもらってもいいですか」

「それは、ええ、もちろん」

「今度来る時は、僕が育てた野菜を持って来ますね。ようやく最近、誰かに食べてもらえるレベルのものが作れるようになったので」

仙崎は立ち上がって、言った。

「結局、ビスケットがどんどん増えるポケットを一度叩いてしまったら、叩くのをやめることは誰にもできないんですよね。ビスケットなんてそんなに何百枚も食べられるものじゃない。食べ切れないビスケットはただのゴミです。粉々になってあたりを汚します。なのに、叩くのはやめられない。どうしてだと思います？」

信也は考えた。考えて、言った。

「……増えるのが見たいから……？」

仙崎は笑った。

「その通りです。増えるのが見たい。ビスケットなんかまったく必要でなくても、叩けば増えるのなら増やしたいんです。増えるのを見ると楽しい。それが、欲望というものなんですね。じゃ、おやすみなさい」

6

そんな馬鹿げたことがあるんだろうか。

仙崎が帰って一人になって、信也は背中を走る奇妙なざわつきに震えていた。望みを叶えてくれる、不思議なポケット。だがそのポケットには底がないのだ。底なしの欲望。

底なしの欲望を売りつけた、謎の古道具屋。

からかわれたんだ。信也はそう思った。仙崎は作家だ。作り話をするのなんてお手の物じゃないか。久しぶりに会った元業界人が、生意気にも小説を書こうとしていることを知ってからかいに来たのだ。そう、作家の側からしてみれば、編集者が小説を書くなんて鼻持ちならないことなのかもしれない。

だがしかし。仙崎という男はそんなタイプなのだろうか。信也は、すっかり覚めてしまった酔いを取り戻したくなり、瓶の底にわずかに残っていた酒をコップに注いだ。

むろん、すべてが作り話ということはないだろう。仙崎の義理の息子が教育ママと仕事中毒パパとの暮らしに疲れ、受験勉強と周囲からのプレッシャーに疲れ果てて自殺をはかった、そのことは事実に違いない。そして命だけはとりとめたものの、重大な後遺症が残って普通に生活することが困難になってしまったことや、その子の為に、仙崎が、真崎秀としての成功や未来をすべて捨てて休筆し、妻と共にこの片田舎に移り住んだこと、それも本当のことだろう。

でも、それ以外はそのまま信じるには余りにも、現実離れしている。仮に古着屋だか古道具屋だかでエプロンを売りつけられ、そのエプロンのポケットの底が抜けていた、というところまでは本当のことだったとしても、それを叩くとどんどん小説が売れた、なんて話、どうやって信じればいいんだ。そんなエプロンが本当にあるなら、一千万くらい払ってでも買い取りたい。叩けば小説が売れるなら、借金したってすぐに返せるものな。

信也はひとり笑いした。そうだ、作り話なんだから、信じたふりでもしていればいいじゃないか。それは嘘だろう証拠を見せろと言うのも大人げないし、義理とはいえ可愛がっていた息子がとんでもないことになり、家族三人で必死に新しい生活を生きようとしている仙崎が、退屈しのぎに作り話をしたくらいのことで、怒るのも偏狭だ。それに、そうだ、もしかするとさっきの話は、今仙崎が書いているという小説のストーリーなのかもしれないじゃないか。だとしたら、なかなか面白い話だ。自分が現役の編集者だったら、版権を預けてくれと本気で交渉してもいいくらいだ。底なしの欲望に引きずられて家庭崩壊し、そこから家族を再生させようと片田舎で農作業をしながら、車椅子の息子と山道を歩く元人気作家。いいよ、いい。面白そうだ。

もし仙崎が出版のあてなく書いているのなら、昔の同僚や知り合いに連絡して、すぐに版権を確保させてもいい。きっと売れるだろう。何しろ、突然休筆して姿を消した人気作家・真崎秀の最新作だ。しかも半分はドキュメンタリーなのだから。

だが信也は、そうやっていくら自分をごまかそうとしてもごまかしきれない不安に気づいていた。根拠もないしそんなことは有りえないと思いながらも、心の中で誰かがこう叫んでいる気がするのだ。

仙崎の話は本当だ。謎の古道具屋は実在する。底なしの欲望は、具体化されて仙崎の手に未だに握られている！

電話が鳴って、信也はとびあがった。奇妙な興奮と共に形容しがたい恐怖が腹の底に湧いている。鳴り続ける電話の音がひどく不吉なものに感じられる。

「もしもし？」

『あ、ノブさん？』

由紀子だった。信也は思わず安堵の溜め息を漏らした。

『なに、どうしたの、ノブさん。溜め息なんかついちゃって』

「あ、いや……ちょっとね」

『大丈夫？　からだ、どっか悪くない？』

「からだは大丈夫だよ。こっちに来てからすこぶる調子がいい」

『そう。なら良かった』

「どうしたの、こんな夜遅くに」

『うん、明日のことなんだけど』

あ。信也は、明日は東京で妻と過ごす日だった、とようやく思い出した。

「何か予定入ったのか？　ならいいよ、明日はなしでも」

『いやあね』

由紀子は少し乾いた声で笑った。

『ノブさん、わたしに会いたくないんだ』

「そんなこと言ってないだろう。君が忙しそうだから、何か用事ができたなら一回ぐらい抜かしてもいいよ、って言ってるだけだよ」

『どんなに忙しくたって、ノブさんと会う日に予定は入れないわよ』

「そんなに気をつかわなくていいよ。もともと俺のワガママなんだし」

『そうよ、ノブさんのワガママよ、すべて』

由紀子はまた笑った。

『だからこそ、きちんと約束した日には会っておきたいのよ。わかってると思うけど、わたし、このまま離婚とかぜったいしないから』

「俺だって離婚する気はないよ。言ってるじゃないか、三年だけだって。三年間この暮らしを続けて、それで自分が納得できたら東京に戻るよ」

『納得できなかったら？』

「なんだ、からむね」

『だって』

「納得できなかったらその時はまた考える」

『つまり三年で終わりにしない可能性もあるってこと』

「あのさ、まだあと一年以上残ってるんだから、そういうことはもう少し待ってから訊いてくれないかな。初めから俺のワガママで、無計画で無責任な話なことは俺自身、よくわかってるんだ。でもこうするしかなかったんだよ。こうでもして逃げないと……」

『……逃げる？』

「もういいよ。電話で話すようなことじゃない。で、明日、どうしたの」

『たいしたことじゃないのよ。明日ね、外食じゃなくて久しぶりにうちに戻らないかな、って』

「いや、それはやめとく。あのマンションはもう君のものなんだから」

『わたしたちまだ離婚してないんだから、基本、財産は共有よ』

「マンションの名義は君一人のものに変更したろ」

『そんなの関係ないわ。結婚してからあとで得た財産は、特殊な事情がない限りは夫婦に平等に権利があるんだから。ノブさんがどうしてもそうしたいって言うから名義変更したけど、あの部屋はまだ二人の部屋でしょ』

突然の退職と別居、という身勝手を由紀子に押し付ける代償として、俺に何かあっても由紀子が困ることがないよう、マンションの名義は妻一人のものにしたし、車のローンも完済してその名義も妻に変更した。むろん、離婚したいとは思っていなかったのでそれが慰謝料だなんだと言うつもりはないが、少なくともあの部屋に住む権利はもう、自分にはない。

「やっぱり、なんか気が進まないな。というか俺、もともと優柔不断な奴だから、あの部屋に戻ったら気持ちが萎えて、ここでの暮らしに腰が落ち着かなくなるんじゃないかと心配なんだよ」

『それならそれでもいいんじゃないの?』

「いや、それじゃ困るんだ。どうしても本を一冊書きたいんだよ。何度も説明したと思うけど、それは俺の人生にとってすごく大事なことなんだ」

『そう……ならいいわ。明日、どっかお店予約しとく。待ち合わせはどこにする?』

「どこでもいいよ。早めに東京に出て本屋をまわりたいから、昼過ぎにはそっちに向けて出発する。店が決まってから、待ち合わせ場所を携帯にメールしてくれよ」

『うん、わかった』

「あのさ、由紀子。もしかして、手料理かなんか作ろうとか、考えてた?」

『うんまあ……そんなとこかなー』

「嬉しいけど、そういうことしてもらう資格は、今の俺にはないからさ」

『資格とかそういうの関係ないわよ。料理っていうのは、誰かの為に作るほうが楽しいの。久しぶりにノブさんの為に作りたくなった、それだけよ』

「そうか……ごめん。ほんとにごめん」

『いいわよ、作ったのタッパーに入れて持ってく。どうせ明日休みだもん、時間はあるし。ホテルはいつものとこにとってあるから、部屋に冷蔵庫もあるしね。じゃあね、ノブさん。明日ね』

申し訳ない、と、信也は置いた受話器に向かって頭を下げた。そこそこの美人で性格もおおらか、仕事もできて収入も多い。料理だってなかなかの腕だ。正直なところ、三年間の別居を言い出した時には愛想を尽かされると覚悟していた。別れたくはなかったけれど、別れないでくれ、と言えるだけのものを自分は持っていない、とわかっていた。だから、離婚はしたくないと言った時に、良かった、と呟いてくれた由紀子には、心から感謝している。三行半《みくだりはん》をつきつけられて見捨てられても当然だったのに、とにかく三年間待つと言ってくれた。それだけでもう、三年後にやはり見捨てられることになったとしても由紀子には礼を言いたい。いや、礼は言った。何度も。でも由紀子は、ただ笑って「だってまだ別れたくないもん」と言っただけだった。

こんな自分、こんな男をまだ、妻は愛してくれている。手料理まで作ろうと思ってくれている。なのに、自分に自信がないという理由でそれを素直に受け入れられない俺。

信也は情けなさに涙をこぼしそうになったが、とにかく明日は体調万全で向かわなければ、と思い直して寝ることにした。

＊

「うんまいなあ」

信也は本当に幸せな気分だった。目の前のテーブルに置かれた皿には、三種類のおでん。こ洒落たイタリアンやエスニックではなくて、由紀子が予約していたのはおでん専門店だった。しかも、関東風、京風、名古屋風と三種類の味が楽しめる店だ。タネも多く、そしてほとんどが自家製だというから恐れ入る。こんな店が、官庁街のすぐ近くにあったのか。由紀子はどうも常連らしく、店員と軽い世間話などしながら、メニューも見ずに何品か注文した。

「これほんとうまい」

「名古屋風の、牛すじ？」

「うん」

「名古屋風なら意外と大根やじゃがいももイケるよ」

「由紀子、以前はおでんなんか食べに行かなかったよね」

「そうだったっけ？　ああ、おでんは家で作るものって固定観念があったからなあ。今はほら、一人暮らしでしょ。おでんは大きなお鍋にいっぱい作るほうが美味しいんだけど、それだと食べ切れないというか、ずーっと毎日おでんになっちゃうじゃない。だから作らなくなっちゃって、それで食べたくなると外で食べるの」

「ここ、いい店だね」

「でしょ。ノブさんがおでん好きだったこと思い出して、今夜はここにしたの。あのね、それで今日は朝から暇だったし、いろいろ作ったから。これ」

足下に置いた紙袋をのぞくと、タッパーをビニール袋に入れてしっかり口を閉じたものがぎっしりと入っている。

「今夜はホテルの冷蔵庫に入れて、明日帰ったら電子レンジでチンしといて。そしたらけっこう日もちするものばっかだから。筑前煮と、里芋とイカの煮物と、お豆の煮たやつと、肉じゃがと、それにセロリのお漬物」

みんな、俺の好物だ。信也はぐっとこみ上げて来たものを呑み込んだ。

「ノブさん、ちゃんとご飯食べてる?」

「食べてるよ。料理もけっこうできるようになった」

「自家製の野菜、使ってるの」

「うーん、まあ何種類かはね。簡単にできる、プチトマトとかピーマン、オクラなんかだけど」

「へえ、すごいじゃない」

「農作業に関しては、まだまだだよ。地元に教えてくれる人がいるんで助かってるけど、それでも葉物や夏野菜はともかく、根菜はなかなかいいのができない」

「難しいのね」

「奥が深いよ。やってみてはじめて、植物も地球の生き物で、人間も同じ生き物に過ぎないんだなあ、って実感した」

「晴耕雨読の日々、それなりにノブさんの人生にいい影響、与えてるんじゃない？」

「そうであってくれと思ってる。大人としてゆるされないワガママを通してまで選んだ三年間だからさ、何も残らなかった、というんじゃ寂しいし、君に申し訳が立たないものな」

「わたしのことはいいよ、気をつかわなくたって。わたしの方こそ、夫について行かなかったんだからさ、薄情な妻なんだし」

「ついて来てくれなんてそんな図々しいこと、最初から考えてなかったよ」

「でも初めの頃は、田舎暮らしに興味ないかってわたしに訊いてたよね」

「そりゃ……理想は、君と二人で田舎暮らしを始めることだったから。でも今は、今の方法を選んで良かったと思ってるんだ。無理して二人で移住なんかしていたら、きっと一年くらいで破綻してたと思う」

「そうでもないと思うけど」

由紀子は少し唇を尖《とが》らせた。

「わたしだって、田舎が大嫌い、ってわけじゃないのよ。こう見えたって北海道の田舎の出身なんだから。でもさ、高校、大学と札幌で、東京に就職して。これだけ都会暮らしを続けてしまうと、体力的にも気力的にも田舎暮らしはもう無理だろうな、って思うだけ」

由紀子は、ふふ、と笑った。

「でもね、ノブさんが田舎暮らしに慣れて自信がついたら、いつかは二人で田舎に引っ込むのも悪くないかな、なんて時々、思うの」

「そんなこと考えなくていいよ。由紀子は仕事に邁進したらいい。定年になったら二人で田舎暮らしすればいいんだから」

「やっぱり三年でやめる気、ないのね。ずーっと田舎にいたい？」

「それは」

どうなんだろう。正直、よくわからなかった。

「そうそう、実はね、今夜マンションの方に来てもらいたかったのは、手料理のことだけじゃなかったのよ」

「そうなの？　何かあった？」

「たいしたことじゃないんだけど。……実は、三日前にちょっとした買い物、しちゃって」

「買い物？」

「うん。で、それをノブさんに見てもらいたかったの。とっても素敵なものだから」

「持って来られなかったの」

「だって重たいんだもの」

由紀子は肩をすくめ、秘密の話をするように身を乗り出した。

「でもほんとに素敵なものなの。気がつかなかったんだけど、マンションの近くに古道具のお店ができていたのよ」

古道具……屋？

「どうして気がつかなかったんだろう、っていうくらい近くて、いつも通ってる道に。ほら、駅まで近道する時に使う、美容室とお弁当屋さんの間の道を抜けたところ。あんなとこに昔から古道具屋さんなんてなかったよね？」

「う、うん……なかったと思う」

「でしょう？　なのに突然、見つけたのよ。しかもお店、けっこう古いの。いつからここにあったんですかってお店の人に訊いたんだけど、ずっと前からだよって言われてびっくりしちゃった。毎日歩き慣れている道でも、けっこう見落としてるものってあるのよね」

「何を」

信也は焦る気持ちを抑えながら言った。

「何を買ったんだ？　まさかエプロンとか」

「エプロン？」

由紀子は笑い出した。

「どうして古道具屋さんでエプロンなんか買うのよ。古着屋さんじゃないんだから」

「じゃ、本とか」

「古本は古本屋さんでしょ。古道具屋さんで買うものと言えば、古道具に決まっているじゃないの。変なノブさん」

信也は少し安堵した。どうやら、仙崎の話に出て来た摩訶不思議な古道具屋とは無関係のようだ。

「でもそのお店、確かに品揃えは変わってたわ。ていうか……何が置いてあったのか、あとで考えてもよく思い出せなくて。でもね、店内をまわっている間は、どれもこれも素敵なものばかりだなって思ったの。そしてね、店員さんというか店主だと思うんだけど、その人がとっても変わってて。なんかその」

由紀子は思いだし笑いした。

「誰かに似てるなあってずっと考えてたんだけど、今、思い当たった！　忍者ハットリくんよ。そう、ハットリくん。その店主がね、ハットリくんにそっくりなの」

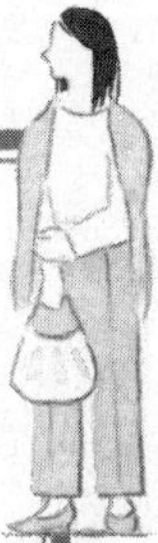

第四話 持てないバケツ

1

由紀子《ゆきこ》が見せてくれた画像では、信也《のぶや》にはそれが何なのかよくわからなかった。スマートフォンの液晶画面いっぱいに写っているのは、色とりどりの花々だ。

「……綺麗だね。えっと……古道具屋で花を買ったの？」

由紀子は笑い出した。

「もう、さっきから何言ってるの、ノブさん。古道具屋さんっていうのは、古道具しか売らないわよ、ふつう。お花はわたしが活《い》けたの。下の方、見て。下のほう」

一抱えはありそうな花の束の下に、何か黒く煤《すす》けたような金属の容器が写っていた。

「あ、これか。これは……なんだろう。バケツ？」

「そう。まあバケツの一種ね」

「バケツでも古くなると商品価値が出るんだな」

「普通のバケツじゃないのよ、これ。ほら、よく見て、形が変わっているでしょ」

「あ、左右対称じゃないいね。なんか、レストランでカレーやミートソース入れて出される、あれみたい」

「片方だけ先が細くて、太った魔法のランプみたいでしょ」

太った魔法のランプ、という言い方が面白くて、信也はつい笑った。

「なんだそれ」

「だってこの形が気に入っちゃったんだもの。これね、コークスバケツなの」

「コークスバケツ？」

「わたしたちの世代だと体験してないけど、ちょっと上の人たちは知ってるはずよ。小学校にもだるまストーブがあって、コークス使っていたみたい。父のいちばん下の弟、克己《かつき》おじさん、知ってるでしょ」

「ああ、うん」

「あの人から写真見せてもらったことあるの。その日の日直さんだったおじさんがコークスバケツ持って立っている写真」

「北海道だと、その頃にもだるまストーブだったんだね」

「違うわよ、東京の話よ」

「東京で？」

「そう。話したことあったでしょ、父の実家は東京だって。母の実家が旭川なのよ。父は養子に入ったの」

「ああ、そうだった。でも東京でだるまストーブなんか使ってたんだね。戦後すぐでもないのに」

「克己おじさんは昭和三十二年生まれだから、小学生だったのは三十九年から四十五年までよね。四十五年は、えっと一九七〇年？　あの写真はおじさんが低学年って感じだったから、四十年頃かなあ。すごいわよね、小学生なのに毎日、薪とコークス使ってストーブに火をおこしてたんだもん。今の子はリモコンをピッてやるだけで部屋が暖まるのが当たり前だと思ってるけど。おじさんから聞いたけど、最初にいらない紙と薪の切れ端を使ってストーブの中に火をおこして、そこに燃えやすそうな小さな薪を入れて、火が大きくなったら太い薪を入れて、そのあとコークスを入れるんですって。ちゃんと、少しずつ火を大きくしてからコークスを入れないと、燃え損ねてすごく煙が出て大変なことになっちゃったらしいわ」

「東京の小学校で、六〇年代半ばにまだそういうことしてたんだなあ。ガスに火を点けてお湯を沸かす程度のことができない小学生が多い今とは、ほんと違うね」

「こんなバケツに一杯コークス入れたら、そこそこ重たいわよね。それをまだ八歳かそこらの子が、毎日教室まで運ぶのよ。その話、聞いていたから、これを古道具屋さんで見た時にすぐコークスバケツだってわかったの。でもこれ、アメリカ製らしいわ。しかも百年近く経っている本物の古い品物なのよ。わたし一目で気に入ってしまって。そしたらね、そのお店の忍者ハットリくんそっくりの店主さんが、気に入ったんなら千円でいいよ、って」

「千円？　それはちょっと安すぎない？」

「安すぎよ、どう考えても。わたし、一万円くらいするんだと思ってたもの。でもね、安いのには理由があったの。このコークスバケツ、持てないのよ」

「……持てない？」

「把手《とって》がないの。とれちゃってるの。こういう古い品物って、部品の一部でも新しいものが使われていると価格がすごく下がっちゃうんですって。だからなんとか、同じぐらい古い把手を探していたんだけどみつからなくて、みつかったとしてもたぶん高くつくから、もういいよって」


やはり、違う。忍者ハットリくんそっくり、という表現には驚いたし、どう考えても昔からあったはずのないところに忽然と店が現れた、というのにも驚いた。てっきり、底なしの欲望を仙崎《せんざき》に売りつけた古道具屋なのかと。が、仙崎の話だとその古道具屋は、欲しがってもいない物を考えられない高額で売りつけるのだ。由紀子が入った店の店主は、由紀子が欲しいと思っているものを安く売ってくれた。まるで真逆だ。

それはそうだ。信也は一人で笑い出しそうになった。仙崎の話に出て来た古道具屋が、どうしていきなり由紀子の生活圏に登場するのだ。そんな偶然、あるはずがない。

「把手がないのに、買っちゃったの」

「ええ。だってコークス入れて使うわけじゃないもの。ほら、こんなふうに花を活けると素敵でしょ」

「なかなかいいね。でも持ち運びが面倒じゃない？　把手がないと抱えないといけないだろう」

「たいして重いものでもないから大丈夫よ。でもごめんね、ノブさん」

「何のこと？」

「ノブさん、部屋の中央に花を置くの、好きじゃなかったわよね。でもこのコークスバケツを一目見てわたし、これにいっぱいお花を活けてリビングの真ん中に置きたくなっちゃったの。それで置いてみたらすごく良くて……ほんとはそれを今夜、ノブさんに見せたかったんだ」

そうだったか？　部屋の中央に花を置くのを、俺は好きじゃなかった？　ああ、そうだ、確かにそんなことを言ったような気もする。もちろんそんな強い意味じゃなかった。ただ、由紀子が、親戚からもらった大きな花瓶いっぱいに花を活けて、それをリビングのほぼ中央に飾ろうとした時に、ちらっと言ったんだ。ごめん、それがあるとテーブルからテレビ見る時視界に入って気になるんだ、って。

花には特に興味がなかった。由紀子が花を活けるのが好きだというのはもちろん知っていたけれど、温室栽培された虫ひとつついていない綺麗な花、というのは俺にとって、造花とたいした違いがない。そんな花を見ても季節だの自然だのは感じないし、ただ、綺麗だな、と思うだけだ。むしろそんな花が、でっかい花瓶にぎっしりと活けられて大量に部屋の真ん中を占めている、というのは、圧迫感があって好きになれない光景だった。しかし由紀子がどうしてもと言うなら、別に我慢できないことはなかったのだ。でもあの時由紀子は、特別気を悪くしたふうもなくすぐに花瓶を移動させたのではなかったか。それなのに、実は気にしていたのか……そんなに。

「もうあの部屋は君のものなんだから、好きなように飾ればいいよ。うん、大きな花瓶よりはこのバケツのほうがいい。気に入ったよ」

嘘をついたつもりはないが、本心でもなかった。どちらにしても花屋で買うような花は、信也にとっては「どうでもいい」ものだった。でも由紀子が嬉しそうにしているのを見るのは楽しい。

＊

「ごめんなさい、待った？」

窓際の席で新聞を読んでいる樹《いつき》に駆け寄り、由紀子は言った。樹が顔を上げる。午前の明るい陽射しが顔にかかり、うっとりするほど美しい。

「いや、今来たとこ」

由紀子はカフェ・ラテを注文し、あらためて樹の顔を眺めた。

「なに？」

樹が面白そうな顔をする。

「俺の顔、なんかついてる？」

「ううん。でも久しぶりだな、と思って」

「そうだっけ」

「そうよ。この前逢ったの、もう一ヶ月も前じゃない」

「そんなにあいてたかなあ。ごめん、なんか忙しくて」

「わかってる。今が大事な時だもの、思いっきり仕事して。わたしのことは、二の次でいいわよ」

「で」樹が少し上目遣いになった。「ダンナと会って来たの」

「もちろん」由紀子はあくびをひとつ、した。「恒例ですから」

「なんで別れないの」

「別れたいとは思ってないの」

「理解できないな」

樹は少し唇を尖《とが》らせる。

「勝手に出て行って田舎で一人暮らししてるんでしょ、ダンナ。そんなやつ、さっさと見限っちゃえばいいじゃん」

「別に怒ってないもの、わたし。確かに、突然言い出された時は呆れたわよ。いちおう出世コースにのっかってたし、仕事自体も好きなはずだった出版社を辞めるなんて。しかも神奈川のド田舎で暮らしたいなんて。晴耕雨読、なんて真顔で言うんだから、この人ストレスであたまおかしくなっちゃったんだ、ってマジに心配した。でも結局、あの人の人生はたった一度きりだものね。別にわたしの生活が大きく変わるってわけでもないし、他に好きな女ができたから離婚してくれって話でもないみたいだったし。まあいいか、と思ったのよ。正直、一人の方が気楽かなって思うこともあったから」

「でも、いつまでもそのままってわけにはいかないでしょ」

「あら、どうして？　わたしたち子供もいないし、わたしは自分ひとり食べていくのには充分なだけ収入もある。別々に暮らしていても不都合はないのよ」

「いつまでも別々に暮らしているのに、夫婦やってるのは不自然だよ」

由紀子は笑った。

「樹くん、意外と古くさいのね、あたま」

「現実的なだけだ。だってそうだろ、一緒に暮らしてないなら夫婦してるメリットなんか、ないじゃないか」

「メリットデメリットは、夫婦ごとに違うわよ。ひとくくりにはできないわ。とりあえずわたしにはデメリットがないの、今の状態って。こうして樹くんと逢うのにも、あの人のこと気にしなくていいしね」

「でも結婚してるんだから、不倫、て言われちゃうんだぜ」

「樹くん、言われたら困る？」

「俺は独身ですから」

「だったらいいじゃない。わたしがいい、って言ってるんだから」

「まさかダンナ公認ってわけじゃないんでしょ?」

「そこまではねえ」由紀子は肩をすくめた。「あの人にも無理でしょうねえ……結婚って何なのかしら。何かと言うと不倫不倫って、既婚者の恋愛は絶対認めません、って立前があるくせに、その実、浮気は男の甲斐性、なんて言うわけでしょ。浮気と不倫、二つの言葉を使い分けてる」

「しかもその大部分は、男性側に対して有効で、女性にはゆるされてない」

樹は皮肉っぽく言った。

「そんな難しく考えなくてもわかるだろ。日本は男尊女卑なんだ。なんだかんだ言っても、日本の男はみんな、女は自分たちより劣る生き物だと本気で思ってるんだよ」

「樹くんも?」

「ああ、たぶん。認めたくないけど、小さい頃から社会全体にすりこまれて育つんだから仕方ない。俺の心の中にも、女なんて、って気持ちはあるさ。だけどそうだとしても、結婚している女性とつき合うのがしんどいなと思う、その気持ちはもっと純粋なものだよ」

「純粋?」

「ああ、純粋だ。結婚している女は、男にとって、他の男の女、なんだ」

「やっぱり女は男の所有物?」

「そう。その感覚はどうしたって消えない。その感覚がまるでないなんて言う男がいたら、そいつは嘘つきだ。そして好きな女は所有したい。俺のものにしたい。なのに……君はやっぱり、俺のものじゃない」

「リビングの真ん中にね」

由紀子は言った。

「お花を活けたの。古道具屋さんで衝動買いした、古いコークスバケツに入れて」

「コークスバケツ？」

「知ってるの」

「知ってるよ。知り合いが信州でペンションやってて、そこに飾ってあったから。でもなんでそんなもの買ったの」

「わからない。でも一目で気に入って。壊れていたからすごく安かったし。把手がとれちゃってて、なくなっちゃってるの」

「それじゃ持てないじゃない」

「ええ、持てないのよ。でも構わない。だってうちにはコークスが使えるストーブなんてもともとないもの。バケツとして使うつもりはなかったの。お花をたくさん活けて、リビングの真ん中に置きたかったの」

「へえ。リビングの真ん中にバケツ、か」

樹は笑った。

「面白そうだ。見に行きたいな」

「だーめ。前にも言ったでしょ、あの部屋に、樹くんは入れられない」

「どうしてそんなことこだわるのさ。あのマンション、君の名義にしてもらったんだろ。ダンナはもうあそこに戻る気、ないって言ってたじゃない」

「ないと思う、わたしの想像よ。ほんとのところはどうなのか、よくわからない。でもダンナは関係ないの。あの部屋は、わたしだけの部屋にしておきたいのよ、今のところ」

樹は身を乗り出すようにかがめた。

「君のそういうとこが気に入ってるんだから、ってずっと言わなかったけどさ、正直、そろそろ限界なんだ」

「……限界って」

「さっきも言っただろう。俺はごく普通のくだらない、男尊女卑な馬鹿男なんだよ。君を自分のものにしたい。所有したいんだ。少なくとも、他人のものじゃないって思いたい。俺たち、もう十年もこんな状況なんだよ。そのことについて考えてみたことある? 君のダンナが田舎に引っ込むって聞いた時、俺は万歳三唱したい気分だった。いや、しちゃったよ、万歳。一人で祝杯あげちゃったよ。当然君たちは離婚すると思ってたもの。なのに君たちは別れなかった。俺にはまるで理解できないよ。もともと君は、俺と結婚すべきひとだったんだ。なのに君は、どうしてなのかあんな奴を選んだ」

「あの頃樹くん、まだ高校生だったじゃないの」

「君だってまだ二十四歳ぐらいだったでしょ。七歳くらいの年の差なんて、どうってことなかったのに」

由紀子は思わず笑った。

「どうってことないって……十八歳にならない高校生とセックスしたら、わたし犯罪者よ」

「でも結婚は、十八になれば自分の意思でできた。あと三ヶ月で十八だったんだ。なのに君は、あいつと結婚してしまった」

「これから大学受験します、って男の子と結婚なんかできるわけない。無理言わないで」

「わかってるよ。あの頃の俺は親のすねかじりで、ガキで無知で、わかってる。あの時俺がフラれたのは仕方ないってわかってる。でも今は違う。俺は君より稼いでるし、無職になった君のダンナなんかよりずっといろんな力を持ってる」

「……力」

「経済力も、腕力だって俺のほうが上だ。悩むようなことじゃないじゃないか。君はダンナのことを愛してなんかいない。愛しているなら、俺とこうやって逢うたびに、そんなに嬉しそうな顔をしたりしないだろ。君はただ、ダンナのことを、家族として応援したい気持ちでいるんだ。十年も家族やっちゃえば、そりゃ情が移っても仕方ないもんな。ほんとに愛してるなら別居結婚なんてできるもんか。離れていても平気なのは、君の愛がその程度のものだって証拠なんだよ」

由紀子は、すぐ目の前に迫っている樹の顔を間近に見て、もう一度思った。美しい。この美しさは、信也にはないものだ。信也は決して不細工ではないけれど、男性としてはごく標準的な、地味な顔立ちだ。信也とこうして至近距離まで顔を近づけてみても、心臓がドキドキしたりはしない。

家族として応援しているだけ。

それは正しい、と思う。確かに信也はもう、自分にとっては「家族」以上でも以下でもない。だが、愛していないのかと言われたら……どうなのだろう。由紀子自身では、自分の抱いている感情は「愛」なのだと思っていたかった。

だがそうすると、樹に対して抱いているこの気持ちは、何なのだ。

教師になるつもりなどなかった。でも何かひとつくらい資格をとっておいたほうが良さそうだと思って、教職課程をとり、教育実習に出た。地元札幌の公立中学。

藤村樹は、顔中にニキビを散らした十五歳だった。二週間の教育実習の間、樹の印象は、ほとんどゼロ。まったく憶えていなかった。出席簿にその名前があったかどうかすら、はっきりしない。二週間無我夢中の実習で、とにかく必死だったのだ。そつなくこなして問題を起こさずに終えること以外、何も考えられなかった。

実習が終わってしばらくしてから、その時受け持ったクラスの生徒全員が書いてくれた手紙が大学に届いた。どの子もおざなりで優等生的な言葉を綴っていた。書けと言われたから仕方なく書きました、と行間からみんなそろって言っていた。けれど、それが当たり前だろうと思ったし、自分が書かされる立場でもそれ以外にどうしようもないと思った。人生の想い出にするつもりなどない、ただの通過点。でもまあ、無難にこなせたからお互い良かったね、それだけ。

が、その中でたった一人、藤村樹だけが、少し違っていた。

樹は、書いていた。

先生のことが好きになりました。たぶん初恋だと思います。連絡ください。

携帯のメールアドレスが添えられていた。

2

馬鹿なことをしてしまった、と、あれから何度となく後悔した。けれど、あの時はそれが唯一の救いに思えたのだ。

二週間の教育実習を終えて大学の研究室に顔を出した時、由紀子を出迎えたのは以前と微妙に異なる空気、だった。

由紀子の顔を見た途端、ゼミの仲間たちが明らかに視線をそらし、その場から立ち去ろうとした。それでも由紀子が言葉をかければ笑顔が返っては来たけれど、それはいかにもぎこちなく、出来損ないのお面のように浮き上がって見えた。

由紀子は、何が起ったのかを瞬時にさとった。

バレたのだ。

いつかはそうなるだろうという気持ちは、いつも持っていた。けれどこのまま誰にも知られないようにフェイドアウトしてしまえば、秘密のままにしておけるかもしれない、とも思っていた。

ゼミ担当教授との、不倫。

なぜバレてしまったのかは、とうとうよくわからなかった。密会に使っていたのは教授が資料本の収納部屋として借りていた都内のワンルームマンションで、教授の家から電車でひと駅隣り町にあったが、そこに大学関係の知りあいが住んでいると聞いたことはない。二人で映画を観にいったこともなければ、二人だけで食事をしたことすらなかった。教授の妻は名の知れたエッセイストで、不倫が外に漏れればスキャンダルになるおそれもあった。八畳ほどの広さに本棚がぎっしりと並べられ、その隙間に安物のパイプベッドが置かれただけの部屋。その部屋で、時間を気にしながら慌ただしくセックスするだけの、不毛な関係。どうしてあんな屈辱的な関係を喜んで続けていたのか、あとになって思い返してみても由紀子にはよくわからないのだ。ただ、自分がとても「ゆるい」女なのだな、という妙な自覚と諦めとは、あの頃に心に染みついてしまった。

結局のところ、由紀子は、教授のことが「かわいそう」だったのだ、と今は思っている。

美貌で才媛、マスコミにもてはやされテレビに出て、教授の何倍も収入がある華やかな妻。その妻との間は、十年以上もセックスレスだと教授は言っていた。嘘だったのかもしれない。まあたぶん、嘘だったのだろう。だがあの妻が、教授のことだけを今も熱烈に愛している、ということもまた有り得ないと思った。セックスレスとまではいかなくても、妻の眼に、毛髪が薄くなって老眼鏡を手放せない貧相に痩せたあの教授の姿が映っているとはとても思えなかった。まだ還暦にもならないのに、人生の大部分が終わってしまったと見た目にもわかる、つまらない男。大学教授という世間体だけはどうにか手に入れたものの、他に自慢するものひとつなく、特筆すべきことひとつ、ない男。

そんな男が、かわいそうだった。セックスなどは軽い運動とそう変わらない、よく言われるように、へるもんじゃなし。したいと言うならさせてあげる。それのどこが悪いの？

それで傷ついたと思ったことはない。何かを失ったという自覚もない。

損をした、とすら、感じたことがない。

初めから、わたしには何かが欠けている。

別れ話はすんなりと終わった。バレちゃったみたいだね、と留守電に吹き込んだ。ヤバそうだから、終わりかな？

疑問形に語尾を上げて吹き込んだのは、返事が欲しかったからというよりも、同意するかしないか、はっきりしてもらいたいと思ったからだ。

返事はなかったけれど、卒論指導教員変更届は受理された。年度途中でゼミを替わる学生もまったくいないわけではなかった。自分の耳に聞こえて来ないところで何を言われていても、気にしなければいいのだ、と思っていた。

それなのに、むなしくなった。

無性にむなしくて、ひとりでいると理由もなく涙がこぼれた。朝起きるのが辛くなり、食欲もなくなった。

ある朝、そうかわたし、うつ病なんだきっと、と思った。実際、医者に行くとそう診断され、その週末に休学届を出していた。

何もすることがなくなり、ひとりぼっちで毎日を過ごした。捨ててしまったと思っていた教育実習先の中学生たちからの手紙を引き出しの底から掘り出した時も、藤村樹のメールアドレスのことなどまったく忘れていた。

衝動的に、携帯でメールを打った。返信はすぐに届いた。

大学はそのまま中退するつもりでいたのに、卒業必要単位が揃ってしまっていたので自動的に卒業扱いになった。卒論も、下書きのようなものを不倫相手だった教授に預けておいたものが、いつのまにか提出されたことになっていた。新しい指導担当の助教授とは一度も卒論について話しあっていないのに、評価Bが付いて単位がとれた。

その時、初めて腹がたった。不倫相手だった男を殴りたいと思った。由紀子に同情したつもりだったのか、それとも償いのつもりだったのか。いずれにしても、馬鹿にしている。怒りのままに、樹に宛てたメールにすべて書いてしまった。心の中にあったもの、お腹の底にたまっていたものを、中学三年の男の子に向けて無責任に吐き出し、ぶちまけた。

由紀子は、時たま思い出してはひとりで笑う。

樹は、由紀子よりも「おとな」だったのだ。

樹は冷静に由紀子を慰め、諭しているとさえとれる返事をよこした。それを読み、由紀子は頰を真っ赤にして恥じた。自分が「ゆるい」ことを恥ずかしいとは思わない、けれど、自分が愚かであることは恥だと思った。

あの時メールを送らなかったら。

樹と男女の関係になることはけっしてなかっただろう。だが送ってしまった時点で、二人がそうなることは避けようのない運命だったのだ、と思う。

大学院に進学したいと考えていたので、就職活動はしていなかった。卒業、という形で大学を放り出されてしまい、無職のまま途方に暮れ、とりあえず何でもいいから仕事に就かなければと焦った。それでも実家に帰るという選択肢はなかったのだ。実家には兄夫婦がいて、兄嫁とはどうしてもソリが合わなかった。由紀子のほうは嫌いだと思ったことはなかったのに、なぜか初めから兄嫁の態度にトゲがあった。向こうがそういう態度なら、と由紀子も次第に取り繕わなくなり、正月などで実家に戻っても兄嫁のことは無視している。姪も甥もいないので、兄嫁の存在は忘れようとすれば忘れていられる。だが実家で暮らすとなればそうはいかない。しかもろくな就職もできずに無職のままで居候《いそうろう》するのは、どんなことがあっても嫌だった。

卒業式にも出ずに就職先を探した。正社員でなくても、とにかく働き口が欲しかった。ようやく潜り込んだのは、地元の小さな輸入家具店で、多少語学ができたことを重宝がられて、買い付け部門に契約社員の職を得た。

あれから……もう何年？　十数年が過ぎた。

キャリアアップの為の転職は三回。とれる資格は片っ端からとり、今は東京の大手企業で役職のついた位置にいる。

その間にとてもいろいろなことがあったような気もすれば、たいしたことはなかった気もするのが不思議だ。ただ、樹との関係だけが厳然としてそこに残っている。

メールのやり取りだけの関係から、顔を合わせて食事をする関係へ。そして、ある晩一線を超えて男と女になった。樹が十七歳の冬だった。

それからすぐに、由紀子は結婚した。

理由ははっきりしている。樹との関係を断ち切りたい、それしかなかった。

夫を愛していないの？

自問するのはもう何百回目だろう。

信也は、樹とは正反対の男だった。

成長するにつれて凄みを増してくる樹の美貌は、樹の精神の鋭利さに釣りあっている。それは見る者を不安にさせ、後ずさりさせるタイプの美しさだ。ニキビだらけの中学生の頃には想像もできなかった容姿。すらっと伸びた長い足。

すべてが、怖かった。

見ているだけならまだしも、一度抱きあってその美しい生き物と自分とをひとつに繋げてしまうと、底なしの絶望がその先にあることが恐ろしくてたまらなくなった。この子はまだ、愛、を知らない。女についても、何もわかっていない。そして由紀子に対して未熟な錯覚を抱いている。

このまま抱きあって未来に向かえば、いずれこの子がそれに気づいてしまう日が来る。自分が「愛している」と思っている女が、皺だらけのババアに過ぎないことを知ってしまう。

もともと、由紀子は自分の老いに対して恐怖を抱いていた。老いること、死に近づいていくことが時おり耐えられなくなり、そこに行き着くまでに電車に飛び込んでしまったほうが幸せかもしれない、と考える夜もあった。

もし。

もし自分が若くも美しくもない年齢になってから、樹に裏切られ蔑まれ、疎まれたらどうなる?

そんな屈辱に自分は耐えられるのか。

信也に交際を申し込まれた時、由紀子はホッとしていた。逃げるなら今だ。樹という魔のような存在から逃げて、未来を怖がらなくていい結婚生活を手に入れるなら、今しかない。

信也に不満は何もなかった。仕事を愛し、安定した収入を得て、ごく常識的な価値観を持ち、何より由紀子にべた惚れだった。愛せると感じたのだ。この人を愛して生きていけると。だから交際し、結婚した。

夫を愛していないの?

もう一度自問してみる。信也のプロポーズを受けた時からずっと、同じ問いは心の中でぐるぐるとまわり続けている。だが、答えは出ない。出したくないのかもしれない。

「そろそろ限界だから俺。ほんとに」

樹は、いつになく鋭い目で由紀子を見ていた。

「あんたのダンナのとこに押しかけて、別居なんかしてるんだったら奥さん俺にください、って言うつもりだから」

「やめて」

「どうして？　ダンナのほうは自分の身勝手を通してるんだから、離婚されたって文句言える立場じゃないでしょ。ちゃんとそのこと自覚してるんでしょ。だったら問題ないじゃん」

「あの人の問題じゃないのよ」

由紀子は言った。

「わたしの問題なの。わたしが、困るの」

「ダンナと別れたくないってこと？」

「……ええ」

「俺とは結婚したくない、ってことなの」

「そうよ」

「なぜ？」

由紀子は、樹の顔を正面から見た。

「樹は、きれい過ぎる」

「なんだよそれ」

樹は笑った。

「きれいだとなんで結婚したくないんだよ。わけわかんない。それに俺、そんなきれいじゃないから。ユキはたまにそういうこと言うけどさ、それってユキの錯覚なんだよ。あたまでそう思い込んでいるだけだから。俺くらいの顔のやつなんて、うちのギョーカイだとふつーにいるから」

「違う」

由紀子は首を横に振った。

「ぜったい、違う。樹はきれいよ。世界でいちばん」

「ユキ、疲れてんじゃないの？　なんか変だよ。ユキは昔からなんか俺に対して、変なコンプ持ってるでしょ。どうして、年上だってことがそんなに気になるかなあ。世の中には十も二十も年上の女の人と結婚してる男なんて、いくらでもいるのに」

「コンプレックスを持たずにいられるほうが不自然よ。女と男じゃ流れる時間の速さが違う。それでなくても男は常に、若い女に引き寄せられていくものでしょう」

「男って存在をひとまとめにし過ぎだよ。俺は例外なのかもしれないけど、例外なら例外でいいじゃんか。俺はユキが好きだ。初めて見た時からずっと、ずっと好きなままだ」

「嘘だわ。同級生とつき合ってたくせに」

「ユキが結婚しちゃって、連絡もとれなくなって、どうしようもなくて他の女の子で気をまぎらわそうとしただけじゃないか。気持ちは少しも変わってなかった。だから俺、浪人してまで東京の大学に入ったんだろ。ああ、もういいよ。もういい。結局ユキは俺を信じてない。でもそれならそれで構わない。信じてもらえなくても、結果俺がユキを裏切らずに死ぬまで一緒ならそれでいいわけだ。ね、もう一度よく考えてよ。俺だってあんたのダンナと直接対決するよりは、ダンナがショック受けない形でユキが自由になるほうがいいんだから。別に難しいことじゃないだろ。もう別居してんだから、ユキが離婚届にサインしてダンナに送ればそれでいい。ダンナは勝手に仕事辞めて田舎に引っ込んじゃったんだから、ユキから別れて欲しいと言われて拒否する権利なんかない」

ああ、言葉が通じない、なぜなんだろう、樹にはわたしの言葉が通じていない。わたしは、信也と別れるつもりがないのだ。そして樹と結婚したくもない。そのこと、どうしてわかってくれないの。

そう思った途端、笑いが込み上げて来て抑え切れなくなった。

何をどうわかれと言うのだ。自分があまりにも傲岸不遜で、身の程知らずで我儘で、どうしようもなく馬鹿だということがおかしくてたまらない。信也と別れるつもりがないなら樹と別れればいいのだ。なぜそれができない。

呪わしいほどの馬鹿。生きている必要がないくらいの、馬鹿者。

由紀子は抑え切れなくなった笑いを漏らし、やがてその笑いは大きくなって喉元から飛び出すと涙に変わった。ひきつったように笑い泣きしながら、ようやく取り出したハンカチで顔を覆う。覆ってもしのび笑いとむせび泣きは止まず、無理に抑え込もうとしたらからだが痙攣した。

「ユキ、おい、大丈夫か」

立ち上がった樹が肩を抱いてくれた。由紀子はなんとかからだがはねあがるのを止めようとしたが、樹に抑えつけられてもなお、小刻みに震えるのを止められない。

「ここ出よう。タクシーで送る」

「だ、大丈夫。ひとりで、かえ、れる」

「だめだ。さあ、立ってみて。立てる?」

店の出口が近づいたあたりで、カシャ、と乾いた音が耳に入った。首をまわして音の出所を見ようとしたが、からだがうまく反応しない。携帯電話のカメラ機能だ、と思った。客の誰かが樹に気づいたのだ。

由紀子は歯を食いしばって足に力を入れると、樹の手をふりほどくようにしてからだを真っすぐにした。

「あ、ありがとうございました」由紀子はわざと大きな声を出した。「た、体調を崩してしまって申し訳ありません。また、ご、ご連絡いたします。本日はありがとうございました」

声がかすれる。手足がまだ震えている。

由紀子はバッグも見ずに手探りで財布をつかみ出し、一万円札を取り出してレジに置いた。

「ユキ」

樹が何か言いかけたのを遮《さえぎ》るように、ありがとうございました、ではまた、よろしくお願いします、と声を大きくし、あとは全速力で店から駆けだした。後ろから樹が叫ぶ声がしたが、店の前の通りにいたタクシーに手を挙げて飛び込んだ。


わたしは、病気なのかもしれない。

突然のヒステリー発作のせいで、顔中が涙でぐしゃぐしゃだった。どうしてこんなに心が不安定なのだろう。制御できない何かが、いつもお腹の中を駆け回っている。

早く部屋に戻りたかった。花がいっぱいに活けられた古いコークスバケツが真ん中に置かれた、あの部屋に。そして鍵をかけ、閉じこもってしまいたい。

樹にも信也にも、もう逢いたくない。


タクシーが停まった。道路工事の看板が立ち、警備員が片側通行の誘導をしている。運転手が軽く舌打ちした。窓の外の光景には馴染がある。自宅マンションのすぐ近くだ。

「ここでいいです」

由紀子は千円札を何枚か取り出し、おつりはいりません、と告げて車を降りた。

やっぱり。

あの古道具屋の前だった。あの店がそこにある。

由紀子は、躊躇《ためら》わずに古道具屋の中へと入った。

あの店主が、そこに座っていた。

3

由紀子は店主の顔をじっと見つめた。他人の顔をそんなふうにじろじろと見るのは失礼なことだ。が、この人は気にしないだろう、となぜか思った。

見れば見るほど、おかしな顔だった。

性別がわからない。なんとなく男なのだと思っていたが、まじまじと見て考えてみたらどっちともいえない。女の人なのかもしれない。

年齢も、わからない。見当がつかない。雰囲気は相当な歳、なのだが、じっと見ていると顔にあったはずの皺《しわ》がいつのまにかなくなっている。目の下のたるみも、見ている間に膨らんで消えてしまう。だがゆっくり瞬きしてからもう一度見ると、また皺やたるみ、シミがあらわれる。八十代だと言われても三十代ですと言われても納得できるだろう。

特徴的なのは、とにかく大きな目。だが黒目より白目のほうが圧倒的に面積が広いので、目に表情がない。まぶたもどこにあるのか、皿のように見開かれた目の縁にはまつ毛の影がちらちらするだけ。その目を見つめていると、なぜか黒々とした渦潮《うずしお》を想起する。うねる波がぐるぐると中心に向かって落ち込んで、そこに頭から吸い込まれてしまう気がするのだ。鼻は小さくてあるのかないのか、印象に残らない。口もただ横線が一本引かれているだけのように見える。唇はどこ？

顔のすべてが目のようだ。そしてその目は、まったく瞬きしないのだ。

最初にそう感じたように、忍者ハットリくん、という漫画のキャラクターがいちばん似ているのだが、子供の頃にアニメで観たハットリくんはもっと生き生きしていて可愛かった。目の前のハットリくんもどきには、活力というものがない。生きているのかどうかもはっきりしない。そう、この顔は、ハットリくんではなくてハットリくんの「お面」だ。

からだは小さい。とてもとても小さい。一瞬、妖精……いや、妖怪か何かのように見えた。その小さなからだを丸めて、木製の丸椅子の上に座っている。座ったまま、こちらを見ていた。

「あの」

由紀子は喉から声を絞り出した。その店主のある種異様な風体を見つめていると、自分が木製の人形か何かになってしまったような気がした。

「こんにちは」

「はい、こんにちは」店主の顔には相変わらず表情がない。「いらっしゃい」

とってつけたように言う。

「あの……今日は買い物ではないんです」

「うちは店です。買い物しないなら用はないでしょう」

「……すみません、あの」

「何か買いなさい」店主は抑揚《よくよう》のない声で言った。「うちは店ですよ」

「はい」

由紀子はあたりを見回し、小さなガラスの一輪挿しを手にとった。

「あの、ならこれ」

「それはあんたに必要ない」

店主が言い放った。

「必要なものを買いなさい」

「……でも」

「あんたにはバケツがあるだろう。花はあれに活《い》ければいいんだ」

「……そうですね、はい。それなら……これください」

今度はその近くにあったグラスを手にした。ウィスキーか何かを入れるものなのだろうか、あまり背の高くない、底の広いグラスだ。淡い緑色をしている。

「琉球ガラス」

店主は言った。

「千五百円」

由紀子はホッとして財布から千円札を二枚取り出し、店主に渡した。ばか高いものを売りつけられなくて良かった。

店主は緑色のグラスを新聞紙でくるくるとくるみ、ビニールの袋に入れて五百円玉一つと共に手渡してくれた。

「では、さようなら」

「いえ、あの」

店主が無表情に言う。

「買い物は終わった。ここは店ですよ。さようなら」

「話を聞いていただきたいんです！」

由紀子は叫ぶように言った。

「お願いします。わたしの話を聞いてください」

「まるでわからない。どうしてわたしがあんたの話を聞かなくてはならないのだね」

「……すみません、でも……あなたにはわたしのことが……わかっていらっしゃるような気がして」

「気のせいです。わかっていません」

「でも、今もそうですよね！　今も、わたしがこのあいだ買ったコークスバケツを花いれに使っていることがわかっていた！」

「ふん」店主は、どこにあるのかわからない鼻をならした。「たまたまさ」

「いいえ、そうじゃないわ。あなたはわかっていた。初めてわたしがこの店に入った時にあなたは言いましたよね。あんたが欲しいものはここにはないよ。あんたは何も買いたくなんかないんだ、って」

「ひやかしかどうかは顔見ればわかる」

「いいえ、いいえ！」

由紀子は叫んだ。

「あの時わたしは、何か買いたかったの。買い物がしたかったんです。とても……とてもイライラしていて、お金をつかいたかった。でもこの店に入ったとたん、ここにはわたしの欲しいものがない、と思った。そしたらあなたが、ズバリとそう指摘したんです！　それでわたし、あなたのことがとても気になって。……二度目にここに来た時、今度はあなたがあのコークスバケツを指さした。あんたが買いたいものはあれだ。仕入れておいたよ、って。そしてあのコークスバケツを一目見てわかったの。そうよ、これこそがわたしが買いたかったものだ、って！　あなたには何もかもわかっている、わかっているんです！」

由紀子は顔を覆った。嗚咽《おえつ》が漏れた。

「わたしは……どうしたらいいのか……何がしたいのか、わからない。なぜわたしはこんなに……イライラしているんでしょうか」

「なんでそんなことがわたしにわかるんだい？　あんたのことはあんたがいちばんよく知っているはずだし、あんた以外の誰もあんたのことなんか知っちゃいない。他人に自分をわかってもらおう、知ってもらおうなんてのは、まったくもって迷惑千万。自分のことは自分で知ってわかってりゃそれで充分さ」

「でも、あなたは違う」

「何がどう違う？」

「あなたは特別です。わたし、それを感じています。あなたはいったい……何なんですか？」

「何、とはどういう意味だい。失礼だね」

店主は歯を剝《む》き出すような表情をした。

「わたしはこの店の主《あるじ》だよ。見ての通りだ」

「いつからですか？」

由紀子は訊いた。

「いつからこのお店、ここでやってらっしゃるんですか？　わたし、何度も何度も考えて、思い出そうとしてみました。確かにこの店のある通りは普段わたしが使う道じゃない。でも、たまに気分転換に違う道で通勤することはあったし、休日に散歩することもありました。そしてこんなところに古道具のお店があるなんて、一度も気づいたことがありません。もうこの町で暮らして六、七年になるのに。そう、わたしがこの店に最初に入る前、最後にこの道を通ったのは確か、十日ほど前です。その三日くらいあとに、わたしは初めてこのお店に気づいた。つまり、ここはまだ開店して一週間にしかならないはずです。それなのに看板もお店の内部も古びているし、並べてある物には埃《ほこり》がたまっていたり、日に焼けて傷んでいたりする。こんなこと、変です」

「あんたの注意力が足りないだけだ。ここはずっと昔からやってるよ。あんたが気づくよりずっとずっと前からね」

「そんなこと、有り得ない！」

「どうしてそう、何もかも決めつけてしまうんだね？　自分が気づかなかったから存在していなかった、と断定するなんてずいぶんと傲慢《ごうまん》じゃないか。それに古道具屋ってのはわざと店を古ぼけたイメージにするもんなんだ。商品の日焼けや傷みはここに並べられる以前についたものだし、商品の埃なんてのは三日もハタキをかけないでおけばそのくらい積もる。なにしろこのあたりの道路は工事ばっかりやってるからね、毎日すごい土埃が店の中に入り込んで来る。その程度のことで、この店がここにはなかったと言い張るなんて笑わせる。いいかい、この店は、ここにある。そしてずっと前から、ここにあった」

「だとしても、あなたはやっぱり……ただの人間じゃないわ。わたしにはわかるのよ。あなただって……わたしにはわかる、ということ、知ってるんでしょう？」

「意味がわからないね。あんた、あたまは大丈夫なのかい」

店主は笑った。と言っても表情そのものは変わらない。ただ口のようなところから、ハッハッとしゃがれた声が漏れたので、笑ったのだとわかっただけだ。

「どんな妄想にとりつかれているのだか知らないが、ここはただの古道具屋でわたしはただの古道具屋の店主だ。それ以上でも以下でもないね」

「それなら……ここでは、何を売っているんですか」

「見たらわかるだろう」

「いいえ、そうじゃなくて……あなたが客に売るものの、本質は何かという意味です」

「本質？」

「はい。あなたはわたしに、コークスバケツを売りました」

「あんたが買いたがったんだ。無理に売りつけたわけじゃない」

「そのコークスバケツには把手《とって》がない。持つことのできないバケツです」

「抱えりゃいいだろ。さもなきゃ把手ぐらい自分でつけな」

「いいえ、つけません。というか、あのバケツに把手はつけてはいけないんです。あれは、持つことができないところに価値のあるバケツです」

「勝手にしな。買ったものをあんたが何に使おうとこっちの知ったことかい」

「わたしは、あのバケツに花を飾って部屋の真ん中に置きたかったんです。バケツを見た瞬間に、そのことをあたまにイメージしました。でもそれは、わたしの願望の象徴でした。わたしは……自分が真ん中にいたい。真ん中で咲きたかった。わたしの人生でわたしは主役ではない。時に流され人に流されて、本当にしたいことは何ひとつできていない。だからわたしは、部屋の真ん中にたくさん花を飾りたかった。そうです、虚栄心と欲望。見栄。

わたしはそれを、持てないバケツ、に入れて飾った。でもわたしにはわかっています。わたしはそれを持つことができない。眺めているだけ。わたしはわたしの人生の真ん中に立つことができないんです……無理してそれを持とうとしたら、わたしはきっと破滅する」

「ただの妄想。思い込み。錯覚。何にしてもわたしとは無関係だ」

「いいえ、あなたにはわたしの願望がわかっていました。わたしの心を見抜いていた。わたしは今、自分で自分を殺したいほど嫌いになりかけています。あなたしか……わたしを救ってくださる方はいない、そう思った」

「救われたいのかい？　本当に？」

そう言った店主の大きな目が、一瞬、暗く輝いた気がした。

「やれやれ。あんたは大丈夫だと思ったんだがね」

「……大丈夫？」

「あんたは自分の正体に気づいていた。だから大丈夫だと思ったのさ。あんたが欲しがるものを売ってやってもね。他の連中はたいてい、自分の正体に気づいていないんだ。だからそれを気づかせてやるように、ふさわしい物を選んでやる。まったくめんどうな作業だよ。どうして人間ってやつは、自分の実態と自己評価の間に距離があるのかね。たいていは自分が何者であるかについて、つまらぬ勘違いをしている」

「わたしは……わたしの感じていることとわたしの実態とは、距離がないんですね？」

「まあね、そう差はないね。だが別に、だから偉いってわけじゃないよ。単にあんたは、自分を好きになる努力を放棄しているに過ぎないからね」

「好きになりたい」

由紀子は、絞り出すように言った。

「もう……もううんざりなんです。自分なんか生まれて来ないほうが良かったたって思いながら毎日を過ごすのが、もう。どうやったら自分を好きになれるのか……自分を愛することができるようになるのか……どうか教えてください」

「いや、あんたは充分、自分を愛しているさ」

店主はまた、ハッハッと笑った。

「本当に自分が嫌いなら、さっさと自殺してるだろ」

「死にたいと思っています」

「だが死なない」

「勇気がないんです」

「いいや、死にたくないんだ。別にいいじゃないか、死にたいなんて馬鹿の考えること。死にたくないというのは、正しいんだよ、人として」

「でも……自分のことは嫌いです」

「どこが嫌いなんだい」

「……嘘つきで……人を平気で裏切れる」

「男を二股かけてることを言ってるのかい？　そんなの気にするようなことじゃない」

「でも」

由紀子は息を一度呑み込んでから言った。

「どちらも……愛していません。わかっているんです。わたしは彼ら二人とも、愛していません」

「なのに別れない」

「はい」

「なぜだ」

店主は人さし指を由紀子に突きつけた。

「なぜ別れない」

由紀子は深呼吸した。そして言った。

「苦しめたいの」

「誰を」

「二人を」

「なぜ」

「……わかりません」

「いや、わかっているだろ」

「……はい」

「言ってごらん」

「嫌です」

「口にしな。口にしてしまわないと、それは形を持たないよ」

「わたしは……男の人が嫌いです」

店主が、ぱん、と手を打ち合わせた。

「やっと口にしたね。わかっていたろう、あんたが人生の真ん中に立てないのは、それを口にしなかったからだ」

「……はい」

「しかしあんたは性質《たち》が悪い。何もかもあんたのせいなのに、それを知っていて他人を憎む。不幸になれと願う」

「……はい。そうだったのかも知れません」

「バケツを抱えても破滅なんかしやしないよ。ただ花の入ったバケツを抱えて、また行き場をなくしてうろうろするだけだ。それがおまえの人生なんだ」

由紀子は、その場に両膝をついた。溢れて来る涙を拭う気にもなれず、ただ流れるままにまかせていた。

「……好きになる時の衝動は、本物だと信じていました。ちゃんと初恋もしたし、これまでつき合った人全部、自分から好きになっていたはずです。なのに……やがて気づくんです。ああ、わたしはこの人を好きじゃない。愛していない。それの繰り返しです。でももし女の人が好きだったら、それはそれで良かった。無理に男の人とつき合ったりしないで、女の人と交際できる環境を探したと思います。でもそれも違ってました。これまで一度も、女の人に性欲を感じたことはありません。たぶんわたしは、レズビアン・ゲイではありません。それでももしかしたら、まだ本気で好きになれる女性に出逢っていないだけかもしれないって、そういうお店に通ったこともあります。ネットで相手を探したことも。……セックスも試してみました。何も感じなかったし……もう一度したいとも思わなかった。それでわかったんです。わたしは、男の人にも女の人にも愛を感じない。好きだと思わない。誰かを愛する能力を、初めから持っていなかったんだ、って」

「そこまでわかってるなら、別に悩むことはないだろ。誰も好きにならずに生きていけばいいだけの話だ」

「怖くなるんです。……このまま一生、本当に誰も愛することなく生きていくのかと考えたら怖くて怖くて……」

「さっぱりわからないね。それのどこが怖いんだい」

店主は、カカカ、と聞こえる音を喉から発した。

「あんたは自分が寂しさから逃れる為に、他人を犠牲にする。そういう人間だ。そんな人間に怖いものなどあるもんか」

4

由紀子は呆然としていた。

店主の言葉が由紀子の心をえぐり、その傷口の奥に、ある種の爽快さがあることに由紀子は気付いていた。

すっきり、している。わたし、すっきりしてる。

わたしはそういう人間なのだ。自分のことしか考えていない。自分のことしか愛せない。でも……それのなにが……なにが悪い？

「わたしは……誰かを愛したいんです、でも」

「魚は空を飛べない。蟬《せみ》は海を泳げない。できないことをしたいと望んでも不満が募るだけだ。誰も愛したりしなくたって、生きていくのに困ることなどないだろう。今のおまえのように、愛しているふりをすればいいだけのこと。ひとついいことを教えてやろう」

店主は、唇を歪めて奇妙な笑顔をつくった。

「この世の中には、おまえのような人間はいくらでもいる。本当は誰も愛していない、愛することなどできないのに、愛しているふりをし続けてのうのうと生きている。おまえもそうすればいいんだよ。これまでそうして来たように。なぜ今さら疑問など抱く？　おまえの抱えているバケツには把手がない。おまえは本来、それを持つことができないんだ。でも抱えてしまえば誰も気づかない。そのバケツには把手がないってことに。それでいいんだ。おまえはそのバケツに花を活ける。そうすればもう、誰もそれがバケツだったことなんか忘れてしまう。そうやってごまかすのはおまえの得意技だ。違うかね？　おまえはそれを部屋の真ん中に置いて満足する。誰にも反対などさせない、おまえは自分の意志で、把手のない、持つことのできないバケツに花を活けた。偽りの愛をたくさん詰め込んだ。それはさぞかし綺麗だろうよ。何が不満だ？　何を困っている？　何もかもうまくいっているじゃないか」

店主は目を細めた。それまで動かなかった瞼《まぶた》が不意に動いて、由紀子はドキッとした。

店主はそのまま細い瞼の隙間からじっと由紀子を見ていた。

「変わりたい、とね」

店主は元のように目を見開いて笑った。

「もったいない。実にもったいない。おまえのような人間は、そのましれっと生きていけばいいのに。なぜわざわざ変わる必要があるのか」

由紀子はその問いかけを、自分の心の中で反芻《はんすう》した。

答えはちゃんとあった。ただこれまで、ただの一度も、そこにずっとあった「答え」に気づこうとして来なかった。気づかないふりを続けて来た。

「さびしいんです」

由紀子は言った。絞り出すような声だ、と自分で思った。

店主はしばらく、何も反応しなかった。が、突然、頭を手で覆う仕草をした。

「あああ」

店主が呻《うめ》いた。

「なんてことだ。まったく期待外れだ。まさかおまえからそんな言葉を聞くとは。結局おまえも、他の奴等と同じだったのか」

「ごめんなさい」

なぜ謝るのか自分でもわからないまま、由紀子は謝った。

「ごめんなさい。でも、本音なんです」

「わかってる。わかっているとも。それがおまえの本音、つまりおまえの限界だ。おまえもそのへんの、並の人間と同じだったということだ。わたしの見込み違いだ。まったく時間の無駄だ。ああ、ああ、もういい。もういいからこの店から出て行ってくれ。おまえの顔なんか見ていたくない」

「あの、でも、教えてください。わたしはどうしたら」

「わかっている。わかっているからもう何も言うな。ほら」

店主は、どこから取り出したのか茶色の包みを由紀子に手渡した。

「おまえに必要なのはこれだ。これを買いなさい」

「これは」

「まだ開けるな！　まだその時ではない。わたしの見込み違いのせいでタイムスケジュールが狂ったのだ。とにかく、それを買って帰りなさい。いずれその時が来たら開ければいい。おまえの望みがそれで叶うだろう」

「その時って」

「来ればわかる。その包みを開けざるを得ない時がそのうち来るから。とにかくさっさと金を払って出て行ってくれ」

「あの……おいくらでしょうか」

「九万二千五円」

「……え」

「きゅうまん、にせん、ごえん」

「あ、はい」

そんな大金持ち合わせていない、と言おうとして思い出した。数日前に、歯医者への支払い用に十万円、おろしていた。残りは確か、九万円と……

財布を開けた。そんな気がしていた。一万円札が九枚、千円札が二枚、そして小銭入れのファスナーを開けると、中には五円玉がひとつ。

何もかも、見抜かれている。

すべて知られている。

由紀子は笑い出したい衝動を抑えて、財布の中の金をすべて取り出し、店主に渡した。代わりに、茶色の包みを受け取って。

追い払われるようにして店を出た。胸にしっかりと茶色の包みを抱えて。この包みを開ける時、自分は救われる。なぜかそんな気がしていた。あの店主はわたしの運命を知っているのだ。そしてその運命にぴったりと合った「何か」を売ってくれたのだ。

誰も愛したことがない寂しさは、誰にも愛されない寂しさよりも寂しいのだろうか。それとも、愛されないほうがずっと寂しいのだろうか。

第五話　集合

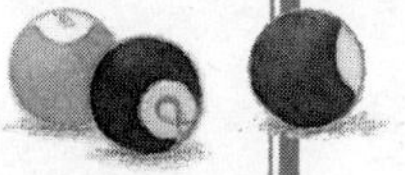

1

これでもう四日。あの人は帰って来ない。

真沙美《まさみ》は、諦めの溜め息をついた。仕方がない。いつものこと。

なぜあんな人のことを、あれほど好きになってしまったのだろう。誠司《せいじ》と恋に落ちた時、真沙美はこれほど人を愛することはもう二度とできない、と感じた。何がなんでも誠司が欲しかった。妻がいると知っていても、自分を抑えることなどできなかったし、するつもりもなかった。なぜ抑える必要があるの？　誠司にふさわしいのは、誠司と生涯を添い遂げるのは、あたし。あたししかいない。妻なんて、ただちょっと早く誠司と出逢っただけのことじゃないの。それで間違えて結婚してしまった。そう、間違いよ、間違い。だからこのままだと二人とも幸せにはなれないのよ。あたしが誠司と再婚する。そうすれば誠司の妻も、間違いを正して幸せになれるじゃない。

本気で、大まじめにそう思ったのだ。自分は不倫して他人の夫を奪い取るわけじゃない。ただ、あるべき正しい方向に三人の人生を軌道修正させるだけ。

まあ確かに、ね、と真沙美はひとり笑いした。誠司の元妻は、誠司と別れることができて人生の軌道修正に成功したわけよね。

風の噂、というか、いらぬおせっかいが好きな人たちの噂では、誠司の元妻も今は再婚して、母親になって順調に生活しているらしい。再婚相手も初婚ではないらしいが、経済力があってなかなかのいい男なんだとか。

まったく。あたしに感謝してくれてもいいわよね。

誠司は分不相応に外車を乗り回し、帰宅はいつも深夜。ひとまわりも年下のキャバクラ嬢にいれあげてマンションまで借りてやっている。いったいいくらあの小娘に貢いだことやら。浮気が判った時は大騒ぎになった。家中の物を誠司に投げつけ、泣きわめいた。だが結局、何も変わらなかった。誠司には倫理観がないのだ。浮気すること自体、なんで悪いんだ俺の勝手だろう、という理屈を平然と唱える。

要するに、因果応報なのだろう。不倫して略奪した男は、必ず他の女と不倫する。

年収は八桁に届く夫が、毎月家計には十万もいれてくれません、なんて、誰に言っても信じてもらえない。どうしてそんなひどいことができるのか、誠司の頭の中はどうなっているんだろう。

それにしても、誠司とは、親もよく付けたもんだわ。誠を司る？　笑わせてくれるわよ、まったく。

とにかく記録だけは正確につけておかないと。

真沙美は、家計簿に細かな数字を書き込んだ。誠司が家計に入れてくれた金は、一円の単位まで管理してやる。そして離婚調停ではこの家計簿をつき出して、誠司が夫としての義務を果たしていない、と証明するのだ。

問題は、いつ切り出すか、よね。

あの車、勝手に売り払うこと、できないかしら。あるいは誠司を保証人にしてどこからか、どかんと借金してやるとか。

いろいろ妄想はするものの、実行する勇気がない。結局、足りない分は自分の貯金で埋めて、いつか復讐してやる日を夢みて、ちまちまと赤字の家計簿をつけるだけ。

離婚しなければ人生が開けない、とわかっていても、いざとなると躊躇してしまう。

まだ未練がある?

まさか。

でも。

「おはなし」

拓也《たくや》が絵本をつき出した。

「おはなし」

言葉の遅い子だ。男の子は一般に言葉が遅いらしい。さほど心配はしていないけれど、マンションの公園で他の子と遊んでいる時、つい比べてしまって焦る気持ちになったりもする。

離婚して、この子をひとりで育てられるのだろうか。今の誠司の態度からして、養育費を毎月きちんと振り込んでくれることは期待できない。まとめてふんだくってやるしかないが、そんなに簡単にはいかないだろう。

真沙美は、自分に自信がなかった。子育てをしながら家賃や生活費を稼げるだけ働く自信が。OL時代にも、働いて稼ぐことに対しては意欲が強かったほうではない。結婚したら専業主婦になるつもりでいた。だからこそ、結婚相手は慎重に選ぶ必要があった。

そうよ。確かに熱病みたいな恋はした。でも結婚相手としても慎重には考えたのよ、ちゃんと。

誠司の年収は魅力だったし、それだけあれば楽々専業主婦ができたはず。

どんなに慎重に選んだって、人間の本性なんかそう簡単には判らないのだ。

「おはなし」

拓也がしつこく言う。言葉は遅いが、絵本を読み聞かせるととても熱心に聴いている。理解しているのかどうかはわからないけれど、物語が好き、というのは悪いことではないだろう。少なくとも、拓也はバカじゃない。そう思いたい。

「はいはい」

真沙美は拓也を抱き寄せ、膝の上に座らせた。いつもの絵本。もう何十回も読んだ本。

新しい本を買ってあげたい。でも、絵本って高いのよね。そうだ、今度の日曜日、隣り町の幼稚園のバザーに行ってみよう。幼稚園のバザーなら、絵本が安く手に入る。

口が憶えている文章を呪文でも唱えるように読んだ。セリフは大袈裟に抑揚をつけ、テレビアニメの声優になった気分で。拓也がきゃっきゃっとはしゃぐ。可愛い。子供って可愛い。


そう言えば。真沙美は、いつのまにか眠ってしまった拓也をそっとベッドに横たえ、自分も隣りに寝転がった。

遠い昔。どのくらい昔だったのか思い出せないくらい、昔だ。

大好きな絵本があった。不思議な絵本だった。いや、物語は憶えていないのだ。どんなお話だったのか。挿絵も記憶にない。だが、その絵本の不思議さだけは、よく憶えている。

その絵本は、絵と文字とがさかさまになっていた。文字が正しく読める方向から見ると、絵は上下がひっくり返って付いていたのだ。

その絵本を真ん中に置いて、誰かが文字を読んでくれていた。そして真沙美はその人と頭をくっつけるようにして逆さまに腹ばいになり、絵を眺めていた。

あんな本、どこに売っていたのだろう。

絵と文字がさかさまに付いている絵本なんて、他に見たことがない。誰に話しても、子供の頃の記憶だからいい加減なんだ、と言われる。記憶違いだと。

脳は、とても嘘つきらしい。はっきりと「憶えている」ことに限って、実は脳が捏造した偽の記憶だったりするのだそうだ。

真沙美は、あの「さかさま絵本」も、自分の脳がでっちあげた幻なのだろうか、と思った。だがどうしてもそうは思えないのだ。

自分は確かに、さかさまの絵本を見ていた。誰かとおでこをくっつけて。

誰と？


母親のはずはない。真沙美の母親は、子供に絵本を読み聞かせてやるような人ではなかった。

とても美しい人だったけれど、子供を産んではいけない人だった。

彼女は自分の娘にまったく関心がなかったのだ。産みっぱなし。父親は最初からいなかった。真沙美は父親の顔も名前も、何も知らない。

真沙美を育ててくれたのは、母親の妹、叔母の麻美《あさみ》。麻美は真沙美の家から高校に通っていた。母たち姉妹の両親は離婚した時、二人の娘を分け合った。姉の尚美《なおみ》は父親、麻美は母親の下で育った。だが尚美が女子大を卒業した年に、両親はそれぞれ再婚した。尚美はそのまま独立し、麻美も新しい父親と暮らすことを拒否して尚美のところに転がりこんだ。

経済的には何の問題もなかったらしい。麻美の学費や生活費は父親、つまり真沙美の祖父がちゃんと払ってくれていたらしいし、尚美は学業成績も良く美貌も持ち合わせていたので、一流企業の秘書課に就職して、いいお給料をもらっていた。

その頃のことは、麻美から聞いたことがある。なんとも羨《うらや》ましい、夢のような生活だ。高校生なのに親に束縛されず、気前のいい姉と楽しく暮らして。一九八〇年代、世の中はいつのまにか騒々しい時代に突入していたらしい。

そして、真沙美の母・尚美は、突然会社を辞めて出産したのだ。

麻美叔母は口が堅かった。いくら訊いてもその時の事情は教えてくれなかった。だが、おおよその想像はついた。母には援助してくれるパトロンがいた。何しろそれから真沙美の記憶にある限りずっと、尚美はほとんど働かずに遊び暮らしていたのだから。

ある朝、身勝手で派手で遊び好きで、娘のことは着せ替え人形としか思っていなかった美しい母・尚美は、呆気なく死んだ。いや、死んだのは夜だった。ただ真沙美が遺体を見つけたのが朝だったのだ。冷たくなってしまった湯船につかったままで、尚美はとても気持ち良さそうに死んでいた。最期まで、享楽的な人だった。入浴中に心臓発作で亡くなる人は案外多いんですよ、と、解剖されてから戻って来た遺体につきそっていた警察官が言った。自宅で死んでも変死として解剖されるだなんて、真沙美はその時まで知らなかった。

なんにしても、絵本を読んでくれたのは母親ではなかったと思う。でも麻美でもない気がするのだ。あれは……ほんとに誰だったんだろう。

麻美に訊いてみたことがあるけれど、そんな絵本は知らない、見た記憶がないと言われてしまった。

麻美は女子大を出るまで真沙美たちと暮らしていた。真沙美にひらがなを教えてくれたのは麻美だった。ひらがなをおぼえてからは、自分で絵本を読んだ。だからあの「さかさまの絵本」が家にあったのは、まだ麻美がいた頃。なのにどうして麻美は、あの本を見たことがないのだろう。

麻美叔母さん。

今ごろどうしているのかしら。

占い師だの投資詐欺だの、どうしてあんなことになっちゃったんだろう。そんなことのできる人じゃなかったのに。

もっとも、女子大を出てからの麻美については、真沙美はほとんど何も知らない。高校卒業間近で母親が急死した時、葬儀で顔を見たのが最後だった。また一緒に暮らしてもいいわよ、と言ってくれた。真沙美は本当はそれを望んでいたのだ。が、焼き場から遺骨を抱えて自宅に戻った時、見知らぬ男性が麻美を迎えに来ていたのを見てしまった。それで、一人でなんとかやってみるから、と返事をした。

電話が鳴った。壁にかかった時計を見る。午後九時半。誰だろう？

「もしもし？」

『工藤真沙美さんですか』

「……工藤は旧姓ですが、そうです。あの、どちら様ですか？」

『夜分に申し訳ありません。工藤真沙美さん、まは真実の真、さはさんずいに少ない、それに美しいで真沙美、さんですね？』

「そうですけど……中山《なかやま》です。中山真沙美です、今は」

『中山さん。中山さんは、以前に絵本を出版されたことがありますよね？』

「……絵本？　あの、人違いだと思いますけど。本なんか出したことありません」

『昭和五十七年のことですが』

「ちょっと」

真沙美は思わず笑った。

「昭和五十七年って……えっと、一九八二年？　わたし、まだ小さくて絵本を出すどころか、一人で読めたかどうかもわからない頃ですよ」

『……大変失礼いたしました。そうですか……人違いですね』

「だと思いますけど」

『わかりました。お騒がせしました』

電話は切れた。

いったいなんなのよ。

名前の字まで確認してた。真沙美。そんなに珍しい字でもないし。工藤真沙美なんて、同姓同名がいてもちっとも不思議じゃない。

どこかの工藤真沙美が、一九八二年に絵本を出した。ふうん。それで？

あたしじゃないことだけは確かなんだから、関係ない。


……あれ？

今なにか……何かがちらっと頭をよぎった。何か……思い出せないけど……名前……絵本……なんだろう？

2

「やはり、この人も人違いのようですね」

信也《のぶや》が言うと、仙崎秀《せんざきしゅう》は首を傾げた。

「そうですか？　でも……工藤真沙美、この真沙美という字はあまり見ない気がするんですが」

「いやまあ、そうでもないんじゃないですか。とにかく、今電話に出た女性は昭和五十七年にはまだ幼児だったようですから、その本は書けないですよ。

とりあえず、この本についてはわたしの方でもう少し調べます。で、先ほどいただいた原稿のことなんですが
「どうですか、冒頭、あんな感じで」

「すごくいいです。真崎《まさき》先生が苦学生だった頃の町の情景が特にいい。バブル景気が本格的に始まる前夜、郊外の古い街道町、畑の中に建つ弁当工場。あの頃の日本って、そういう国だったなあ、としみじみ思わせてくれます。小説にとりつかれて作家を目指す青年と、シングルマザーの年上の女性。工場に入った泥棒。日常の謎を解くほのぼのとしたミステリーと思わせておいて、次第に青年が落ちていく暗黒の予感。それにしても、古道具屋の描写は面白いですね。忍者ハットリくん、か」

「実際、そっくりだったんですよ、僕が本とエプロンを買ったその店の店主は。ここまでのところ、フィクションはほとんどないんです。ほぼ実話です」

「しかし……その本はあなたと奥様を結びつけてくれた。いわば、幸せを連れて来るアイテムだった。でもポケットに穴の開いたエプロンのほうは、悪魔の小道具のように思えます。そのどちらもあなたに売りつけた古道具屋の狙いって、何だったんでしょうか。あ、いや、実際には古道具屋さんに狙いも何もなかったと思いますが、小説にした場合、この古道具屋の店主が何を企んでいたのか、が重要ですよね」

「まだ、自分の中でも迷いがあるんです。小説としては古道具屋を非現実的な存在として描いたほうが面白い。その場合、神として描くのか悪魔として描くのか、大雑把に言えば

その二つだと思うんです」

「主人公の敵なのか味方なのか」

「まあそうです。しかし神が敵になり悪魔が味方となる展開も、小説なら面白いですが」

「いずれにしても、古道具屋の目的が、品物を買った人を応援することなのか、それとも罠にはめようとしているのか、そこですね」

「串田《くしだ》さんはどう思われますか？　あの本は少なくとも僕をいっとき幸せにしてくれました。あの本の謎を妻が解いて、二人は急速に仲良くなった。僕は今でもこの本に感謝しています。妻と結婚できたことが、僕の人生の頂点だったのかもしれない」

「しかし、エプロンは先生の人生を破壊しかけた」

「現実の僕とあのエプロンとの関係は、僕の視点から見ればそうでしたが、第三者の目から見れば当然、エプロンはただのアイテムに過ぎないわけです。問題があったのは僕の精神であって、エプロンはただの、底のぬけたポケットの付いた古着でしかない。僕の心が勝手にあのエプロンを特別なものにしてしまった。エプロンのポケットを叩いたからって小説が書けるわけないし、ましてやそれで売れることなんかあり得ない。冷静に考えれば、僕の妄想だったとわかります」

　秀は、首を傾げるような仕草をした。

「……僕があのエプロンを、何か超自然的なものだと考えているかと言われたら、それはノーなんですよ。あれはただの古着でした。その点は、そう思っています。でも、あれを叩いて仕事が順調になり、金が入って来て、僕と妻の生活が激変し、流されてしまったのは妄想ではない。事実なんです。つまり、僕が言いたいのはですね、笑われるかもしれないんですが……あの古道具屋は、僕を試したのではないか、と」

「試した」

「そうです。僕は……大変な高望みをしていた。自分の能力を超えた望みを抱く、欲張りだった」

「欲張りですか。しかし当時、先生が望んでおられたのはただ、ご家族との楽しい生活と、ご自分の書きたいものを書いて、それで小説家として生活できるだけの収入、それだけだったんじゃ」

「そうです、まさに、それだけでした。それだけなんて軽く思ってました。しかし串田さんも文芸編集をされていたわけですからおわかりでしょう。小説とは、そんなに簡単なものでしょうか。生活できるだけ稼げればいい、という感覚で書いて、それで通用するものなんでしょうか。少なくとも、自分が書きたいものがそれで書けるものなのでしょうか」

「……書きたいものがどんなものか、にもよるとは思いますが……」

「僕が書きたかったものは、読み手の心を動揺させるような小説です。読み手が長く心にとどめて、折りに触れて思い返すような小説です。その中の一場面やセリフの一つが、いつまでも読み手の心の中で居場所を確保出来るような、そんな小説です。僕は……自分の小説で、読み手の心に小さなひっかき傷が作れたら、そんなふうに思ってます。それは決して、ひどい痛みを伴う傷でもないし、命にかかわる傷でもない。ただの、一本の細い筋のようなものです。しかしそれは、治る時にかすかなかゆみを伴う。読み手はそのかゆみを記憶にとどめる。その記憶は決して消えない。真崎秀、というペンネームを見るたびに、読み手はそのかゆみを思い出す。……それが僕の理想とする、僕が書きたい小説、なんです。そのかゆみはその人の人生のアクセントとなり、心が退屈した時には想い出として甦ることが出来る」

「なるほど。その感覚、確かにわかります。真崎秀の作品は、そういったものです」

「しかし、そんな小説を書いていて、それが生活できる程度に売れて、家庭が明るく楽しく、悩みもなく穏やかで……そんなことがゆるされるものなんでしょうか」

「ゆるされるって、いや、作品と作家の生活とは別のものでしょう」

「本当にそうですか？　そう言い切れますか？　読み手の心に小さなひっかき傷を作るような小説は、書き手の心を大きくひっかくものだとは思いませんか？　僕は自分は安全なところから、読み手を傷つけようとしていた。しかし小説ってそんなもんじゃない。そんな簡単なものではないんです。言葉の力、文字の力は、時としてその人の精神を破壊することだってある。僕が小さなひっかき傷だと思っていたものが、読み手にとって非常に大きな傷になる可能性だってあった。どんな小さなひっかき傷でも、膿めば命にかかわることだってあるわけです。僕は……小説の力をナメてました」

「つまり、先生はご自分が書いた小説によって、心を破壊されたのだと？」

「破壊したのは僕自身です。どんな小説を書いたって僕は僕、それまで通りの自分でいられるんだ、という不遜な思い上がりが、家族を不幸にしてしまった。自分の書きたい小説を書いてそれが売れて生活が成り立つ。そのことだけでも、もしかすると奇跡に近いことなのかもしれない。なのにその上僕は、穏やかな家庭の幸福まで願った。小説という魔物に、穏やかな幸福を生み出せと命じたんです。魔物がほいほいと僕の願いを聞き届けるわけがない。僕は……金が入って来るから仕事をしたんじゃない。あんなに死に物狂いで書き続けたのは……自分の小説の中毒患者になっていたからなんです」

「自分の小説の……中毒」

秀は、唇を歪めた。何かもっとたくさんの言葉で表現したいのに、それが見つからない、そんな印象を受けた。だが信也には、それで充分だった。信也は理解した。この男、仙崎秀が初めてではない。過去に何人も、自分の小説の中毒患者になってしまった作家を目にして来た。彼らは笑いながら、幸福そうに笑いながら猛然と書いた。書いたものが売れることもあればまったく売れないこともあったが、彼らはおそらくさほど気にしていなかっただろう。生きていかれるだけの金が入れば、あとはもうどうでもよかったのだろう。ただただ、機嫌よく、書き続けた。少しお休みになれば、と勧めても、体調はいい、大丈夫と答えて。それは確かに、中毒なのだ。覚せい剤にとりこまれてしまった者のように、自分が思うような小説が書けている幸福感で疲労は感じない。書いて、書いて書いて、書き続けて……そしてある時突然、終わりが来る。

ある作家は、息抜きをすると言って山に入ったまま戻らなかった。ある作家は、部屋のドアで首を吊った。ある作家は倒れてそのまま還らぬ人となった。ある作家は不意に書くことをやめ、酒びたりになった。

「あの古道具屋は、僕の甘さに、思い上がりに気づいて、底なしのポケットのついたエプロンを僕の家庭におくりこんだんです。おまえの望みとは、底なしのポケットのようなものなのだよ、と。いや、小説を書くことが、つまり、底なしのポケットなのかもしれない」

「たどってみます。本を買った時に店のあった場所、エプロンを買った時にあった場所を教えてください。わたしもぜひ、逢ってみたい」

手がかりはもう一つあった。由紀子《ゆきこ》だ。由紀子が確か、馬鹿げたバケツを買った古道具屋にも、忍者ハットリくんにそっくりの店員がいたとか言っていた。むろん偶然ということはある。そもそも忍者ハットリくんの顔は、童顔の日本人男性ならば少しは似ているだろう。だが、どっちにしても雲をつかむような話なのだから、調べてみる価値はある。

＊

「おや」

奇妙に大きく見開かれた、表情のない目をこちらに向けて、古道具屋の主は肩を一度すくめた。

「やっと来たのか」

「俺を知ってるのか」

信也が言うと、主は声を出さずに口を開けて笑った。

「わたしが知らない者などこの世には存在しないよ」

「おまえはすべての人間を知っているのか」

「いいや。すべての人間、なんかに興味はないね。わたしが知っているのは、わたしの言葉に耳を傾ける人間だけだ」

「その理屈なら、すべての人間があんたの言葉に耳を傾けるってことになるな」

「そうかね？ どうでもいいことだ。おい、商売の邪魔だから、喋っているだけなら帰ってくれ」

「何か買いたい」

「なんでも好きなものを買えばよかろう」

「選んでくれないか」

「なぜわたしがおまえの買いたいものを選ぶ？ おまえが何を買いたいのかは、誰よりもおまえがいちばんよく知っている。だったらおまえが自分で選べばいいだけの話だ」

信也は、ゆっくりと店内を一周した。何の変哲もない、ガラクタばかり並べた店だ。少しは値のはりそうな美術工芸品もあることはあるが、本物かどうかはわからない。

「たいしたものはないな」

「何がたいしたもので、何がたいしたものでないかは、買う人間が決めることだ。買わない人間が何を言っても、余計なお世話だね」

信也は思わず笑った。

「それは確かにそうだな。さすがに、おまえの言うことには説得力があるよ」

「わたしを、おまえと呼ぶのはやめておくれ。不愉快になる」

「それは失礼。ならば、あんたの名前をちゃんと呼んでやる」

「ほう」

店主がいつのまにか信也のすぐ前に立っていた。その顔をぐっと近づけ、囁くように言う。

「わたしの名前を知っているのか、おまえは」

「ああ」

信也は言った。

「一晩考えて、やっとわかった」

店主は笑った。

「一晩もかかるとは、鈍い男だ」

「そうだな、鈍かったな。もっと早く気づいていてもおかしくなかったんだ。底なしのポケットのついたエプロンの話を聞いた時に、そう気づくべきだった」

信也は言って、半歩下がった。

「あんたの話は何度も読んでいたし、芝居でも見ていたのにな。だがわからないこともあるんだ。文字と絵があべこべに印刷された本、あれはどんな意味があったんだ？　あんたの仕業にしては、ちょっといい話だったじゃないか」

「物には、使い方というのがあるのだよ」

店主は言った。

「あの本は、必要だったのだ。あの女にはね」

「……女？　男ではなく？」

店主は、ふん、と鼻を鳴らした。

「どうやらおまえはまだ、すべてを理解してはいないようだな。ここに来るのはちょっと勇み足だったのではないかね？　もう一度チャンスをやるから、出直して来たらどうだ」

「出直す必要はない。あんたの名前は間違っていないはずだ」

「やり直しはできんぞ」

店主がまた、声をたてずに口だけ開けて笑った。

「その名を口にしたら、おまえはわたしと勝負せねばならぬ」

「そのつもりで来たんだ。覚悟はできている」

「そうかい」

店主はうなずいた。

「ならば聞こう。わたしの名は、なんというのだ」

「あんたの名前は」

信也は、両脇に垂らした手の先で、拳に力を入れた。

「メフィストフェレスだ」

店主が大きく口を開けて笑った。今度は声が聞こえた。

乾いて不気味な哄笑《こうしょう》が、信也の脳裏に響き渡った。


うわあああ……

信也は絶叫して目覚めた。のどがカラカラに乾いていた。

3

「まあまあ、信じられない。真沙美ちゃんが訪ねてくれるなんて！」

「すみません、ご無沙汰しちゃって」

「とんでもない。こうして訪ねて来てくれただけで嬉しいわ。……まあ本当に可愛いわねえ、拓也くん？　お母さんにそっくりね」

「似てますか」

真沙美は拓也を、義理の祖母である久子《ひさこ》の手に渡した。

久子は祖父の再婚相手だ。真沙美の母親の尚美は、この人と暮らすのを嫌がって叔母と共に暮らした。けれど、良く言えばおおらか、別の言い方をすれば無頓着な尚美だったので、麻美を頼ることができない時には、真沙美を連れて実家にやって来ては、久子に真沙美を預けていた。

久子は祖父より二十以上も年下で、母の尚美がこの人を母親とは呼べなかった心情は理解できる。

だが、久子のことは嫌いではなかった。上品な物腰で喋り方も静かでしとやか、母の尚美とは対照的な女性だった。踊りを教えているとかで、記憶では、いつも着物を着ていた。尚美は滅多に着物を着なかったので、久子の着物姿がとても珍しく、楽しみだった。

もう還暦が近いくらいか、久子も歳をとった。けれど、上等の大島紬を粋に着こなして軽く化粧をして身綺麗な様子の久子に死角はない。

「拓也がお着物を汚してしまいます」

「あら、いいのよそんなこと気にしないで。拓也くん、こっち来てちょうだい。ひいおばあちゃまに抱っこさせて」

この人もたいがい、おおらかというか、能天気な人だ、と真沙美は思う。拓也とは血の繋がりなど一切ない、なのに還暦そこそこで自分を「ひいおばあちゃん」と言い切ってにこにこしているなんて。

「コーヒーのほうがよかった？」

紅茶とロールケーキを並べながら、久子が言う。

「遠慮なく言ってね、すぐいれるから。拓也くんはこれ飲む？　それともこっちがいいかしら。甘いのはだめなら、麦茶もあるけど」

拓也は盆の上に置かれたバナナ牛乳とオレンジジュース、二つの紙パックに迷ってから、バナナ牛乳に手を伸ばした。子供などいない家なのに、どうしてバナナ牛乳なんておいてあるのかしら。案外、甘い飲み物を久子自身が好むのかもしれない。

祖父が亡くなってもう十年以上になる。未亡人というには若い久子がこの十数年、どうやって寂しさをまぎらわせながら生きて来たのか、真沙美は少しだけ、興味を感じた。

「で、今日はどうなさったの？」

「ええ……ちょっと久子さんに訊きたいことがあって」

「あら、何かしら」

「わたし、小さい頃時々、ここに預けられましたよね。母は遊び好きで、友達と旅行とか多くて」

「まあ、そうだったわね。尚美さんはとっても綺麗なひとだったから、友達もたくさんいたみたいだし。華やかで……あんなに若く亡くなってしまうなんて……」

「母は幸せだったと思います。好きなように生きて、大好きなお風呂に入りながらぽっくりでしたから」

「辛辣《しんらつ》なのね」

「自分に正直に生きてるひとだったから、友達なら楽しかったと思います。でも母親としては、あんまり有り難い存在じゃなかったかな。でもそれはどうでもいいんです、わたしも昔のことをぐちぐち言うつもりはないです。そうじゃなくて、昔わたしがここに預けられていた時に、お気に入りだった絵本のこと、何か憶えていらっしゃらないかな、って」

「お気に入りだった、絵本？」

「はい。とても気に入っていたことだけは憶えているんですけど、どんな物語だったのか、誰が書いた何というタイトルだったのか、思い出せないんです。でもすごく好きなお話だったから、拓也に読み聞かせてあげたいと思って」

「ああ、そういうこと」

「わたしの母は、子供に絵本の読み聞かせをしてくれるようなタイプじゃなかったですし、叔母が読み聞かせてくれていたとしたら、その本はうちにあったはずなんです。でも思い当たるものはなくて」

「読み聞かせてもらったことは確かなの？　自分で読んだのではなくて」

「ええ。その本、とっても変な本だったものですから」

「……変？」

「文章と挿絵が、互いに天地が逆になっていたんです」

「天地が逆って、印刷されている方向がさかさま、ってこと？」

真沙美はうなずいた。

「わたしが腹這いでその挿絵を見ていると、誰だかわからないけれどその絵本を読んでくれている人の頭が、わたしの目の先にあった、その記憶があるんです」

「あ、なるほど。印刷されている方向が逆だと、上下から二人でその本を読めるわけね。ただし一人は絵、一人は文章のほうだけど。それは面白い本ね、確かに」

「拓也もリビングで腹這いにごろごろするのが好きなので、拓也に読んであげるのに楽しいかな、って。今でも販売されているなら買いたいと思ったんですけど。何か記憶、ありません？」

「そう言われてもねえ……あなたがここに預けられていた間は、もちろんわたしが面倒をみていたのよ」

「はい、それはよく憶えています。公園や遊園地によく連れて行ってくれましたよね」

久子は笑った。

「そうね、いつも出かけてばかりだったわね。わたし、昔も今も本はあまり読まないでしょう、家の中でママゴトの相手をしているよりも、公園で一緒にブランコや滑り台で遊んでいるほうが楽しかったから、あなたが来ると二人で暗くなるまで外で遊んだわね。お夕飯の買い物する時間がなくなっちゃって、二人でこっそりファミリーレストランで食べて帰っちゃったり、ね」

「そうでしたね……おじいちゃんには内緒、って」

「わたしはとっても楽しかったわ。あなたは本当に可愛かったの。今でもお綺麗だけど、あの頃のあなたはお人形さんみたいだった。さすがに美人の尚美さんの娘さんだった。わたしも子供は嫌いじゃなかったけれど、結局授からなかった。あなたのことは、養女にもらえないかと真剣に考えていたくらいよ。でも、さっきも言ったように、わたし自身があまり本を読まない人間だったものだから、あなたに絵本の読み聞かせをした記憶がはっきりとはないの。もちろん一度や二度は読んであげたと思うのよ、あなたの為に絵本も何冊か買って置いてあったから。でも、そんな面白い絵本を見た記憶はないのよ。買ってあった本はどれも、普通の絵本だったわ」

「わたし、子供だったので記憶が曖昧《あいまい》なんですけど、ここに預けられる以外で、わたしがどこかに預けられたとか、誰かに遊んでもらっていたとか、そういうの何か憶えていませんか。母はほんとによく出かける人でしたから、もしかするとここ以外にもわたしのこと押し付けていたかも」

「でも、麻美さんが一緒に住んでらしたでしょう、あの頃。麻美さんもあなたのことはとても可愛がっていたから、たいていは麻美さんがあなたの子守りをしていたと思うのよ。麻美さんには訊いてみた？」

「……連絡がとれなくて」

「あら」

久子は顔をくもらせた。

「……大丈夫なのかしら。また悪い癖が出ていないといいのだけど。またあの、ナントカ紫とかいう変な名前で何かしようとしてたら困るわねぇ。あ、そうそう、ひとつ思い出したことがあるわ。あの頃確か、あなたたちが暮らしていたマンションの近くにね、学童保育所があったのよ。小学校低学年までの子供たちで、ご両親が働きに出ている子が、学校が終わってから夕方まで過ごすところ。地域の子供会の運営だったと思うわ。もしかしたら真沙美さん、あなた、そこに出入りしていたかもしれない」

「でも小学生になっていたなら、絵本は自分で読んだと思うんですけど」

「もっと小さい頃から遊びに行っていたってことはないかしら。地域の自主運営の学童保育所なら、そんなに厳密なものじゃないでしょ。子供が遊びに来たら追い返したりしなかったと思うのだけれど」

「それ、場所わかりますか」

「正確なところは無理ね、でもあなたたちが暮らしていたマンションは今でも建っているでしょうから、行けばどのあたりかはわかると思う。ね、どうせわたしはこの通り、未亡人の一人暮らしで暇なのよ。今から行って、捜してみない？」

久子はわざわざ着物から洋装に着替えてから、拓也の手をひいて嬉しそうに家を出た。

真沙美は、自分と母親と叔母の麻美、三人で暮らしていたマンションの場所は憶えていたが、その周辺にあった学童保育所のことなど、まったく憶えていなかった。

懐かしいと言えば懐かしい、あのマンションのあった町に着いた。私鉄の駅前は記憶にあったものとまるで様子が変わっていて、ファストフードの店がいくつも並び、駅と直結した高層ビルが建っていた。

「発展したのねえ、このあたりも」

久子は物珍しそうに駅前を見回した。

「昔はこんなふうじゃなかったわね」

「この分だと、その学童保育所ももうないかも知れないですね」

「そうねえ……まあとにかく行ってみましょう」

駅からマンションまでは徒歩で十分ほどかかる。途中、道が複雑なところもあるのだが、久子は迷うことなく正しい道順を選んだ。

「久子さん、記憶力いいんですね。わたしのほうがあやしいな。さっきの五叉路《ごさろ》、わたし間違って憶えてた」

「本当は方向音痴なのよ、わたし。だから初めて行く場所の地図をしっかり暗記する癖をつけているの。そのせいで、このあたりの地図も頭の中にあるのよ。ただし、あなたが小さかった頃の地図だけど」

久子は笑った。

「だからあまり役には立たないでしょうけど、さすがに道そのものはあの頃と同じね。新しい道を作れるようなスペースがないものね、このあたり。あ、あの角よ、あれを右に曲がったところに、あなたたちのいたマンションがあるはずね」

確かに、マンションはあった。だが真沙美は首を傾げた。こんなに小さな建物だったかな。

「だいぶくたびれたけれど、変わってはいないわね」

「……変わってない、ですか。なんだか、もっと大きなマンションだったような……」

「それはねえ」

久子は、真沙美の頭を撫でた。幼い子供にするように。

「あなたが小さかったから、そう思ったのよ。あなたたち、いつまでここにいたんだった？」

「わたしが中学にあがった年に引っ越した」

「でしょう。あなたのここでの記憶は小学生の頃まで、あなた、確か中学生ぐらいまで背があまり高くなかったのよね」

「……低かった。高校で応援部に入ってチアやるようになったら、なぜか伸びました」

「人の記憶ってとても面白いわね。みんな、記憶の中にあることはすべて本当のことだと思い込んでいるけれど、実は記憶ってとても嘘つきらしいわよ。脳がどんどん補正して、実際にあったこと、見たこと、聞いたことではなくて、脳が見たかったこと聞きたかったこと、そうであればいいなと思っていたことのほうに近づけてしまうんですって。あなたはいつもこの建物を見上げていた。背が低かったあなたにとっては、そこそこ大きな建物に感じたのね。それが記憶になった」

真沙美は、拓也を久子の手に託して、ゆっくりとマンションに近づいた。

懐かしさというよりは、不思議な、後悔に似た感情が湧き起こった。

「学童保育所があったのは、確かあっち」

久子が指差している。

「行ってみましょう」

住宅街の中の道を数分歩くと、小さな商店街に出た。二車線しかない道路の両側に、昔ふうの店舗付き住宅が並んでいる。

「学童保育所はね、確か……布団屋さんの隣りだったわ。商店街の寄り合いに使っていた建物を借りてたんじゃなかったかしら」

布団屋、布団屋。探しながら歩くと、ほどなくしてかなり年季の入った感じの寝具店が見つかった。

「ここだわ。えっと……あら」

寝具店の隣りには、表に食器や年代物の置物などを積んで並べている骨董屋、というよりは、ガラクタ屋のような店があった。

「……やっぱりもう、学童保育所はなくなっちゃってるわね。あ、あっちに福引きやってるわ。あれって商店街の事務局みたいな人たちがやってるんじゃないかしら。ちょっと訊いてみるわね」

拓也が久子の手を離そうとしなかったので、久子は拓也の手をひいたまま、福引きの音がするほうへと向かった。残された真沙美は、古道具屋の店先に立っていた。

「お帰り」

突然背後から声をかけられて、真沙美は驚いて振り向いた。その途端、思わず笑い出しそうになったのを堪えた。

……忍者ハットリくん！

そっくりだ。あの漫画の主人公、頬にぐるぐる渦巻きをつけた、ものすごく大きな目を見開いたあの忍者に。

「あ、あの、すみません、見せていただいただけなんです」

「ここはあんたの場所だ。こころゆくまで見て行きなさい」

「わたしの……場所？」

「あんたがここに戻って来るのをずっと待っていた」

「あの」

「思い出せないか」

「……えっと……何を……」

「工藤真沙美」

「どうしてわたしの名前を知っているんですか！」

「そういう名前の女が、もう一人いたのさ」

忍者ハットリくんそっくりの人物が笑った。

「名字が同じだったのはたまたまだろう。だが名前は、あんたのじいさんがその女からもらって、つけたんだ」

「……どういうことですか。真沙美、という名前が他の誰かの名前だったということですか」

「あんたの母親は、わたしに、永遠の美しさをくれと言った。わたしは、永遠とはいつまでのことかと訊いた。あんたの母親は、死ぬまでだ、と答えたよ。なるほど、それなら簡単だ。人を死なせないでいつまでも生かしておくことは難しいが、死ぬまで美しくいたいというだけならたやすい望みだ。だから叶えてやった。どうだ、あんたの母親は、死ぬまで美しかったろう？」

真沙美は思い出した。浴槽で、幸せそうに死んでいた母の顔。

化粧をすべて落とし、一枚の服も身につけていなかったのに、あのひとは美しかった。最期まで。

「……ええ。美しかった。母は綺麗でした……死ぬまで」

忍者ハットリくんは、また高らかに笑った。

「わたしは約束したことはきちんと守る。あんたの母親は、永遠の美しさの代金として、未来を支払った」

真沙美は後じさった。理由のわからない恐怖が、背中を一気にかけのぼった。

4

真沙美は恐怖にかられて叫んだ。

「おかしなこと、言わないで！」

「どうしたの、真沙美さん」

振り返ると、拓也と手を繋いだままの久子がいた。

「何かあった？」

真沙美は深呼吸するように息をととのえた。

「帰りましょう。ここの人、学童保育所のことは知らないって」

「おや」

古道具屋の不気味な店主は、久子の顔を見て言った。

「これはまあ、なんと。珍しい人が来たものだ」

久子は、黙ってじっと店主を見つめていた。

久子は、真沙美の手をとった。

「真沙美さん、帰りましょう。真沙美さんが何について調べようとしているのかはわからないけれど、ここに行き着いてしまったのだから、もうそれ以上何かしてはだめ。この男に取り込まれてしまう」

「この人は、誰なんですか」

「人ではないのよ、この男は」

久子はもう歩き出していた。

「人ではない？」

「早く！」

久子が拓也を抱きかかえた。細いからだにそんな力があったのか、と驚くほどに軽々と拓也を抱きかかえ、小走りになる。真沙美も久子のあとを追った。

しばらく走って、小さな児童公園に駆け込み、ようやく久子は拓也をおろした。真沙美はあえいでいた息を整えた。驚いたことに久子は、汗ひとつかいていない。

　真沙美はマザーズバッグから飲み物を出して拓也に手渡し、自分の分のペットボトルも出して久子にすすめたが、久子は微笑んでそれを断った。真沙美はごくごくとペットボトルの水を飲んだ。ようやく人心地ついた時、拓也はすでに滑り台に向かって駆け出していた。

「ここからならよく見えるから、一人で遊ばせても大丈夫よ」

　久子がベンチを指差した。

「あそこに座りましょう」


「驚いたでしょう」久子が静かに言った。「あの妙な男」

「……ええ。……気味が悪かったです。あの人はいったい、誰なんですか」

「あなたが信じるとは思えないし、自分でもそんなことを考えるなんて、どうかしていると思ってる。でも……わたしは知っているの。あの妙な小男は……悪魔か、あるいは悪魔のような存在」

「……悪魔のような……すごく悪い人、ってことですか」

「いいえ。人間としていいとか悪いとか、そういう存在ではない。ごめんなさい、うまく表現することができないわ。でもね……おそらくあの小男は……実在していない、幻のようなものだと思う」

「……でもさっき、あそこにいて、会話もしました……」

「そうね。でも……拓也には、きっと見えていなかったと思う。あの男の姿も、あの店も」

「そんな」

「拓也は好奇心の強い子でしょ。ちょっと一緒にいればわかるわ。なのにあの時あの子、店主にも店にも興味を示していなかった。それどころか、わたしたちの会話さえ聞いているふうじゃなかった。あの子には、あの店も店主も見えていない。わたしたちとあの男が交わした言葉も聞こえなかった」

「そんな馬鹿なこと！」

「拓也の心にはまだ、よこしまなものがないのよ。だからあの男もあの店も見えない」

「よこしま、って」

「邪悪。そう、邪悪、って言葉がいちばんしっくり来るわね。あの店とあの男はね……人が邪悪なものを心に抱えている時に、目の前に現れる。たぶんね。……あるいは、邪悪とばかりは限らないのかもしれないけれど、少なくともわたしの時はそうだった。邪悪でないとしたら……おそらく、弱さ。弱っている心を抱えていたり、自分では気づいていないのに弱ってしまった時に、あの店は出現するんでしょうね。邪悪というのもひとつの弱さだから」

「じゃあ……わたしたちが見ていたあの店は、本当はあそこにはない、と？」

「あとで拓也に訊いてみましょう。あそこに何があったのか」

久子は、クスッと笑った。

「わたしがあの店を見つけたのは……あれは……一九九四年のクリスマスの頃だった」

「一九九四年……」

「もう二十年前のことね」

「……母は、その四年後に亡くなりました」

「わたしのせいよ」

久子は、沈痛な声で言った。

「わたしがいけないのよ。わたしが……わたしが教えてしまったの。あの店のことを。さっきあの小男が言っていたでしょう、あなたのお母さんもあの店に行ってあの男に何か願ってしまった」

「母は……死ぬまで美しくありたいと言った、と」

「だから……だから死んでしまったのよ……あんなに若いのに。その代わり、願いは叶えられた。尚美さんは死ぬまで美しかった……」

「母は心臓発作で死んだんです！　誰かに殺されたわけじゃ」

「もちろん……もちろん、そう。誰のせいでもない。でも……あの小男には、人の運命を操る力がある。尚美さんはあの古道具屋に行って、何かを買った。誰でもあの店に入った者は、何かを買ってしまうの。一見するとまるで何の役にも立たないかのような、ガラクタをね。実際そのガラクタ自体は、何の役にも立たないのよ。でもそれを買わされた者の心の弱さが、そのガラクタを意味のある何かに変えてしまう」

「母も、あの店で何か買ったのかしら」

「たぶんね。……尚美さんの遺品がまだ手元にあるなら、その中にあるのかも。とにかく、あの店が見えてしまった時点で、危ういところに立っている、ということなの。そしてあの小男は……たぶん、この世界の何かではない」

「幽霊なんですか！」

「そういうものとは違う……さっきも言ったけれど、幻、にいちばん近い存在。ほら、漫画なんかでね、登場人物が心の中で、黒い悪魔みたいなのと会話する場面があるじゃない。道に落ちていた財布を拾って、それをどうするか、みたいな時に。黒い悪魔みたいなものは、ネコババしちゃえってけしかける。あんな感じ。あの小男は……本当はわたしたちの心の中に棲んでいる存在なのかも。ごめんなさい、わたしの頭がおかしくなったと思ってるでしょ」

久子は笑った。

「自分でも自分が言っていること、荒唐無稽だって思うわ。でもわたしには、そういうふうにしか理解できないの。信じられないかもしれないけれどね、わたしがあの店とあの小男に出逢ったのは二十年前なのに、あの小男は、さっき見たままだったのよ。まったく変わっていなかった。そしてあの店もその時のまま、古びていて暗くて、どこか不気味だった。その上あの店は……あそこにはなかった」

「……あそこには、なかった……」

「わたしがあの店を見たのは、まったく別の場所。別の町だったの。ね、おかしいでしょう？　時も場所も違うのに、まったく同じ店と同じ店主。つまり、あの店も店主も本当は、あそこにはいない。わたしたちがそれを見てしまったということは……真沙美さん、あなたは……悩みを抱えている。そうよね？」

真沙美は、ゆっくりとうなずいた。

「……悩みというか……もう限界かもしれない、って思ってます。今の生活に耐えるのがもう……」

「離婚、したいの」

「……意地がありました。久子さんも知ってますよね、わたし、略奪結婚したんです。奥さんがいる人にアタックして、奪い取った。周囲の人たちから随分きついこと言われました。友達も離れて行ったし、職場でも陰口叩かれて。周囲に反対されたり罵倒されたりすればするほど、意地になっちゃいました。なのに結婚してみたら……罰が当たった、みんながそう言うだろうと思うと、それでも離婚だけはしたくなくて。浮気されてるのは知ってても、騒ぎたくなかった。泣いたり騒いだりしたって、みんなに冷たく言われるだけだもの……ほらみたことか、おまえがやったことをおまえもされてるだけだろ、って。子供だっているし、できればやり直したい、生活を立て直したいって、必死だった。でもだめ。

誠司はわたしが考えていたよりずっといい加減な男で、わたしのことなんかもう、愛してない。それがわかっているのに……踏ん切りがつかないんです。わたしももう三十をだいぶ過ぎて、資格も特技もないし……離婚したところで誠司がまともに養育費を払ってくれるわけがない。拓也と二人、世間に放り出されて生きていかれるんだろうか……いろんなこと考えると、どうしても自分の口から離婚は言い出せなくて」

「でも今だって、生活費を満足にもらっているわけではないんでしょう?」

「……貯金、取り崩してます。それも貯金があるって知られたら一切お金もらえなくなるだろうから、誠司には隠してるけど」

「それなら、結婚生活を続けていることに意味があるのかしら」

「わからない……意味なんかないのかも。でも、それでも、怖いんです。拓也と二人きりになってしまうのが」

久子は、ゆっくりと真沙美の手を握った。

「水臭いこと言うのね」

久子が微笑んだ。

「あなたには、実家、があるじゃないの。戸籍の上ではあなたはわたしの孫なのよ。あのひとが亡くなっても、わたしは籍を抜いていないんですからね」

「……久子さん」

「尚美さんはわたしと暮らすのが嫌だった。麻美さんも新しい父親と暮らしたくなかった。

それであの姉妹は二人で暮らし始めた。でもね……わたし、それは表向きなのかな、って今では思っているの」

「表向き、ですか」

「ええ。尚美さん……あなたのお母さんはね、本当はとても繊細で優しいひとだったのよ。気ままに暮らして愛人なんかして、あなたを身ごもって。みんなは尚美さんのこと、身勝手だとかワガママだとか、無責任だとかって非難していた。わたしのことが嫌いだ、っていうのも、みんな本当だと思っていた。でも、だったらなぜ尚美さんは、あなたを連れてちょくちょく遊びに来たのかしら。あなたをわたしに預けたのかしら。本当にわたしのことが嫌いなら、そんなことしたかしら。あなたは憶えていないでしょうね、とても小さかったから。でも、尚美さんはね、いつも楽しそうにやって来て、わたしとよくお喋りしてくれたのよ。尚美さんがおぼえたいって言うから、着物の着付けを教えてあげたこともあった。わたしのおさがりでもいいって言うので、着付けの練習用に何枚かさしあげたら、自分でそれを着て来てくれたこともあった。わたしのことが嫌いなら、そんなのおかしいでしょう」

「母は……久子さんのことが、本当は好きだったんですね？」

「わたしのうぬぼれかもしれないけれど、わたしはそう思っています。尚美さんがわたしたちと暮らさず、麻美さんと暮らすことにしたのはね……麻美さんを助けたかったからだと思うわ」

「麻美おばさんを助ける？」

「尚美さんは実のお母様と暮らしていて、そのお母様が再婚された。尚美さんも綺麗だったけれど、妹ですものね、麻美さんも綺麗な方よね」

「はい、麻美おばさんもすごく美人です」

「その美しいお嬢さんに……新しい父親が、何か悪さをしたとしたら」

真沙美は驚いた。が、なぜか納得した。

麻美は、虐げられた女性の為のサンクチュアリを作りたい、と言っていた。その為に詐欺のようなことをしてしまったのだ。麻美のその情熱が、自分が義理の父親に性的虐待を受けたことに対する心の傷から始まったものだとしたら。

「世間が考えている以上に、そうした悲劇は実際には多いと聞くわ。尚美さんは、麻美さんがひどい目に遭っていることを知って、それで姉妹だけで暮らそうと麻美さんを誘ったんじゃないか、とわたしは思うの。そしてその言い訳に、自分は新しい母親が嫌いなんだ、ということにした。麻美さんは尚美さんと比べると、物静かな人だった。少なくとも、あの頃は。そんな、おとなしくて、義理の父親からの虐待にも反抗できない麻美さんを思って、尚美さんは自分が悪者の役を買って出たのね。おそらく姉妹のお母様も、自分の新しい夫が娘によからぬ思いを抱いていることに気づいていて、麻美さんを家から出したかった。だから尚美さんの提案にみんなで飛びついたのね。それにうちの人は尚美さんを溺愛していたから、姉妹二人が好きなように暮らせるだけの仕送りはしていた。もしかしたらうちの人も、麻美さんの窮状には気づいていたのかも。なんにしても、尚美さんがわたしのことが嫌いだ、というお芝居をしたおかげで、麻美さんは救われたのよ」

「母は……優しい人だったんですね」

「ええ、それに強い人だった。わたし……尚美さんのことが大好きだったわ。尚美さんが妊娠した時に、お腹の子のお父さんが誰なのか訊いたけれど、尚美さんは教えてくれなかった。でも尚美さんが愛人になっていた方は財界の大物でね、誰でも知っているようなすごい人だったのよ……当然、その人の子だと思ったんだけど……」

真沙美は、久子の手を握り返した。

「大丈夫です、久子さん。わたし、知ってますから。わたしはその愛人さんの子ではないんです。母がちゃんと教えてくれました」

真沙美は、滑り台を何度も滑り降りては、得意げにこちらを見る拓也に手を振った。

「その愛人さん……わたしは、白金《しろかね》のおじちゃま、って呼んでましたけど、あの人は亡くなるまで、母に逢いによく来てました。とても優しい人で……お年寄りで。ずっと昔に奥様を亡くされて以来おひとりで。子供心に、白金のおじちゃまは母のことがとても好きなんだな、と思ってました。変な言い方なんですけど……あの愛情は、本物だったと思います。本当は、あの人は、母と結婚したかったんだと。でも、歳が離れ過ぎていた。無理に結婚しても財産目当てだと母はなじられたでしょうし、母も結婚は望んでいませんでした。

母はいつも言ってました。三人でずーっと楽しく暮らしたいの、って。麻美おばちゃんとわたし、二人がいてくれればそれでいい、って。あれは母の本音だったんです。母は教えてくれました。あなたのお父さんは白金のおじちゃまじゃない、って。白金のおじちゃまはお年寄り過ぎて、もう子供はできないのよ、って。……それも本当のことだったと思います。母は、わたしには嘘をついたことがないんです。白金のおじちゃまがずっと母の援助を続けていたのは、母を愛していたからです。わたしが自分の娘だったから、ではなくて」

拓也が笑いながら走って来た。膝の上に飛び乗った拓也を、真沙美は力いっぱい抱きしめた。

「母は……わたしのお父さんは死んだ、と言いました。とっても好きで、結婚したかったけれど、病気で死んじゃったの、と。それも本当のことです、きっと。それだけで充分です。母は父のことを愛していた。それ以上、わたしに必要な情報はありません」

5

香奈《かな》は目を疑った。

何度も目をこすり、夢ではないか、と見直してみた。が、やはりそれはそこにあった。

あの古道具屋。

遠い昔の記憶の中にある、幻の古道具屋。

でも……どうしてこんなところに？

近づいてみると、先客がいた。三十代くらいの女性、その後ろに上品な中年女性と、その女性が手を繋いでいるのはまだ幼い子供だ。

応対している店主の姿を見て、香奈はもう一度、今度は声に出して驚いた。

あの人！　あの時の店主だ。間違いない。まったく変わっていない。まったく。

どうして？

あれからもう、二十年近く経つのに。

客の女性は、忍者ハットリくんにそっくりの店主と何か言い争いをしている。いや、口争いをしているのは、中年の女性のほうだ。

やがて女性客たちは店の前を離れて行く。香奈は、その人たちが姿を消してから古道具屋に近づいた。

「こんにちは」

香奈が挨拶しても、店主は黙ったままだった。

「あの……お久しぶりです。十……八年くらい経ったかな」

店主はまだ黙ったままで、それでも香奈の顔を見た。

「京都からこちらに移転されてたんですね。でも驚きました。お店の……雰囲気も何もかも、あの頃とそっくりで。ご主人もお変わりありませんね」

「あんたは、何だ」

誰だ、ではなくて、何だ……？

「あ、えっと、以前京都で暮らしていた時に、お店で買い物を」

「何を」店主は訊いた。「何を買った」

「……豚の貯金箱です。金色の。……貯金箱なのに、背中に穴がなくて、コインが入れられないんです。でも可愛いからそのまま飾ってありました」

「ありました？ 今は飾っていないのか」

香奈はうなずいた。

「……津波で」

「津波？」

「東北の震災で。……海に近いところに住んでいたので……家ごと全部、流されました」

店主は、丸い大きな目でじっと香奈を見つめている。

「……流されたか」

店主はやっと、言った。

「今日はどうする？　何か買うのか」

「見せていただいてもいいですか？」

「好きにしなさい」

店主は店の奥に引っ込んでしまった。


「結婚したんです」

別に問われたわけではないのに、香奈はなぜか、店の中を歩きながら誰にともなく喋っていた。

「あのあと、ほら、あなたが地震を予知してわたしびっくりしてあなたの店に。そしたらあなたが、自分がしたいようにしろと言ってくれて。なので友達を捜しに神戸に行ったんです。すごい光景だった……何もかもめちゃくちゃで。その中を歩いて、やっと友達と再会できたんです。その出来事のあとわたし、なんか自分の人生をリセットしたくなって、神戸で復興ボランティアに参加しました。そこで知りあった男性と結婚したんです。この人となら長い人生一緒にやっていけると思って。ちょうどその頃わたし、東京の芸能プロダクションに出資したんですけど、そこが成功して配当があって、少しお金が貯まったんです。それで夫の故郷に戻って、夫が以前からやりたがっていた小さな喫茶店を開きました。……夫の故郷は……大船渡《おおふなと》でした」

店主は答えない。どこにいるのかもわからない。香奈が立っている陳列棚の前からは、店の奥が見えなかった。

「……幸せでした……とっても。店も……夫も波に持っていかれてしまいましたけど。遺体が確認できただけ、ましでした。ちゃんとお葬式もしてあげられたし。なんとか店を再建しようといろいろ頑張ってみたんです。でも難しい……昨年、諦めて東京に出て来ました。芸能事務所の株をまだ持ってるんで、役員として働いてます。まだ旧姓に戻る決心がついてなくて……葛木《かつらぎ》香奈のままです。夫の実家も流されて、義父母も亡くなりました。夫の兄さんからは、籍抜いて新しい幸せを見つけなさいと言ってもらったんですけど」

香奈は喋り続けていた。東京に出て来てから、そうしたことは意識して誰にも言わずにいた。言えば同情はしてもらえるだろう。けれど、他人に同情されてもこの東京ではいいことなど、ない。

この古道具屋は、あの時の店に繋がっているような気がしたのだ。あまりにも昔のまま、あまりにも、二十年近く前にまったく別の場所にあった店とそっくり過ぎて。

「いつか、この店をどこかで見つけられる、そんな気もしてました。でもさっき本当にこの店を見た時は、すごくびっくりしちゃった。だってここ、毎日通っているのに、この店があることに一度も気づかなかったんですもの。でも思い出してみれば、あの時もそうでしたよね。あの坂の途中……毎日バス停まで駆け下りていた坂の途中に、ある日突然この店が現れた。……馬鹿げていると思われても、わたしにはそうとしか思えないんです。きっと……わたしの人生にとって大切な時、選択が必要な時に、この店がわたしの目の前に現れるんだって」

香奈は目の前の、綺麗な色のガラス瓶を手に取った。

「そしてきっとまた……わたしにとって大事なものを、ここで買うことができるんだって」


「それではないよ」

背後で声がして振り返ると、店主が立っていた。

「あんたが買うべきものはそれではない。あんたが買うべきものは、さっきの三人が持っている」

「さっきの三人？」

「そこですれ違ったろう？　あんたが入って来る前に、ここに来ていた連中だ」

「あの人たちが、先に買ってしまった、って意味ですか」

「欲しいなら追いかけることだ」

香奈は店主をじっと見つめた。店主の表情はまったく動かない。

「わかりました」

香奈は言った。

「追いかけて訊いてみます。ありがとうございました」

香奈は頭をさげて店を出た。その背後から店主が言った。

「うちの店にあるものは、全部、あの子の夢なんだよ。あの子が創り出したものばかりだ。

あの子の希望で作られたものばかりなんだよ」

……あの子?

あの子って誰だろう。

香奈は、三人連れが歩いて行ったほうへと小走りに走った。

＊

「一九九四年のクリスマス。街を歩いていたわたしは、あの店を見つけた。その日はね、わたしにとって、とても悲しい日だったの」

久子は言った。

「その日、わたしは産婦人科で検査の結果を聴いた。子宮癌だった」

真沙美は驚いた。

「子宮癌……そんなこと、ちっとも知らなかった……」

「言わなかったからね。もちろん夫、あなたのおじいさまには帰ってから打ち明けたけれど、他の人には言わなかったのよ。お医者には、まだ初期だから、手術すれば助かるとは言われたけど……でもショックでね。そりゃそうよね、あの頃わたしまだ、四十かそこら。

もうちょっと長生きしたいと思っていたもの。少なくとも、あなたのおじいさまの死に水はわたしがとるって決めていたから。なのに癌宣告。街にはクリスマスソングが流れて、きらきらしてるのが無性に腹立たしかった。真っすぐ家に戻る気にもなれなくて、ふらふらとあてもなく歩きまわっていた」

「その時に、あの店を見つけたんですね」

久子はうなずいた。

「あそこじゃないのよ。ぜんぜん別のところ、別の街よ。山手線に乗って座席に座って、何時間もぐるぐる東京をまわってたの。そして降りたことのない駅で降りて、何の目的もなく歩いていた。その間ずっと……ずっと、頭の中では恨み言がぐるぐる回っていた。どうしてわたしなの。なんでわたしなのよ。何も悪いことしてないし、これまで幸運続きだったわけでもないのに。どうして？　そればっかりよ。他のことが考えられなくなっていた。あの時のわたしは、心の中が真っ黒だった。今だからわかるの。だからわたしにはあの店が見えた。見えてしまったんだ、って」

久子は、砂場で遊んでいる拓也を見つめながら、小さく溜め息をついた。

「さっきあの店を見た時、びっくりしたけれど、心のどこかで遂にその時が来た、とも思ったわ。いつかまたあの店に遭遇することになる、そんな気がずっとしていたから。外から見た様子も、あの変な顔をした無表情な店主も、あの時のままよ。笑わないでね、荒唐無稽だっていうのはわかってる。でもわたしは、あの店は時間にも空間にも縛られない存在なんだと思う」

久子は長い間考え続けていて、店主と見つめ合った時に確信した。

「さっき、幻だと言いましたよね。拓也には見えてない、って」

「迷いや悩みがない人間には見えないのよ。存在しないの。そりゃ拓也の年齢だって、子供なりに悩みや迷いはあるでしょうね。もしかすると必要があれば、拓也にだってあの店は見えるのかもしれない。でもさっきは見えていなかった。真沙美さん、その点はあなた、母親として誇りに思っていいわ。拓也は今、幸せなのよ。自分で自分が幸せなのかどうかなんて考えたこともないと思うけど、でも、拓也は満ち足りている」

「……いろいろ不自由はさせているんですよ。お金がなくて……」

「それでも拓也の心は満ち足りているのよ。あなたに愛されて、あなたと暮らせて。あの時のわたしは、真っ黒な心で、そして飢えていた。食べるものにではなく……幸せに。自分が癌にかかっているという現実と向き合えず、どうしてわたしだけがこんな目に遭うんだろう、と、世界のすべてを呪いたい気分だった。そしてわたしは、あの店を見つけてしまった」

「……何を買ったんですか」

「なんだと思う？　すごくつまらない……どうしてそんなものを買ったのかまるでわからない物よ。ビリヤードの、玉」

「ビリヤードの、玉⁉」

「ええ。書かれていた数字はなんだったかしらね。色は黒かった。当時も今も、わたしはビリヤードなんてやったことがないの。でもその時は、何の躊躇《ためら》いもなくその玉を買った」

「何に使うつもりだったんですか」

「それが……わからないの」

久子は笑った。

「ただ、それを買う必要がどうしてもある、そんな気がして。買ってみたら、これがけっこう重たいのよね、ビリヤードの玉って。意外と大きいし。ポケットに入れると外から丸い形がわかってみっともない、手持ちの小さなハンドバッグに入れるとバッグが変形してしまう。それで、その玉を持ち歩くためにバッグを大きいのに替えた。玉は布の巾着袋に入れて」

「どうして持ち歩いたんですか」

「あの時は、あの店がわたしに幸運をくれるような、そんな気がしたのよ。必要もないビリヤードの玉がどうしても欲しくなって買った。そのことが、何か運命的なことなんだって思えて。つまりは幸運のお守りね。あの玉を持っていれば大丈夫、きっとわたしは助かる。そう思った。実際、手術はうまくいって、そのあとも転移はなかった。そして尚美さんに、その話をしたの。あの古ぼけて奇妙な古道具屋が、わたしに幸運を授けてくれたんだ、って。だから尚美さんは……あの店に入ってしまった。わたしのせいだわ」

久子は両手で顔を覆った。

「そのビリヤードの玉は、今どこにあるんですか」

真沙美の問いに、久子は顔を覆ったままで首を横に振った。

「……わからない」

「なくしてしまったんですか」

「なくした、というのとは違うの。……本当のことを打ち明けるのは初めてなのよ。わたしのこと、軽蔑しないで聞いてくれる？」

「軽蔑なんて……ぜったいしません」

「拓也には決して話さないでね。……あの子には……知られたくない。わたしが……悪魔になってしまったことなんか」

悪魔。真沙美は、心臓がどくどくと鳴るのを感じた。

「わたしは幸運のお守りのつもりで、そのビリヤードの玉をいつも持ち歩いていた。でもね、手術の為に入院手続きをしたり、実際に手術をして麻酔が切れた時にものすごく痛かったり、そのあと入院中に不自由で不快な思いをしたりするたびに、心の中ではいつも思っていたの。どうしてわたしがこんな目に遭わないといけないのよ、って。その思いはずっと消えなかった。世の中はとても不公平だと思った。子宮癌は転移しやすい癌だと言われてるの。手術は子宮の全摘出だから、癌のあった臓器での再発はあり得ないんだけど、遠隔転移を起こしやすいのね。そしてもし転移がみつかった場合には、生存確率がとても低くなる。転移が確認された時点で、全身に癌が広がっていることが多いんですって。だから手術は成功しても、そこからあとのほうが怖いのよ。年齢的にもう子供をつくる気はなかったから子宮がなくなったことへのショックはそれほどなかったけれど、ホルモンのバランスが崩れて退院してからも長い間、体調が悪くてね。その上、いつ転移が発見されるか、毎回の検診のたびにびくびくして。精神的には、ずっと追いつめられた状態だったのね。そしてその間中、わたしの心にあったのは、わたしだけがこんな思いをするなんて不公平だ、ってことだった。わたしは……心のねじ曲がった人間だった」

「そんなことないです！　そんなの、誰だってそうなりますよ。わたしだってきっとそうなるわ。ううん、今だってわたし、そうだもの。生活費をくれず、好き勝手なことばっかりしてる夫と口喧嘩するたびに、どうしてわたしはこんなに男運が悪いんだろう、なんでわたしばっかりこんな目に遭うんだろう、って、ネガティヴなことばっかり考えてる。どんな人だってきっとそうだと思う。自分に不幸が降り掛って来た時に、他人が幸せそうにしているのを普通に受け止められる人なんか、きっといない。久子さんだけがおかしいんじゃないですよ。むしろ、当たり前です。生きるか死ぬかの病気にかかっている人が、健康そうな人たちを見てムカつくのは、当たり前です」

「でも、その人たちを不幸にしたいとは思わないでしょう?」

「思いますよ」

真沙美は言った。

「思ってますよ、みんな。でもそれを隠して生きてるだけです。わたしだって、お金に不自由していない専業主婦とか見るたびに、ダンナの会社が倒産すればいい、リストラされればいいのに、交通事故にでも遭えばいいのに、なんて思ってしまう自分に気づいて、ゾッとすることがあります。拓也には買ってあげられないブランド物の子供服を着ている子を見かけたりすると、心の中で、転べ、って思ってたりもするんです。そしてそれに自分で気づいて、怖くなります」

久子はやっと手をおろして、真沙美を見つめた。その頰に涙の筋が光っているのを見て、真沙美の鼓動が速くなった。

「ありがとう。……そういうふうに言ってもらえて……少しは気持ちが楽になった。でもね……心で思うだけならば罪にはならないけど……もし本当に他人を不幸にしてしまったら……」

久子は、自分の両手を見つめている。指を折り曲げ、掌《てのひら》をじっと見ていた。

「……なぜだか理由はわからないけれど、好きになれないひと、っているわよね? わたしにもいたの。踊りのお弟子さんのひとりでね、とても裕福な奥様だった。今にして思えば特別性格が悪い人、というわけでもなかったのよ。すべてはわたしの僻《ひが》み、問題はわたしにあったの。でもあの頃は、とにかくその人が嫌でたまらなかったの。でも師弟関係はどうしようもないし、踊りはとても上手で。わたしのところなんか小さなお教室でしょ、きちんと踊れる生徒さんは少ないの。毎年の発表会でその人が踊らないと、どうしても困る。だからもう、すごく努力して、その人と仲違いしないように気をつかいまくっていた。一所懸命笑顔を作って。でもその人は、無意識なのかもしれないけれど、わたしのことを傷つけて楽しんでいるところがあった。年上の男性と結婚したことをいつも遠回しにからかわれて、それだけでもいい加減うんざりしていたのよ」

久子は、両手をおろして半ば放心したような顔で、遠くを見つめた。

「……いなくなってくれたらいいのに。わたしの目の前から。……そう思っていたの」

6

久子は、滑り台の上からこちらに向かって手を振っている拓也に手を振り返した。

「あの日」

久子は絞り出すように話し始めた。

「その人……話しにくいから、A子さん、と名付けておきましょうか。ABCのA子さん。A子さんがいつものようにお稽古にやって来た。たまたまその日の朝、わたしはとても体調が悪かったの。起きた時から強い吐き気がして、立っているのも辛い状態だった。でも発表会が近かったので、お稽古をお休みにすることができなかった。それで、A子さんに頼んで、お稽古をみてもらうことにしたの。A子さんはもう師匠になってもいいくらいの腕前だったし、それまでにも何度か、わたしの代わりにお稽古をみてもらったこともあって。……それがA子さんにはとても自慢らしくてね、お稽古を代わりにみてと頼むと、いつもすごく機嫌良く引き受けてくれた。わたしは彼女のことがどうしても好きにはなれなかったけれど、踊りの実力は認めていたの。自分の心の中で、彼女のことが嫌いだっていうことの後ろめたさに対する言い訳が欲しかったのかも。嫌いでもなんでも、実力はちゃんと認めて師匠の代役まで任せているんだから、わたしは公平よ。わたしは心が広いのよ。そんな……言い訳が欲しくて。なんてずるい、そしてちっちゃいのかしらね、わたし」

「ずるいだなんて……心の中でどう思っていようと、久子さんはそのA子さんに対して、ちゃんと正しく振る舞っていたわけですから……」

「心にもない笑顔とお世辞で、ね」

久子は自嘲するように少し笑って、それから溜め息をひとつついた。

「そういうことをしていると、いつか心が自分を裏切る……いいえ、心が自分に対して、そんなの嘘っぱちだ、って反逆する。無理をして作った笑顔は、心を痛めつけるのよ。あの頃のわたしは、そんな簡単なことがわかっていなかった。自分の心を抑制することが、自分が正しい証明になるなんて、そんな馬鹿なことあり得ないのにね。わたしが彼女のことを嫌いだと感じるには、それなりの理由があったはずなの。それがどんなに間違った理由であっても、ただ抑制して否定した振りをするだけでは、心は納得しない。自分の心に何があるのか、ちゃんと向き合って、解決しておくべきだったのよ。A子さんのことを嫌っている理由がわたしの方の思い込みや勘違い、嫉妬とか生理的嫌悪とか、そういう間違ったものであったのなら、それを心が納得するまで解きほぐして、乗り越えられるように心を鍛えるべきだった。万に一つ、A子さんのほうに問題があるとわかったとしたら、逃げずにそれを彼女にぶつけて、彼女の側も改善してくれるよう頼むべきだった」

「そんなこと、普通はできないですよ」

「そうね、そうよね。……誰にだって、虫が好かない相手はいるわ。そうした人に対していちいちそんなめんどくさいことしてたら、人生がひどく窮屈なものになる。……でもね、だったらわたしは、A子さんに何も頼むべきじゃなかったし、彼女をあてにしてはいけなかった。わたしは結局、嫌いだと思っていながら彼女をいいように利用していた。そして、そういうわたしの心の底が、きっと、彼女には透けて見えていたのよ。あの人は、鋭い人だったから」

久子はまた、拓也に向かって手を振った。そろそろ午後の陽射しが傾いて、拓也の影が長く滑り台の下に落ちる。

「あの日も、わたしが体調が悪いので代わりにお稽古をつけてとお願いすると、A子さんは二つ返事で引き受けてくれた。でもその時……あの人はとても嬉しそうだったの。口ではわたしに、お大事にって言ってくれたけれど、その顔にはわたしに対する同情なんかひとかけらも感じ取れなかった。いつもならそんなこと、わたしも気にしなかったわ。A子さんなんかに同情されたいなんて思っていなかったし。でもあの日、わたしは本当に苦しくてね、お稽古が終わったらすぐに病院に行こうと健康保険証を用意したくらいだった。だからね、あの人の嬉しそうな顔がとてもしゃくに障った」

久子は下を向いて、自分の足元を見つめている。

「お稽古が始まって、わたしは部屋の後ろに座って見ていたの。監視していたわけじゃなくて、ただ、動くことはできなくてもお弟子さんたちの踊りを観たかったから。でもやっぱり吐き気がしてね、途中で部屋を出てトイレに行くしかなくて……戻って来る時、本当に何気なく控えの間を覗いたのよ。お稽古に使っていたのはほら、あの家の奥にある和室二部屋の襖《ふすま》を取り払って十六畳にした」

「憶えてます。たまにわたしが預けられた時は、あの部屋に布団を敷いてもらったわ」

「あの部屋からトイレまで行く途中にあるもう一つの和室をね、お稽古のある日は生徒さんたちの荷物を置く控え室にしてあったの。そこを覗いたら、わたしのコートがかかっているのが見えた。わたしは自分のコートをそんなところにかけた記憶がなかったのだけれど、たぶん、控えの間に脱いで忘れてあったのを誰かがかけてくれたんでしょうね。それでわたし、思い出した。あ、あのコートのポケットに、お守りを入れてあったわ、って」

「……ビリヤードの玉、ですか」

「そう。あのビリヤードの玉。あの時わたし、いったい何を考えていたのかしら。気づいたら、コートのポケットから玉を取り出していたの。そしてその時、廊下を歩いて来る足音に気づいた。……A子さんだ、と思った。あの人はすり足で歩くので、足袋が廊下をこする音がするのよ。しゅっ、しゅっ、ってね。足音は控えの間の前を通り過ぎてトイレのほうに向かった。わたしは待った。……何を待っているのか、自分でもよくわかっていなかったのかもしれない。いいえ、わかっていた。わかっていたけれど、自分がしようとしていることの意味を、きちんと理解してはいなかったのよ。わたしの頭にあったのは、ただ……A子さんのあの、わたしが体調不良だと聞いた時の嬉しそうな顔だけだった。あの顔が嫌い、あの顔が憎い。それだけだった。待って待って……永遠に思えるほど長く待った気がしたけれど、おそらく数分のことだったわ。やっと、戻って来るあの人の足音がまた聞こえて来た。しゅっ、しゅっ……わたしは障子を開けた。廊下に面した障子……ビリヤードの玉が通る分だけ、ほんの数センチ」

「……久子さん……」

「わたしは、玉を置いた。……本当よ、ただ置いただけなの。投げたり転がしたりしたんじゃない。置いたのよ！　なのに、玉は転がった。……あの家は古かったけれど、傾いたりはしていなかったはず。それなのに、玉はまるで生き物のように……そうすることが嬉しくてたまらないかのように……部屋から転がり出て行った」

　久子は両手で顔を覆った。

「……それからのことはよく憶えていないの。強い吐き気に耐えられなくて、自分のコートを顔にあてて嘔吐したのはぼんやり憶えているけれど……障子の外で悲鳴があがって……大きな音がした気もするけれど、憶えていないの。気がついた時、わたしは病院にいた。風邪だと思っていたのは盲腸でね、腹膜炎を起こしかけていて、緊急手術されちゃったのね。それで、麻酔が切れるまでぐっすり眠っていたの。……A子さんは廊下で足を滑らせて転んで、運悪く中庭に面したガラス戸に頭を突っ込んでしまった。顔に数十針も縫う大怪我をして……その騒ぎでお弟子さんたちが駆けつけて、控えの間で気絶していたわたしにも気づいて……二人とも救急車に乗せられた。でもわたしはすぐ退院できたけれど、A子さんは……」

「顔を怪我しただけではなかったんですか」

「……転んだ拍子に腰を強打していたらしいの。彼女はわたしよりだいぶ年上で、もともと骨粗鬆症《こつそしょうしょう》の診断を受けていた。普通の人ならそんなことにはならなかったんでしょうけど、腰の骨を折ってしまったの。顔の傷と腰の怪我とで、彼女はそれから長いこと入院した。そして入院してるうちに、高齢者にはよくあることなんだけど……足の筋肉が弱って立つのが困難になって、車椅子を使うしかなくなって。それでもリハビリをすれば元に戻れたのかもしれない。でも彼女にはもう、リハビリを頑張ろうって気力もなくなっちゃったのね。顔の傷は深くて、神経が切断されたせいで、顔の半分を動かすことができなくなって……傷痕が残っているだけでも女性にはショックなのに、笑っても泣いても、顔の半分が動かない……それがどれだけ精神的なダメージをA子さんに与えたか。彼女はそのまま車椅子生活になって、踊りは二度とできなかった」

久子の頬に涙が伝っていた。

「……退院して体力が戻ってから、わたしは夫に、あなたのおじいさまにね、自分がしたことを告白したの。二人で警察に行きました。でもそこで、驚くような事実を知った。……A子さんはビリヤードの玉で足を滑らせたのではなかった。A子さんは、中庭に変なものを見て、びっくりして走り出そうとして自分の裾を踏んだ……そう言ったらしいの」

「中庭に、変なもの？」

「彼女は幽霊だと言いはっていたんですって。もちろんそんなものいたわけはないし、警察は念のために調べたようだけど、中庭に誰かが入り込んでいた形跡もなかった。しかも……転がって行ったはずのビリヤードの玉は、廊下にも中庭にもなくて……わたしが嘔吐したコートのポケットに入っていたのよ」

久子は涙を流しながら笑った。

「お弟子さんの一人が、コートをクリーニングに出してくれていたの。その時に、クリーニング屋さんからポケットの中に入ってましたって玉を渡されたのね。でもビリヤードの玉がわたしのコートのポケットから出て来るなんて、そのお弟子さんには信じられなかったから、何かの間違いだと思って受け取らなかったらしいの。それ以来、あの玉がどこに行ったのかはわからない。随分経ってからそういう経緯を知ってクリーニング屋さんに問い合わせてみたけれど、ビリヤードの玉は紛失してしまっていた。でも、わたしは確かにコートのポケットから玉を取り出して、畳の上に置いたのよ。それはぜったいに間違いないの。そしてあの玉は勝手に転がり出して廊下へ出て行った。……A子さんは裾を踏んだんじゃない。あの玉を踏んで、それで転んだのよ！ なのに、玉はコートのポケットに戻っていた。……夫は、発熱していたからわたしが妄想を抱いたんだと言った。警察の人もそう言った。警察の人はA子さんに、そういうものを踏まなかったかと訊いてくれたけれど、A子さんはまったく見た憶えがないと言ったそうよ。幽霊を見て驚いて、裾を踏んだのは間違いないって」

久子はハンカチを顔に一度押し当てると、はなをすすって前を向いた。

「どういうことなのか、今でもよくわからないの。初めは、あの人の気持ちを疑って疑心暗鬼になった。あの人がわたしのしたことを知って、何か復讐を企んでいるんじゃないか、だからわざとわたしのせいじゃないと言い張っているんじゃないか、どうしてもそうとしか思えなくて。でもね、時が経つにつれてそうじゃないことがわかって来た。あの人は本当に、着物の裾を踏んで転倒したと信じていた。そしてビリヤードの玉など見たこともない、わたしが熱のせいで妄想を抱いてしまったんだろうって、逆にとても心配してくれた。……結局、あの人は二度と踊ることはできなかったからお教室はやめてしまったけれど、年賀状は毎年きちんとくれていたし、あれ以来一度も、わたしに対して何かするということもなくて……夫は、やっぱりわたしの妄想だったのだと……わたしも、もしかしたらそうなのかもしれない、って思った。でも、でもね、消せないのよ。あの記憶は消すことができない。わたしは玉を畳の上に置いて、その玉は触れてもいないのに転がり始めた。それをわたしは、怯えながら見つめていた。……怯えと、そして期待とが混ざった気持ちで見ていたの。あの記憶は本物よ。わたしにはわかる」

久子は深呼吸するように大きく息を吐いた。

「でもね、たぶんあの人の記憶も本物なのよ。あの人は庭に幽霊を見て、それでびっくりして着物の裾を踏んで転んだ。それもまた、本当のことだと思うの」

「二つの矛盾した現実があった、ってことですか」

「難しい言い方するのね」

久子は微笑んだ。

「理屈はわからない。わからないけれど、この歳になってようやく、あの時に何が起こったのか自分なりに理解することができるようになった。あの人もわたしも、心の中で黒い妄想を育てていたのね。わたしはあの人のことが嫌いだった。あの人が目の前からいなくなってくれればいいのに、って思っていた。そしてあの人はあの人で、別の黒い妄想を心の中で育てていたのよ、きっと。あの人、車椅子の生活になってから離婚したの。ご主人と別れたの。その噂を聞いた時は本当にお気の毒だと思った。でも、お弟子さんの中に噂好きな人がいてね、いろいろと教えてくれたのよ……知りたくもなかった、あの人についてのいろいろなこと。あの人のご主人は暴君で、あの人に暴力をふるったり、よそに女の人を囲ったりしていたんですって。でも離婚はしてくれなかったらしいの。それがね、妻が車椅子生活になった途端に、ぽい、と捨てるように離婚に応じたんですって。でもさすがに世間体が悪いと思ったのか、住んでいた家はそっくりくれたらしいわ。それに財産分与で、そこそこのお金も。あの人は、自分の足で歩けなくなった代償に、望んでいた自由を手に入れたのね。その話を聞いた時、わたし思った。……あの人は、ご主人を殺すことを考えていたんじゃないかしら、って」

真沙美は言葉を失い、久子の横顔をただ見つめた。

「わたしがそうだったように、あの人も、ご主人が消えてなくなってくれればいいと思っていた。もしかしたら……もしかしたら、よ、あくまでも……何か具体的にプランを心に持っていたのかもしれない」

「……夫を殺す……計画を、ですか」

久子はうなずいた。

「それは、わたしが持っていたビリヤードの玉のようなもの。わたしはお守りとしてあの玉を持っていたけれど、あの人を懲らしめてやろうと思った時、あの玉を手にした。それと同じように、あの人も、ご主人を殺してしまうアイデアを、おそらくあの時心の中に持っていた。わたしが玉を取り出して、あの人を傷つけるためにそこに置いた瞬間、あの人の心には殺人の計画があった。その、真っ黒な心にひきつけられるように玉は転がった。あの人がその玉に足をとられたのは間違いないわ。でもあの人はそれに気づいていなかった。突然足をとられてからだが傾いて、あの人の心は、自分が不意にバランスを失って倒れようとしている、という異常事態に対処しきれなくて、咄嗟《とっさ》にその理由を創り出した」

「それが、幽霊」

「まだ殺していない、でも自分が殺そうとしていた旦那さんの、ね。だから正確には、生霊」

「生霊……」

「もともと生霊ってそれが実体なんだって説もあるわ。誰かへの執着が強過ぎて、その姿の妄想を見てしまう。あの人は日常生活でも着物を着ている人だったから、平らな場所で裾を踏むなんて考えられない。あの人は、いきなりからだが傾いた瞬間、自分が殺そうとしている夫の生霊に引き倒されたんだと思った。そう思ってしまうくらい、あの人の心はそのことでいっぱいだった」

「でもそれなら」

真沙美は言った。

「その逆だった可能性もありますよね」

「逆？」

「そう、逆です。……ビリヤードの玉は転がったりしなかったのかもしれない」

「でも」

「玉を取り出してそこに置いたという久子さんの記憶は確かなものでしょう。けれど、その女性が廊下で転んだのは、本当に、庭に人がいると錯覚して驚いて裾を踏んでしまったのが理由だったのかも。でも久子さんの心にあった黒いものの力が強過ぎて、久子さんは、ビリヤードの玉が外へと転がり出してしまったという妄想を抱いた。久子さん自身もそこから先は見ていないのでしょう？　障子を開けなかったんですよね？」

久子はうなずいた。

「だったら、その人が転んだのが玉のせいかどうかは、わからないわけです。玉は転がらずにそこにあったのかもしれない。それが転がり出したという場面だけが、久子さんの妄想の可能性もありますよね。だとしたら、玉がコートのポケットに戻っていた理由も想像がつきます。その人の事故で大騒ぎになっている最中に久子さんが部屋で倒れているのが発見され、それこそすごい騒ぎになってしまったと思うんです。久子さんが倒れている理由が病気なのか、それとも不審人物に襲われた怪我なのかは病院で診察を受けるまでわからなかったわけですから、その人が庭に幽霊のような人物を見たと騒いだことと、久子さんが倒れていたこととを関係づけて考えた人もたくさんいたと思います。パニックになって、コートのあった和室にもいろんな人が出入りした。そして、畳に置かれたままのビリヤードの玉を、踏んでしまうと危ないとでも思って、無意識に手にとって、コートのポケットに戻してしまった人がいたかもしれません」

「コートのポケットに戻すなんて、不自然だわ」

「ええ、でも、人が無意識に行うことって、あとから考えたら変だな、ということがけっこうありますよね。わたしも、料理をしている最中に宅配便が来て、応対に出て戻ったらさっきまで使っていたオタマがなくて捜しまわって、どうしても見つからなかったことがあるんです。で、それが何日も経ってから、玄関のスリッパ入れに立ててあるのを見つけた時は、大笑いしてしまいました。たぶんわたし、オタマを手にしたままで玄関に行ってしまって、宅配便を受け取るのにハンコを出そうとして、手にしていたオタマが邪魔なんで、ほんとに無意識にスリッパ入れに立てちゃったんですよね。でもそのことを憶えていなかった」

「……そういうことはあるかもしれないけど……」

「何が本当だったかは、今となってはわかりません。でも、その人の言うことが妄想なのだとしたら、久子さんの見たと信じていることも妄想である可能性はあるわけです」

久子は黙ったままで、自分の両手を見つめている。

「その人が怪我をしたことに、久子さんは何の責任もなかった。わたしはそう思います。でも久子さんがそれでは納得できないのであれば、良心の呵責を持ち続けていくのも久子さんの人生の選択ですよね。その消えたビリヤードの玉って……選択の存在の象徴だったのかも」

「選択の、存在」

真沙美はうなずいた。

「人生には、いくつも岐路がありますよね。その岐路に立つたびに、人は選択をして前に進む。ビリヤードの玉は、それを形にして見せていたものなのかな、って気がするんです。久子さんは、その人が怪我をされたあと、人生が変わったと思ってますか」

久子はじっとうつむいていた。そして顔を上げた。

「……ええ。変わったわ。わたしは……憎むことをやめた。憎むことが怖くてできなくなった。あれ以来、誰も憎まずに生きていることは、神様に誓えます」

久子の顔に、笑みが広がった。

「あなたのおじいさまのことも憎まずにいられたのは、そのおかげかも知れないわね。あの人はとってもいい人で、優しかったけれど……でも……裏切り者だったのよ」

真沙美は驚いて問い返した。

「裏切り者？」

「ええ。あの人にはね……よそに子供がいたの」

「あの」

突然声がして、真沙美と久子は同時に声のほうを見た。

見知らぬ女性が、じっと二人を見つめて立っていた。

7

香奈は目の前の二人の会話に割って入ることができず、心ならずも立ち聞きをする形になってしまったことに戸惑っていた。

二人の声は低く、会話のすべてが聞こえたわけではない。もちろん細かい事情はまるでわからない。それでも、二人が話している「ビリヤードの玉」が、あの古道具屋で手に入れたものであることは漠然と理解できた。そしてその玉が、人の生き死にに関わっていることも。

そのまま黙って会話を聞き続けていたい、という誘惑を断ち切り、香奈は思い切って声を出した。

「あの」

香奈の声に、二人が同時にこちらを向いた。

「あの、お邪魔してすみません。先ほど古道具屋さんにいらっしゃいましたよね？　あ、ぶしつけですみません。わたしは」

「いましたけれど」

年輩の方の女性が、香奈の言葉を遮《さえぎ》るように答えた。視線が険しい。会話の内容が内容だっただけに、彼女たちが古道具屋を知っている自分に対して警戒するのは当然だ。

どう切り出したらいいか熟慮する余裕はなかった。

「あの……あの古道具屋さんで、先ほど何かお買いになりました？」

「どうしてそんなことを？」

年輩の女性の声にははっきりと刺《とげ》があった。

「何も買いませんでしたよ」

いくらか柔らかい声で、若いほうの女性が答えた。

「わたしたち、買い物はしませんでした」

香奈は戸惑った。店主は確かに、あんたに必要なものはこの三人が持っている、と言ったのだ。

香奈は信じていた。あの時、お金を入れることのできないあの豚の貯金箱を買ったことで、自分の運命は確かに変わった。

そして、あの古道具屋は、必要な時にしか現れない。あれからどれだけ捜しまわっても古道具屋を見つけることはできなかったのだ。それが、今日、突然目の前に店があった。

今、自分にはあの古道具屋が、あの店主が自分に与えてくれる奇跡が必要なのだ。

「本当でしょうか」

香奈は食い下がった。

「何かあの店で、手に入れたものはないですか。すみません、ぶしつけで本当にごめんなさい。でもわたしにとっては……大切なことなんです。あの店で先ほどあなた方が手に入れたものが……もしかするとわたしの必要なものなのかもしれないんです」

年輩の女性が立ち上がったばかりのベンチを手で示した。

「とにかくお座りになりません？」

声はいくらか和らいでいた。

「あなたは以前、あの店で何か買ったことがおありなのね？」

香奈はうなずいた。

「さっき、あの面白い顔をした店主に言われたんです。わたしに必要なものは、あなた方が持っている、と」

「……わたしたちが？」

「ええ。店主はそう言いました」

「でもわたしたち、本当にあそこでは何も買わなかったのよ。買うわけがないわ……わたしはあの店で買ったビリヤードの玉のせいで、一生後悔することになったんですもの」

「本当のことです。わたしたちは何も買っていません」

若いほうの女性が言い添えた。香奈は途方に暮れたまま、立ち上がった。

「そうでしたか。お邪魔してすみませんでした」

「ママ！　おばあちゃま！」

元気な声が響いて、滑り台で遊び飽きた拓也が走ってベンチに戻って来た。

「喉が渇いた！」

『拓也、お茶持ってるでしょ、リュックに」

真沙美に言われて、拓也がベンチの隅に置かれていた小さなリュックサックを開けた。中に小さな腕を突っ込み、適当にかき回して、布のペットボトルホルダーをつかみ出した。リュックの口は大きく開いたまま。真沙美が何げなくその中を覗き込み、首を傾げて手を入れた。

「……これ……どうしたの？」

真沙美の手には、金色の豚があった。

「こんなもの、拓也、持ってなかったわよね？」

拓也、と呼ばれた子供は、母親の声にただならないものを感じたのか、泣きそうに顔を歪めた。真沙美が慌てて拓也を抱く。

「ごめんごめん、ママ、怒ってるんじゃないのよ。ただこの豚さん、ママが買ってあげたものじゃないでしょう。どうして拓也が持っているのか、それを教えてちょうだい」

「……もらった」

拓也は小さな声で言った。

「誰に？　どこで？」

「さっき」

「……さっき？」

「おじさん。くれるって」

「さっきって」

久子が拓也の顔を覗き込む。

「あの古道具屋……古いものをいっぱい置いてあったお店？　拓也くん、あのお店が見えたの？」

「……おみせ、知らないよ」

拓也は首を横に振る。

「でもおじさんがいたの。おじさんの横に、これがあって、ぼくが見てたら、おじさんがあげるよって言った」

「どこに？　どこにおじさんがいたの？」

「知らない」

拓也は首を横に振り続ける。

「いたんだもん」

「拓也くんにはあのお店、見えなかったのよね？」

久子の問いかけに、拓也はうなずいた。

「なのに、おじさんは見えたのね？」

またうなずく。

「どんなおじさんだった？　忍者ハットリくんみたいだった？」

「ごめんなさい久子さん、この子、ハットリくんは知らないと思うわ。アニメ見たことないはずなの」

「あらそう……タクちゃん、その人、おめめが大きかった？」

「うん！」

拓也は笑って、自分の指で上下のまぶたを押し広げた。

「こーんなにおっきかった！」


「まちがいないわ」

久子は眉を寄せた。

「拓也は、あの店主に会ったのよ」

「でも……どこで？　あの店でわたしたちがあの人と話している間、拓也に話しかけはしなかったのに」

久子は香奈のほうに顔を向けた。

「あなたに必要なものは、これなのかしら」

香奈は、久子の手から金色の豚を受け取った。

手が震えた。

……まちがいない。あの、小銭が入れられない「貯金箱」だ。

香奈はゆっくりとうなずいた。

「……これだと……思います」

「あなたが買ったものと似ているのね？」

「……似ているというより……そっくりです。同じ物に見えます。でも同じ物のはずはないですね。あの貯金箱は、津波で店ごと流されてしまいました」

香奈は両の掌でその豚を包んだ。どこからか、亡き夫の声が聞こえて来る気がした。

「ちょきん！」

拓也が嬉しそうに叫んだ。

「ちょきんする！」

「拓也にはまだ無理よ」

真沙美が思わず笑って拓也の頭を撫でた。

「もう少しお兄ちゃんになって、お小遣いもらえるようになったら貯金、いっぱいしようね」

「タクちゃんにはお正月に久子おばあちゃまがお年玉あげますよ。それを貯金したらいいわ」

「久子さん、すみません……」

「もうタクちゃんもお年玉にお金をもらってもいい年頃よ。その金色の豚さんで、貯金のお勉強しましょう」

「それを譲ってください！」

香奈はたまらずに大きな声を出した。

「お願いです。それを譲ってください。わたしに必要なものはきっと、それなんです……その金色の豚をもう一度手にすれば、きっと……」

久子が立ち上がった。

「あなたはもう、あの店に関わらないほうがいい。あなたには、あの店で売っているものはもう必要じゃないのよ。あの店主とあの店は、あなたが思っているような幸運を運んでくれる存在なんかじゃない」

「行ってみませんか」香奈は言った。「もう一度、一緒にあの店に」

「よしてちょうだい。もう二度とあの店に入るのはごめんだわ」

「あら」

真沙美が拓也のリュックの中から、何か別のものを引っ張り出した。

「この本……」

古びた絵本だった。

「拓也、これもおじさんからもらったの？」

「うん」

拓也は手を伸ばして母親から絵本を取り、胸に抱いた。

「ごほん。よむ」

「絵本なんておいてあるのね……あそこ」

久子は拓也の手から絵本を取り上げようとしてか、手を伸ばした。だが真沙美がその本を先に手に取り、ぱらぱらとめくった。

「この本……挿絵と文章がさかさまに印刷されてる」

「……どういうこと？」

久子が覗き込む。

「あ。……絵と文章がさかさまについている、って……こういうことだったの」

「この本の作者が」

真沙美は本をひっくり返し、著者名が印刷されている後ろのページを開いた。

「ほら。……工藤真沙美。これを見て、わたしのところに電話が」

「ほんとだ。……工藤はともかく、真沙美、はそんなに多い字ではないわよね……」

香奈が言った。

「やっぱり行きましょう」

「あの店にもう一度。たぶんその、電話をして来た人、この本の作者を捜している人も、あの古道具屋で何か購入した……たぶん、この本を買ったことがあるんです、きっと。そして……この貯金箱も」

香奈は有無を言わせずに、本を真沙美の手から取り上げると歩き出した。自分の本を取られてしまった拓也が、泣き顔で香奈を追いかける。久子も真沙美も、そのあとを追うしかなかった。

どこをどう歩いたのか、香奈の記憶は曖昧だった。けれど、足が向くままに進めばあの店はそこにある、と確信していた。

そして、古道具屋は、顔を上げるとそこに、あった。

8

「同姓同名だけど、あの絵本の作者じゃないって」

秀は溜め息をひとつついて、古い絵本をテーブルの上に置いた。

「工藤真沙美、なんて名前、そうそうあるとは思えないんだけどな」

「まだこだわってるのね、あの絵本に」

咲子《さきこ》は秀の湯呑みに茶を注いだ。

「もう忘れたほうが良くない？　いくら捜してもあの古道具屋は見つからなかった。あなたはもう、あの店には行かないほうがいい、そういうことだと思うの。実際……」

咲子は言い淀んだ。秀はうなずいた。

「わかってる。大丈夫だよ、僕はもう二度と、あんな失敗は繰り返さない」

「あなただけが悪かったわけじゃないわ。わたしたち夫婦して、おかしな悪夢を見ていたのよ」

「そうだね……あれは確かに、悪夢のような体験だった」

「でも」

咲子は肩をすくめて、ふふ、と笑った。

「楽しいこともいっぱいあった。悪夢には違いなかったけれど……魅力的な悪夢だったわよね」

「うん」

「わたしたちは馬鹿だった。でも、あなたが書いた小説はみんな本物よ。どれも売れて当然の作品ばかりだった。あなたの本が売れたのは、あのエプロンのせいなんかじゃない。あなたは今でも、作家になったことを後悔してる？」

「そうだな」

秀はゆっくりと茶をすすった。

「健太郎のことを考えると、やっぱり後悔はある。僕が小説なんかすっぱり諦めて、君と健太郎と三人の生活を大切に守ることだけ考えていたら、健太郎はあんなことにならなかったかもしれない」

「でもそれは、かもしれない、のお話だわ。あなたが作家になる夢を断念して、普通のお父さんとして仕事していたとしても、同じあやまちを犯すことは有り得た。どんな仕事をしていたって、欲にとりつかれることはあるのよ。それに、あなたよりもわたしのほうが罪は大きい。……健太郎を追いつめたのはあなたじゃないもの。わたしだもの」

「咲子」

「わたしはあなたを外側から見ていたのよ。そして……ちゃんと危険信号は感じていた。わたし自身が、小説のことしか頭にない、わたしと健太郎のほうを見てくれないあなたに対して、不満を抱いてた。その不満こそが危険信号だった。わたしはあなたに言うべきだった……ねえ、たまにはわたしたちのこと思い出してね、わたしと健太郎のこと、ちゃんと見てね、って。なのにわたしは言えなかった。……貧乏が怖かったの。母子家庭でさんざお金に苦労していた時の、明日健太郎に食べさせるものが買えなくなったらどうしよう、って恐怖から、逃れることができなかった。あなたに仕事をセーブしてとお願いすれば、収入が減ってしまう。作家業はある意味人気商売だもの、本が出る間隔があいたら読者に忘れられてしまう。そうしたことが怖くて怖くて、あなたに言うことができなかったの。そして、解消されない不満のはけ口を、健太郎の教育にのめり込むことに見つけ出してしまった。……わたしが健太郎を追いつめたのよ。わたしが自分の虚栄心を満足させる為にあの子の学校を決めた。素直な健太郎は、わたしの期待に応えようと一所懸命勉強して……」

咲子は両手で顔を覆った。

「さっちゃん」

秀は、妻を昔そう呼んでいたように呼んだ。

「さっちゃんも僕も、同罪だし、罪の重さも大きさも同じだよ。僕たちは親として失格した」

秀は、首を横に振った。

「でも僕らはまだ健太郎の親だ。一生、何がなんでも、親であり続けないといけない。健太郎にとって少しでも幸せな日々の為に、僕らの残りの人生は、ある」

咲子は顔を覆ったままでうなずいた。

「僕は、あのエプロンをあの店に返しに行きたいんだ」

「……返す？」

「うん。僕はまだあのエプロンを捨てられずにいる。もちろん、もう二度と使うつもりはないよ。ないけれど……確かめたいんだ」

「何を確かめるの？」

「あれが本当に、悪魔のエプロンだったのかどうか。僕はずっと考えていた。あの古道具屋で最初に買ったさかさまの絵本は、君と健太郎とが幸せなひと時を過ごす役に立った。健太郎はあの本をとても気に入っていたし、あの本が僕たちの生活の中にある間、僕たちはずっと幸せだった。そうだよね」

「……ええ。もともと、わたしとあなたを結びつけてくれたのも、あの本だったし」

「なのに、エプロンを買ってそれを叩き始めてから、あの本が見当たらない」

「健太郎が大きくなって読まなくなっちゃったから……でも捜したのよ。きっとわたしが何かの勘違いで、古紙回収にでも出してしまったんだと思う」

「あの本は、あの店に戻っているような気がするんだ。僕はエプロンを返して、代わりにあの本をもう一度手に入れたい。だからあの店を捜しているんだ」

「でも、その店はもうわたしたちの前には現れないわ」

「どうしてそう思うの」

「だって……わたしたちはエプロンの正体を知った。あの店のものは、もう買わない」

「あの本は別だ」

「その古道具屋は、何か邪悪なものなのよ。わたしたちを不幸に陥れようとしている。でもわたしたちはもう騙されない。だから、あの店のほうもわたしたちでは獲物にならないと知って、現れない」

「……獲物」

「そう、獲物だったのよ。最初にさかさまの絵本でわたしたちを結びつけたのは、より大きな不幸をわたしたちにもたらす為の、準備だった」

「君はあの古道具屋の店主を見たことがないよね」

「あなたから話を聞いただけ」

「あの人は……悪魔には見えなかったな。もちろんすごくいい人にも見えなかったけど。

ほんとに、もうあの店に行くことはできないのかな」

「作者の名前から辿れないなら、もう無理でしょうね」

「そうかな」

秀は、肩を落とした。

「何か他に、方法がないだろうか」

「もしあなたの目の前に古道具屋がまた現れたら、その時は、その必要がある時、なんでしょうね。あるいは……またわたしたちが獲物にされる時」

「もう二度と、同じ間違いは繰り返さないよ」

「その必要があると古道具屋のほうで思えば、その時はきっと、その店を見つけることができるわよ」

電話が鳴った。

『もしもし、真崎先生ですか』

「……その声は、串田さん？」

『はい』

「串田さん、東京に戻られたとか」

『いや、借家はそのままなんですよ。ちょっとね、東京でゴタゴタがありまして』

「ゴタゴタ、ですか」

電話の向こうで、串田信也が少し乾いた笑い声をあげた。

『はは、隠してもそのうち噂がお耳に届くかもしれませんしね、白状します。実は、妻から離婚を申し入れられまして』

秀は、どう応えていいかわからずに、ただ、はあ、と言った。

『まあそんなんで、東京に来ているんです。でも明日はそっちに戻ろうかと。畑をほっぽらかしてるんで、手入れしないとなりませんから』

「そうですか。もしお手伝いできることがあれば」

『いやいや、畑仕事は好きなんで、大丈夫です。それより、明日の夜にでもお会いできませんか』

「それは構わないですよ」

『では明日、わたしのところにいらっしゃいませんか。こっちでいろいろつまみを買い込んで戻りますんで。先生、食べたいものがあればおっしゃってください。デパートの地下売り場に寄って行くので、なんでも買えます』

「僕は好き嫌いないんでお気遣いなく」

『そうですか、じゃあわたしの好みで』

＊

　串田信也は、わずかひと月ほど会わない間にひどく面変わりしていた。健康的に日焼けしていた顔色がすっかり青白くなり、頬がこけ、顎が尖《とが》っている。ただ痩せたというのではなく、ひからびてしまったかのように、深い皺が増えていた。

　それでも、持ち前の明るい声で挨拶すると、紙袋から次々と、食べ物やワインを取り出してテーブルの上に並べてくれた。

　しばらくは、食べたり飲んだりすることでお互いの気持ちを誤魔化した。話題も一般的な、プロ野球の話題やらテレビドラマの話やら、今どんな本が売れているか、というようなことばかり、それも信也が気をつかってくれて、海外の本のことに終始した。

　デパートの地下食料品売り場で選ばれた総菜はどれも美味しく、もともと趣味人的なところのある信也がセレクトしたワインも素晴らしかった。もともと酒が強くはない秀は、調子にのってワインを飲みすぎかなり酔っていた。信也も酒のおかげで顔色が良くなり、口調も滑らかになっていた。


「妻には男がいたんです」

　信也は、ごく自然にそう切り出した。

「いやね、実は気づいていたんですよ。……ずっと前から。気づかない振りしてたけどね」

「どうしてですか」

　信也は、ワインのボトルが空なのを確かめてから、秀が土産に持参した地元の焼酎を取り出して、そのままワイングラスに注いだ。

「なんで気づかない振りなんかしてたんですか。そんなに奥さんと別れたくなかったんですか」

「別れたくなかった」

信也は即答した。

「あいつと別れる気はなかった、ほっとけば、そのうち終わると思ってたんです。相手は俳優です。不倫はまずい立場だ。そっとしておけば、いずれ別れる。妻はね、頭のいい女なんです。本人がいちばんよくわかっていたはずですよ……長続きする恋じゃない、ってね」

「じゃあ誤算ですね。奥さんから離婚を言い出されたってのは」

秀は酔いにまかせて、オブラートに包まずに言葉を吐き出した。

「串田さん、あなたのずる賢い作戦は失敗したわけだ」

秀は笑った。信也が怒るのを見たい、そんな気分だった。だが信也はにこやかに微笑んでいた。

「まあそうですね。作戦失敗だ。しかし納得できない。どうしてあいつは今さら、離婚、なんて言い出したんだろう」

「その俳優さんが、奥さんと本気で結婚するつもりだとわかったんじゃないですか」

「それはないですよ。それはない。たとえ男のほうがその気でも、あいつは、妻は、他の男と結婚したくてわたしと別れる、そういうことは、ない」

「なんでそんなに自信があるんです」

「わかるんです」

信也は悪びれずに言った。

「あいつのことは、わかってるんですよ。……僕ら夫婦は、最初からそうだった。……セックスレスなんです、うちは」

秀は、串田を見た。串田は穏やかな表情で、グラスに残った赤ワインの香りを嗅《か》いでいた。

「まったくない、ってわけでもないいんだけど。でも新婚の頃から、セックスは我々夫婦にとって、さほど重要じゃなかった。正直に言います。わたしは妻が好きでしたよ。プロポーズを受けてもらった時は、天にも昇る心地でした。でもね……からだの関係を持っている女性は……別にいたんです。どう説明しても言い訳になってしまうんだけど……そっちの女性との間では、セックスが何より重要でした。結婚できる可能性はまったくない女性だったし、その女性との結婚生活は、想像したこともないんですよ。不思議なほど、考えなかった。それでも、よくある、からだだけの関係、てわけではないんです。そっちの女性のことも、ほんとに好きだった。ただ、二人の絆がどこにあるのかと言えば、その女性との間には肉体の接触に何より強い絆があり、今の妻に求めたのは、もっと別の絆だった、ということです。そして、妻もまた……」

「奥さんにも他に男性がいたというのは確かなのですか？」

「妻に告白されました。しかしそんなことはどうでもいい。わたしが納得できないのは、どうして妻が、今になって一人になろうとしてるのか、なんです。妻は、浮気相手とも別れるそうです。一人になるんだと。しかしそれなら、わたしと離婚する必要はないはずだ。わたしたちは互いに互いの人生の邪魔はしていない。それぞれの資産を持ち、自由な時間を持っています。妻もわたしも、本来、独身のままで一生を過ごしても不都合のない人間だった。なのにわざわざ結婚した。そうしたほうがより楽しく生きられると思ったからです」

「じゃあ、奥さんは、もう楽しくないのかもしれない」

「……楽しくない……」

「串田さんが仕事を辞めてここに越して来たように、奥さんも、どこか別の場所に行きたくなったんじゃないかな」

「いつでも好きなようにできるのに。東京を出たいなら出ればいいのに？」

「串田さんは先に家を出てここに来たでしょう。でも奥さんは家に残して来た。つまり、串田さんは、ここでの生活を終えたら元のマンションに戻るつもりだった。そうですよね？」

「そうだけど、あの部屋は妻がとても気に入っているんですよ。だから妻はそのまま生活したいだろうと、いや実際、引っ越したくないと言ったんです、彼女は」

「でも、あなたが戻って来るつもりでいる以上、彼女は待っていなくてはならないんですよ。あなたを待って、部屋に住み続けないといけない」

「それが不満なら、そう言ってくれれば……」

「不満なのではなくて、それを受け入れてしまう自分が嫌なんじゃないかな」

串田は何か言おうとしたが、言葉を呑み込んで頭を横に振った。秀の言葉の意味が理解できない、そういうしぐさだった。

「すみません、なんか……僕もうまく言えないんですよ。ただ、奥さんは疲れてしまったんじゃないか、そう思ったんです」

「疲れるって、わたしとの暮らしにですか」

「というか、あなたと暮らさないことに、と言えばいいかな。一人でも生きていかれる者同士、それでも二人でいたほうが楽しいから結婚した。でも結局、あなたは一人でここに来て、奥さんは残された。奥さんはもしかすると、本当は、一緒にここに来たかったんじゃないかと。でもそう言い出せなかった。あなたが一人になりたくてここに来たのがわかっている以上、言い出せないことだった。奥さんは、あなたの考え方をいつのまにか丸ごと受け入れてしまっている自分が、嫌になってしまった……」

「どうして、それならどうして一言も言ってくれないんだ……」

「言わないことが、奥さんのプライドなのかもしれない。最初から自分たちは、世間の普通の夫婦とは違う、そう思ってこれまでやって来たのに。だから浮気もできたのに。なのに、普通の夫婦のように暮らしたい、と口に出してしまえば……奥さんがして来たこと、あなたを裏切って別の男性とつき合っていたことがすべて、罪になってしまうんです」

串田は、空っぽのワイングラスをじっと見ていた。それから静かに言った。

「久しぶりにあの部屋に帰ったんですよ。そしたらね、リビングの真ん中に、バケツが置いてあったんです」

「バケツ？」

「いや、あのプラスチックのやつじゃないです。アンティークなのかなあ、たぶん、石炭とか薪なんか入れていたもんじゃないかな、古い金属のバケツです。正式な名前は知りません」

「ああ、アンティークでよくあるやつですね……アンティーク……」

秀は思わず串田のほうに身を乗り出した。

「それ、まさか」

「把手がないんです。そのバケツ」

串田は視線をワイングラスに固定したままだった。

「把手がついてない。だから薪にしろ何にしろ、入れてもぶら下げて持つことができないんですよ。それがリビングの真ん中に置いてあった」

串田は笑った。秀は自分が蒼ざめているのを感じていた。

「花をいけようと思ったんだそうです。だから買ったと」

「どこで！　どこで買ったんですか！」

「……知りません。町の古道具屋だと言ってました。買って来て、花をいけてみた。予想通りにいい感じになった。把手が取れて、もうバケツとしては使い物にならないけれど、花をいける容器としてちゃんと甦った。妻はそう満足したそうです。でも」

串田はやっと、視線を秀に向けた。

「飽きた、と言いました。すぐに飽きてしまったのだと。把手が取れたバケツをわざわざ買って、部屋の真ん中に置いて花をいけてみた。それはとても斬新な思いつきに感じていたのに、すぐに見飽きてしまった。そして思ったんだそうです……なぜ自分は、新しい把手を買って来て取り付けて、バケツとしてこれを使わないのだろう、と」

串田は、悲しそうに見えた。

「いいアイデアなのにね。そのバケツに花をいけたら、部屋がとても明るくなると思うし、せっかくのアンティークですよ、ホームセンターで売っている安物の把手なんかつけてただのバケツにしてしまうなんて、もったいないじゃないですか。でも彼女は言ったんです……把手のないバケツでは、何も運べない。手に持つことができないわ。それって寂しいことじゃないかしら、ってね」

「串田さん」

「今、わかりました。彼女は把手のないバケツを見て、自分もそのバケツと同じだと気づいたんだ。給料のいい、都会的な会社に勤めて見栄えのする生活をしている。小綺麗で立地のいいマンション、モダンな内装、便利な設備に囲まれて。誰もが彼女を羨む。気ままに自由に生活できて、理解のある自立した夫を持って。だが……彼女には……いちばん肝心なものが欠けている。それがなければ、彼女は彼女として生きることができない。把手がなければ、バケツはバケツとして使われず、花をいけられてしまうのと同じだ。ああ、でも、彼女に欠けているものを、僕は与えてやれない……」

串田は顔を覆った。

「串田さん、奥さんがそのバケツをどこで買ったか、訊いていただけませんか。どのあたりにその店があったのか」

串田が顔を上げた。

秀は言った。

「たぶんその店は、僕がエプロンを買ったのと同じ店です」

第六話　幸福への旅立ち

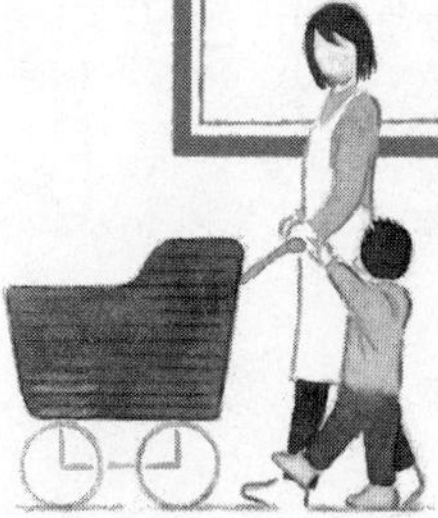

1

ドアを閉めるところまでは笑顔が保てた。けれど、廊下に出た途端に、涙が溢れて頰を伝う。拭う気力もないまま、みずきは談話室へと歩いた。

お茶と水、それに鮮やかな橙色の色水のようなオレンジエードが、ボタンを押すと出て来る給水器が置いてある。紙コップにそのオレンジ色の液体を満たし、ソファに座った。

オレンジエードは甘く、舌や口の中に粘りついた。

談笑する声が耳に届くが、みずきはそれを認識していない。みずきの心は閉ざされ、世界は無音で色すら失っていた。


耐えられない。みずきは思う。もう、耐えられない。

あの子が死ぬなんて……

受け入れられない。

あの子が……わたしのもとから旅立ってしまうなんて。

余命宣告されてから、みずきは自分が夢の中にいるのだと思い込もうとしていた。

これは悪い夢だ。早く目覚めないと。

だが、朝が来るたびに、この悪夢こそが現実なのだと思い知らされた。

希《のぞむ》は、死ぬ。死んでしまう。

医師は、努めて平淡に言った。感情を雑《まじ》えずに説明することが、自分の責務だと思っているかのように。

打てる手は尽くしました。

医学的には……もう試せることはないと思います。

あとは、希くんの苦痛を少しでも取り除いて、毎日を楽しく過ごしてもらうことを考えたいと思います。

お忙しいとは思いますが、できるだけ長く、お母様がそばにいてあげてください。

それなら、連れて帰りたかった。こんな消毒薬の匂いのする病院なんかで最期の時間を過ごさせたくない。けれど、それすら叶わない願いなのだ。

希はもう、呼吸器や点滴のないところで眠ることはできない。

「みずき」

低い声が頭上から降って来て、みずきは顔を上げた。工藤《くどう》が立っていた。

「大丈夫？　顔色が悪いよ」

「……あの子のとこに行った？」

「うん。でもよく寝ていたから、起こさなかった」

工藤はみずきの横に座った。

「今日はとても具合がいいの。だから朝からはしゃぎ過ぎたのね」

「そうか……それは良かった」

工藤は小さく溜め息をついてから言った。

「……妻に話した」

「……え？　話したって、何を」

「希の病気のこと……余命宣告のことも」

みずきは黙って下を向いた。

どう反応していいのかわからなかった。

「妻は……理解してくれた。……今は希と君の為に時間をとってもいい、と言ってくれた」

「それはだめ」

みずきは首を横に振った。

「それはだめよ。そこまであなたの奥様に甘えるわけにはいかない。わたしたちは別れたのよ。別れてから希がお腹にいることが判った。でもそれをあなたに教えなかったのはわたしの責任。奥様は何も知らずにあなたと結婚したのよ。奥様は何ひとつ悪くない。なのにこんなことで苦しめたらだめなのよ」

みずきは激しく首を振った。

「だから……あなたにはずっと黙っておくべきだった」

「俺の息子でもあるんだ。俺は……むしろ嬉しかったよ。息子がいると判った時、嬉しかったんだ。だから妻に詫びて、希を認知した」

「それだけで充分」

みずきは言って、無理して微笑んでみせた。

「あの子にも、お父さん、と呼べる人ができた。それだけであの子はすごく喜んでるわ。だからもう……あなたはあなたの生活を大切にして。奥様と、娘さんのことだけ、考えてあげて」

「家にいても上の空なんだ」

工藤は、苦笑いした。

「むしろ、妻はそのほうが辛いらしい。優しい女なんだ」

「ええ……あなたは正しい選択をした。わたしなんかと別れて、いい結婚をしたのよ」

「君と別れたことを俺は後悔していたよ。妻と見合いした時、君のことを一刻も早く忘れたいと思った。だからろくに妻の顔も見ていないうちから、結婚しようと思っていた」

「もう、そんなことどうでもいいわ。あなたはこれからもっと幸せになる。わたしは……」

「君ももちろん、幸せにならないといけない」

「……難しいでしょうね。希がいないこの先の人生なんて……今は想像できないから」

「今は考えなくていいんだよ。今はただ、希と過ごす一分一秒を、大事にすればいい」

「ねえ、これ見て」

みずきは、空になった紙コップを潰してゴミ箱に入れてから、手提げ袋の中に手を入れた。

「これ」

「……豚の貯金箱？　珍しいな、金色だ」

「塗ったの」

「塗った？」

「お金が貯まる色なんですって。でもこれ、お金はもう貯められないんだけど」

みずきは笑いながら、豚の背中を工藤のほうに向けた。

「ほら、お金を入れる口がないの」

「……ほんとだ。不良品かな」

「そうじゃないのよ。希のリクエストなの。希が、お金を入れるところを塞いでって言ったの。だから紙粘土で塞いで、上から紙を貼って、継ぎ目がわからないように色も塗っちゃった」

「……さすがに器用だな」

「いちおう美術専門学校講師ですからね、今は休職中だけど」

「でもどうして、希はその穴、塞ぎたがったのかな」

「……痛そうだから、ですって」

「痛そう？」

「希には、背中の傷、手術で開いた傷に見えたのよ……お金を入れる穴が。あの子も何度も手術してるから……」

工藤は、金色の豚を手にとり、じっと見つめた。

「……優しい子だ」

「ええ。自慢の息子よ。……神様はどうして、あんなに優しい子を……」

「優しい子だから……手元におきたいんだろう……神様も。この豚は、嬉しそうだな」

「あなたにもそう見える？」

「うん。喜んでいる。背中に穴をあけられて、そこに金を落とし込まれ、腹いっぱいになるまで金を詰め込まれる一生よりも、ただのオモチャになって優しい子供に愛される一生は、そりゃ悪くないだろう」

「貯金箱として不良品になっちゃったけど」

「この空洞の中に詰められたものは金じゃなくて、愛だ。君の……母親としての愛情だ。これはぜったいに、不良品なんかじゃないよ」

みずきは金色の豚を抱きしめた。

「ええ。これはわたしの、宝物よ」

「希は想像力が豊かな子だね」

「あなたもそう思う？　親馬鹿かもしれないけど、わたしもそう感じたの。まだ四歳なのに、こっちがハッとするようなことを言うのよ。今日は、絵本の絵と文字が逆さまになっていればいいのに、って」

「逆さま？」

「ほら、希の寝てるベッドって、わたしが隣りに横になる幅がないでしょう。希もいろんな管に繋がれてるから、ベッドの上で起き上がれないし。だからね、絵本を読んであげる時、あの子は頭だけ横にして、あの子のほうに本を向けて、わたしは文字を逆の向きから読んでるのよ」

「あ、なるほど。それじゃ読みにくいね」

「何度も読んでる本だから、ほとんど憶えてるので大丈夫なんだけど、希はわたしが苦労してると思ったんでしょうね、文字がママのほうに向いてたら便利なのにね、って」

「そうか、なるほどなあ。そういう自由な発想は、我々にはできないなあ」

「でしょ。わたし、絵本作ってあげようかな、って」

「そう言えば、出したことあったね、絵本」

「昔ね。学生の頃から趣味で絵本作ってたんだけど、美大[illegible]ル事務所にいた頃に、仲良くなった出版社の人に見せたら出版してあげるって言われて。三冊くらい出したかなぁ。でも仕事が忙しくなっちゃって、それっきり。あんまり売れなかったし。今の仕事に転職した時にちょっと作りかけたのがあるんだけど……希が生まれちゃって、余裕なくなっちゃったから放り出してあるの」

「……ごめん、希が赤ちゃんの頃は、一人でほんとに大変だったろう。手伝ってやれなくて」

「わたしが黙ってたんだから、あなたに謝ってもらうことじゃないわ。でも希が二歳になるまでは母がいたから、そんなに大変でもなかった。母が亡くなってからの二年くらいが、大変と言えば大変だったわね。保育園になかなか入れなくて、シッターさん頼んでたから、給料のほとんどはシッター代に消えちゃって。でも」

みずきは、金色の豚をもう一度きつく抱きしめた。

「あの二年間だけ永遠に繰り返すことになったとしても、希と生きられるなら、わたしはそれを選ぶ」

思わずまた、涙がこぼれた。

「あの作りかけの絵本を、あの子の為に、文字と絵を逆さまにつけた絵本にするわ。ほら、来週あの子、誕生日だから」

「すごく喜ぶな」

「わたしも楽しみなの。でも病室で作業するとあの子にバレちゃうから、あの子が寝てからやるしかないわね。驚かせたいもの」

「……ずっと泊り込んでるの？」

「ええ」

みずきは肩をすくめた。

「その為に、付添用の簡易ベッドがある個室にしてもらったから」

「みずき、病院代は俺に払わせてくれな」

「でも」

「いいから。それも断るなんて、俺に対してひどい仕打ちだと思ってくれ。あの個室だと差額ベッド代はかなり高額なんだろう？　俺が今さら希にしてやれることなんてたいしてないけど、金を出すくらいはさせてくれ。希は、俺の息子でもあるんだから」

「わかった。ありがとう。正直、助かります」

みずきは涙を拭った。

「全部ひとりで背負う必要はないよ。法律的にも、希は俺の子だ。俺にも養育の義務はあるんだ」

みずきはうなずいた。

＊

雨が降って来た。

みずきは慌ててベランダに飛び出した。

一人暮らしには少し贅沢な2DK、先月引越したばかり。女一人、仕事に復帰したものの、この先どうなるか、不安は多い。

みずきは、洗濯物を抱えて部屋に戻ると、ダイニングに置いた電話台のほうに目をやった。

小さな、小さな仏壇と、真新しい位牌。

その前に置いた、数冊の絵本。

絵本はすべて同じものだ。自費出版で百冊作り、小児科病棟の子供たちに配った、その残り。

あの子は五歳の誕生日を迎えられなかった。あの本を、とうとう、あの子に読んであげられなかった。

希がいなくなってから半年は、どうやって生きていたのかもよく憶えていない。工藤が足繁く通ってくれ、面倒をみてくれたのはぼんやりとわかっていたけれど、満足に感謝の言葉も伝えられなかった。

希の一周忌を済ませてから、ようやく、このまま駄目になってしまってはあの子に申し訳ない、と思えるようになった。工藤に世話になり続けるのも心苦しかった。工藤の妻には、感謝してもしきれない。長い手紙を書いた。工藤の妻からは、気持ちのこもった返事をもらった。

おおきいひとだ、と思った。工藤の妻は、心の広い、人としてのスケールが大きい女性だ。だからなおさら、もう甘えられない、と思った。

歯を食いしばって、過去を整理した。仕事に復帰し、希の骨を墓におさめた。

工藤とは疎遠になったが、それでいい、と思っている。希の三回忌、七回忌には連絡をしよう。けれど、もう工藤とは、それ以外で逢うことはない。

洗濯物をテーブルの上に置いて、みずきは絵本を手にとった。

工藤真沙美
本名の菱川《ひしかわ》みずきではなく、ペンネームを付けた。名字の「工藤」は、自費出版の資金を半分もってくれた工藤に対する謝礼の気持ち。

真沙美、は、希を可愛がってくれた、みずきの母の名前。工藤は、工藤真沙美、というペンネームをとても気に入っていた。自分に孫でもできたら、真沙美と名付けよう、と笑っていた。

ペンネームを付けて良かった。もし菱川みずきの名前でこの本を作っていたら、希に読んであげられなかったことを、永遠に悔やみ続け、この本を見るたびに悲しみに囚われていただろう。

この本は、工藤真沙美、という美術講師が作った本。そして、ベッドで寝たきりの子供たちが、読み聞かせてもらう為の本。

手元に残すのは一冊でいい。わたしが死ぬ時に、柩《ひつぎ》に入れて一緒に灰にしてもらう一冊だけで。

そうだ、古書店に売ってしまおう。坂の下に確か、古書店があったはず。いつの日かこのおかしな、さかさまの絵本が、見知らぬ誰かを楽しませることを願って。

みずきは財布と鍵を、エプロンのポケットに入れた。と、すとん、と二つとも足下に落ちた。

やだ。ポケットの底がぬけてる。

エプロンをはずして、手を入れてみた。穴があいていた。

繕わなくちゃ。このエプロンだけは、捨てられない。希が大好きだったエプロン。なぜか希は、このエプロンだけを特別に好んでいた。どうということのない、地味な無地のエプロンなのに。

希はいつも、このエプロンを摑んで甘えていた。顔を押し付け、ポケットに手を入れ、紐を引っ張って。

みずきは、ポケットの底がぬけたエプロンを、また身につけた。近所に買い物に出る時には、いつもエプロンをつけたままで出る。希は、みずきの買い物について歩くのがとても好きだった。あの頃は仕事が終わって保育園に迎えに行くともう夕方、買い物をしている時間もなかった。だから買い物は週末にまとめて済ませる。希が赤ん坊の時に使っていた乳母車を二人で押して行き、商店街をゆっくりと歩いて、乳母車一杯に食べ物や雑貨を買い込んだ。そんな時、希はけっして、自分も乳母車に乗るとは言い出さず、片手でみずきのエプロンの裾をしっかりと摑み、もう片方の手で乳母車を押してくれた。と言っても三歳の子供の力では、押すことはできずに摑まって歩いているだけだったのだが、希はみずきの手伝いができることがとても誇らしかったようで、その顔は輝いて見えた。

幸福な、幸福な夕暮れ時。

みずきは今でも、エプロンの裾をひく希の「重さ」をはっきりと憶えている。

このエプロンをつけて歩くと、希と一緒に買い物をしているような気になれる。

ああ、そうだ。保育園で習ったと、あの子はいつも歌っていたっけ。

ポケットのなかにはビスケットがひとつ

ポケットをたたくとビスケットはふたつ

小さな手が、歌に合わせてみずきのからだをたたいた。ぽん、ぽん、と。

その優しい、はかない力。

みずきは涙を拭う為のハンカチも、手提げに入れた。いつまでも泣いてばかりでごめんね、希。

ママはだめね。弱虫で。泣き虫で。

「あ、菱川さん」

階段を降りかけたところで、下からのぼって来た隣室の主婦に声を掛けられた。

「昨日はどうもありがとう、バケツ」

「バケツ……ああ、いいえ、あんな物でよければいつでも」

「子供たちの花火にはバケツに水を用意しないと怒られちゃうのよね。まだ下にあるから、あとで洗ってお返しするわね」

「そんな、洗ったりしなくていいです。わたしこれから取りに行きます」

「それじゃ悪いわよ。あとで届けるわ」

「いいんです。あれ、把手が取れかかってるでしょう。ついでだから金物屋に持って行って直してもらって来ますから」

「そう？　下の広場の、水道のとこに置いてあるんだけど」

「わかりました。それじゃ」

「ほんとにごめんなさいね。どうもありがとう」

みずきは団地内の小さな広場の、水道に立ち寄った。みずきが貸したバケツは確かにそこにあった。中に花火の燃えかすが入っているのだろうと思ったが、覗いてみると、ゴミは入っていなかった。水道で軽くすすいで、みずきはそのまま、手提げとバケツを持って商店街へと向かった。

手提げの中には、財布、鍵、そして絵本が五冊。

商店街に行く手前の、坂の下に古本屋がある。あそこに寄って、絵本を引き取ってもらおう。値段はつかないだろうけれど、誰かに読んでもらいたいからと言えば、タダなら引き取ってくれるだろう。


団地のある丘からゆるゆると続く坂道。その坂が終わったところに古本屋があった。


あった、はずだ。

いや……お店が替わった？

あの古本屋さん、いつ閉店したんだろう。確か昨日もここは通ったはずだけれど、古本屋はあった気がする……


だが今、みずきが見ているのは古本屋ではなかった。

それはどう見ても、古道具屋、のようだった。

2

「こんにちは」

みずきは、店の外からそっと声をかけてみた。そんなに高価な品物をおいているようには見えない。店の外に出してあるのは百円均一の茶碗やコーヒーカップの類い。それに古い雑誌など。

だが狭い入り口から見える店の奥には、古い年代の高価そうな壺や皿なども飾ってある。

こうした店には一度も入ったことがなかったので、みずきは中に入る勇気がなくて躊躇《ためら》っていた。

雑誌が重ねて置かれている台に紙が貼り付けてある。

『お品物買い取ります。ご相談ください』

みずきは持って来た本の入った袋を見た。自費出版した本なんて買い取ってもらえないかも。それでも訊くだけ訊いてみよう。

みずきは思い切って店の中へと一歩踏み込んだ。その時、ごとん、と音がして何かが目の前に転がって来た。

ビリヤードの、玉？

数字が書いてある。……黒い色に、数字は8……

みずきは手を伸ばして、玉を拾った。

「この店には、あんたに必要なものはないよ」

声がしてみずきが顔を上げると、珍妙な顔の人間がそこにいた。やたらと大きな目は、だが焦点が定まっていないというか、どこを見ているのかよくわからない。丸い鼻はあるかなしかで小さく、口はきつく結んで少しへの字だ。どこかで見たような気がするその顔は、だがなぜなのか、みずきの背中をざわつかせる。

「あ、いえ……買い物に来たのではないんです」

みずきは自分が、エプロンをつけたままサンダル履きなのを意識した。どう見ても金持ちには見えないだろうし、高価な品を買いに来る格好でもない。

「あの、買い取りもしていただけると書いてあったので……」

不思議な顔をした男……いや、女性かもしれない……は、黙って手をつき出した。一瞬その意味がわからなかったが、みずきは反射的に、なんとなく抱えていたバケツを手渡してしまった。そんなものを抱えたままでここまで歩いて来ていたのだ、と、その時やっと気づいた。

ま、間違えました、と手を伸ばしたが、その人はすでにバケツの縁を摑んでいた。

「これか」

この店の店員？　いや、店主だろう。店主は、バケツを覗き込む。

「あのそれ、ほんとはコークスバケツなんです。コークスを入れておく……田舎のおじいちゃんの家にあったもので、なんとなく素敵だったのでもらって来たんですけど、なのであの、普通のバケツより重たくて形がちょっと変で、でも大きくて、花火の時は便利で」

「うるさい」

店主は蠅《はえ》でも追うようなしぐさをした。

「物の本質を見極めるのはわたしの仕事だ。説明などいらない」

店主はバケツの外側を掌《てのひら》でさすっている。

「なるほど。わかった、買い取ろう」

「えっ」みずきは驚いた。「あ、あの、それ把手が」

「他には何かあるか。その袋もか」

店主がみずきの手から買い物用の手提げをひったくる。中には、さかさまの絵本が入っている。

店主は絵本を開いた。

「ふん。これか。いいだろう、これも買い取ろう」

「あの、でもそれ、自費出版なんですけど」

「他にも何かあるのか。それか」

みずきは、自分が左手に持っていたものを指さされてまた驚いた。ビリヤードの……玉？

「あの、これ、お店の中で今さっき拾ったんですよ。このお店のものだと思いますけれど」

「違うな。そんなものここには置いていない」

「でも、わたしのものでもありません」

「しかしあんたが持っていたじゃないか」

「そうですけど、拾ったんです、今、ここで」

「構わん。それはあんたが持っていたものだから、あんたから買い取ろう」

「で、でも」

「こちらによこしなさい」

みずきはなぜか、店主の言葉に逆らうことができずに、ビリヤードの玉を手渡してしまった。

「これだけだな。おや、まだあるな。その袋の中に」

「え、もう何も」

言いかけて、みずきは気づいた。手提げが空じゃない。重さがある。

いったい何が……

あっ。

中を覗くと、金色のものが見えた。

「これは違うんです！」

みずきは思わず叫んだ。

「これは……これは大事なものなんです……」

「あんたにはもう必要がないものだろう」

「いいえ！　これは、わたしの宝物なんです」

「いつまでそんなものを大事に抱えているつもりなんだ？　それはあんたにとって、足枷《あしかせ》であり手錠だ。手放しなさい」

「だって……だってこれは、あの子の形見です……」

「そんなものがないと、あんたは子供を忘れてしまうのか？」

「いいえ、忘れたりしません。決して」

「ならばそれは不要だろう。あんたの心の中に、子供の想い出は消えることなく残る。それで充分だろう。いいかい、物は嫉妬深いんだよ」

「……物が……嫉妬深い……？」

「物は人の執着を欲しがる。人がいつまでもその物に囚われていることを望むんだ。だから物とは、適当なところで別れたほうがいい。古くなったら手放しなさい。過去になったら別れなさい。すでに不要になっているのにいつまでも執着していると、そのうちに物は、あんたの心の中にある想い出まで侵食するぞ。あんたが愛したのは子供だ。物じゃない」

焦点が定まっていないように見えていた店主の瞳は、今、みずきをじっと見据えている。

催眠術にでもかかったように、みずきは袋の中から金色の豚を取り出して、店主の手に渡していた。

「ついでにそれも」

店主が指さしているのはみずき自身だった。みずきは慌てて下を向いた。ポケットに穴のあいたエプロン。

「それも買い取ろう」

「これは……」

「また想い出か。執着か。そんなものがないと、子供を忘れてしまうと言うのか」

「……忘れません。決して」

「ならばそれも不要だろう」

「……穴があいているんです、ポケットに」

「ポケットだと思わなければいいだろう」

「でも」

「早くしなさい」

みずきは、エプロンをはずした。

あの子が好きだったエプロン。

あの子の手の、小さなその手の重さがまだ残っている、エプロン。

「これであんたは、自由だ」

店主は笑った。いや、笑ったと思ったのは錯覚だったのかも。店主の目も口も、動いていない。

「買い取り価格は、そうだな、これでいいだろう」

店主がみずきに手渡したのは、一枚の宝くじだった。

「抽選日はまだ先だ。当たっても外れても、報告しに来なくていいよ。わたしは興味がない。むろん、当たったら金はあんたのものだ」

店主は、今度こそ笑った。口が歪んで、風が通り抜ける時のような奇妙な笑い声が聞こえた。

「もうあんたに用はない。帰れ」

店主はくるっとみずきに背を向けた。


みずきは店から出た。ひゅるる、と風が吹いて砂ぼこりが舞う。

一瞬、砂ぼこりの中に大勢の人の姿が見えた。

子供を連れた母親。初老の品の良い女性。

少しくたびれた顔をした、五十くらいの男。

その後ろにもう少し若い男と、車椅子を押す女。車椅子には若い男が座っている。

整った顔をした、スーツが似合う女。

ほんの少し悲しそうな目をした女。けれど意志は強そうだ。

この人たちは……だれ？

砂ぼこりがおさまる。目の前には誰もいない。

今のは何？

みずきは振り返った。そして悲鳴をあげた。

そこには、何もなかった。空き地があるだけ。

古道具屋は消えていた。この世界から、消えていた。

＊

「ここだ」

秀は言って、うなずいた。

「間違いない。この店だ」

「串田さんはご夫婦で一緒に入られるほうがいいと思います。奥様が到着するまでそこでお待ちになったほうが。僕は先に入ります」

「真崎先生、あの」

秀は振り返らずに店の中へと入って行った。

「すみません、どなたかいらっしゃいませんか」

「いるよ」

不意に目の前に現れた人物の顔に、はっきりと見覚えがあった。

「どうも……ご無沙汰しました」

「馬鹿げた挨拶だ」

店主は鼻を鳴らした。

「店に来る客に、沙汰も無沙汰もあるものか。買う必要がない時は来ない。必要があったら来る。それだけの関係だ」

「その通りですね。そしてこの店は、必要がない時には来ることもできない」

「それで何か不都合があるのかね。必要がなければ来なければいいんだ、来ることができるかできないかは関係ない。どのみち来ないのだから」

「今日は、ここに来ることができました。つまり僕には、また必要なものがある、ということですね？」

「それを考えるのはわたしではなく、あんただ」

「まさに。僕はここに何を買いに来たのか、わかっているつもりです」

「だったら早くそれを見つけなさい」

「そうします」

秀は店の中を歩いた。

店の奥の、古い本がぎっしりと棚に並んでいる一角に、初老の婦人が立っていた。品のいい、高価そうなスーツを着ている。半分銀色になった髪は、昔の映画に出て来るようなクラシックなスタイルにまとめてある。

秀は、婦人を見つめた。

「ここでお会いできるとは思っていませんでした。あなたのこと、ずっと捜していました」

秀が言うと、婦人は目を見開いた。

「わたくしを知っていらっしゃるの？　ごめんなさい、わたくしはあなたがどなたなのか存じ上げません」

「あなたは……工藤真沙美、さんですよね。あの、さかさまの絵本を創った人だ」

婦人は驚いた顔で、じっと秀を見ていた。

「なぜわかったのか、と訊かないでください。どうしてなのかは僕にもわからないんです。でも、あなたを見た瞬間にわかった。この店は……あの面白い顔をした、この世のものではない何者かは、あなたを救う為に誕生した」

「わたしを……救う……ため」

「たぶん、そうだと思います。誰かが……あなたのことをとてもとても愛している誰かが、そう願ったんですよ、きっと。あなたを救いたいと、願ったんです。あの本は、あなたが創ったものですよね？」

「……工藤真沙美、はわたくしの筆名です。挿絵と文章とが天地を逆に印刷されている絵本でしたら、ええ、わたくしが昔、自費出版したものです」

「そしてこの店にお売りになった」

「……ええ」

「他にも売ったものがありませんか。……ポケットに穴があいた、エプロンとか」

「どうして……そのことを」

「僕が買ったんです。どちらも、僕が買いました」

婦人は、開いた口を隠すように手をあてた。

「僕はどうしてもこの店にもう一度来たかったんです。でもどうやっても見つけることができなかった。それであなたを捜しました。あなたが見つかれば、この店も見つかる、そう思ったからです。ですが、他にもこの店で買い物をしたという人がいたんです。それで、その人が知っているこの店の場所を訊きました。僕自身の記憶に頼ってもここに辿り着けないのは、僕がもう、この店で買うべきものが何もないからだと考えたんです。でも他の客ならば、まだここで買うべきものがあるかもしれない。僕自身がこの店では二回買い物をした。だったら、他の客の中にも、またここに来る必要のある人がいるんじゃないか。僕の勘は当たりました。そして僕は今日、ここにまた来ることができた。物を買う為ではありません。その必要がないから、僕はここを見つけられなかったんですからね。でも結果としてここに辿り着けたということは、僕がこれからしようとしていることは、する必要がある、ということなんです」

「……おっしゃっている意味が……理解できませんわ」

「すみません。簡単に言います。僕は今日、この店を消滅させます」

婦人は、大きく見開いた目で秀を見つめている。

「あなたのことを誰よりも愛し、あなたを救おうとしていた誰かの意志が、この店をこの世界に生み出した。しかしあなたを救う為にあなたからこの店が取り上げた品物を、この店は無邪気に客に売ってしまった。なぜなら、この店を生み出したその意志は、あなたが手放した品物を、とてもいいものだ、と思っていたからです。その意志は、それらの品物が……たぶん……大好きだったんです」

「……大好きだった……」

「我々、この店の客となった者たちはみんな、心に闇を抱えていました。その闇がこの店の意志を刺激した。この店の意志は、闇を憎んでいた。心の闇が、あなたを苦しめることを知っていたからです。あなたが抱えていた心の闇が……その意志は大嫌いだったのでしょう。だから、自分が大好きな物を分け与えることで、闇を消そうとした」

秀は微笑んだ。

秀には今、それが見えていた。それの思考が、手に取るようにわかった。

「ですが、我々客となった者たちは、この店の意志ほどに純粋ではなかった。店主が我々に語った言葉は、我々が頭で創り出した言葉だったんです。まるで無声映画のアテレコをするように、我々は、自分たちの思考が生み出したセリフを店主に喋らせた。そしてこの店の意志が分け与えてくれた物を、ある時は正しく、そしてある時は間違ったやり方で使った。そして、幸せになったり不幸になったり、勝手に踊りを踊っていたんです」

婦人は、なぜか少し微笑んだ。

「……まるでわけのわからないお話ですけれど……つまり、わたしがこの店に売った物をあなたや他の方がお買いになって、それで幸せになったり不幸せになったりした、ということ……ですね」

「簡単に言えばそうなります。でもその、幸せとか不幸せとかいう状況自体が、我々が勝手に創り出してしまったある種の錯覚に過ぎないんです」

「真崎先生」

串田が、紙袋を手に提げた美しい女性と共に立っていた。

「その方はどなたですか」

秀は言った。

「把手のとれたバケツの、元の持ち主さんですよ」

3

「このバケツの!」

串田の隣りに立っている女性が、驚いた顔で秀ともう一人の女性を見つめている。

この人が串田の奥さんか。美人だな。でも、この人には嘘がある。いや、嘘しかない。

秀の目には、串田の妻の顔は、ぼんやりとぼやけて実体のない幽霊のように見えていた。この店に足を踏み入れて以来、秀は見えないはずのものを見て、見えているはずのものが見えにくくなっている。だがそのことはあまり不思議とは感じなかった。

それが、この店の意志のしわざだということを、秀は理解していた。この店の意志は、秀に真実を見せようとしている。一切の装飾や欺瞞を取り除いた、本当の姿を。

串田の妻は、もう串田のことを愛していない。おそらく串田だけではなく、誰のことも、自分のことすら愛してはいないだろう。この女性は、今や希薄だ。

だが、秀は感じていた。この存在すら希薄になりつつある「絶望した女」をも、この店の意志は救おうとしている。この店の意志は、女性の絶望に感応するのかもしれない。愛してやまない一人の女を絶望から救う為にこの世界に生まれた意志だから。

「いわれを教えてくれませんか」

秀は〝工藤真沙美〟に言った。

「あなたがこの店に売った物たちのいわれ、想い出を」

真沙美はじっと秀を見つめていた。

「……他人に話すようなことではありません」

真沙美は静かに言った。

「わたしにとって、とても大事な想い出です。でも、わたしはそれをこの店に売り、それらの物たちと別れる道を選びました。わたしは……前に進まなければ、と思った。わたしが失意に囚われて生きることを諦めてしまえば……」

「亡くなられたあなたのお子さんが、天国で悲しむ、そう思われたからですよね」

真沙美は小さくうなずいた。

「把手の取れてしまったバケツ、あれはそのお子さんが好きなバケツだったんじゃないですか。すみません、話したくない、というあなたのお気持ちは何より尊重されるべきものです。それを無理に話させる権利など、僕らにはありません。ですが、この店の……あまりにも無邪気で純真な意志は、ここを訪れた、昔のあなたと同じような絶望にとりつかれた大人たち、僕も含めた、純真さを失ってしまった人間にとっては、まぶし過ぎたんです」

「……まぶし過ぎた……」

「僕らは、あなたの大事な想い出の品々を手に入れて、間違った使い方をしてしまいました。いや、すべて間違ったわけじゃない。僕はこの店で二つのものを買いましたが、ひとつは正しく使うことができた。それは僕がまだその頃、いくらかの純真さを失っていなかったこともあり、そして何よりも、僕がそれを使ったのが……まだ幼い子供の為だった、ということもあった。でも二つ目の品物を、僕はとんでもない使い方をしてしまった。その為に僕は、この世界で何より、誰より愛している人たちを傷つけ、不幸にしてしまいました。でも僕は確信しているんです。今日ここで……この店が僕たち家族を救ってくれる、と。お願いします、不躾で無理なお願いだということは承知しています。でも、あなたの口から話してほしい。今ここで、話してほしいんです。僕たちが間違った使い方をしてしまった物たちの、本当の姿について」

秀は、串田の隣りに立っている美しいけれど存在が薄くなってしまった女性を見た。

「持っていますか、今ここに。あなたがこの店で買って、花を活けたバケツです。把手の取れてしまった、バケツです」

女性はうなずいて、機械じかけのロボットのようなぎこちない動きで、紙袋からバケツを取り出した。

工藤真沙美の目が一度大きく見開かれ、そして涙が溢れ出した。

「息子は花火が大好きでした」

工藤真沙美は、溢れる涙を指で拭って話し始めた。

「母子家庭で経済的にさほど豊かではなかったわたしたちは、公営の団地で暮らしていたんです。とてもお家賃が安くて助かっていました。夏になると団地では、子供たちが敷地内の広場で花火をします。保護者がつきそって、バケツに水を入れたものをいくつも用意して。子供たちが手に持って楽しむような、小さな花火ばかりです。花火が終わると子供たちは、バケツの水に花火を浸けます。ジュッと小さな音がして火が消える。あの子はなぜか、それがとても好きだったんです。ジュッ、という音をいつも楽しんでいました。そのうちに、一緒に花火をしている子供たちが、水に花火を浸ける役目を息子にさせてくれるようになりました。息子がとても楽しそうなので、息子より年上のお子さんたちが息子に譲ってくれたんですね。花火が終わるとみんなが息子を手招きし、息子は喜んで駆け寄ってその花火を受けとって、バケツの水に浸ける。ジュッ、と音をたてて。子供にとっては、そんな、あまりにも他愛のない、なんでもないことがとても楽しい。息子にとって、夏の想い出はあの、花火を水に浸ける、ジュッ、という音とともにあったんだと思います。息子はいつも嬉しそうに言いました。花火をずっと持っていると火傷しちゃうんだよ、だから僕がお水にジュッとしてあげるの。みんなが火傷しないように。……わたしが最初にあの子と花火をした時に、花火が消えてもいつまでも名残惜しそうに燃えかすを手に持っていたあの子に、そんなふうに教えたんです。ずっと持っていると火傷しちゃうかもしれないよ、早くお水に浸けて消してあげようね、って」

「あなたの優しい息子さんは、ジュッという音を楽しんでいただけではなかった。他の子供たちが火傷をしないよう、花火を水に浸けようと頑張っていたんですね」

秀は言ってから、からだをまわして串田の妻を見つめた。

「あのバケツは、把手が取れてしまってバケツとしては使えなくなりました。でもバケツとして役に立っていた時は、幼い男の子の思いやりや優しさ、責任感、そうしたものを支える道具だった。でもあなたはあのバケツを買って、何をしたかったんですか」

「……何って」

串田の妻は、秀の目を見返した。

「わからないわ。だってあんなもの、別に必要じゃなかったもの。この店の変な顔の店主が、わたしにあれを買わせたのよ」

「いや、バケツを買ったのはあなた自身の意志だ。この店は幻なんです。実際には存在していない。あの店主も、この店をつくり出したあるものの意志、思念の仮の姿なんですよ。我々はその思念と同調してしまった。そして品物を選んだ。欲しくないのに無理に買わされたのではない、我々が選んだんです」

「わたしがあのバケツを……選んだ」

「そうです。なぜそうしたのか、あなたに必要なことは、その理由を考えることだと思います。あなたはどうして、把手のないバケツを必要としたのか。バケツとしては使えない、何も汲《く》めない、そんなものをどうして、買ったのか。あなたは、自分が把手のとれたバケツなのだと思った。違いますか。あなたの苦しみは、あなたが自分で自分を無価値なもの、壊れたものだと思い込んでいることにある。だからあなたは半ば自暴自棄、空虚なんです」

串田が怒った顔で秀を見て、何か言いかけた。だが串田の妻が先に口を開いた。

「わたしは……空虚なの？」

「僕にはそう見えます」

「あのバケツを買ったのは、わたしの意志なのね？」

「あなたがそれを選んだんです」

串田の妻が、いきなりその場に座り込んだ。

「大丈夫か！」

串田が妻の手を取り、跪《ひざまず》いて妻のからだを支えようとする。妻はゆっくりと首を横に振った。

「わたしは、空虚。わたしには何もない」

「つまらないことを言うんじゃない。君は空虚なんかじゃない」

「いいえ、そうなのよ」串田の妻が、低く笑った。「ごめんなさい。……わたし、あのバケツに花を活けた。そして部屋の真ん中に飾ったの」

「ああ、見たよ。とても素敵だ」

「……わたしは隠したかった。あのバケツが、バケツとしては役に立たないガラクタだということを、花を活けることで隠したかったの。部屋の真ん中に花を飾って、そうして自由に好きなように生きている、と見せかけたかった」

「君は……自由に生きているよ。そうじゃないとしたら、それは俺のせいだ。君を何らかの形で不自由にしていたのだとしたら……」

「あなたは悪くない。あなたは、何も悪くないわ」

　串田の妻は、ゆっくりと立ち上がった。

「この店をつくり出した、その意志さんとやらは、きっとお見通しなのよね。わたしが本当はどんな人間なのか。いつもそう見えるようにと見せかけていたわたしではなく、わたしの本当の姿を、知っているのよね？」

「串田さんの奥さん、この店をつくり出した意志は、決して邪悪なものではないんですよ。しかし結果としてこの店で買ったもので不幸になってしまうことはあるんです。なぜなら、正しい使いかたをしなかったから。僕もやらかしてしまいました。そしてその代償は、あまりにも大きかった。あなたはまだ間に合うはずです。間違いを正して、もう一度はじめからやり直せる。だから自暴自棄になってはいけないと思う」

「妻はどんな間違いをおかしたと言うんですか」

　串田が怒りに顔を赤くして言った。

「あなたに妻の何がわかるんです！」

「すみません串田さん、おっしゃる通り、僕はあなたの奥様と今ここで初めてお会いしました。あなたの奥様に関して、僕は何も知りません。でも今僕は、どうやら、この店の意志と繋がってしまっているようなんです」

「繋がってしまったって……」

「僕の脳に、その意志の思考が流れ込んで来るんですよ。そして、僕にはあなたの奥様が抱えている闇が、見えているんです」

「……闇……いったい何のことなんだ。どうして妻が何か悪いことでもしてるみたいに言うんだ！」

「いいの。いいのよ。その通りだから」

串田の妻は串田の言葉を遮《さえぎ》るように言った。

「もう、いいの。……あなたに何もかも話します」

「何もかも……？」

「ごめんなさい、本当にごめんなさい。わたし……会社のお金を横領しているの」

串田の顔が驚愕に歪む。秀も驚いて串田の妻を見つめた。その美しいが空っぽな女は、今、次第に色をおび、空虚ではなくなりつつある。輪郭がくっきりとして、ぎらぎらとした感情が女の心の奥底からたちのぼっていた。

「わたしは、あなたとの結婚生活に満足していました。それは本当なの。わたしもあなたも家庭より仕事、だったけれど、それだからあなたとの生活は、わたしにとって重荷にも足枷にもならなかった。わたしが好きに仕事をすることを認めてくれたあなたには、本当に感謝しています。でも……わたしはあなたに、会社でのことを何もかも話していたわけじゃないの。それはあなたも同じよね。会社であったことを一から十まで家庭で喋っていたのでは、聞かされるほうもうんざりするだろうし、話すほうだってうんざりする。会社でのことはできれば家では忘れていたい。だから楽しいこと、いいことだけ話して、嫌なことは持ち帰らないようにしていたの。だから言えなかった。……広報室、営業戦略室、と第一線を歩いていたのに、突然閑職にまわされたなんて……秘密にしようと思っていたわけじゃない、でも、言えなかったの。配属こそ人事部だったけれど、会社案内や新卒募集用のパンフレットを作る仕事にまわされた、なんてね。それだって本当に作らせてもらえるなら、全力でやる。でもそうじゃないの。パンフレット類は出入りの編プロに毎年任せていて、撮影も取材も文章もすべて、そこが作るのよ。わたしはただ、書類を書いて、形ばかりの打ち合わせに出て、予算の管理をして、発注伝票を起こすだけ。残業もない、出張もない、ある意味、とてもありがたい職場」

輪郭を取り戻しつつある女は、乾いた笑い声をたてた。

「左遷人事だったけれど給与は据え置き、下がらなかったんだから、文句を言うのは間違ってるわよね。でもこの先何年勤めても、もうわたしは出世しない。お給料も上がらない。部下もいない。係長の役職は付いているけれど、わたし一人しかいない係よ。朝から一人で仕事して、お昼も一人で食べて、五時になったら、お先に、の一言を言う相手もなくタイムカードを押して帰る。そんな毎日」

串田が妻をそっと抱いた。

「もういい、言わなくていいよ。ここでそんなこと、言う必要ない」

「ごめんなさい、でもあなたに知ってもらいたい、知ってもらわないとならないの。左遷されたのは、もう五年も前のこと。なのにわたしはあなたに黙って、ばりばり仕事している振りを続けたの。もちろんそれだけだったら、ただわたしが見栄っ張りだった、というだけの笑い話。嫌になったらいつだって会社なんか辞めれば良かったんだし、そんな仕事でも意地になって続けていたのはわたしの勝手。本当を言えば、いつか返り咲けるかもしれない、という期待もあったの。わたしが左遷されたのはミスしたからじゃなくて、わたしを可愛がってくれていた常務が社内抗争に敗れて平取締役に降格されたから。でもわたしには能力がある。それはみんなが認めてくれていたはず。そう信じていたのよ。それがまったくわたしのうぬぼれで、もうわたしは二度と浮かび上がれないんだ、と知ったのは、二年間も砂漠みたいな場所でじっと我慢して生きていたあとのことだった。わたしは……復讐したかったのかもしれない。会社に復讐したかったのかも」

「それで会社の金を」

「そう。何しろわたしのところには部下も上司もいない。形式的には人事部長が上司だったけれど、異動した時に挨拶したっきり、文字通り窓際のわたしの席からは、キャビネットが邪魔で顔もろくに見えない。支払い伝票も請求書も、なんでも一人で書いて一人でハンコ押して、部長の未決箱に放り込めばそれでＯＫ。最初はケチなことだったのよ。伝票の数字をちょっと大きくして水増しして、その分のお金を編プロの担当者と分けた。その程度。十万円くらいだったかな、最初にくすねたのは。でも一度やってしまうと、なんだか楽しくなっちゃって。パンフの架空発注、架空の打ち合わせ費用、ちょっと工夫すれば会社からお金をくすねる方法なんか、いくらでもみつかった。この三年間、わたしはありとあらゆる手を使って横領を重ねて来たの。いちいち憶えてないし記録もつけてないけれど、おそらく総額では五百万円以上になると思う」

串田が言った。

「心配いらない」

「そのくらいの金なら貯金をおろせばいい。弁償さえすれば、その程度の横領で会社が君を告訴することはないよ。どうせもう、仕事に未練はないんだろう。俺が全部後始末してやるから、君は何も心配しなくていいんだ」

「心配なんて」女は肩をすくめた。「してないのよ。だって……お金が欲しかったわけじゃないんだもの。ただ面白かった。会社のお金を盗むのが楽しくて、楽しくて仕方なかったのよ。いつバレても構わない、ずっとそう思っていた。それともうひとつ……前にも話したけど、わたし、不倫してる。でもね……愛しては、いないのよ、その人のこと。とても可愛い、好きだとは思っているけれど、愛じゃない」

秀は思わず目をこすった。今、女は本来の生気を取り戻し、その美しさが輝きを放っている。

　女を覆っていた重い霧が晴れていく。

「わかっていたの。細かいお金をいくら会社から盗んだところで、何の復讐にもならない、何の意味もないこと。愛してもいない男と何度寝ても、わたしの人生がより楽しいものになんてならない、ってことも。わかっていたけれど、やめることができなかった。わたしはそんな自分が嫌いで、嫌いで嫌いで嫌いで、殺してやりたいくらい憎んでいた」

　女は言った。

「わたしは……たぶん、死にたかったのね。余りにも自分のことが嫌いになり過ぎて、もう自分が生きていること自体がゆるせなくなっていた。そうよ、わたしはあのバケツが欲しくなったの。把手が取れている。もうバケツとしては使えない。なんて悲しい、なんて惨《みじ》めな存在なんだろう。底が抜けているならまだいいわ、だって、底が抜けたバケツなら誰もがみな納得する。このバケツには水は入れられない、もうバケツとしては使えないって。でも把手が取れているバケツは、水を入れることはできるのよ。なのにバケツとして使えない。水は入れられるのに手で持つことができないから。誰もが思うわ。あら惜しいわね、もったいないわね、って。把手さえちゃんとしてれば、使えるのに、って。わたしと同じ……わたしと同じなのよ。使い物にならないくせに、形ばかりは保っている。もう役に立たないガラクタなのに、プライドばかり高くて負けたことを認められない。壊れていることを受け止められない！」

女は顔を手で覆った。

「……あの日、わたし……この店に、刃物を買いに入ったの」

「刃物」

秀が思わず繰り返した。

「そうよ、刃物、よ。どうしたかったのか、自分でもよくわからない。刃物を手に入れて何をしたかったのか。誰かを刺したかったのか、自分を殺したかったのか。あるいは、何かを切り裂きたかったのかも。ホームセンターにも行ってみた。デパートの包丁売り場も覗いた。でもね、ぴかぴか光る刃物はどうしても、買うことができなかった……怖くて。光る刃はあまりにも冷たくて……この店に入って、わたしはわたし自身を破壊してくれるものを探した……なのに見つけたのは、わたしと同じように壊れたバケツ。そして家に連れ帰ったのもその惨めなバケツよ。わたしは持ち帰る間に必死で考えていた。ごまかさなくちゃ。隠さなくちゃ。把手が取れていることを、なんとか忘れてしまわなくちゃ。花を投げ込んで、部屋の真ん中に置いた。もう惨めじゃない、悲しくもない。把手の取れたバケツは部屋の真ん中で主役になった。ほら見て、見て、綺麗でしょう！」

「そんなことする必要、なかったのに」

声を出したのは〝工藤真沙美〟だった。

「花なんか活けなくても、あのコークスバケツは……あの子が大好きだった花火のたびに、あのバケツはちゃんと、役に立っていました」

「でも把手は取れてなかったでしょ！　花火の火を消した時は、ちゃんとしたバケツだったのよ！」

「把手なんか、修理するのは簡単です。わたしがバケツを修理しなかったのは……見るたびにあの子のことを思い出すのが辛いから、もう捨ててしまおう、と思ったからです。あなたはご自分のことがわかっていらっしゃらないのね。あなたは……あなたは恵まれていたのに。たくさんのものを持っていたのに！　自分を破壊するだなんて、そんな贅沢で我儘で傲慢なこと、ゆるせないわ。あなたはちゃんと鏡をご覧になっていますか。あなたのような美しい顔を持っていることを、毎日感謝して生きてますか。美しくて健康で賢くて、愛してくれる男性がいて。たかが……たかが一度把手が取れてしまったくらいで、どうしてそんなに素敵な人生を投げ出したりするんですか。取れた把手はつけたらいいのよ。何度でも、修理したらよろしいのよ！」

　空虚だった女は、今や、鬱陶しいほどの大声をあげて泣き崩れ、その存在をめいっぱい誇示している。

　秀は、女を羨ましいと思った。

　女が失ったものなど、自分が失ったものと比べればどうということのないものだ。会社をクビになり、もしかすると警察に逮捕されて社会的信用もなくすのかもしれないが、そんなものどうとでもなる。何よりも、串田はこの女を愛している。そして、そう、健康で美しいままなのだ。

秀は目を閉じて、この店の意志に語りかけた。

僕の犯したあやまちは、もう取り返しがつかないのか。

底の抜けたポケットを叩き続けたことに対する罰ならば、僕自身に与えてくれ。

あの子のことは、解放してやってくれ。

あの子を、元の姿に戻してくれ。

何を買えばいい？

何を買えばいいんだ、この店で、もう一度。

4

これは選択だ。最後の選択なのだ。秀は思った。

この店で自分が何を買えばいいのか。それを間違わなければ、この店は消える。ここに今、集まった人々はみな救われる。

「あの」

突然背後から声が聞こえた。

「このお店……開いてますか」

三十代半ばくらいの女。子供の手をひいている。その後ろには上品な老女。そしてもうひとり、また見知らぬ女も立っていた。

まだいたのか。この店で何かを買ってしまった者が、まだ他にもいたのか。

店主の姿が見当たらない。どこに消えたのだろう。

いや。

秀は、理解した。この店の意志は今、秀にこの店を預けたのだ。

「買い物をされたいんですか。それとも買ったものを返したいんですか」

秀は訊いた。

「買いたいんです！　あの時のように、わたしに今必要なものを買いたいの！」

親子連れと老女の後ろに立っていた女が言った。

「わたし、もう一度人生を始めたいんです。愛する人を永遠に失って、一時は死ぬことも考えました。でもこの店のことを思い出した。ここに来て、今わたしが買わなくてはならないものを買うことができたら、わたしはもう一度生きられる。そう思うんです。だから必要なんです、この店で買い物をすることが、わたしには必要なんです！」

「あなたは……ここで買い物をして、それから幸せを手に入れたんですか」

「ええ」

女は迷わずに答えた。

「わたしにとってこの店は、幸運を呼んでくれる店です」

秀は、迷いのない女の目を見つめた。そしてあの絵本のことを思った。さかさまの、絵本。

あの本は確かに、自分の人生に幸せを運んでくれた。この店の意志は、決して、誰かの不幸を望んでいるわけではないのだ。

「あなたがお買いになったものは、金色の豚ではありませんか?」

〝工藤真沙美〟がその女に訊《たず》ねた。

「もともとは貯金箱で、背中に小銭を入れる穴があったけれど、塞いだんです。あの子が、背中に穴が開いていては豚さんが痛そうだからと。あの子もからだ中を切り刻まれて、いつも痛さに耐えていました」

女は笑顔になった。

「やっぱりそうだったんですか! ええ、その豚です。その貯金箱です。はじめはどうして穴が塞がれているのか不思議だったんです。でも、やがて思いました。背中に穴が開いているって、ちょっと可哀そうだよね。だから誰かが穴をふさいでくれたのかも、って」

「あなたは、あの貯金箱を手に入れて、それから幸せになったのですね」

「ええ、そう思ってます」

「不幸になったわけではないんですね」

「愛する人は失ってしまいましたけれど、それは貯金箱のせいじゃない。人生の山や谷は、予期せぬ時に目の前に現れます。何が現れても、ただひたすらにそれを越えて生きるしかない、そう思います。あの金色の豚は、わたしにとって幸運のお守りでした。わたしはまた、山も谷も乗り越えて生きようと思うんです。だからお守りが欲しい。それでこの店にもう一度、来たんです」

「こんなところで、幸運のお守りなんか買えないわ！」

美しい老女が叫んだ。

「ここで手に入るものは、悪魔の道具よ！　ここで何か買ってはいけない。ここで手に入るものは心を惑わし、かき乱し、不幸を招くのよ！」

「あなたは何を買われたんですか」

秀が訊ねた。老女は言った。

「ビリヤードの、玉」

「ビリヤードの？　それをあなたはどうやって使ったんです」

「知らない」

老女は子供のように首を横に振った。

「わたしは知らない！　わたしは憶えていない！」

「しかし、結果としてあなたは不幸になった」

「……不幸にしてしまったのよ。心の中で嫉妬と憎しみを抱いていたことは否定しない。わたしはあの女が嫌いだった。でも、でも、あんな形で傷つけるつもりなんかなかった。なのに、あの玉が転がって……」

老女は顔を覆った。

「わたしが転がしたのかも知れない。憶えていないけれど、そうなのかも……玉に足をとられてあの女は大怪我をした。二度と踊れなくなってしまった。この店は悪魔の店よ。だってわたしはあんなビリヤードの玉なんか、欲しくはなかったんだもの。なのに買ってしまった」

「それは」

〝工藤真沙美〟が口を開いた。

「あの子のものではありませんでした。他のものと一緒にここに売ったけれど……それは見覚えがなかった。この店にもともとあったものだと思います。でもここの店主は、他のものと一緒にそれも買い取ってしまった。わたしのものではない、と言ったのに」

「これは僕の推理なんですが」

秀は言った。

「この店で売られている物自体には、誰かを不幸にしたり幸福にしたりする特別な力などは備わっていない。ここで売られているのは、見た目通りの物なんだと思うんです」

「しかし仙崎さん」串田が言った。「あなた自身、底の抜けたポケットを叩き続けて大変な目に遭われたじゃないですか」

「確かに僕と妻とは、大変なあやまちを犯してしまいました。僕は作家として小説を書くことに没頭し過ぎて家族を忘れ、妻は僕が稼ぎ出す金に逆らえず、僕を引き止めることができなかった。結果として、両親に見捨てられた形になった息子が事故に遭い、肉体の自由を奪われました。あまりにも大きな代償です。しかしそれは、底の抜けたエプロンのポケットを叩いたからじゃないんです。自分たちの心に隙があり、未熟さがあったことで起こった悲劇です。ポケットを叩く、という行為は、一種のおまじないです。その行為自体に具体的な効果があるわけではないけれど、心理的に、エプロンのポケットを叩けば小説が書ける、という暗示を自分にかけることができる。しかしそれは、底が抜けたエプロンに対する素直な態度ではなかった。買ったエプロンのポケットの底が抜けていたら、普通はどうするでしょうか。普通は、底を縫って繕うか、店に返品します。エプロンをエプロンとして使う為にはそうするべきなんです。なのに僕は、ポケットを叩いた。いつも息子が童謡の歌詞にならって、オモチャを叩いて遊んでいるのを見ていました。それは微笑ましい光景でした。だが僕と妻がそこに、我々自身の醜い欲望を持ち込んだんです。童謡の歌詞のようにビスケットが二倍、三倍と増えればいいな、という欲望です。昔、まだ作家としてデビューできなかった頃には、とにかく自分の書いた小説が本になって書店に並ぶことだけが目標でした。それだけを純粋に望んでいました。なのにいつの間にか、僕の望みは、世間からちやほやされたい、尊敬されたい、羨ましがられたい。いい家に住んでいい暮らしがしたい。そんなものへとすり替わってしまっていた。底の抜けたエプロンが魔の力を発揮してしまったのは、僕の欲望がそう仕向けたからなんです。この店で売られている品物はすべて、醜い欲や邪《よこしま》な思いと感応すれば魔の力を持ち、素直で自然な思いと接すれば、おだやかな幸せへと導いてくれる。なぜだかわかりますか」

秀は言葉を切り、自分の言葉にじっと耳を傾けている人々を見回した。

「それは、この店で売られている物、いや、この店そのものが、童心、だからなんです」

「童心」

串田がつぶやいた。

「……子供の……心？」

秀はうなずいた。

5

「昔、おそらくは病で余命わずかとなった子供がいたんです。……男の子かな。そんな気がするので、少年、と呼ばせてください。僕はその子に会ったことはありません。でもその子が好きだった物を僕の子供も好きだったから、その子の存在をここに来て感じることができました。その子は想像力がとても豊かな子だったんです。そしていつも、いろいろなことを空想していたのだと思います。その子は、母親からとても愛されていました。母親はその子が病に倒れてから、全身全霊でその子の為に尽くしました。短い人生だったけれど、きっと少年は幸せだったと思います。母親の愛を、溢れるほどの愛を最期まで一身に受け止めていたんですから」

〝工藤真沙美〟の嗚咽《おえつ》が、低く響いた。

「ベッドに寝たままだった少年に絵本を読み聞かせしてあげる為に、少年のお母さんは面白い絵本を創りました。挿絵と文章とがさかさまに印刷された絵本です。もしかするとそれも少年のアイデアだったかもしれませんね。少年は感受性にも富んでいて、とても優しい性格でした。ある時は、貯金箱の豚の背中に開いている穴を塞ぎました。少年自身何度も手術を受けていて、豚の背中の穴が傷に思えたんでしょう。穴を塞がれて貯金箱としては使えなくなったけれど、代わりに少年の相棒として、豚は新しい使命をもらいました。また、少年は花火が大好きだった。でも少年は責任感も強かったんでしょうね、花火の燃えかすをバケツの水につけて消火するのも少年の役目でした。……絵本、貯金箱、そして把手のとれてしまったバケツ。そう、すべては少年の想い出と繋がる物たちなんです。少年が亡くなったあとで、少年の母親はそれらの想い出に縛られていつまでもくよくよしている自分と決別しようと決心しました。そうしなければ天国にいる少年が悲しみますから。でも想い出の品々を捨てることがどうしてもできなかった。えっと、ここから先は少し非現実的な物語になりますが、どっちにしても我々はもう、この不思議な古道具屋という非現実的な場にとらわれているわけですから、驚くことはないと思います」

秀は、天井に話し掛けるように上を向いた。

「少年の命は終わりました。ですが、母親を愛し、心配する少年の心は、この世界に残ってしまったんです。俗な言い方をするなら、成仏できずにいる、という状態でしょうか。少年はなんとか母親に元気になってもらいたかった。自分のことでいつまでも悲しんでいることがたまらなかった。子供でありながら親より先に逝ってしまったことを、申し訳ないと思っていた。そして少年の心、この世界に残ったままの心が、この店をつくり出してしまったんです。母親が捨てることができずにいる少年の想い出を捨てる場所として、この店は誕生しました。母親がこの店に、さかさまの絵本やお金の貯められない貯金箱や、持てないバケツを売り払うことで、想い出から解放されて元気になってほしい。それがこの店の、意志、の願いだったんです。少年は、忍者ハットリくんのアニメが好きだったのかな……なのでこの店の店主は、あんな顔なんですよ」

「好きでした」〝工藤真沙美〟が、そっと言った。「入院中も、よく見てました」

「エプロンもあなたの物ですよね？」

〝工藤真沙美〟はうなずいた。

「あの子が好きだったんです……ポケットに穴があいてしまって、繕おうと思っているうちに……」

「ビリヤードの玉は、息子さんのものではないんですね？」

「……違うと思います。わたしは見たことがないんです。……でもその玉をこの店に売ったのはわたしです。その玉は、わたしの目の前に転がって来たんです。この店の中で。そしてそれを拾い上げたら、あの店主がその玉も買い取ると……」

「店主が、買い取る、と言ったんですね？」

「ええ、わたしの物ではないと言ったんですが、聞いてくれませんでした」

秀は少しの間考えていたが、うなずいて言った。

「つまり、この店の意志がこのビリヤードの玉を、あなたに拾って欲しかった、ということですね。あなたにこの玉に触れて欲しかったのだ、と考えるのが妥当だと思います」

「でも拾っただけで、すぐに買い取られてしまったんですよ」

「ええ、触ってもらうだけで良かったんでしょう」

「どういうことなのかさっぱり」

「ひとまず、この玉のことはおいておきましょう。我々は今度こそ、正しい選択をする必要があるんです。まずは、このエプロンだ」

秀は、上着のポケットから折り畳んだエプロンを取り出した。

「これは僕にとって、魔のエプロンでした。僕はこれの使い方を間違えてしまった。そのせいで、大切な息子に取り返しのつかないことが起こってしまいました。でもここにはこのエプロンを必要とし、正しく使うことができる人がいるはずです」

「仙崎さん、いけません」串田が言った。「それは不吉だ。あまりにも不吉です。あなたはそのエプロンのせいで、正気を失いかけたんですよ。そんなものを使いこなせる人間など、いるはずがない」

秀は、エプロンを裏返し、ポケットの底から指を出してみせた。

「このポケットは使えない。しかし、このエプロンを叩くと欲しかったものが手に入りました。因果関係はわかりません。ただの偶然なのかもしれない。でも僕はすっかりこのエプロンに心を支配されてしまった。最初は本当にささやかな望みだったんですよ。ただ、次に出す本は少しでいいから前の本よりも売れてほしい、せめて一度ぐらい重版してほしい、その程度のものでした」

串田の妻が訊いた。

「それが、ポケットを叩いたら叶ったんですね」

「叩けば叩くほど、面白いように望みが叶いました」

「つまりそのエプロンは、あなたの欲望に呼応した？」

「いや、僕たちの妄想だったのかもしれません。エプロンは何もしていないのかも」

串田の妻はじっとエプロンを見つめていたが、いきなり手をのばしてエプロンをつかんだ。

「これはわたしがもらいます」

「何を言っているんだ」

串田が慌ててエプロンを取り上げようとした。

「こんな危険なもの、ぜったい駄目だ」

「わたしのこと心配してくれるの、すごく嬉しい」

串田の妻は、潤んだ目で串田を見た。

「でも、わたしたちもう終わりでしょう。わたしはこれから、あなたなしで生きていかないとならないの。わたしは力が欲しい。これまでみたいに、ただ何となく流されて、自分が本当に欲しいものが何なのかもわからずに、ゾンビみたいに生きているわけにはいかないのよ」

「でも欲望に囚われてしまったら、ますます自分が本当に欲しいものがわからなくなるよ」

「欲望がなくなってしまうよりはましよ！」

串田の妻は叫んだ。涙を流しながら。

秀は、泣いている美しい人が握りしめているエプロンを見つめた。

この人は、生きたいんだ、と秀は思った。生きている意味を欲しがっている。

串田の優しさに包まれてなお、この女性は自分が生きているという実感を得られなかったのだ。この女性に今必要なのは、優しさではない。

自分に欲望があるのだ、何をおいても手に入れたいものがあるのだ、と認識すること。

秀はうなずいた。

「あなたには確かに、このエプロンが必要だ。おそらくその選択は、正しいはずです」

串田の妻は、安堵したようにエプロンを抱きしめた。

「そのポケットを叩くことで、あなたは自身の欲と向き合える。把手のとれたバケツに花を活けるようなごまかしではない、欲望と正面から向き合って、自分の手で欲しいものを摑み取る、それができた時、あなたはきっと、今よりずっと元気になるでしょう。串田さん」

秀は、串田の顔を見た。

「危険がない、とは言いません。実際に僕たちは破滅する間際までいってしまった。でも今、この女性にはこのエプロンが必要だと思います。あなたはこのひとと離婚されるんですか」

「……したくはない。妻がゆるしてくれるならそばにいたい……」

「ならば、針と糸を常に持ち歩いてください」

「針と糸？」

「もしこのひとに危険がありそうだと思ったら、ポケットの底を縫って普通のエプロンにしてしまうんです」

「あ……」

「そしてあなたがそのエプロンをつけ、何か美味しいものでも作ってあげたらいいと思います。ポケットの底が塞がり、底なしの欲望と縁を切ったら、あとは普通の穏やかな幸せが、あなたたちには待っている。僕はそう思います」

「その時まで、待てと」

「待ちましょうよ」

　秀は微笑んだ。

「あなたは編集者だ。待つのは得意じゃないですか」

　串田は弱々しく笑った。

「わかりました。そうします。いつも針と糸を持って……そして、いつも彼女のそばにいることにします。これからは、ずっと」

「あなた……」

「でもね、実はわたし、裁縫はまったくできないんですよ。ポケットの底を縫うことなんてできない」

「練習してください。雑巾とか縫って」

　秀は言って、串田のそばに寄った。

「僕たちのような間違いを彼女に起こさせないように、彼女を見つめ続けてあげてください。あなたにその気さえあれば、お二人はいつかまた、愛し合うことができますよ、きっと」

　秀は、今度は金色の豚を手に取った。

「それはわたしのものです！」

　二度の震災を体験した女性が叫んだ。

「それを探しに来たんです！　それはわたしの手に戻るのが正しいのよ」

　だが秀は、それを女性の手に渡さなかった。

「これがわたしと、亡くなった主人とを出会わせてくれた。この豚が手元に来て、わたしの人生は変わったの」

「でも、この豚を取り戻しても……ご主人は戻っては来ませんよ」

「そんなことわかってます。わかってるけど、わたしにはそれが必要なんです！」

「もう一度、誰かと出会いたいんですか？」

　女性は不意をつかれたように秀の顔を見た。

「新しい恋の相手が欲しいんですか？」

「……そんなくだらないこと、考えてません！　わたしの夫はあの人だけよ。あの人とのことは死ぬまで大切に胸にしまって生きていきます！」

「ならばどうして、この豚が必要なんですか」

「ど、どうしてって」

「これを取り戻して、あなたはどうするつもりですか。この豚はかつてあなたを幸せにしたかもしれない。でもそれは、過去の話ですよ。あなたはいつまで、自分を過去に縛りつけておくつもりですか」

「な、生意気なこと言わないで！　あなたに何の関係があるのよ！」

「間違えるわけにはいかないんです」秀はきっぱりと言った。「この豚は、この店の意志が呼び戻したのだと思います。あなたにはもう必要がないものだからです。僕は、あなたがここで手にしなければいけない物は、何か他のものだと思うんです」

「他のものって……」

「先に、この豚の正しい持ち主を探しましょう」

「僕が欲しい！」

甲高い声がした。

ビリヤードの玉を憎悪していた初老の女性が叫んだ。

「いけません！　拓也くん、それに触ったらだめです！」

「拓也！　拓也、あなた、見えるの？」

男の子の背後には、母親らしい女性がいた。

「たっくん、このお店が見えるの？」

「見えたの」

男の子は笑顔だった。

「今ね、見えた。それで、金色の豚さん、きれいだからぼく、ほしい」

「それはあなたの物じゃありません」

初老の女性が言った。だが男の子は秀の手から、さっと貯金箱を奪い取った。

秀は、男の子のほうに屈みこんだ。

「拓也くん？」

「うん」

「君、この豚さんが欲しいんだ」

「うん、欲しい」

「どうして欲しいのかな」

「……綺麗だから」

「そうか。でもこの豚さん、どうやって使うか、わかる？」

「それ、貯金箱、でしょう？　うちにもあるよ。ドラえもんの」

「でもこれ、お金を入れるところがないんだよ」

秀は豚を男の子の手から取り戻し、ひっくり返して背中を男の子に見せた。

「どうしよう。ほら、背中に穴がないでしょう。穴をあける？」

「うーん」

男の子は首を傾けて考え込んだ。

「穴をあけたら豚さんかわいそう？」

「それは君がどう思うか、で決まるんだ。君がかわいそうだと思えばかわいそうかもしれない。でもこれは生き物じゃない、ただの、お茶わんやお皿なんかと同じ陶器だからね、穴をあけても豚さんが痛いわけじゃない。君がそうしたいなら、穴をあけてもそれは悪いことじゃないよ」

男の子が手を伸ばしたので、秀はまた豚を男の子に渡した。男の子は何度もひっくり返していじっていたが、やがて上を向いてにっこり笑った。

「穴、あけなくていいや」

「いいの？　お金を入れられないよ」

「いいの。綺麗だから」

「そう。じゃ、どこかに飾っておく？」

「うん」

「どこに飾ろうか」

「ひいおじいちゃんの、おぶつだん」

「お仏壇？」

「ひいおじいちゃん、いつもひとりぼっちだからね、この豚さん置いてあげたらさみしくなくなるよ。綺麗だから」

「拓也……」

初老の女性は、じっと男の子を見つめている。

「この子のひいおじいさんの名前は、何とおっしゃるんですか」

秀の問いに、女性は男の子を見つめたままで答えた。

「工藤敬……そこの、真沙美の祖父です。わたしは後妻で、拓也とは血は繋がっていないの……」

秀は男の子の母親を見つめた。

「ではあなたが、工藤真沙美さん……」

「ええ、工藤真沙美です。でも変な絵本を創ったのはわたしじゃないわ」

「あなたが……真沙美さん」

絵本の作者である〝工藤真沙美〟が、大きく目を見開いていた。

「工藤さんの……お孫さん。それじゃ、その子は……その子は……」

「どうやら、この店の意志が、この子に逢いたいと思ったようですね。……長生きしていたら逢うことができたかもしれない、この子に」

6

「この店の意志」

〝工藤真沙美〟というペンネームを持つ女性は、頬に涙を伝わせていた。

「ここは……あの子の心の中なんですね……」

「このビリヤードの玉は、あなたの息子さんの物ではないんですよね」

秀が、〝工藤真沙美〟というペンネームを持つ女性に訊いた。

「ええ。あの子はビリヤードなどやったことありませんでしたし、大人がビリヤードをしている様子を見たこともなかったと思います。それにビリヤードの玉は、この店のものなんです、もともと。たまたま棚から落ちたものなのに、あの店主がそれも買い取ると」

「棚から落ちた。それは確かですか」

「確か、かと言われると……でもそんなものに見覚えがなかったので、棚から落ちたんだと思いました。でも……わたしが手にしていた買い物バッグから落ちたようにも見えたんですけど……」

「あなたが店に持ち込んだものかもしれない？」

「……でも本当にそんなものにはまったく見覚えも心当たりもありません。あの子のものだとは思えないわ」

秀は、玉を見つめた。

「玉自体ではなく、この数字に意味があるのかもしれない」

「数字……8、ですか」

「いや」

「数字ではなく……こうしたら」

秀は、8、を横にした。

「球体ですからね、どこが上も下もない。こうしてもいいはずだ」

「それは」

秀はうなずいた。

「ええ。無限大、です」

∞

「あっ」

絵本を作った〝工藤真沙美〟、が叫んだ。

「ウロボロス！」

「心当たりがあるんですね」

「あの子が……気に入って……病室に飾っていたんです。ウロボロスの絵……ゲームの雑誌に出ていたイラストでした」

「ウロボロスは普通、輪になった蛇のイラストで表されます。無限大の記号は8の字です。無限大記号の起源にウロボロス説があるのは確かですが、実際の起源は違うようです」

「でもあのイラストは、二匹の蛇が8の字になっているものだったんです。あの子はとても気に入って病室に貼り、いつもウロボロスの話をしていました。ウロボロスには不老不死の意味もあるんだよ、って」

「死と再生、永遠の生。そうですね、そうした意味もあります」

「あの子は……自分が長くは生きられないことを知っていました。だから……永遠、に憧れたのだと思います」

「この玉は、永遠の命、を意味している。これはやはり、息子さんの物だったのではないかな。そしてこれは、あなたのもとに戻るべき物だ、という気がします」

　秀はその玉を、ペンネーム〝工藤真沙美〟、に手渡した。

「この玉が息子さんの物だったとしたら、あなたはそれを知らずに売ってしまったことになります。息子さんはこの玉に描かれた、永遠、を誰に残したかったのか。本当はこの玉は売られるべきではなかった。これを買ったあちらの女性は、この玉のせいで不幸になったとおっしゃっています。息子さんとしては決して、この玉で誰かを不幸になどしたくなかったと思います。このビリヤードの玉は、息子さんが、永遠、を贈りたかったはずの人、お母さん、が持つべきものです」

秀は、一同を見回した。

「底のないポケットのついたエプロンと、無限を意味するビリヤードの玉は、正しい持ち主が判ったようです。そして金色の豚は、どうやらその子が手にするのが正解のようです」

幼い男の子と、その後ろにいた若い「工藤真沙美」、そしてその家族らしい、ビリヤードの玉で不幸になったと言う初老の女性の三人は、差し出された金色の豚を眩しそうな目で見ていた。

男の子がしっかりと豚を抱きしめ、ありがとう、と言った。

「……わたしは……わたしはどうなるの？　わたしの想い出……あの人との想い出は……」

「あなたのお名前を教えていただけませんか」

「……葛木香奈」

「香奈さん。我々の手元には、把手のとれたバケツと、文字と絵がさかさまに印刷された絵本があります」

秀は、片手を小さな子供の方につき出した。男の子は目を丸くしていたが、背中の小さなリュックから一冊の本を取り出して秀に手渡した。

「ありがとう。君が持ってきてくれて良かったよ。いろんな物が好き勝手な場所に移動しちゃうからね。えっと、で、香奈さん、このどちらかが、あなたにとっての正解、そして残ったものが、僕にとっての正解のはずです。そして、僕には自分の正解がわかっています。僕はこの、工藤真沙美、という人が作った絵本を買って、確かに幸せを得た。あなたが金色の豚で得た幸せと同じ、おそらく同じ種類の幸せです。それは……誰かを愛し、その人と家庭を築く、という、平凡だけれどかけがえのない幸福でした。しかし金色の豚は、今度は別の人を幸せにする番なんです。だからあの子の手に渡った。それならば、絵本も次は、他の誰かを幸せにするでしょう。つまり僕が選ぶべき正解は、バケツです。それならば、あなたが手にしなくてはいけないものが、この絵本だ」

「こんなもの……どうすればいいの。何に使えばいいの……わたしには子供がいないんです」

「どうすればいいのか、何に使うべきなのかは、手にしてから考えればいい。僕はバケツをもらいます。把手がとれてしまって、何も運べないバケツです。でもきっと、これが今、僕に必要なものなんだ」

秀はバケツを抱えた。

串田の妻が花をいけ、そして絶望したバケツを。

秀は上を向いた。店の中にいたはずなのに、見上げると青空がそこにあった。

「さあ、不思議な古道具屋のご主人。あなたが我々に用意してくれたものを、我々は確かに受け取りました。あなたは悪魔ではない、神でも天使でもないいんだ。あなたは……お母さんのことが心配でこの世界にとどまったままでいる、小さな、優しい魂だ。あなたがぶっきらぼうに見えたり、不気味に感じられたり、悪意があるように思えたこと、それはみな、我々の心がぶっきらぼうで不気味で、悪意があったからなんだ。あなたは純粋で、何も知らなくて、そして何もかもわかっていた。そしてあなたが我々にこうして贈り物を用意してくれたのは、他でもない、あなたのお母さんを我々が助ける、守る、その為ですね？　あなたの願いは、あなたのお母さんの笑顔ですね？　約束します。我々はこれから、あなたのお母さんを助け、守ります。もう心配しなくていい。あなたの不安は消えたはずです。あなたは、その優しい魂は、もう天に還ることができる。もし良かったら、最後にお別れの挨拶をしてくれませんか。あなたのお母さんも、あなたに逢いたいでしょうから」

「ママ」

不意に幼い声がした。

目の前に、忍者ハットリくんのお面をかぶった小さな男の子が立っていた。

「あ、希！」

絵本の作者が駆け寄った。そして抱きしめた。

「のぞむ……逢いたかった……ずっとずっと、逢いたかった……」

男の子は母親に抱きしめられながら、お面をはずした。

かわいらしい、目の大きな少年だった。

「ごめんなさい」

少年は、はにかむように笑った。

「これ、縁日で買ってもらって、すごく気に入ってたんだ」

「うん、似合っていたよ」

「大人とどんなふうに話したらいいのかわからなくて」

「それであんなに愛想がなかったのか」

秀も笑った。

「品物の値段もわからなかった？」

少年はうなずいた。

「だから適当に、持ってるお金全部、の値段にしちゃった。ママを本当に助けてくれる？」

「うん。約束する。だから君は、もう行きなさい」

「わかった。約束、忘れないでね」

「決して忘れない。君のお母さんは、我々が守る」

「ありがとう」

少年は微笑んだ。そして、お面をもう一度つけた。

ばいばい、と聞こえた。

少年の姿が消えてしまう前に、確かに、そう聞こえた。

気がつくと、空き地のような場所に立っていた。

二人の工藤真沙美。葛木香奈。串田夫妻。拓也とその曾祖母。

車椅子に座った息子と、その母親。

「我々はここからやり直しましょう」

秀が言った。

「天に昇ったあの子は、本当は我々みんなに幸福になって欲しかったんです。なのに我々は、自分自身の邪さのせいでしくじった。いや葛木さん、あなたはしくじってはいませんね。でも、一からやり直さなくてはならないのは同じだ。ここから我々はそれぞれの人生に戻りましょう。この店で買った物を持って。ここから、幸福に向かって旅立ちましょう」

＊

「拓也ったら、あの金色の豚を抱いたまま眠っちゃった」

和室の襖《ふすま》を閉めて、真沙美は居間に戻った。

「なんだか……不思議な一日だった」

「そうね」

久子は、湯呑み茶碗を両手で包み、目を細めて茶をすすった。

「誰に話しても信じてもらえないでしょうね……とっても、疲れた」

「でも、良かったんじゃないかな……お腹の中にしまいこんでいた悪い思い出を全部吐き出せて。久子さん、わたしがこんなこと言うの、余計なことなのかもしれないですが……転んで怪我をしたその女性に、一度連絡をとってみたらどうかな、と」

久子は顔を上げた。怒り出すだろうと真沙美は身構えたが、久子の表情は意外なほど穏やかだった。

「車椅子生活になった、というところまでしか知らないんでしょう？　それとも、亡くなったとかそういう話、聞いてます？」

久子は首を横に振る。

「共通の知りあいにでも、それとなく消息を聞いてみるとか。そんなことして何になる、って言わないでくださいね。何にもならないかもしれないけど、わたし、久子さんにはそうすることが必要なんじゃないか、そんなふうに思ったんです。ビリヤードの玉をポケットから出したのが久子さんだったとしても、その人は玉を踏んで怪我したんじゃないって自分で言っていたんでしょう？　その人が久子さんを庇《かば》う理由なんて、本当にあったんでしょうか？　その人がご主人を殺そうとしていたなんて、それこそ久子さんの妄想に過ぎない。その人は本当のことを言っているとわたしは思う。久子さん自身が、それを受け入れたくないだけなんだと。長い時間が経って、そろそろ真実を受け入れる気持ちになっているんじゃないでしょうか、久子さんも。だから今日、わたしたちにはあのお店が見えた、そうじゃありません？」

真沙美は久子の手をそっと握った。

「前に進みましょうよ。もう大丈夫、拓也があの金色の豚で、わたしたちを幸せにしてくれますから。ね？」

久子は、じっと真沙美を見つめていた。

長い時間が経ったような気がしたけれど、おそらく一分かそのくらい。真沙美は、久子がゆっくりとうなずくのを見て、微笑んだ。


その時、真沙美の心にひとつのイメージが現れた。

床に置かれた絵本。真沙美は指でひとつずつ文字をなぞる。こつん、と自分の額に誰かの頭が当たる。顔を上げると、見知らぬ男の子。この学童保育所に、こんな子いたかしら？あなた、だれ？　真沙美は訊く。男の子はニコッと笑って、さっと本を回転させた。真沙美の目の前に、楽しい絵が現れた。

の・ぞ・む
男の子の口が、そう動いた。

真沙美は言った。いっしょに、ごほんをよみましょ。男の子はうなずいた。

真沙美は、思い出した。あれは彼だった。さかさまの絵本を一緒に読んだのは、彼だった。

＊

こんな変な本をもらっても、どうしたらいいのか、何につかえばいいのかわからない。

香奈は溜め息をひとつ吐いて、東京の夜景を見つめた。

これからどうしよう。どうやって生きていこう。

大船渡《おおふなと》に戻ってもう一度喫茶店を開きたいけれど、店を建て直す資金はどうすればいい？

携帯がメールの着信を知らせる。

あ、近藤くん……。

『今、電話してもいいですか？』

何かしら。近藤とは結婚してからもずっと、メールのやり取りをしている。香奈にとっては、親友、と呼べる存在だ。

『ＯＫです』

すぐに電話がかかって来た。

『もしもし？　香奈さん？』

「わたしです。どうしたの？」

『香奈さん、東京に出て来てるんだよね、今』

「うん」

『明日、時間ないかな。夜』

「いいけど、何か相談？」

『うん、あのさ……雄介《ゆうすけ》が香奈さんに逢いたがってて』

雄介は近藤が養子にした少年だった。近藤はお気楽なプータロー生活のあと、あの震災でボランティアをしたことで知りあった人達とＮＰＯ法人を立ち上げ、ホームレス支援の事業を展開する会社をおこした。その後、今のパートナーと知り合い、共同生活をしている。

雄介は近藤の従妹が産んだ子供だが、シングルマザーだったその従妹は昨年、雄介を残して他界。親戚の誰も雄介を引き取ろうとせず、近藤が引き取ることになった。まだ三歳と少しだが、利発で愛らしい子供だ。母親が恋しいのか、初対面の時から香奈に懐いて、離れようとしなかった。

「わかった、遊びに行く。あ、そうだ、雄介くんってお話が好きだよね」

『お話？　うん、好きだね。男の子なんだけど、絵本ばかり眺めてるよ。まだ字を教えるのは早いよね』

「そうね、まだ早いと思う。あのね、今日、面白い絵本をもらったのよ。明日持って行く」

『ほんと？　雄介、すんごい喜ぶよ。ありがとう。あ、それからさ、大船渡に戻ってお店を再建する件なんだけど、資金繰りとかめどついた？』

「まだぜんぜん。再建したほうがいいのかどうかも迷ってる」

『明日、うちに番組制作会社の知りあいが来るんだけど、紹介させてもらえないかな』

「番組制作会社？」

『うん。阪神淡路の直後に俺のこと捜して歩き回った人が、東日本大震災にも遭遇した、ってちょっと話したらね、すごく興味持って。ドキュメンタリーを作れないか、って。よくあるお涙頂戴的なもんじゃなくて、二つの震災についてじっくり描く、ごくごく真面目な番組になるみたいなんだ。話だけでも聞いてみない？　俺たちがやってるホームレス支援のドキュメンタリーを撮った会社なんだ』

「あの、海外で賞をとった？」

『そう。だからぜったい、変な番組にはならないと思う。でさ、その番組が評価を得られたら、資金調達の役にもたつんじゃないかな、って。少なくとも話題にはなるから、再建された時には集客できるでしょう。ま、いずれにしても明日、詳しいこと話そう。雄介が楽しみにしてるから。あ、飯は俺が作るんでいい？　鍋とかで』

「うん」

『じゃ、明日、七時に』

「わかった。じゃあね」

携帯を充電器に戻して、香奈は小さな溜め息をついた。

結局、あの絵本はわたしの人生にとって、そんなに重要なものとはならないようだ。絵本は絵本、雄介が面白がってくれたらそれでいい。

でも、金色の豚がくれた幸せは、また少しずつ戻って来ている。近藤と生涯にわたって続きそうな友情を結ぶことができた、幸せ。

あの作家は、あそこに集まった人たちはみな、間違った品物を買ったのだと言ったけれど、少なくともわたしは間違えていなかった。いや、たぶんみんなも間違えてなんかいなかったんだ。使い方を間違えたわけでもないんだ。

それらはすべて、ステップだった。手順だった。

近藤を捜して瓦礫《がれき》の中を歩き、近藤と再会して友情を結び、あの人と出逢って愛しあい、店を開き、津波にすべてが流されてひとりぼっちになって、そしてまた近藤の友情のおかげで、わたしはひとつ、次へと進む。

幸せは、そんなに簡単に手には入らない。少しずつ少しずつ、幸せに向かって歩くしかない。

絵本は、絵本。

雄介に読んであげて、雄介が楽しんでくれたら、絵本にとってはそれが最高の「正しい使い方」だものね。

＊

久しぶりにキーボードの上に指を置いて、串田信也は深く一度、息を吸い、吐いた。

さて。

書きたいことはたくさんある。あり過ぎて、どうやってまとめたらいいのかまだわかっていない。でもプロットをあれこれいじるのはやめた。書き始めてしまえば、おそらく物語は勝手に流れてくれるだろう。そんな予感がする。

昨日は由紀子の弁護士から電話があった。横領の件、会社とは示談が成立したようだ。由紀子の名前は外に出ずに済むし、刑事罰にも問われないで済みそうだ。

老後の蓄えが一気に減ってしまったのは少々痛かったけれど、由紀子は必ず返済すると言ってくれたし、おそらくその通りにするだろう。彼女はそういう女性だ。

離婚届はまだ出していないらしい。串田は苦笑いする。俺としては、ずーっと出さないで欲しいところなんだけどな。

＊

机の上にもう一度離婚届を広げて、由紀子はゆっくりと、大きくひとつ息を吐いた。

信也は真面目に、携帯用のソーイングセットを買いました、とメールして来た。思わず笑ってしまったが、笑いながら涙がこぼれてしかたなかった。

信也は本気で、針と糸を持ったままわたしと寄り添って生きていくつもりなのだ。わたしにはそんな価値はないのに。

これをさっさと提出して、そして信也を解放してあげるべきなんだろう。いや、そうしなければいけないのだ。でも。

でも、さびしい。

今やっと、由紀子は心からそう思う。信也が自分の人生から本当に消えてしまったら、きっと、とてつもなくさびしい。

引き出しに離婚届をしまおうとして、その奥に何かがあるのに気づいた。茶色の包み？

これ、なんだったかしら。

ああそうだ。あの時、古道具屋の店主がわたしに買わせた包みだ。

机の上に置いて、しばらく見つめていた。開かずに捨ててしまったほうがいいのかも。でも好奇心に負けて、由紀子は震える指で包みを開いた。

……なにこれ。

これは……『新米奥さまの簡単美味しい晩ご飯』。料理本？

由紀子は思わず、最後のページを開いて奥付を見た。発行元と発行年月日を確認する。やっぱり。これ、信也が創った本だ。まだ信也が駆け出しの編集者だった頃、はじめて担当編集者として創った本。結婚前のデートの時に、見せてもらった記憶がある。

由紀子は少しの間、ページをめくっていた。それから机を離れてキッチンに向かった。

あのエプロンを手にとり、紐を腰にまわす。

ポケットは、叩かない。

今したいことは、信也が大好きな、鶏肉と大根の煮物を作ることだけだから。

叩かなくても、エプロンはちゃんと役に立つ。

＊

上着がないと肌寒い。そろそろ秋も本番だ。

午前中の診察で、医師から言われた言葉がまだ秀の脳内で躍っている。

今日は立ち上がって、何歩か歩いたとリハビリステーションから報告がありました。

息子さんはきっと、歩けるようになると思いますよ。

言語認識力も少しですが改善されています。

希望はありますよ。

希望はある。

壊れてしまったものは、直せばいい。

秀は、新しい把手を取り付けたコークスバケツを持ってみた。しっかりした重みが掌《てのひら》に楽しい。

秀は、テレビの前に座っている妻と息子に声をかけた。

「もう夏は終わっちゃったけど、花火、しようか」

秀は言って、バケツをかかげてみせた。

「ほら、ちゃんと直ったぞ。これに水を張って、花火をしよう」

妻は微笑んだ。

健太郎は、ソファから立ち上がるような素振りを見せて、楽しそうに笑った。

そして、プロローグ

「お、坊主、また来たのか」

ベッドの上に起き上がって、男は嬉しそうに手招きした。

「さっきシュークリームもらったんだ。食べるか？」

「ありがとう」

希は男のベッドに駆け寄った。

シュークリームを頬ばりながら、希は男の病室を眺めた。特別室。希がいる小児病棟とは何もかも違っている。まるでホテルのように素敵だ。

男は、とてもお金持ちでとても偉い人らしいけれど、希にはとても優しい。中庭で凧揚げをしている時に知りあって、一緒に凧を揚げた。

「あれ、なあに？」

飾り棚の上に、透明な箱に入った丸い玉が見えた。

「あれか？　ビリヤードの玉だ」

「ビリヤード？」

「知らないのか。ああいう玉を、棒で突いて、穴に落としたり玉同士ぶつけて動かしたりする遊びだよ」

「はち」

希は言った。

「8、って書いてある」

「数字が書いてあるもんなんだ、ビリヤードの玉には。書いてないのもあるけどな」

「おじさん、8、好きなの？」

「うん、数字の中ではいちばん好きだな」

「どうして？　ぼくは1が好きだよ」

「1は始まりだ。8は、永遠だ」

「えいえん？」

「ずーーーーっと続いていく、っていう意味さ。8を横にすると、そういう意味の印になる」

男は引き出しから紙を取り出した。

「わあ、何これ！　蛇だ！」

「ウロボロスだ。わたしは、永遠、に憧れている。だから永遠を意味するものを集めているんだよ」

「ずーーーーっと続いていたいの？」

「ああ、続いていたい。しかしそれは無理だろうな。わたしはもうすぐ、お迎えが来る」

「ぼくもだよ」

希は、明るく言った。

「わかるんだ。ぼくももうすぐ、ママにさよならしないとなんない」

「そうか」

男はじっと、希を見つめた。

「……そうか。坊主、おまえは強い子だな。でもおまえの歳で、永遠を諦めるのは悲しいな。そのウロボロスをあげよう。持って行きなさい。そっちの玉も」

「ありがとう」

「永遠を諦めずにいなさい。奇跡が起るかもしれない」

「ぼくも、ずーーーっと続いていけるかな」

「ああ、いけるよ。信じていなさい。人としての時間が終わっても、坊主の魂は永遠を手に入れる」

「ずーーーっと続いていけたら、ママのこと守ってあげるんだ。ママ、おっちょこちょいで泣き虫で、忘れんぼうで、心配なんだ」

男は優しく笑った。

「そうか、それは心配だな。うん、守ってあげなさい。ずーーーっと。永遠に」


（了）

初出「小説新潮」
「さかさまの物語」　平成23年5月号〜8月号
*「貯められない小銭」　平成23年10月号〜平成24年6月号
「底のないポケット」　平成24年7月号〜平成25年2月号
「持てないバケツ」　平成25年3月号〜5月号、7月号
*「転がらない球」　平成25年8月号〜平成26年2月号、4月号
*「最後の選択」　平成26年6月号〜10月号、12月号〜平成27年9月号

単行本　平成28年12月　新潮社刊

*印の物語は単行本にするにあたり改題されました。

JASRAC　出2300559-301

文春文庫

さまよえる古道《ふるどう》具《ぐ》屋《や》の物語《ものがたり》

定価はカバーに表示してあります

2023年3月10日　第1刷

著　者　柴田《しばた》よしき
発行者　大沼貴之
発行所　株式会社 文藝春秋

東京都千代田区紀尾井町 3-23　〒102-8008
TEL　03・3265・1211㈹
文藝春秋ホームページ　http://www.bunshun.co.jp

落丁、乱丁本は、お手数ですが小社製作部宛お送り下さい。送料小社負担でお取替致します。

印刷製本・凸版印刷

Printed in Japan
ISBN978-4-16-792010-4